中國古典文學基本叢書

王惲全集彙校

第六册

〔元〕王惲 著
楊亮 鍾彦飛 點校

中華書局

王惲全集彙校卷第四十五

説

遷固紀傳不同説

余讀宋儒《論項羽紀傳不同説》，以謂「遷之意，秦有天下五載而後楚，楚五載而後漢，方秦已亡，漢未立，天下莫有攸屬，不可一日無君。況封建王侯，政由羽出，舍羽孰主哉？作紀所以繫天下五載之權也。立之傳，班固意不過羽不可以抗漢」。因斷之曰：「皆非也，正以二史之體不得不然爾①。在遷，不得不紀；在固，不得不傳。設使固取遷而紀，是天有二日，民有二王也。其書將載之漢代之首乎？次於高紀之下乎？其爲稱號曰《楚史》乎？曰《漢史》乎？若以封建繇項氏出②，五年而後漢，天下不可無君，乃屬之羽，曾不察首入函谷者，高祖之義師也；授降軹道者，秦民之真主也。天命人心之屬漢明，已兆於秦十月五星聚東井之時也。胡不考虞芮之質厥成西伯受命之基也？當陽之不馳去，昭烈□得統之年也③？若籍者，正炎漢之一驅除耳。矧才封已叛，旋取復失，安得爲一日繼統之主哉？」

若又曰：「固之意，羽不可以抗漢，故傳。而遷，漢太史也，獨可紀羽而肩漢乎？」余故曰：「子長之所以紀，筆削歷代之史也。其意蓋以歷年相承，不可中闕，猶存夫以月繫時之法也。孟堅之所以傳，先漢一代之史也。」余故曰「二體有不得不然者矣。若宋儒之論，恐求之太過耳。」

【校】

①「二」，抄本同元刊明補本；薈要本、四庫本作「一」，非。

②「繇」，抄本同元刊明補本；薈要本、四庫本作「曰」，非。

③「□」，薈要本、四庫本脱。

讀史

余讀《留侯傳》，云沛公入關見秦宫室之盛，帷帳狗馬之富，重寶婦女之美，欲留居之。樊噲進諫，子房固知其不聽，此正教之使先耳。蓋良以沛公有爲而多慾者也，至此天理昧而人慾肆矣，非驟能一言回也。若己諫不入，則莫之繼也。故先之以樊卿，使抑遏横流，少殺其方張之勢，繼以苦口逆耳之言，警懼啓沃，使默識其神器所在，何眷眷於此耳，高帝能無從乎？此乃晉隨會諫靈公，三進及霤，然後以趙宣子繼之之義也。不然，噲，沛之屠狗者也，安知夫漢之爲漢張本於此①，亟當力諫以成高帝之業哉②？

【校】

①「夫」，抄本、薈要本同元刊明補本；四庫本作「大」，形似而誤。

②「諫」，元刊明補本、抄本、四庫本作「諌」，據薈要本改。按：《字彙·諌》：「多動切，話多。」此「諌」當爲「諫」之俗字

對張中丞説

或者以張巡守睢陽之事爲非，曰：「古之人行一不義，殺一不辜，雖得天下不爲，况食邑人以爲守乎？」余以謂不然。

昔李翰表公握節死事，與夫造唐之功、嬰城之志，亦云詳矣，然尚有所未厭者。翰特以功利爲言，未極夫臣子當然之理，行而宜之之義也。昔伊川有以武侯所喪弘多，亦以不義不辜爲疑者，先生曰：「若殺不辜以利一己，則不可；奉天之命討天下之賊，殺戮雖多，理固無害。」且陳恒弑君，孔子請討，夫子豈得討恒時保不殺一人耶？蓋誅弑逆之賊，有不得顧焉者。

余亦曰①：「此中丞之素心也。」公以一郡守之力，横制百萬日滋之寇，公豈不審夫强弱存亡之勢哉？正以與城存亡，效死不去，當然之理也。若無巡則無睢陽，無睢陽則無江淮，無江淮則唐之爲唐未可知也。由是而觀，公之心利一己耶，爲天下耶？

夫武侯控全蜀之力，燃末灰之燼；陳恒以穿窬之盜，竊一隅之齊耳。彼禄賊者豨突之頃，九縣飆馳，三精霧塞，萬姓以之塗炭，大駕爲之蒙塵。其棄城圖存、望風崩赴者又何啻廿四郡哉②？俾唐祚中微，禍亂接踵，卒至於亡，安、史階之而已。是迺周公所必膺，武侯不兩立者也。論者不處公以大誼，秖擿以捄不至而食盡③，食盡而及人爲非，不知李司徒、郭中令河朔之舉、安陽之役，屢戰屢北，紛紛藉藉，草野被血者幾千萬人，能必其事事合誼，人人得罪於唐室者乎？

若又曰：「上以政荒失國，乃殘民以復，民何罪焉？」是則李、郭亦不義之舉耳。《傳》不云乎：「臣民之於君，猶子弟之於父兄也。」君父有難，臣子奔救，餘有不暇顧者。若大義既正，安得徇夫區區之小節哉？不然，則石碏不得爲臣之純，而王陵乃賊恩之大者也。

【校】

①「亦」，抄本同元刊明補本；薈要本、四庫本作「有」，非。

②「崩」，抄本同元刊明補本；薈要本、四庫本作「奔」，非。

③「擿」，抄本、四庫本同元刊明補本；薈要本作「摘」，亦可通。

讀張籍書

予讀籍《遺文公書》，大率稱公材識明睿，當任著書之事。又曰：「不以此時著書，待五六十後而有所爲，或有不可及，曷可追乎？」然公之志豈忘夫著述哉①？《原道》不曰：「斯道也，堯舜禹湯傳之文武周公，周公傳之孔子，孔子傳之孟軻，軻之死，不得其傳焉。荀與揚擇焉而不精②，語焉而不詳。」又曰：「小醇而大疵。」意二子者雖云升堂，終未窺其突奥也。豈公之心繼孟而下，任夫道統者邪？何籍之識必待公屢書而後悟哉？而伊川亦云：「公之見道，固因文而發耳。」

嗚呼！公五十七而殁，若假以數年，其見於後世者爲如何哉③？夫五百歲而後命世者出，造物者固云靳矣而奪之遽，何邪？予不得而知也。彼籍之慼慼，而恐公不及者，竟如所言，非有見於公也④，特以陽一陰二之理而言耳。道之難明也如此，噫！

【校】

①「著」，元刊明補本作「着」，據抄本、薈要本、四庫本改。

②「揚」，元刊明補本、抄本、薈要本作「楊」，據四庫本改。

③「如何」，抄本、薈要本、四庫本作「何如」。

④「非」，抄本同元刊明補本；薈要本、四庫本作「其」，非。

犬相乳說

轉運楊公家有犬，生子而斃。求哺無所獲，鳴咿咿，殊可憐。有斃犬之母，性甚獰，既老，乳久絕。走而顧睞，彷徨躑躅，即其棲附而乳之。既乳而乳真有，遂盡活所棄子。噫！犬之畜也，非有慈祥不忍之性，特感於所畜者如此。然老而復乳，此亦犬之異者①。

楊公，北燕人，世爲鉅族，盛年以勇毅從事兵間。其活人救物，釋難解紛，功亦多矣。雖揚歷州郡爲顯宦，其友愛之情日篤一日，事姊如事親，敬兄如敬長。以致弟念天顯，兄鞠子哀，一門之内，兄兄弟弟，怡然而理順，曖然而氣和，若棣華之相承，手足之互爲用耳。何其偉哉！

《傳》曰：「國之本在家，家之本在身。」蓋一家之隆替，擊一身所行如何爾。其善惡感召，殆影響之應形聲也。昔北平王道行於家，有猫相乳之兆；董召南孝且慈②，有雉哺其犬之祥③。今楊氏犬感於所畜④，極不忍棄其後之意者，表公樂於爲善之心油然生乎其中也；其乳絶復生，意者見公福禄將老而未艾也⑤；已棄之物遂獲生全，意者勉公故舊之恩所當復也⑥。世之人以犬之悲嗥爲不祥，非犬也，殃自人召也。是犬也，特性於不忍⑦，爲姑乳之，亦非犬致然也，福開有先也。夫富貴福禄，人之所大欲也。故韓子有云：「得之之難未若持之之難也。得之於功⑧，或失之於行；得之於身⑨，或失之於子孫。」今吉祥止於楊氏者也此，其厚而陰有所積也必矣⑩。宜乎有犬相乳之報云。嗚呼，楊氏其善持之！

既談其事，懇予以叙，故書。

【校】

①「犬之異者」，元刊明補本、抄本作「異之大者」，既誤而倒；據薈要本、四庫本改。

②「董召南」，抄本同元刊明補本；薈要本、四庫本作「董邵南」，非

③「雉」，元刊明補本、抄本作「雉」，薈要本、四庫本作「雞」。

④「犬」，元刊明補本、抄本作「大」，據薈要本、四庫本改。

⑤「未」，諸本皆作「木」，形似而誤；徑改。
⑥「復」，抄本同元刊明補本；薈要本、四庫本作「獲」。
⑦「特」，元刊明補本、抄本作「持」，據薈要本、四庫本改。
⑧「得之於功」，元刊明補本作「得□之於功」，衍；薈要本、四庫本作「或得之於功」，衍；據抄本改。
⑨「得」，抄本、薈要本同元刊明補本；四庫本作「或得」，涉上而衍。
⑩「陰有」，抄本同元刊明補本；薈要本、四庫本作「有陰」，倒。

磔犬者説

王子遊於市，見羣犬逐一叟，號呶而不去。詢其故，曰：「屠犬者也。」於是乎有感。夫人之爲不善，禍從而機之①，亦何以異於是歟？且犬之吠逐，非有見於物也，特爲氣所感而已。至若雷霆之威，人有叛父母、褻神明者，或下擊而斃之②，豈造物者區區環域中特索夫若人而斃之邪？故先儒有言：「迅霆者，天地之怒氣。」無良之人，其兇戾與天地之氣自相感激，遂震以死，此略無疑者。彼犬之見逐，雖小大不殊，理固然也。從是而觀，人之方寸胡可萌一毫不善之念哉？微則至於物怒而見搏，大則至於天威下罰。

故橫浦云：「一念善則祥風和氣在於是，一念惡則妖星厲鬼亦在于是③。」可不敬畏之哉？是知天氣下感於人，人氣上通於天者，尤昭昭矣④。

因筆此有以明夫感應正理，不眩惑於鬼神怪誕之説云。

【校】

①「機」，元刊明補本、抄本作「磯」，據薈要本、四庫本改。

②「斃」，元刊明補本、薈要本作「敝」，俗用；據抄本、四庫本改。

③「厲」，元刊明補本、抄本作「癘」，據薈要本、四庫本改。

④「尤」，元刊明補本作「犬」，薈要本、四庫本作「夫」；據抄本改。

鈍説

夫器之爲制，小大輕重適厥用而已。然以銛鋭拙鈍、用之多寡，故有敗乏壽夭之異焉①。

趙君仲器博物多藝能，喜筮而絶市道，觀化而樂誘人，古所謂不居朝廷而隱毉卜之中者之流也。一日，愕然以所感告予曰：「適過梓人氏，顧礱削之器縱横前陳，例乏完好，因詰之曰：『操幾何而致然爾？豈材質劣弱、鍛礪弗精而然邪②？』匠者曰：『不然。彼斧斤刀鋸之屬，銛乎其鋭者也。特以朝夕從事乎削斵礱刮③，或半歲一易，或旬月一易，遠者不踰期年，比更新而無孑遺矣。』因指其轃輪之錘曰：『是置於吾祖，用於吾父，今傳於予。惟其碇然樸鈍，用寡而無所損益，故能壽於彼而若是其久也。』僕因曰：『豈獨物乎，人則亦然。進鋭者退必速，任重者道能遠，是輕鋭者不若堅鈍之爲愈也。夫木訥之仁，樸魯之忠，外視之若癡絶而緩於事。及其臨大節，處大政，守固密而罔疏，挺剛健而不奪④，亦何異兹錘之轃圜輪、納疊拱、剸蟠根、隱錯節⑤？支離者周比而無間，倔彊者妥恬而端平⑥。由是而觀，可謂宣力弘多、收功攸厚者哉！彼世之人秖知利之爲利，曾不悟鈍之爲利、廣且博而壽且久矣。』」

予聞其説而韙之。吾將藏吾器，養吾鈍，斂吾圭角，息吾氣機，引重致遠，俟時而動，以利天下，可乎？趙君曰：「嘻！子其得『動而不括⑦，出而有獲⑧，語成器而動者』之道也。」於是乎書。至元壬申二月九日題。

【校】

①「敗乏」，元刊明補本作「敗之」，薈要本、四庫本作「成敗」；據抄本改。

②「質」，元刊明補本、抄本、薈要本作「負」，聲近而誤；據四庫本改。

③「刮」，抄本、薈要本同元刊明補本；四庫本作「銛」，非。

④「剛」，抄本同元刊明補本；薈要本、四庫本脱。

⑤「異」，抄本同元刊明補本；薈要本、四庫本作「異乎」。「納」，抄本、四庫本同元刊明補本；薈要本作「枘」。「隱」，抄本同元刊明補本；薈要本、四庫本作「檃」。

⑥「怗」，元刊明補本、抄本作「怙」，形似而誤；四庫本作「帖」，亦可通；據薈要本改。

⑦「動」，元刊明補本、抄本、四庫本作「用」，據薈要本改。

⑧「獲」，元刊明補本、抄本、薈要本作「後」，據四庫本改。

服色考

陳節齋祐以宣聖像設既素而繪，仍以服色爲言，曰：「冠服之制，所從來尚矣。然自三代之世變易去取，其義有不同者。」某雖不敏，試請而詳之。

夫冕平而旒①，笄衡而紘②，上衣而下裳，垂紳而履舄，繫而帶，珮而綬，此三代王者不易之制也。今宣聖其紘、其芾、其純、其舄皆丹乎質，唯服之色尚玄，何也？考漢、晉志書，天子以袀玄皂繒爲大祀之袍服，於孔子服色非可據而明也。謹按《大戴禮》云③：「有虞氏皇而祭，深衣而養老。」逮乎夏后氏，王以水德，色尚黑，易而玄端玄裳，故「收而祭，燕衣而養老」。又諸侯以天子燕衣爲視朝之正服。有殷氏以金符德，色尚白，易而練衣縞裳，故「冔而祭，縞衣而養老」。及周有天下，以爲火王④，色尚赤，宜乎以赤爲養，乃曰⑤：「冕而祭，玄衣而養老」。何居？鄭玄云：「周則兼二代而用之也。」

若夫四代之禮，養國老於膠序，蓋天子師而學之也。唐孝明皇帝尊師重道，爵孔子以王，列弟子爲素臣，至於冕服之制，亞次之秩，廟宮之法，饗獻之禮，講明論議⑥，亦云極矣。今之制，寔開元儀也，其義正襲鄭氏之説耳。故冕服尚玄，用夏禮也；朱芾斯皇，示周制也；錦紳素質，兼祖法也。彼領袂緣飾又復純赤，何也？《詩》「素衣朱襮」者是也。襮爲領，諸侯之服也。據《爾雅》，黼領爲襮，黼繡爲領，丹朱則其緣也。又范曄云⑦：「天子祀天地宗廟，釋奠先聖，皆服袀玄，緣領以絳。」漢明帝以紗爲中單，或者疑此乃中衣，表而出之，非緣也。予以褻紅紫爲非⑧，後之賢者加諸乎？夏后氏云：「其色赤，則示赤心奉神明而已。」茲概祭服而言也。在吾夫子則不然，特又明夫周所尚之之義也。蓋孔子，帝者之師，禮王者之後，以天子燕衣爲之御。周大夫士私朝，朝玄端，夕深衣。孔子以時則周人也，以臣則魯司寇也，以後則商之孫子也。其道則堯、舜、禹、湯、文、武、周公，其法則禮樂刑政，而後王報功報德，有罔極焉者⑨，曰公、曰侯、曰師、曰王、曰帝可也⑩。宜乎用三代服色而兼備於一躬也，尤昭昭矣。

又有曰：「方而心者當乎膺，曲而領者施於朱襮之上，何也？」此蓋漢猶有被之者。故朱勃衣方領，能矩步，乃學者之服也。其象則圓上而方下，蓋取諸乾坤。迨晉、隋、唐以來，天子有事乎郊祀，冠通天冠，束帛假帶⑪，方心曲領，猶存乎前代之制耳。其十哲服色大同而章有降殺之異⑫，下至七十二子，佩服皆青。士子父母具純衣以青⑬，體少陽而致敬也；其帶則縞，有受道之質也。夫諸子，乃以士從父師而學者也。《詩》不云乎「青青子衿」，殆學者之常服云。

【校】

①「旒」，元刊明補本、抄本作「旈」，偏旁類化；據薈要本、四庫本改。

②「笄」，元刊明補本、弘治本作「筭」，訛字；據抄本、薈要本、四庫本改。

③「按」，抄本、四庫本同元刊明補本；薈要本作「案」，亦可通。

④「爲」，元刊明補本、弘抄本作「烏」，據薈要本、四庫本改。
⑤「曰」，抄本同元刊明補本；薈要本、四庫本作「白」，亦可通。
⑥「論議」，抄本同元刊明補本；薈要本作「辨論」；四庫本作「論定」。
⑦「又范曄云」，抄本、薈要本同元刊明補本；四庫本作「范蔚宗云」。
⑧「予」，抄本、薈要本同元刊明補本；四庫本作「子」，形似而誤。
⑨「罔」，抄本、四庫本同元刊明補本；薈要本作「周」，形似而誤。
⑩「王」，元刊明補本作「玉」，據抄本、薈要本、四庫本改。
⑪「帛」，元刊明補本、抄本作「白」，俗用；據薈要本、四庫本改。
⑫「章有降殺之異」，抄本同元刊明補本；薈要本作「章不降殺之異」；四庫本作「無有降殺之異」。
⑬「子」，抄本、薈要本同元刊明補本；四庫本作「事」，非。「具」，抄本同元刊明補本；薈要本、四庫本作「其」，形似而誤。後依此不悉出校記。

鑾刀説

余往歲客汴梁，陳君達夫出示玉刀①，長二尺許②，鋒首斜削，廣餘五寸，玉水蒼色，極光潤，扣之，聲清越以長。其拊容握，末有環，背通刻柷敔狀，端有竅，圜徹。陳曰：「亂後入太常官舍得之，不審何物，於何所用。」

予曰：「此省牲之鸞刀也。其端之圜竅，蓋用繫鸞未所施③，環即著和耳，《傳》曰『鋒有鸞，環有和』是也。《禮》云：『割刀之用，鸞刀之貴，貴其義也。』端有鈴，取其奏刀中節，聲和而後斷；環有和，取其斷非和則劌，和非斷則牽。天以秋肅物，和之以兑；聖人以義制物，而和之以仁。鸞刀以和濟割，此其義也。《詩》云：『執其鸞刀，以啓其毛。』又曰：『鸞刀以刲。』何休亦曰：『鸞刀，宗廟割切之刀。』然孔氏有古刀、今刀之異，古刀遲緩難用，宗廟用古刀者，修古故也。由是而觀，今刀古刀，其實皆以金爲之。此玉也，其何能割切哉？豈漢唐而下，三代之禮實亡名存者非一，刻玉爲刀，郊祀之際，執以示古儀乎？至於去質從華④，亦由近代用金玉爲匜爵⑤，代越席以皋比也。」

恐未盡，惟彦伯太博詳覽⑥。

【校】

①「夫」，抄本、薈要本同元刊明補本；四庫本作「犬」，非。

②「二」，弘治本同元刊明補本；薈要本、四庫本作「一」。

③「未」，抄本、薈要本作「末」；四庫本作「來」。
④「於」，抄本、薈要本同元刊明補本；四庫本作「以」，聲近而誤。
⑤「由」，抄本、薈要本同元刊明補本；四庫本作「猶」，亦可通。
⑥「彥伯太博」，抄本同元刊明補本；薈要本、四庫本作「彥博太伯」，倒。

涿州移置考

至元八年秋九月，予以省覲來涿，因拜謁孔子清廟，遂讀唐貞元中使持節都督幽州諸軍事彭城劉公建孔廟碑，乃知州治本幽州盧龍軍屬邑范陽縣也。至代宗大曆初，詔始分范陽、歸義、固安三縣爲涿州，治范陽。涿州即涿郡故地爲名①。

按《輿地廣記》，漢初，高祖始立涿郡，魏文帝改范陽郡。其地左碣石，右督亢，南控鄚城百里而遥②，北連幽薊百里而近。唐已來，中間控制番戎部落甚衆。又河流縈帶前後，有林麓陂池之利，周廣磅礴，鬱爲雄藩。及辨讀遼統和廿八年州刺史廣陵高公《移廟碑陰記》，云：「舊廟本在南城東北隅。是年，刺史高公移置南城東南隅康莊之左。」因復悟今州城南北若連環然，意者置州時展築南城而廣大之，今市中隔門本故縣城南門也。

觀此前後，證據甚明，無可疑者。

噫！予往來幽涿間，蓋十年于兹。嘗以隔門之制爲惑，詢訪土俗，莫詳其故，且方物之辨，一事弗知，君子恥諸③。不圖聞一得二，使數年之疑一旦渙然冰釋，亦可喜也。特表而出之，敢貽涿之好事君子，以俟更考云。

【校】

①「涿州」，元刊明補本、抄本作「涿郡」，據薈要本、四庫本改。

②「鄭城」，抄本、四庫本同元刊明補本；薈要本作「鄭城」，形似而誤。

③「諸」，抄本同元刊明補本；薈要本、四庫本作「之」，亦可通。後依此不悉出校記。

締觀説

吾鄉黄冠師房公體鴻厖，貌古而心通，讀儒書，喜營治，嘗作吴殿於棣華菴故址。締構日，予與亡友季武子文往觀，見工人數十附立楹顛①，方納栱駕梁爲事②。其枘鑿縫縮，有略不相認者。衆工争左右③，睨材分繩墨，曰「不少繆」，即緪驅鎚按，呼號半空，彊以力相下，良久，終無奈木何。一工者舉手招衆曰：「聽，無譁！」衆瞪目東北嚮，率弭耳受蔟。予二人從所向顧之，見一老道士傴僂，擁敗絮曝日，坐短垣下，俛其首捫虱④，略不一仰睞，第抗聲騰言，以手畫空而已，云「東西行若干寸，南北起若干尺。此蹇傲者，彼之所枝撑也；彼拗捩者，此之所走側也。」上工即如教，欻衆材軋然作聲，若相尋而契，果安貼停穩，不踰若所料。予問道士於房，曰：「此始謀畫宮於堵，斷手載名其上者也。」

予因有感於中，乃知天下之事有大有小，人之材有能有不能。俾細大不捐，區處適當，此宰相之職也，君人者何憂乎不治？苟明大者反知其小，任小者反負其大，是上下錯繆⑤，冠屨倒置，欲求功成理定，難矣哉！持衡者，曾梓人體要者之不若也。師啞然曰：「筆之可也。」於是乎作《締觀説》。

【校】

①「見」，抄本同元刊明補本；薈要本、四庫本作「且」，形似而誤。

②「栱」，抄本、薈要本、四庫本作「拱」，形似而誤。

③「工」，抄本、薈要本同元刊明補本；四庫本作「上」，形似而誤。

④「虱」，抄本、薈要本同元刊明補本；四庫本作「風」，形似而誤。
⑤「繆」，抄本同元刊明補本；薈要本、四庫本作「謬」，亦可通。

屏雜説

嗚呼，雜之爲學，其害道也甚矣！ 麴糵雜醴，齊爲弗醇；烹飪雜鼎，羹爲之變味；宫商雜音，奏爲之沾滯。君子之所不取而不由也，況學乎？

學而雜，心則交錯而貳其行，言則叢脞而昧于理，動則拂亂而失其宜。至于文章翰墨一糅於雜，偏駁不振，尚何理之能著，家之可名乎？謂爲道，尤判然離而曠且遠矣。故《傳》曰：「攻乎異端，斯害也已。」然「博我以文」，「多學而識之」，又曰：「君子恥一事之不知。」能無雜乎？蓋聖賢爲學，必務其大者而使小者從焉。其所以務之爲者，明理致知，收放心，格庶物而已。四者既主存于中①，雖諸子之説、百家之言日至于前，猶衆川之流朝宗而東，常我之主，孰能雄而長之，撓而濁之者哉？況約之以禮，詳之以説，爲之澄滓于其後者非一，如是則何患乎問之該洽、學之博雜者哉？

戊子夏六月庚伏有七日，發藏曝書，得雜文百餘帙。睨而視之，皆予稚歲所閲習，多曲學小道，廢日力不少，不覺喟然曰：「兩漢而下，學無師傳，安宅曠而弗居，正路舍而弗由者②，其我之謂乎？使吾老而困③，困而無所成者，職此之由，務于初而害其大之爲也④。」於是命兒子輩屏而絶之，板爲三夾，束置高閣，且誓之曰：「今而後，非有命不得發而妄閲以蠱惑其心目。」大抵中人以下之性，所偏者多同而特達者或鮮⑤。吾今是舉，正以己之所偏且正汝之或失也，是吾不忍以誤我于前者而又誤汝等于其后也。天其或者果汝之賢，而有全經全史在焉，泝流探源，採剥其華實，咀嚼其膏味⑥，少有所得，以之修身齊家，推而及于物，將見終身有用而不克盡者，尚何以他爲哉？小子其服之無斁。作《屏雜説》。

【校】

①「主」，抄本、薈要本同元刊明補本；四庫本作「生」，形似而誤。

②「路」，元刊明補本、抄本作「岐」，據薈要本、四庫本改。

③「吾」，抄本同元刊明補本；薈要本、四庫本作「我」，亦可通。後依此不悉出校記。

④「初」，抄本、薈要本同元刊明補本；四庫本作「粗」，聲近而誤。

⑤「同」，抄本同元刊明補本；薈要本、四庫本作「用」，形似而誤。

⑥「採剥其華實，咀嚼其膏味」，抄本同元刊明補本；薈要本、四庫本作「剥其華，采其實，嚼其膏味」。

答客問

至元廿一年春正月，予有中省郎曹之命。既而，以事不果行。或傳予抵燕①，視其有不可而歸者②。嗚呼！誠「身之未篤，不爲所信也如此」，作《答問》以自見，其辭曰：

客有過秋澗而問者，曰：「子不旬時而被旌招者三③，將謂趣裝有期，反柅其輪而脱其鞿者④，何也？方今王者無外，四海一家，渴於得賢以光國華，有片善者無不録，效寸長者靡不嘉⑤，故有立談而致卿相，略而不及其佗。士或韋布，進無資涯，名不登於仕版，何得挂銓曹之齒牙？子今幸蒙見招，未爲不遇，官列郎曹，名都省署，切近論思，周旋宰輔，設或有爲，澤及黔庶。曾若無聞，又復何顧？豈子志願未充⑥，班資尚卑，重有所覬，其行遲遲？」予仰而歎，俛而思：「人各有宜，孰不自知？越分而行，有乖無隨。予方以再命而傴僂，尚敢以鋭進而爲期也？」

客曰：「豈子欲信猶屈？道行未隆⑦，甘於泥蟠以固其窮？然聞聖哲席有不暖⑧，援溺捄焚。」予曰：「世之康濟，固自我化；道之隆汙，蓋有不爲命者。然墨突不黔其炊煙，孔轍幾環於天下，雖遑遑於救世，亦觀時而取捨。予且何人，敢妄爲之駕也？」

客復曰：「子豈年近耳順，歲月向邁⑨，心智雖强⑩，膂力弗逮？」曰：「若不肖齒髮雖微⑪，未爲衰暮，顧嘗攬轡外臺，峨冠憲府，從事有年，艾服頗素。其責固重，即其心則安，道可行，雖一日不去。故黽勉盡瘁，不遑寧處，通其考則爲四，百其月則去五。予亦知力之有所不及，蓋嘗以明時可惜，憤功業之不顯著也。」

客曰：「伊懷既然，子何見其一，而二之不覩？投會是機，進退餘裕；忖其不可，即以佗務。尚不失邯鄲之故步，不猶愈於刻舟求劍、守株而待其兔耶？」「乃若而然⑫，客轉談之誤也。今有司以是召我，其行或否，理之所當喻也。若顧量可否，以改圖爲舉，是先以不誠自將。上欺君父，以幸爲利，取便己故，是又義之不敢與也。」

客曰：「然則子之志嚮，果云何而可哉？」「《傳》不云乎：『士有二道，出處爲大。進退無常，惟義所在。』又曰：『可久可速，其行其止。』蓋平日所素學不容以彼而易此。今吾子堅欲推挽，挟之使前⑬，是茫洋徑涉，趣入於無涯之淵。設若有爲，徒勞勉旃。至於出處之道論之，誠君子之不然，此吾之所以不果執宣父之鞭也。故爲可爲於可爲之時，則從而寧；爲不可爲於不可爲之時，其咎即徵。果其可之與會，客何勞於勸懲？吾年雖耄，自顧矍鑠，尚或堪於一行。」

客唯而退，於是筆之以自銘。

【校】

①「傳予」，抄本同元刊明補本；薈要本作「傳余」，非；四庫本作「傳於」，非。按：予、余，同。作「傳」者，「傳」之形誤；作「於」者，「予」之聲誤。

②「而」，抄本同元刊明補本；薈要本、四庫本脱。

③「子」，抄本同元刊明補本；薈要本、四庫本作「士」。

④「柅」，抄本同元刊明補本；薈要本、四庫本作「泥」，妄改。

⑤「寸」，抄本同元刊明補本；薈要本、四庫本作「一」，非。

⑥「充」，抄本同元刊明補本；薈要本、四庫本作「克」，形似而誤。

⑦「行」，抄本同元刊明補本；薈要本、四庫本作「汙」，形似而誤。

⑧「腝」，抄本同元刊明補本；薈要本、四庫本作「暖」，亦可通。

⑨「向」，抄本同元刊明補本；薈要本、四庫本作「將」，亦通。

⑩「雖」，抄本同元刊明補本；薈要本、四庫本作「日」。

⑪「雖微」，抄本同元刊明補本；薈要本、四庫本脱。

⑫「而然」，抄本同元刊明補本；薈要本、四庫本脱。
⑬「抶」，抄本同元刊明補本；薈要本、四庫本作「扶」。

謗解

予作《謗解》，夢人以壞木寓蠹見示，意者謗由我興，非外至也。然謗之惑人深矣，公孰與制，私無以勝，其説至肆行而不少憚。以陰擠而爲陽助，被之者鮮克自處，欲弭之而無術也。

嗚呼，世教下衰，友道日壞！私好惡者，愛之者欲其生，憎之者即其斃。口溢金蘭，心包鬼蜮，謹其藏已射其形，亟爲防已螫其毒矣。輕則噂沓背憎，浸潤膚受，妄生事端，横造異議，忘我大德，利彼小私，傾良惠姦，傷公害義，認爲憸人①，坐擅形勢。苟淺之爲量者，不自返而縮，徒恚夫此胡爲而致焉。思其稍達，藉勢投畀，使恩讎兩明，以泄其忿懥，恐非君子以直而報之義也。

夫聖人所以列朋友於天倫者，示其當重而親，匪大故則不容棄也。又讀《小雅·何人斯》篇，彼暴之譖蘇公也，至獲戾失職，亦云極矣，略不見聲色於辭氣。何三代教化和平忠厚，成士德也如是？至好歌忠告，反以不忍遽絶爲言，其亦審夫天倫爲重，枉爲小人之爲也。静言思之，大有契予心者。

予雖愚而懦，受人侮者不少，然天之所畀於我者似不薄矣。矧諺曰：「禦寒必須重裘，弭謗莫若自修。」大率常情之所未免者，其疢有十處②：己之不恭也，御物之不誠也，嫌與疑不擇也，毁與譽肆行也，或以己長格物，或以剽義沽名，或出戲言犯衆，或恃口給陵人，責人太重而以驕吝自矜。審先去此十病，無瑕可摘，謗奚自而生哉？而復守之以敬慎，將之以忠厚，以蘇公之心爲恕，以中庸之教自處。其或有作於上，力易斯弊，上以格憸人之非心，下以殄讒口之罔極，建中于民③，歸之以厚，俾欲校欲報者亦不得賊其衷而發之④。如此，我之所謂疢者而或有瘳，彼之所謂謗者亦庶幾其少熄矣。作《謗解》。

【校】

①「認爲憸」，抄本同元刊明補本；薈要本作「忍爲憸」，俗用；四庫本作「忍爲儉」，俗用且形誤。

②「疢」，抄本同元刊明補本；薈要本、四庫本作「疚」，形似而誤。

③「于」，元刊明補本、抄本作「予」，形似而誤；薈要本、四庫本作「於」，亦可通；徑改。

④「俾」，抄本同元刊明補本；薈要本、四庫本作「彼」，聲近而誤。

對魯公問

後村云思保歲寒之節徇國家之難耳①

顏魯公，唐一代鉅臣，論者當明其心，求其迹則非也。公始終王室，死而後已，蓋素所藴也。不幸值唐中衰，以孤忠大節立于傾朝，死覬一言，有補於國。至於老不退休，大率朋友之交遭罹患難尚有相死不輕去之義，況君臣乎？及盧杞當國，見其嫉賢亂政，公復以正言折之。既憎公直，重忤杞意②，至遜辭爲謝，終不少解。已而，有宣慰之命。

每讀至此，未嘗不掩卷而興嘅也。于時，公豈不知一入賊庭，橫噬虎口？意者比之使杞姦計媒孽其罪③，銜冤入地④，黷而不可明⑤，是不若履忠蹈義，明死於使華之命，尚或摧沮逆謀，以激忠義之士而愧夫天下後世亂臣賊子之心。是乃不以李鄭勸而不行爲得，而以死於義命爲安也。要令千百世後義烈言言，如嚴霜畏日，有不可尚已者，此公之心也。嘗以忠義者，國家之元氣，世當顧護靳惜，使信其已往不泯之志，勵夫將來至薄之俗而爲天下之大閑如公者，誠不可例與具臣者論其進退之迹也。若專以老不致事爲嫌⑥，是又失見危授命之義也，況唐人之於致政初無定體。

至元戊子秋八月廿日晨起，偶記往年對翰長之問，特爲筆此，且發所潛之幽光云。

【校】

①「後村云思保歲寒之節徇國家之難耳」，抄本作同元刊明補本；薈要本脱；四庫本作「後山云思保歲寒之節徇國家之難耳」。

②「重」，抄本同元刊明補本；薈要本、四庫本作「復」，亦可通。

③「比」，抄本、薈要本同元刊明補本；四庫本作「此」，形似而誤。「孽」，抄本、薈要本同元刊明補本；四庫本作「蘖」，亦可通。

④「銜」，四庫本同元刊明補本；抄本、薈要本作「啣」，亦可通。

⑤「靄」，抄本同元刊明補本；薈要本、四庫本作「曖」，亦可通。

⑥「事」，抄本同元刊明補本；薈要本、四庫本作「仕」，亦通。

儉訓

人之生於天壤間，分所當得者，陰有日料，涪翁謂「一飯先書籍」者是也。未老前，固不應空乏凍餒而死。如其暴殄過度，以旬時之用爲一朝之費，促之而不給者，信有之矣。

故諺云：「兹焉不足，往則太過。」此言雖微，可爲永喻。昔李文饒相，而後當飫羊十萬，數未充而被斥，蓋已用者過侈故也。此非明驗，可不鑑哉？

今余一家二百指，日所費以酌中計之，且約五貫文，是須千八百餘緡可支一歲，其於慶弔、賓客、差徭之数又不在内。顧余生事，四民之業一無所營，而終歲所耗如此，造物者斡旋供億，亦已勞矣，吾何德以堪之①？復欲終日望望然致室之完美，此心斷不可萌。至量其所入，度其所出，如且休接闕之説，此念不可疏也。

予今年六十有二，向之所謂「心焉而志，學焉而力」者日趨於衰微，安坐待哺外，餘無能爲，秖有以勤儉律彼，使猥承家事而已。《傳》曰：「家當克儉焉，邦當克塵焉②。」又曰：「生則在勤，勤則不匱。儉爲德恭，侈，惡之大也。」此雖聖賢垂教格言，不可斯須離逖，然孰不念而知之？但齒年未至，不經其事之囏難者，鮮不忽而略之。是自遠其恭德，昧夫寧固之理，可乎？逮其已困③，歎彼之豐，傷己之窘，方思節約以補其不足，不亦晚乎？汝等其勖哉毋替。作《儉説》。

【校】

①「之」，抄本同元刊明補本；薈要本、四庫本脱。

②「塵」，抄本同元刊明補本；薈要本、四庫本作「勤」，亦可通。
③「逮」，抄本同元刊明補本；薈要本、四庫本作「但」，非。

遺山先生口誨

遺山先生向與頤齋張公諱德輝，字耀卿，終河東宣撫使。自汴北歸，時史相請爲昔吉禿滿作碑①。過衛。先君命録近作一卷三十餘首爲贄，拜二公於賓館，同志雷膺在焉。先生略扣所學②，喜見顔間，酒數行，令張燈西夾曰③：「吾有以示之。」先生憑几東嚮坐，予二人前侍，披所獻狂斐，且讀且竄。即其後，筆以數語攟其非是，且見循誘善意，而於體要工拙、音韻乖叶尤切致懇。每篇終，不肖跽授教④，再拜起立。夜向深，先生雖被酒，神益爽，氣益温，言益厲。覺泉蒙茅塞灑灑然頓釋，如醉者之於醒，萎者之於起也。説既竟，先生復昌言曰：「千金之貴，莫逾於卿相，卿相者，一時之權。文章，千古事業，如日星昭回，經緯天度，不可少易。顧此握管銛鋒雖微，其重也，可使纖埃化而爲泰山⑤，其輕也，可使泰山散而爲微塵，其柄用有如此者⑥。況老成漸遠，斯文將在⑦，後來女等⑧，其勖哉毋替。」坐客四悚，有惘然自失，不覺嘆而發愧者。既而鼓動客去，先生覆衾卧，予二人亦垂頭倚壁熟睡。

及覺，日上，先生與客已觴詠久矣。於是胠篋取一編書，皆金石雜著，授予曰：「可疾讀，吾聽。」愜其音節句讀不忒，顧先君指而謂之曰⑨：「孺子誠可教矣。老夫平昔問學頗得一二，歲累月積⑩，針線稍多，但見其可者，欲付之耳。可令吾姪從予偕往，將一一示而畀之，庶文獻之傳，罔隕越于下。」先君起，拜謝不敏曰：「先生惠顧若耳⑪，何幸之如⑫！王氏且有人矣，敢不唯命？」期以明年春，當見先生於西山，時歲甲寅春二月也。

後三十五年戊子冬十二月臘節前三日，小子再拜追述。

【校】

①「昔吉禿滿」，元刊明補本作「皆吉禿滿」；薈要本作「濟勒圖們」；四庫本作「實圖美」；據抄本改。

②「扣」，抄本、薈要本同元刊明補本；四庫本作「叩」，亦可通。

③「燈」，抄本、四庫本同元刊明補本；薈要本作「鐙」，亦可通。

④「授」，抄本同元刊明補本；薈要本、四庫本作「受」，亦可通。後依此不悉出校記。

⑤「爲」，元刊明補本、抄本、薈要本脱；據四庫本補。

⑥「者」，抄本同元刊明補本；薈要本、四庫本脱。
⑦「將」，抄本同元刊明補本；薈要本、四庫本作「具」。
⑧「來女」，抄本、薈要本、四庫本作「汝」，脱。
⑨「指」，元刊明補本、抄本作「字」，聲近而誤；據薈要本、四庫本改。
⑩「歲累月積」，抄本同元刊明補本；薈要本、四庫本作「歲積月累」。
⑪「耳」，抄本同元刊明補本；薈要本、四庫本作「爾」，亦可通。後依此不悉出校記。
⑫「之如」，抄本、薈要本、四庫本作「如之」。

政問

至元九年春，予以御史滿秩，除平陽路判官，過辭諸公，以臨民處己之教爲請。右丞相史公曰：「汝讀書年長，久在朝行，今官外郡，寅奉之心當常若在朝野時①。至於事機變轉，不可預料，臨時制宜可也。」翰林學士鹿庵先生曰：「長次不睦及首沽虚聲，今天下之通患，推讓有終爲上。《詩》云：『靖恭爾位，好是正直。神之聽之，介爾多福。』況人事乎？餘何言。」祭酒許魯齋曰：「臨政譬之二人對奕，機有淺深，不可心必於勝，因其勢而順導之。同僚間勿以氣類匪同而有彼此，或有扞格，當以至誠感發，無所爭矣。」

其後總管萬奴來尹，亦請訓於開府，史公曰：「今判官王某性純直②，頗諳事，儻有所疑，當與可否。」至於左丞姚公、吏部尚書高公，諱鳴，雄飛③。每以事使晉府者，必有言顧慰。至秩竟，僚屬友愛，以理而去。時十有三年春三月也。不肖今年六十有二④，老不能用，追思往事，如此等格言有不可遺逸者，因特書云，且寓夫强仕之不可復也。是歲戊子秋七月丙戌初二日也。

【校】

①「朝野」，抄本同元刊明補本；薈要本作「朝」；四庫本作「朝廷」。

②「純」，抄本同元刊明補本；薈要本、四庫本作「既」，非。

③「諱鳴，雄飛」，抄本、薈要本同元刊明補本；四庫本脱。

④「二」，抄本同元刊明補本；薈要本、四庫本作「一」。

醫說贈胡君器之

醫者，精微之術也。又曰：「醫者，意也，得於中而可以應諸外，通乎微而後可以達其變。」此必然理也。

予素有中脘疾，二十年間凡三舉發。初得於燕也，醫袁以玄胡劑療之，法既緩，再宿而疾乃已。在趙，藥以神寶名者攻其中堅，瞑眩搜索，上痛方厲而下動大作，猶一敵未退而復生一敵，物雖去而泄不止。予頹然而卧，力不勝而氣已憊矣，間日而氣始平。其作於邢也，陳氏亦以類趙劑者投之，而爲苦與先尤加劇焉。今者蹶動，感似輕而痛則一，上閧於中州，旁刺於兩脅①，後延於膂寅②，撞搪衝拉③，頭岑岑而氣翕翕，求少寐以休吾煩且不得也。胡君器之亦探藥之粒如珠者④，曰「朱砂圓」下之⑤。予顧其劑微於先，疑爲力更峻。器之曰：「無慮爲，第下嚥。」覺腸間少鳴而微痢，則痛隨止矣。」已而果然。繼以厚朴湯調之。忽醒然而寐，如釋重負而濯清風也。師痞⑥，日高三丈許。予體中已平，曾泄之不復作而氣之不少憊也。

器之天資高，業顓而學博，識明而善斷，出新意而不泥古，知其常而通其變。嘗曰：

「人具五行，稟之者不一；天有六氣，感之者無常。病雖名同而證實有異者，苟以一概治之，吾未見其能也。故證之壞者，往往濟而獲安⑦。」昔霍嫖姚行師，少衄多勝，正以不至泥古兵法。顧所遇，吾應之者爲如何，且予於器之亦然。作《醫説》以貽之。

【校】

①「剌」，元刊明補本作「剌」，形似而誤；據抄本、薈要本、四庫本改。

②「寅」，抄本同元刊明補本；薈要本、四庫本作「螾」。

③「搪」，抄本同元刊明補本；薈要本、四庫本作「搶」。

④「珠」，元刊明補本、薈要本脱；據抄本、四庫本補。

⑤「朱」，抄本同元刊明補本；薈要本、四庫本作「硃」，偏旁類化。

⑥「師」，抄本同元刊明補本；薈要本、四庫本脱。

⑦「濟」，抄本同元刊明補本；薈要本、四庫本作「劑」。

王惲全集彙校卷第四十六

雜著

題戒

仲希出金源世胄，少以孤兒隸羽林宿衛者有年，爲人慷慨尚風誼，善馳射。北渡後，折節讀書，樂與士夫交游，赒急解紛，空蹶裝橐①，奔走風雨，不少顧惜。至於識名馬，善隼羽，知常通變，談笑一世，翩翩爲佳公子也②。如遺山先生一代鉅公，雖汎愛無間，翰墨之作初不輕與。至于君，題其居曰元齋，繼其德曰吾弟，復有篇贈稱道其志。向非尚友重義，得如是乎？自是，完希之名軒翥於河朔者三十餘年，非不顯也。予既冠，與君傾蓋於酒壚間，一言定交，仲眉吐氣，歡若平生。及合好議采③，曰：「夷貊之道，吾不取也④。」此又拔出流俗⑤，義之所可重者。

嗚呼，君没世已遠，撫卷懷人，不覺增嘆⑤。然義之所在，猶耿耿也。汝曹固當思其所尚，求其所當重者，充類至義之盡，昭然使身名齒録於賢士夫之行，曰：「此則某之孫也，則某之甥也。」是則汝外祖姻於吾家之意也。不然，得衛公故物，知其賢而不踐其迹，徒以服器爲世家傳嗣之寶，非所望於汝曹也。作《題戒》。

廿四年丁亥三月⑥，伯父秋澗老人書畀姪阿宜，其聽之毋怠。

【校】

①「空蹶裝橐」，抄本同元刊明補本；薈要本、四庫本作「空厥棐橐」。

②「佳」，抄本、四庫本同元刊明補本；薈要本作「隹」，形似而誤。

③「采」，抄本、薈要本同元刊明補本；四庫本作「米」，形似而誤。

④「夷貊之道，吾不取也」，抄本、薈要本同元刊明補本；四庫本作「風雅之道，吾所取也」。

⑤「嘆」，抄本同元刊明補本；薈要本、四庫本作「喟」，亦通。

⑥「三」，抄本、薈要本同元刊明補本；四庫本作「二」。

名王氏子説

王氏子嘗以小學從予，一日來求其名與字，因得讀張户部復亨所撰其祖墓碑，乃知王氏自遠祖已來，以文章儒行世其家於保者也。小子，今吾語汝：

汝曾祖在承安間擢巍科，爲一時名卿。明昌初，官真定録事參軍，政聲藉甚。汝父遭罹世故，以孤身卓爾自拔，見知於漕臺周侯，騰揚仕版，若有所爲而不幸蚤世，良可嘆惜。然人有陰積者必有陽報，苟不在乎身，必及其後人。如汝高祖教授君，志竟不遂，厥類錫於爾曹。今汝父復罔克所紹而止於斯。而汝也，今亦孤童子，方保持門户爲事。長身如此，所當愿而恭，柔而立，操惟危之心，念肯構之戒，日切一日。吾見王氏之慶未艾，昭然之報將不遠而復，可不勉旃也！故用構名汝，以德基字之。

中統甲子夏五月望日書。

忽治中名字説①

予官御史時，聞尚書、工部郎中、今治中别乘合剌思熹功名②，樂善言，而與士君子游。某嘗望君於稠人中，飄然有玉立雲飛之舉，欲願交而未暇也。至元壬申秋，得同僚平陽③，相接如平生懽。共事既久，愛其材識通敏廉介，有守處心，臨政多中事宜，殆與曩聞無異。一日請名於予，且求其説。

予曰：「上古之民林林而生，系出一本。聖人見其厥類蕃庶，惡夫無别，於是因官因封，或勳或守，王父之字，賜姓氏以明之，立名諱以識之，表德業以貴之。又以性有剛柔、進退、好惡之異，而寓抑揚與奪之義焉。君姓忽氏④，蓋父字也，世爲唐瀚海軍都護府人。其國郊於乾兑之間，據雲天之雄，故其人多沉潛剛克，内明而外毅。若吾子秉彝奇特⑤，超拔倫萃，表著於一時，豈非能明其初德而光揚於外者乎？《傳》曰：『德明惟明。』其是之謂歟？故以德輝名君而英甫字之。蓋英者，德之光發見於外者；甫者，男子之美稱也。吾子以爲如何？」乃書以贈。

【校】

①「忽治中」，抄本、薈要本同元刊明補本；四庫本作「呼雅治中」。

②「合剌思」，抄本同元刊明補本；薈要本作「哈里蘇」；四庫本作「海拉蘇」。

③「僚」，抄本同元刊明補本；薈要本、四庫本作「寮」，亦可通。後依此不悉出校記。

④「忽氏」，抄本、薈要本同元刊明補本；四庫本作「呼雅」。

⑤「若」，元刊明補本、抄本闕；據薈要本、四庫本補。

李氏子名説

故河東連帥李公以忠勇佐征伐，建殊績①，受封河東，蓋三世矣。有孫一十四人。一日，元孫萬户某率諸弟相過，雁行玉立，映照前後，與之語，挺然有燕雲遼碣之勁氣②。吾知其先代之澤，淵流而未央也。次五弟因求名於余，予以謂李氏世以武顯③，繼武而善可守者，其惟文乎？故名之曰嗣文，以文叔字之。《傳》不云乎，「文武之道未墜于地，在人賢者識其大者，莫不有文武之道焉。」李氏子其服之無斁。至元十年歲癸酉前六月十一日，予自河解北還，過絳，書于園池之華萼堂。

【校】

①「績」，抄本同元刊明補本；薈要本、四庫本作「勣」。

②「碣」，抄本同元刊明補本；薈要本、四庫本作「鶴」，非。

③「謂」，抄本同元刊明補本；薈要本、四庫本作「爲」，亦可通。後依此不悉出校記。

王氏四子字訓

中丞王兄子初，一日因子名而告予曰：「人之生世，貴善良而材用。譬夫羊豕，性馴而乏可用之資；虎豹，材逸而無可馴之理。惟牛與馬乘服耕播，性馴狎，大有濟於世，故弱息四人取其義，名之曰犄、犆、犆、㸌。吾友其爲我字之。」予即訓曰德驎、德駼、德騵、德騄。雖然，牛不駕習，則有破車之暴；馬不調御①，則有泛駕之虞；士不學習，至跅弛而無所用②。四子尚涵養其德性，修治平聲其才學，異時任重道遠，無以襟裾貽誚，茲汝父之志也。其勉旃毋忽。書《字訓》以貽之。

【校】

①「調御」，抄本同元刊明補本；薈要本、四庫本作「控馭」。

②「弛」，抄本同元刊明補本；薈要本、四庫本作「踮」。

温總管字説

古人制名與字，本以假代稱道，因其材而進退之，非欲求勝而滋美也。温生世將家，容止雍雅，殆素嫺於詩禮者①。嘗攝從戎事，及兄之子衣甫勝，即以職畀之，時人多其讓。一日，踵門來謁，載拜而請曰：「初，膺字仲傑，傑也者，智過萬人之謂。竊意聲聞過情，君子恥之，且於名理又弗類，假而稱之，誠有所未安者。願先生易厥初得，因名衍義，可用以自儆者爲偁②，則所貺多矣。」

予嘉其情實而辭愻③，卑牧而不自矜也，乃以大賢之事告之。昔顔氏子得一善，則拳拳服膺而莫之失。服膺者，能持貯心胷以爲終身之行。用是，夫子至興其殆庶幾之歎。予因爲之説曰：「人心虚明而廣大，衆善畢具，惟其人慾静盡則道心孔昭④。道心者何？四端用中而已。雖然，仁爲體，三者乃仁之用；而敬者，又禮之實。克己復禮，庸焉而入德，尤在視聽言動之先。惟其善擇能守，從容中道，則此心弗曠，既有物而且有則矣。《傳》曰：『甘受和，白受采，忠信之人可與學禮⑤，苟無其質，禮不虛行。』況乎天姿温粹，樂善而克恭者焉？故敢易『傑』曰『禮』，以仲敬字之，庶幾因名衍義，用以加修者歟？然前賢致恭，不以聲音笑貌爲事，欲誠著于中而藴篤實之光，氣發於外而粹安和之色，道見於用而極靖嘉之方。其事上則忠，戰陣則勇，與人交則信，將見名實兩得，禮容偘偘，與大賢同歸。異時詩書謀帥，豈唯投壺雅歌而已哉？吾子以爲何如？」

膺曰：「意中事，先生能言瑩如是，敢再拜受教。」於是書以爲贈⑥。

【校】

①「嫺」，元刊明補本、抄本作「閑」，據薈要本、四庫本改。

②「偁」，抄本同元刊明補本；薈要本、四庫本作「稱」，亦可通。按：偁、稱，古今字。後依此不悉出校記。

③「愻」，抄本同元刊明補本；薈要本、四庫本作「遜」，亦可通。後依此不悉出校記。

④「静」，抄本、薈要本同元刊明補本；四庫本作「浄」，亦可通。

⑤「與」，抄本同元刊明補本；薈要本、四庫本作「以」，涉上字而聲誤。

⑥「贈」，抄本同元刊明補本；薈要本、四庫本作「則」，非。

張掾史名説

元貞建號之前歲，丞相伯顔公受開府儀同三司、太傅、知樞密院事，許開幕置屬，於是選擢材儁以崇時望。

主安定簿張楚者①，以掾史進，一見即蒙眄睞。是歲，公以疾薨謝于位，嗚呼哀哉！楚追感殊顧，懷思不忘②，至圖公像奉之，懇集賢、翰林兩院題讚，俾昭蓋代。亦來叙哀徵辭，言念勳德，辭情慷慨，義形於色。因知楚河東九原人，少失怙恃，養於外家徐氏，孑然以孤童子從許公度學③，氣貌修楚，早負幹局。甫冠，先生以「楚」訓名，是用勉夫修習，俾趨于成。今以事，爲所著者論之，可謂樂事大賢，知恩所自，以義圖報，有始有終者也。其在衰俗，誠可嘉尚。

予乃悚然而器之，曰：「楚，今當作礎矣。」既而來求其説，乃告之曰：「古者制名，皆存義例，有像其類而命之者，因其材而篤之者，或審其剛柔而抑揚之者，或察其氣焰而取與之者，非徒觀美誇大而已也。今予以汝美在其中，用見于外，篤實輝光，有不可掩焉者。若夫氣志堅凝，如鉅石出霧，洞達無隱，既敦固其材實，復砥礪其廉隅，方嚴正大，莫夫鼉植之下而收任重持久之效者，是正汝之責也。《易》曰：『介于石，不終日，貞吉。』其是之謂乎？嗚呼，礎乎，其聽之無斁！」

二年丙申重九日叙説。

【校】

①「主」，抄本同元刊明補本；薈要本、四庫本作「至」，非。

②「思」，抄本同元刊明補本；薈要本、四庫本作「恩」，非。

③「孑」，抄本、薈要本同元刊明補本；四庫本作「子」，形似而誤。「許」，抄本同元刊明補本；薈要本、四庫本作「計」，非。

儒用篇①

士農工賈謂之四民，四民之業，在士爲最貴②。三者自食其力，能傃所守，時雖弗同，固不失生生之理。唯士也，貴賤用舍，繫有國者爲重輕，蓋其所抱負者仁義禮樂，有國者恃之以爲治平之具也。國不爲養，孰樂育之？君不思庸，孰信用之？不幸斯道中微，我玄尚白，阨窮遺逸，隨集厥躬，此士之所以遑遑於下而可弔者也。幸有連茹爲引用，爲主張者，曰：「鄙儒俗士，烏足有爲也？」

切嘗惑焉。謂有用也，時不見其所用；謂無用也③，一爲時用，卓越宏達，莫可企而及者。烏可以時偶無用，概有用悉爲無用之具哉？國朝自中統元年已來，鴻儒碩德，濟之爲用者多矣④。如張、趙、姚、商、楊、許、三王之倫，蓋嘗忝處朝端，謀王體而斷國論矣。固雖□□聖神廣運於上⑤，至於弼諧贊翼，俾之休明貞一，諸人不無效焉。今則曰「彼無所用，不足以有爲也」，是豈智於中統之初，愚於至元之後哉？予故曰：「士之貴賤，特係夫國之重輕，用與不用之間耳。」

嗚呼，國之所以爲國者，有其人也。今天下之心同然而深惟者，天統大開，六合同軌，及其選一材，取一士，舉目茫洋⑥，無所於可，正孔子稱杞、宋二邦無足徵證，蓋傷其賢既不足，文典之傳有不可强而爲者。復以時務論之，今選行於上⑦，材乏於下，是有國者之最所當病⑧。故唐取士之法，歲萬人爲率，猶三十年可盡，况法未備而無所取哉？又老成先進、文學經制之士，舉海内而計之，不過數人耳⑨。故州郡所謂學校勉勵進修之方，從而無實，掃地何有⑩？

嗚呼，儒乎，其微至於兹乎！斯文在天，無可絕之理，是恐不止不行，不塞不流之意耶？然士不用則已，如或用之，固非一朝可就，必須廣學校，録師儒⑪，振士氣而勃興，設衆科而肆取。故得人材輩出，以膺文武之選，以成久長之業，斯則適其時矣。任是責者庶聞之，油然有蹶於中。述《儒用篇》。

【校】

①「篇」，抄本同元刊明補本；薈要本、四庫本作「儒用説」。

②「在」，元刊明補本作「右」，形似而誤；薈要本、四庫本作「惟」；據抄本補。

③「謂」，元刊明補本、抄本、薈要本作「爲」，據四庫本改。

④「濟」，抄本同元刊明補本；薈要本、四庫本作「躋」，非。

⑤「□□」，抄本同元刊明補本；薈要本、四庫本作「文武」。

⑥「茫洋」，抄本同元刊明補本；薈要本、四庫本作「望洋」。

⑦「於」，抄本同元刊明補本；薈要本、四庫本作「其」，非。

⑧「是有國者之最所當病」，元刊明補本、抄本作「是最有國者之所當病」，倒；據薈要本、四庫本改。

⑨「過」，元刊明補本、抄本、四庫本作「三」，據薈要本改。

⑩「掃」，抄本同元刊明補本；薈要本、四庫本作「埽」。

⑪「録」，元刊明補本、抄本作「禄」，據薈要本、四庫本改。

吏解

甚矣，吏之不學，取之無術也！紛紜苟且，自進自退，據其名則正，較其實則非，而官之形勢，衆之情僞，習不相遠也。故諺曰：「畫地爲圄，不可入；削木爲吏，期不對。」此蓋傷其持心近鄙之之辭也。然非吏之性也，勢也。

今夫一縣之務，領持大概者，官也；辦集一切者，吏也。簿書期會之所交錯也，利害督責之所相須也，鍛煉酬酢，日復一日，大體細行，有不違顧者。少或蹉跌，輕則窘折困辱，重則榜責退黜①，吏之爲役，賤已極矣，安得不持其事而逾急，欺其心而後語哉？或不經事，昧於自信，聞其名則憎，見其人則易，意復少忤，至忿嫉訾毁，不以禮貌相接，非也②，是皆不澄其源而責其流之濁也。若使上之人能清心省事，一其法政，簡而不擾③，雖有桀黠苛刻、急劇苟且之心④，將安所施哉？余故曰：「非吏之性也，勢使然也。」若從其流而責之，所可鄙而傷者甚矣。今天下之人干禄無階，入仕無路，又以物情不齊，惡危而便安，不能皆入於農工商販。故三尺童子，乳臭未落，羣入吏舍，弄筆無幾，顧而主書⑤，重至於刑憲，細至於詞訟，生死屈直⑥，高下與奪⑦，紛紛藉藉，悉出於乳臭孺子之手⑧，幾何不相胥而溺也？以至爲縣、爲州、爲大府，門户安榮，轉而上達，莫此便且速也，人烏得不樂而趨之？嘗聞近代吏之出身難矣：由州而吏員，由吏員而部掾，法律乃筆，人材行止，舉明有官，否則結罪⑨；然後考試，有司寸步不移⑩，設法既嚴，百不選一，猶恐中非其人而害於政⑪。以今觀之，其可鄙而傷者，當如何哉⑫？且兩漢之世，丞相、御史下至三槐九棘，蔚爲名臣者多吏也，固必學之有素，進之有道，初不若此紛紜苟且。

嗚呼！弊極而變，變則通，此必然之理也。然非持衡者，孰爲立法而興革之哉？作《吏解》篇。

【校】

①「榜」，抄本同元刊明補本；薈要本、四庫本作「搒」，亦可通。

②「非」，抄本同元刊明補本；薈要本闕，四庫本脱。

③「擾」，元刊明補本闕；據抄本、薈要本、四庫本補。

④「雖有桀」，元刊明補本闕；據抄本、薈要本、四庫本補。「劇」，抄本、薈要本同元刊明補本；四庫本作「遽」，亦可

通。

⑤「主書」，抄本同元刊明補本；薈要本作「生書」，形似而誤；四庫本作「生奸」，非。

⑥「屈」，抄本、薈要本同元刊明補本；四庫本作「曲」，俗用。後依此不悉出校記。

⑦「高下與奪」，抄本同元刊明補本；薈要本、四庫本作「高與下奪」，倒。

⑧「手」，抄本同元刊明補本；薈要本、四庫本作「口手」。

⑨「則」，抄本同元刊明補本；薈要本、四庫本作「財」，形似而誤。

⑩「移」，元刊明補本、抄本作「遺」，據薈要本、四庫本改。

⑪「害於政」，元刊明補本、抄本作「於害政」，據薈要本、四庫本改。

⑫「如何」，抄本、四庫本同元刊明補本；薈要本作「何如」。

田訟

民之致訟者多矣，未若田訴之未能決也。自井地散而爲限田，限田變而爲無法，此事端之所由興也。又以兵農勢異，兩有相犯，各持其是而不相下。治兵者曰：「吾軍力之所自出。」親民者曰：「吾征賦之所由辦。」居上者若是，爲下者將安適從？至官誘吏而搏拏，吏視賄而與奪，牽制蔽欺，卒無定論。

幸有審兩造而克荷者，情裁臆斷，明同仁一視之公，釋累歲積年之弊，往往迫於形勢，顧後患亦因循而莫之問。故僥倖者覘其如此，又以彼弱易欺也，詒冒敚攘①，靡所不至。甚者損衆益己，鬩一方之訟，必被擾而後已。以致乖戾抑滯之氣鬱積於上，烏得無水旱之異哉？水旱之來，又弱者所先苦，欲政能行民之不困也難矣。余嘗讀《大雅·綿》之詩：「虞芮質厥成，文王蹶厥生。」蓋言二邑訟田，往正於周，及入其境，履其庭，禮讓之風無或不在。二君感而中愧，生其固有良心②，相與罷歸，棄所争爲閒田③，自是歸周者四十餘國④。先儒以是爲西伯受命之符，宜矣！孔子曰：「能以禮讓爲國，何有？」其是之謂歟？

嗚呼，三代而上，教有餘而法不足；兩漢而下，法有餘而教不足。教不足，法猶足治也，矧教與法俱至闕然者乎？民不險而訟也又難矣。施於今者，宜若何？曰：「惟有明其教，一其政，立其法于其上，然後擇官宣化，守其法于下，庶幾民志日定而訟者少爲之熄矣。」述《田訟》篇。

【校】

①「詒」，抄本、薈要本同元刊明補本；四庫本作「紿」，亦可通。

②「良」，抄本同元刊明補本；薈要本、四庫本作「之」。

③「閒」，元刊明補本作「間」，據抄本、薈要本、四庫本改。

④「餘」，元刊明補本作「余」，俗用；據抄本、薈要本、四庫本改。

黄石公説

秦惑李斯之説，燔書坑儒以愚黔首①，故一時豪傑之士醜厥德而恥食其粟者多矣②，如蓋公、盧敖、倉海君、商山皓皆是也③。

若黄石公者，後世獨以鬼物爲疑，非也。觀圯上一節，公蓋逆知其炎劉將奮，非良無以輔成漢業。雖然，顧狙擊始皇於博浪沙中④，良之氣固以爲蓋世雄傑，惜有其材而未至者，學耳。及一旦相值，輒令取履跪進，旬日間往返三至。先折以禮，繼稱其可教，特重夫師道之傳⑤，抑使動心忍性，徵於色，發於聲，而後喻也。兼奉執履杖，弟子之職⑥，非有儻慌可怪之事⑦，而班固亦以非有贊焉。設若良欲神其所遇，不過使高帝異其非常，平時智計皆自神異，復不輕其所授教而已。使是公果有「黄石即我」之語⑧，亦不過古人事了徑去，剷迹韜光，令千載而下仰其高風，可聞而不可詰也。

又嘗讀公遺書，皆明哲警抑之道⑨，殆黄老氏之精英者也。不然，何自托於荒丘礫确⑩，而爲是索隱行怪之舉哉⑪？由是而觀，東坡稱公爲秦隱君子，可無疑矣。距祠東里許有阜，曰黄山，下有孔穴⑫，其巔巨石嵬立，土俗相承，云公出於此，尤爲不經云。

至元甲申歲夏五月，余覆災祠下，顧瞻山川，慨焉興感，書是説以辯云。

【校】

①「坑」，元刊明補本作「阬」，據抄本、薈要本、四庫本改。

②「矣」，抄本、薈要本同元刊明補本；四庫本作「笑」，形似而誤。

③「君」，元刊明補本作「若」，形似而誤；據抄本、薈要本、四庫本改。

④「始皇」，元刊明補本、抄本、薈要本作「吕政」，據四庫本改。

⑤「師道」，抄本同元刊明補本；薈要本、四庫本作「師教」。

⑥「兼奉執履杖，弟子之職」，抄本同元刊明補本；薈要本、四庫本作「兼使執履，效弟子之職」。

⑦「儻慌」，抄本同元刊明補本；薈要本作「儻怳」；四庫本作「惚怳」。

⑧「黄石即我」，元刊明補本、抄本作「其石我已」，據薈要本、四庫本改。

⑨「抑」，抄本同元刊明補本；薈要本、四庫本作「拔」。

⑩「何」，元刊明補本、抄本作「胡」，據薈要本、四庫本改。

⑪「索」，元刊明補本作「傣」；薈要本、四庫本作「素」；據抄本改。

⑫「距祠東里許有阜，曰黄山，下有孔穴」，抄本同元刊明補本；薈要本、四庫本作「距祠東里許，曰黄山，下有阜，有孔穴」。

筆說

燕之筆，霜雪穎也，勁而莫爲屈；楚之毫，炎蒸之毳也，柔而易爲書。勁與柔何俟多論，獨念夫用之有難易也。余以心無所用，近集三代已來輔臣相業述《調元事鑑》，筆爲日課，資閒中一樂。机格間，燕、楚之材皆具。柔和者易於得字①，腕不知勞也；勁挺者艱於如意，手指既据，致牽其臂而爲困。然不數日，燕鋒方練，布畫愈精，顧楚産已敗而不任吾用矣。

予於是乎感焉，曰：「此何異於相之用人也？」昔霍將軍子孟欲顓事，權利其庸鄙者，故相李蔡、石慶、王訢、楊敞②，使之充位而已。霍終不聞讜言，其族隨敗而無餘。唐相蕭嵩亦以韓休柔易而薦之，及其當位，持議方剛，殆不少撓，至有「不意能爾」之嘆，而開元之政蔚有可觀。後之君子居於人上者，正當「毋友不如己者」可也。苟專以庸鄙便己爲心，其如邦家何？作《筆説》。至元丙戌夏六月三日也。

【校】

①「字」，弘治本同元刊明補本；薈要本、四庫本作「手」。

②「故相」，元刊明補本、弘治本、薈要本作「相故」，倒；據四庫本改。「訢」，弘治本、薈要本同元刊明補本；四庫本作「訴」，形似而誤。

黿蛇説

己丑歲秋八月癸亥，有玄黿丹蛇見于太乙宫之書院。鍊師范君再拜，以禎祥來請。予爲之説曰：

蛇虺在所有而玄黿不常見①，一旦蹣跚蜿蜒，並出而偕行，此又覩之罕也。二者化精水火，玄武衷甲以自壯，靈蛇揺毒以螫人。故古者師征②，圖形旗旐，用先啓行，加招揺於上，俾急繕其怒，以示禦侮毒暴之戒。今六代純一師奉命醮斗，積有歲時，豈精誠感格，當進作之際，堅勁衆怒，俾禦侮警暴，陰爲之祥邪？然禋於彼而見于符籙所在者，豈祭法從出，昭其教之本邪？不然，昔昭應宫因二物畢至，靈宇斯建，抑亦壽宫將欲復增光舊物，此爲有開之先兆邪？吾不得而詳也。

作《龜蛇同出説》。冬十月三日書。

【校】

①「在所」，弘治本同元刊明補本；薈要本、四庫本作「所在」。

②「征」，弘治本同元刊明補本；薈要本、四庫本作「行」。

牛生字説

全閫鐵官屬吏曰牛生者，東平人。世儒家，尚氣義，好刀劍，或欲之，雖千金不悋。聞余名甚喜，通謁來拜。

予曰：「汝非文星者乎？」唯而不敢當。吾自壯歲，亦以論文説劍爲喜，今雖耄，氣習未除也。遂與談古今劍器雄雯雌縵者數品，至有所未聞而未見者，若欲吐燕趙勁氣而來吴越之清風也。已而，跽請曰：「星之表字走，有所未安，幸憲使與易而淬礪之。」因謂之曰：「維南有斗①，不可以挹酒漿，然經緯昭布，天之至文也。昔龍泉下湫②，紫氣上欝，張、雷識之，得二者於幽囹之下。嗚呼！一物之靈，有如是者。《傳》曰：『文武之道未墜於地，在人，賢者識其大者，不賢者識其小者，莫不有文武之道焉。』夫物猶能以氣而上達，人固當以文而致昌，其以文昌字之可也。牛生，其勖哉毋怠！」

於是書以爲贈。

【校】

①「南」，抄本同元刊明補本；薈要本、四庫本作「北」，妄改。

②「湫」，抄本同元刊明補本；薈要本、四庫本作「伏」，俗用。

米少尹名字説

人之性，有生而即敏者，有學而後敏者①。要之，生而開敏者爲上，習而成性者次之。劍倅米君燕産，世爲西域人，性開敏，樂於爲善。嘗憶其兄中丞丁多故際，衆無異議，中外稱其善良。予過劍浦，米來求名，因訓之曰「闓」。闓者，生其善心，顯其可踐迹也。内不先開，英何爲而發？故字之曰「英甫」。兼汝年方壯，功名鼎來，若能以乃兄爲法，篤其良心，踐其善迹，是不負天性幼成，訓夫闓之之義也。英甫其勉旃！庚寅九月十二日書於南劍廳事。

【校】

①「敏」，元刊明補本、抄本作「明」，據薈要本、四庫本改。

六藝以射爲重，三代所以觀德而貢士也。故男子始生，懸弧矢於門，俾射上下四方，示有事於他日也。

孫韃郎名字説

元孫韃將生之夕，總戎晉人杜侯以竹簳五十遺余，侯甫去而韃生。其開先慶璋，名逐生來之兆，爲不偶然者昭昭矣。今生十有八歲，姿妍静，學習頗嚮①，方訓名象德。不即開先之祥而用之，將何求？故以笴名之，而以君貢字焉。亦因饋命鯉之義，乃告之曰：「雲夢之竹，天下之美材。其采而貢之者，將達之於王庭，脩夫射宫大用，以明擇士之道，其爲物豈不重哉？然矢之爲矢，必須辯陰陽，相博勁②，矯揉以端其紆趚，文彩以焕其羽筈，堅鋭以利其鋒鏃，而後可以洞遠而捷鵠。不然，雖公佗、養由之伎，且將不吾取矣。於戲！笴，王氏由農而士，嗣志讀書，迨於汝蓋五世于兹。吾老矣，其所以望於汝者，端重持其中，和易接於外，不使一毫怠墮之氣設於而身③，以之效用致遠而光大先世之業，小子笴其服之毋斁。」至元壬辰秋九月十二日，少中大夫、祖父秋澗老人訓示。

叔父後谿題示④：「訓汝諄諄意，奇文見乃翁。洞堅威可大，棲鵠體須中。既應開先兆，當知矯揉功。遠期遺近效，羽夾看摩空。」

【校】

①「頗」，抄本、薈要本同元刊明補本；四庫本作「頓」。

②「博」，抄本同元刊明補本；薈要本、四庫本作「搏」，形似而誤。

③「墮」，抄本同元刊明補本；薈要本、四庫本作「惰」，亦可通。

④「叔父後谿題示」，抄本同元刊明補本；薈要本、四庫本作「又因而詩以戒之云」。

樂全老人說

昔太史公傳貨殖，以素封而名家甚夥，然富而好禮，享所有而全其樂者，蓋亦鮮矣。林氏系蘇門望族，君玉雖治産時逐①，處心遠大，資之以發其身者，良有足取。爲人志明而氣鋭，樂賢好客，教子孫讀書，顧一事不肯屑屑出人後。通都大邑，居奇貨儈，贏羡掉臂於陶朱、猗頓間，千金之産有過而弗觀者。至親近名士、大夫，風雨寒暑，奔走不避。如鹿菴、顯軒二大老，愛其疏通知變，皆款與其進，遂資藉子仲先，爲時聞人。故好事之名高出行輩②，達官時貴踵接於門者無虚日。家則藏書有閣，圃外思親有亭，植佳花，釀名酒，客至則擊鮮爲具，賓醉而後已，窮年而不厭也。今年七十有五，視聽聰明，行步加健，飲啖如五六十人，既富而壽，壽而安，安而能享。承家有子，純孝而特達；釋負有孫，善繼而克荷。歲時讌喜，朋簪四盍，兒孫滿前，奉觴拜壽，樂融融也。一門之中，百順坌集，何其秉之厚、樂之全，且見其禮義之生於家也。

予以世姻故，游最狎，因舉曾有慶，謂子仲曰：「若乃父克享所有，以齒以德。扳古人之例，宜易名以顯異之，若等以爲何如？」曰：「謹唯命。」遂以樂全老人目之。異時瞻喬木，禮高年，使誥雲絢彩爛焉盈門③，是將望於若子若孫者，未必不張本於斯耶。

已而，子元來請其説，於是乎筆以爲贈。歲壬辰至元廿九年履端日書。

【校】

①「逐」，抄本同元刊明補本；薈要本、四庫本作「遂」，形似而誤。

②「故」，抄本同元刊明補本；薈要本、四庫本作「故其」，衍。

③「彩」，抄本同元刊明補本；薈要本、四庫本作「綵」，涉上而偏旁類化。

劈正斧辯

斧，斵蒼玉爲之①，長徑九寸有幾，鍼之刃滿六寸，頦下略齟齬之。中堅厚二寸强，龍首牙䏰啗于口②，作兩段，吞筈腦，與刃通。以柯貫之，上以雙蟠螭冒其端，下以玉爲瑁承其竅③，華潤緻密，無微疵可擿，神兵凛肅，真秘寶也。且斧者，黼也，黑白二色相次，故以水蒼玉象之。

三代之制云：「兵刑，喪祀用之。」飾怒以賜殺，執之以就列，示威以啓行而已。今則天子正衙朝會④，命冕執中立，以劈正爲義，莫究所從來。然法物變易，多自陳隋⑤，李唐因之，有不能廢焉者歟？又制度追琢，以近代工較之，非隋唐莫之能作，豈劈正之論權輿於二代間邪？

嗚呼，斷之爲德，至矣！昔孝成以優游不斷，漢鼎遂傾；憲宗知惟斷有成，淮西克平。是既繡於裳，繪於扆，織于筴⑥，畫于冪⑦，今復植立，以肅正朝。古之人納君於正，去邪勿疑，寓德威於物，以將其果毅者，俾無或忽也，垂戒之義深矣。

至元癸巳春三月廿六日，因閱實，偕御史商琥、修撰魏必復觀於侍儀法物庫。偶憶近歲夢先師命予賦《朱干玉戚》詩⑧，今日乃與神物會遇⑨，所謂「嗜慾將至⑩，有開必先」者也。作《劈正斧辯》。

【校】

①「斲」，抄本同元刊明補本；薈要本、四庫本作「斷」。

②「牙」，諸本皆作「呀」，涉下而偏旁類化；徑改。

③「爲」，元刊明補本、抄本作「東」，薈要本作「來」，據四庫本改。

④「衙」，元刊明補本作「何」，據抄本、薈要本、四庫本改。

⑤「陳」，元刊明補本、抄本作「孤」，據薈要本、四庫本改。

⑥「筴」，抄本、薈要本同元刊明補本；四庫本作「箔」。

⑦「羃」，抄本同元刊明補本；薈要本、四庫本作「幕」，亦可通。

⑧「詩」，抄本同元刊明補本；薈要本、四庫本脱。

⑨「遇」，抄本同元刊明補本；薈要本、四庫本作「遇焉」。

⑩「嗜」，抄本、四庫本同元刊明補本；薈要本作「耆」，亦可通。

王氏冬藏圖説

夫出處語默，君子固由其中，然造物者不無意於其間也。適事殷之時，引之静處，使遠其咎，人意若中有所惜①，我可忽其所事哉？曰：「事謂何？」静而積學，以俟夫動而有爲也。《傳》不云乎：「居則曰不吾知也，如或知爾，則何以哉？」況苒苒而來我，悠悠而過心，放而不思，其求學雜而不至於彀，坐靡光景，日就衰謝，則曰：「人不我知，時不吾用。」其爲惑也，亦已甚矣！

今將收放豚以入其笠，屏吾雜以絶其害，朝焉而經，暮焉而史，經則所以端吾體於中，史則所以驗吾用於外，旦爲夕之所不能，夕補旦之所不足。要本先定力以固窮，終精思以求道，貫夫六藝之旨而酬酢乎事變之來者，如斯而已矣。至於無益之談，不切之務，昏怠之氣，過分之思，合俗徇情，徼逐挑達②，一日三秋之戒，廢日廢身之喻，又見夫左箴右銘，儆其敬之未莊，心之所不力也。

嗚呼！昔孔宣父稱「顔氏子，其殆庶幾」，豈非三月不違其仁，乃優入聖域之要也歟？予嘗求是心，渾然無間於一時之久者無他③，政自敬與義夾持，動與静交相養故也。若夫冬者，歲之一時，猶夜之所當息也。又《易》曰：「艮其趾。」時止也，雖止，止不終已。而須其所止者，蓋成於終，而後有以成乎物之始。此《冬藏》之所以作也。至元廿四年丁亥陽月朔日云。

【校】

①「有」，抄本、薈要本同元刊明補本；四庫本作「百」，形似而誤。

②「挑」，抄本同元刊明補本；薈要本、四庫本作「佻」。

③「久」，抄本同元刊明補本；薈要本、四庫本作「文」，形似而誤。

度曲説

敬齋李先生晚年以歌酒自娱，既耄，雖不復，而情猶獨至①。每興來，輒持空杯，令門人鄽生放聲長歌以導歡暢。或不如指，先生以己之所得教之，遂戟其手而高下之，使視焉以諧其節奏，雲起雪飛，窮要眇而後已②，公亦醺然也。

丁亥冬十月八日，飲李氏新篘，偶及分忖歌節③，信主士達仍爲發此，沖沖然殊有所適。昔孔宣父與人歌，善，必使反之而後和焉。又漢人例蓄聲樂，唐之士夫皆有音學④。由是而觀，歌之爲藝亦未可少也⑤。先生以材德主盟斯文六十餘年，予纔得一拜履綦。及過元氏，先生墓草已宿，何先賢風流藴藉不容多得也如是？可勝嘆哉！吾特書此，異時會與藺之鄙君，相值於光風霽月之前，拊掌談笑，中郎之文采風流不無髣髴於眉睫之間也，士達其志之！又從而爲之辭⑥曰：

我觀夏禮，杞固不足徵兮。吾道綫如，賢獻日已零兮⑦。斯文未喪，其將孰爲興兮？噫！

【校】

①「倩」，抄本、薈要本、四庫本作「情」，形似而誤。

②「眩」，抄本、薈要本、四庫本作「眇」。

③「忖」，抄本、薈要本同元刊明補本；四庫本作「刌」。

④「音學」，抄本同元刊明補本；薈要本、四庫本作「音樂」。

⑤「未」，抄本、薈要本同元刊明補本；四庫本作「术」，形似而誤。「少」，元刊明補本、抄本作「人」，據薈要本、四庫本改。

⑥「辭」，元刊明補本、抄本、薈要本作「辤」，據四庫本改。

⑦「已」，抄本同元刊明補本；薈要本、四庫本作「以」，亦可通，後依此不悉出校記。

中説

聖人垂教千言萬論，獨以中爲天下之達道者，天體如是也。且天地周圍三百六十五度，而南北二極揆上崧高，乃天之中心也，故定極焉，然後天地位而萬象則其法焉①。故過則爲差，不及則氣不能成，歲折而中半，二九一十八則度之數，又稱停不偏矣。人出於兩間，受其中以生，是謂之理。理者，仁義禮智之謂。由是觀之，聖人之爲教，所以因其材而篤焉，舍是何以爲物？何以爲則？故董子有言：「道之大原出於天。」其斯之謂歟？於是述《中説》。至元戊子端午日雨中書。

【校】

①「焉」，抄本同元刊明補本；薈要本、四庫本作「爲」，形似而誤。

命說

姬仲實者名思誠，真定靈壽人，幼業儒，兼該陰陽氣數之學。今年四十有九，以耕稼歸隱，孤虛取名，非本志也。至元二十五年自趙過衛，將還裕之方城縣合河鄉之新居，爲予作一日之留。得略談三命之理，知姬之所得絶與衆人不同。

其法大抵取先天二氣、五行萃合一處，以盛衰偏枯、克陷扶助就其胚胎①，截長補短，互相乘除，度其造化虚實得中與否，然後斷其衰旺成敗何如耳。且謂予：「身自乙巳至甲辰，兩運極安静，得壽垂老，若無疾恙。」予莞而謂曰：「所獲多矣，尚何冀云？」又云：「人不富貴者，若有學問，即與享用者同樂。」又曰②：「品秩入格局者極難。」因説賤庚，即今大運見在乙巳，巳中闇戊，人皆以破丁官者戊也③。然戊居巳，若無力不妨。姬曰：「不然。只爲戊字居巳無力④，故官氣不旺。何則？日居丁卯火，取月，壬子爲水。丁之官子，卻爲卯相刑剋，使壬子散漫，卒不得用。若戊土建旺，即成涯岸，其水自可浮舟楫、潤物類。今年歲，君雖是戊子，戊旅寓於子，非土之正位，亦不克助噪⑤。開歲，己丑用神，戊辰皆土，恐卻得扶藉⑥，作内作外，皆獲助益，蓋上下氣體皆順故也。」

又以六壬占得一課，其名見幾，初傳功曹，次傳從魁，末傳天綱，中間所有動静，不涉虚妄。其占云：「功曹者，官府之吏長，起發其事者也；從魁，氣母之杓⑦，斟酌與奪，是大人之主斷者；天綱，即斗之標，係從而贊輔者也。謂如杓有挹用⑧，柄自然來隨，將來所應，多是武秩文用。在今歲窮臘、來春孟仲間⑨，其事可驗門下。自來占決，無似此課皆順無逆，有成不妄也。幸切記勿忘。」時歲八月十二日甲子未刻事也。

因念遠凶近吉⑩，君子之恒心，故數占而不厭；惡直喜諛，世俗之常態，多願聞而受愚。至有求其所不可得，避其所不可免，中無蔽志，一聽於卜，神亦不爲之占矣。且不測者，陰陽之神也，孰爲細人寡聞者可得臆而度思？彼妄意受愚者，是特疏釋一時之隕穫耳⑪。苟非理之所在，義之所當行者，其抒憤警俗、虚高務悦之説⑫，君子雖聞之而弗由也。然所以見其彼之云云者，試以吾之所在而當行者，且念夫彼之殊異於衆人之所謂者，果孰得而孰失哉？作《命説》。

【校】

①「克」，抄本同元刊明補本；薈要本、四庫本作「尅」，亦可通。

②「曰」，抄本、四庫本同元刊明補本；薈要本作「云」。

③「人」，抄本、四庫本同元刊明補本；薈要本作「乂」，形似而誤。

④「只」，抄本同元刊明補本；薈要本作「衹」，亦可通；四庫本作「秖」，亦可通。後依此不悉出校記。

⑤「噪」，抄本同元刊明補本；薈要本、四庫本作「燥」。

⑥「恐」，四庫本同元刊明補本；抄本作「□恐」；薈要本作「□□恐」。

⑦「母」，元刊明補本、抄本作「毋」，據薈要本、四庫本改。

⑧「挹」，元刊明補本作「梎」，偏旁類化；據抄本、薈要本、四庫本改。

⑨「在」，抄本同元刊明補本；薈要本、四庫本脱。

⑩「凶」，抄本、薈要本同元刊明補本；四庫本作「兇」，亦可通。後依此不悉出校記。

⑪「穫」，抄本、薈要本同元刊明補本；四庫本作「獲」，形似而誤。

⑫「抒」，抄本同元刊明補本；薈要本、四庫本作「將」，非。

金從革説

予嘗侍坐於丞相史公，昭文先生談歲序攙搭之説，不爾，四時不續，歲功不成。開府以未之聞而喜甚，繼以鼓鑄事語予曰：「汝知夫金之從革乎？工人摶沙爲範，力甚疏弱，以金燬烈之氣寫而就器①，彼樣度之圓方②，文章之緻密，顧雖丝髮之微，其脈絡縱横，莫不克滿，爛然可觀，有非人力所能然者，何則？方金之在鎔也，猶氣之氤於範圍間也。彼燁燁融融，揚彩委質③，既爲之氣，蓋有無不肖者所謂氣無不周者是也④。」

予以晚進學淺，尊卑勢殊，有所聞，不敢質其所從來。後乃知，據《易》説、《莊》解而云，其敷言甚覼縷也。以今思之，爲予而發者多矣。予平生疏直强項，氣少不人下⑤，而於世每奇而不耦。先生以不屑誨之，蓋先説欲學者，紬繹其道，貴夫造之深也；後一説以變化氣質爲先，欲澄治粗厲，俾就夫氣之中且和也。此豈唯予益？實於世教有補，惠夫後學者深矣。因追録前言，述《從革説》。馬氏子處禮世治家，氣清而志學，來求予訓辭，特書此以貽之。

【校】

①「寫」，抄本同元刊明補本；薈要本、四庫本作「瀉」，亦可通。

②「圓方」，抄本同元刊明補本；薈要本、四庫本作「方圓」，倒。

③「揚」，元刊明補本作「楊」，據抄本、薈要本、四庫本改。

④「不肖者所謂氣無」，元刊明補本、抄本作「不□者所謂氣□」，據薈要本、四庫本補。

⑤「少不」，抄本同元刊明補本；薈要本、四庫本作「不少」。

古文今文難易不同説

訓、誥、誓、命等文，體固不同，要本聖賢以彝典明天理、本人情、統羣心而已。然古今辭文有難易相反者，先儒論難，終未明了。以予度之，書之爲策，須史氏潤色檃括①，既出衆手，性異好尚，學有深淺，才有高下，筆有强弱而辭有澀易故也。九峯疑其勝女口傳者偏記其難，孔壁後得者返爲平易，反覆究説，似遠而泥。謂如尹之訓賢君也，當深而易；庚之誥民庶也，當易而深。又《周書》五誥，聱齖詰曲②，叮嚀委曲，有不易曉者。此無他，一繫夫當時人情，勢有不得不然者。更值夫史氏之尚奇者一向艱澀，韜其幽光以成噩噩灝灝之體耳。蔡氏復以紀實難工、雅辭易好爲辯③，是亦主其措辭爲言。然不辨此④，恐杜後來者詳説，使學者躍如，求於耳目聞見之外也。

【校】

①「檃」，元刊明補本、抄本作「隱」，據薈要本、四庫本改。

②「聱齖」，元刊明補本、抄本作「嫯牙」，非；薈要本、四庫本作「鼇牙」，非；徑改。按：嫯，聱之聲誤；聱牙，亦可作聱齖；牙，蓋齖省略形符之簡化字；鼇，本當作聱，涉下字而偏旁類化。

③「辭」，元刊明補本、抄本作「詞」，據薈要本、四庫本改。

④「辨」，元刊明補本、抄本作「碇」，據薈要本、四庫本改。

商魯頌次序叙説①

韓、陳二生問《魯》繼《周頌》，《商》次《魯頌》，之後何居。余曰：「三百篇皆周詩，魯則列國，蓋周之胤裔②，僖公又魯之賢君，天下無王，蕩蕩板板，而周禮盡在於魯。故孔子曰：『如有用我者，吾其爲東周乎？』賢諸侯不與，將疇歸，恐亦《書》終以《秦誓》繼之之義也。若商頌次之魯下③，殷周之先代前後不叙，意者孔子殷後，又當斯文之主④，《那》等樂歌皆成湯高宗盛烈，其聲其靈，赫赫濯濯如此，爲子孫者刪次之際，偶得是篇於大師⑤，可忽而不録？仍附于後以終其弦誦之意，恐或然歟？」

【校】

①「叙」，抄本、四庫本同元刊明補本；薈要本作「序」，亦可通。

②「胤」，抄本、薈要本同元刊明補本；四庫本作「後」，亦可通。

③「下」，元刊明補本、抄本作「上」，據薈要本、四庫本改。

④「文」，元刊明補本、抄本作「友」，據薈要本、四庫本改。

⑤「大」，抄本同元刊明補本；薈要本、四庫本作「太」。

百獸率舞説

百獸率舞，先儒皆無明文。所以然者，豈上世四靈在郊，樂與天地氣應①，故幽則神和於上，明則物和於野，正緣史官形容四靈等瑞，以見其氣和之至？且如唐明皇舞馬，止是一時教習②，即能驤首振鬣，銜杯上進，應樂節不差，況聖人教化極和感發，動盪上下，同流信及，咸若有自然而然者？予故曰：「獸之率馴，蓋實有之，非溢美辭也。不然，則鳳凰來儀，亦可爲疑了③。」

【校】

①「氣應」，抄本同元刊明補本；薈要本、四庫本作「應氣」，倒。

②「止」，抄本、四庫本同元刊明補本；薈要本作「正」，形似而誤。

③「了」，抄本、薈要本同元刊明補本；四庫本作「乎」。

雹說

陶晉卿説獲嘉縣今年五月初雨雹爲災，其大如杯拳①，桑棗皆戕折無餘。及多拔大木，有提去百步者，如此凡一十八村，其可畏也。予曰：「天地間無别物，只是陰陽二氣交感而已。雨露霜雪如常者，天地和恒之氣也，唯其弗和，致有此異②。蓋陰沴乖戾之氣從中脅而成之，其大小即隨所感輕重而然。木拔與去，此是伏陰搏陽，而奮木適與值③，遂突而出之耳④。氣盛物微，吹而去之，氣散自墜于下。」

予二十歲時行共山道中，望羊角風自西南來，蓬勃方數百畝，吹駕大栟於塵坌上者數十株，正此同耳。申豐云：「雨雹，山有冰不藏，藏無棄餘所致。且一歲山谷間陰積不釋者，若一一藏之，庸能既乎？」又《夷堅志》説⑤，有人雨過山行，覩大木忽拔⑥。至聞其陰靈用力，過而自絶倒者，是皆齊東野人之語。

【校】

①「其」，抄本、薈要本同元刊明補本；四庫本作「真」，形似而誤。「拳」，抄本同元刊明補本；薈要本作「棬」，非；四庫本作「綣」，非。

②「異」，抄本同元刊明補本；薈要本、四庫本作「氣異」，衍。

③「與」，抄本同元刊明補本；薈要本、四庫本作「與之」，涉下而衍。

④「之」，抄本同元刊明補本；薈要本、四庫本脱。

⑤「夷」，元刊明補本、抄本、薈要本作「遺」，據四庫本改。

⑥「木」，元刊明補本作「本」，據抄本、薈要本、四庫本改。

士當教子説

予嘗疑士大夫多不教子，求其情而不得，乃臆爲之説曰：儒家者流，博而寡要，勞而少功，學者有牛毛麟角之嘆①，其成難也如此，豈謂是歟？且以己況之，攻苦茹辛，焦心勞思，積數十寒暑之勤，僅得猥列士行，否者將何所冀哉？故往往多不以所難强其所不能，寧從彼好，使易爲立身耳。然蜾蠃②，蟲之最微者③，尚能負螟蛉，振羽而祝之曰「類我，類我」，況人乎？彼或不賢，爲父兄者固當擇其師，課其力，誘之掖之，俾極其所進之方。果鞭而不前，然後隨其所樂，以畢父兄之責，此吾儕當然之理也。然自非下愚不移，天下無不易之俗人，無有不變之資④，只在夫發藥者如何耳。爲子弟者至此，日當愧恥無地，心憤口悱，勉立志節，人十之，己百之，人百之，己千之，若恐不及爲心，又使昏惰之氣不設於其身可也。

先君亦嘗有言：「四民，士爲重。學有成，高出一世；如其無成，不衆人若。委而棄之，此何足以有爲？」是則賢不肖，其間不能以寸。孟軻氏之言責，固不爲過矣。又父兄不能久視長在，一旦衰謝，覩彼之子孫若是之高，我之門户如此之卑，家聲日替，世業一空，幾何不嘆息而悒悒於斯也？近一素宦以家學授其子三，俱有所立，尚以未登仕版，至告人曰：「吾死，目且不瞑矣。」父母之心，天下一也。況其所業未就，學幸得而不自强，才可進而乃自畫，其爲父母者，安得其心不攸困者哉？作《士須教子説》。

【校】

①「麟」，元刊明補本、抄本、薈要本作「鱗」，聲近而誤；據四庫本改。

②「贏」，元刊明補本、抄本作「贏」，偏旁類化；據薈要本、四庫本改。

③「蟲之最」，元刊明補本、抄本作「最蟲之」，倒；據薈要本、四庫本改。

④「資」，抄本同元刊明補本；薈要本、四庫本作「姿」，亦可通。後依此不悉出校記。

周景王大泉説

世之嗜古者多尚鼎鍾，鼎鍾往往僞出。古而真者，莫錢若也。陶簿晉卿好古泉①，而得大泉五十者，攷之譜籍②，蓋周景王所更大錢，大夫單旗諍之，以爲不可者是也。其形，徑一寸二分，其重，積十二銖，今則半兩也。以歲月計之，自景王迄今，幾二千年矣。其文與周郭肉好，精緻堅凝，略不爲之齧蝕。信哉前代制作，後人有不可企及者！嗚呼！陶子，其寶之無斁，安知無被篋杖策③，踵門而來丐者乎？昨日歸卧春露堂，既覺，適筆研在机④，偶爲書之，覺體中不佳拂拂然從筆端出去矣。至元二十四年秋七月丁酉戲題。

【校】

①「陶」，元刊明補本作「煼」，據抄本、薈要本、四庫本改。

②「弦」，元刊明補本作「弢」，訛字；薈要本作「考」，亦可通；據抄本、四庫本改。

③「篋」，抄本同元刊明補本；薈要本、四庫本作「韈」。按：作「韈」者，「篋」形誤爲「蔑」，繼而半脱爲「茂」，後又妄加形符「革」。

④「適」，抄本同元刊明補本，薈要本作「適見」；四庫本作「適有」。「机」，元刊明補本作「礼」，形似而誤；薈要本、四庫本作「几」，亦可通；據抄本改。

賣兔説

伊川先生見賣兔，云：「此亦可以畫卦。」或者曰：「何謂也？」余曰：「物盈天地間，皆從絪緼一氣中來，所謂萬物一太極也。卦之畫，一陰一陽而已。兔亦具其二者之氣耳①，見兔亦可以畫卦，蓋謂有此理耳。」故又曰：「不特龜馬之顯著者焉。」

【校】

①「二」，抄本同元刊明補本；薈要本、四庫本作「一」，非。

二馬圖說

明昌初，西夏國母病，章廟遣尚醫往治愈之，獻名馬回謝。一日，進御以試良德，即旋焉。上怒，命太僕驅去，窮日力斃之。未夕，往返馳五百餘里①，歸望天廄，振鬣長鳴，若無事然，自是以一骨當御。今觀此二馬，毛骼駭異②，黄門飛鞚，迅若游龍，豈非當授轡之初耶？

嗚呼！馬，臣類也，食三品芻豆，直立内仗③，一鳴則黜之矣。其或猥靡於心④，取媚於上，以速見知，皆非馬之德也⑤。然則馬之爲，如之何而可？曰：「有受策服勞，不有其力，以報芻秣之恩⑥，庶幾『或從王事，無成有終』之義也。」作《二馬圖說》。

【校】

①「往返」，抄本同元刊明補本；薈要本、四庫本作「返往」，倒。

②「骼」，抄本同元刊明補本；薈要本、四庫本作「烙」，聲近而誤。
③「直」，抄本同元刊明補本；薈要本、四庫本脱。「仗」，抄本同元刊明補本；薈要本、四庫本作「伏」，形似而誤。
④「於」，元刊明補本、抄本作「爲」，據薈要本、四庫本改。
⑤「德」，抄本同元刊明補本；薈要本、四庫本作「良德」。
⑥「以報芻秣之恩」，元刊明補本作「以服芻秣之恩」；薈要本作「以服芻豆秣之恩」；四庫本作「以報芻豆秣之恩」，據抄本改。

稼齋説

崔文字文卿

稼齋者，府從事崔君之自名也，求余以隸書冠於卷首。余曰：「渠年少氣鋭，方馳聲膴仕，以調議理務爲事，何以稼爲？豈起家隴畝，揭焉而不忘其本邪？豈食貧口衆，禄不足以代其耕邪？豈仕不爲貧，動久而思其静邪？」

曰：「崔氏世居茌平①，薄有田廬，近在郊遂，與城居不殊，其静僻殆谷耕林隱也②。往歲自海上罷官西歸，脱煩鞅，謝人事，郊居者數月，沖然大有所適。方夏之初，三農在田，耘耔底績③，予開軒卧治，觀良苗之懷新，有田畯之至喜。及夫多稼雲如，薿薿彌望，庵觀銍刈偃然④，覩崇墉之積，賡豐年之歌，動高廩之詠，田里熙熙，物情交暢，以己之樂而爲衆樂，因衆之安而爲吾安。是乃平昔明農，私有所得於此也。其爲稼也，不亦宜乎？」

余曰：「四民之分，各有攸業，而進莫榮於仕，退莫安於農，仕則思吾所當安而明夫學之用也，農則安吾所當遇而樂其身之適也。若當仕而農，將貽『老農，吾不如』之鄙⑤；當稼而仕，恐涉夫《易》『知進不知退』之譏⑥。然進而懷静退之心，不猶愈於退而存不已之念也歟？崔君，其艾服官政⑦，而能進退先求其所安而安之⑧，而後思己之所安，是亦先憂其所憂而後樂其所樂之意也⑨。」作《稼齋説》以貽之⑩。

【校】

①「荏」，抄本同元刊明補本；薈要本、四庫本作「荏」，形似而誤。

②「殆」，抄本、四庫本同元刊明補本；薈要本作「治」，形似而誤。

③「績」，元刊明補本、抄本作「蹟」，據薈要本、四庫本改。

④「刈」，元刊明補本作「川」；薈要本、四庫本作「艾」；據抄本改。

⑤「貽」，抄本、四庫本同元刊明補本；薈要本作「哈」，非。

⑥「夫」，元刊明補本、抄本、四庫本作「大」，據薈要本改。

⑦「政」，抄本、四庫本同元刊明補本；薈要本作「進」，涉下而誤。按：語本《禮記·曲禮上》：「四十曰强，而仕；五十曰艾，服官政。」

⑧「而能進退」，元刊明補本、抄本作「進進而能」，既倒且涉上字而誤；薈要本作「退政而能」，非；四庫本作「而於進退能」，亦可通；徑改。

⑨「先憂」，元刊明補本、抄本作「先」，脱；據薈要本、四庫本補。

⑩「稼齋説」，元刊明補本、抄本作「稼説」，脱；據薈要本、四庫本改。「以」，抄本同元刊明補本；薈要本、四庫本脱。

李郎中二子名説

郎中李侯正卿有子二人，俱教之讀書，從劣孫問學，其勉勵資藉之者甚力。其長，姿頗篤厚，次則似涉輕俊，然奉若父命，周旋唯謹。

一日，請訓名字於予，乃告之曰：「古人立名命字，取義多端，俱不若酌其才性優劣，就爲教誡而抑揚之最爲親切①。夫篤厚者必藻之以才華，所以彬其文質也，故其長用質命名，而字之華甫；輕俊者須濟之誠實，所以備其材德也，故次者名之以俊，而誠甫字焉。嗚呼！二子今而後當克制其偏勝，涵養其不足，以造夫中庸之域②。他日立身行己，不致有過不及之差，庶克荷汝父平昔提誨之責。尚佩服之毋斁。」

【校】

①「就爲教誡」，元刊明補本作「就爲教誡」，形似而誤；薈要本作「即爲教誡」，形似而誤；四庫本作「即爲教誡」，亦可通；據抄本改。

②「域」，抄本同元刊明補本；薈要本、四庫本作「極」。

祁氏四子名説①

汴梁士人祁祐之，治生而不求富，樂善而不近名。尊賢者，使教子讀書，意在亢宗起家，介司計楊敬夫求名字其四子②。予謂爲善好學，積累能久③，則協氣感發，其興也④，勃然如水之淵渟匯滀，一旦洩溢，騰而爲雨露⑤，降而爲川流，有不期然而然者。祈氏子誠能勉力進脩，則於立志成美⑥，其庶幾乎？故其名與字皆以水命意焉。澤字潤甫，淵字濟甫，源字湜甫，濤字浩甫。嗚呼，小子其聽之毋忽！

【校】

①「祁氏四子名説」，弘治本、抄本、薈要本同元刊明補本；四庫本是文脱。

②「夫」，弘治本、同元刊明補本；薈要本作「人」，非。

③「久」，弘治本同元刊明補本；薈要本作「文」，妄改。

④「其」，元刊明補本作「且」，形似而誤；據弘治本、薈要本改。

⑤「露」，弘治本、薈要本作「霧」。

⑥「立」，元刊明補本模糊不清；弘治本、薈要本闕；據抄本補。

王從事季明子説①

今之都城兵馬指揮，即前世執金吾職也。其從事王季明父正之，余之故人也。以通家好，出拜其子，詢夫小字，頗涉流而即其命意，以連僧易之，因求訓誨，迺告之曰：「汝祖少從西菴楊參政。本蒙丞相忠武公辟，充新中縣尹，莅官行己。□滯於物，樽俎士大夫間，風流蘊藉，以通才稱。惜乎竟老州縣。汝父夙蒙中丞王西溪提誨，持身從政，不失舊物，時命不偶，優游常調，然在相、衛故家間屈指可數。若家世之隆替，係子孫之賢否，欲其才賢，讀書修業而已。在我者既盡，達則身立名揚，光昭世緒，窮則不失爲善人吉士，此理之必然，小子其服之母斁！」

【校】

①「王從事季明子説」，弘治本、抄本同元刊明補本；薈要本、四庫本是文脱。此文闕文甚多，據抄本補，不另出校記。

石抹氏子名字説①

大德庚子冬，秋澗翁步入文殊東院，主僧量示予木鏤瑞像一龕，何精妙也！詢其孰作，曰：「汝南監郡石抹君之子也。」爲人端整白皙，辭語灑灑有章，天性機巧，不待師授而能。今年三十有三，始筮仕入京師。既而介僧印來謁，言辭容止與向間脗合，因語之曰：「□籍世資，何出之晚耶？」答曰：「叔父國用從征交趾，供給者四年。母老侍疾，持服者又三年。兹皆家艱，非細故也。今觀光上國而名字未立，將何以稱呼於朋友間？幸內翰先生顧卹，爲之訓誨，且勉夫志之所立焉。」乃以貞命名，用世亨字之。「夫雕鏤刻畫，特潤身之一技，汝當志其遠者大者。《傳》曰：『貞固足以幹事』，又曰：『何天之衢亨』。誠能貞正以固其德，幹敏以運其用，以奮亨衢，光昭先世之業，迺所以望於吾子也。其聽之毋忽。」

【校】

①「石抹氏子名字説」，弘治本同元刊明補本；薈要本、四庫本是文脱。此文闕文甚多，據抄本補，不另出校記。

王惲全集彙校卷第四十七

行狀

故真定五路萬户府參議兼領衛州事王公行狀

曾祖諱某，祖諱某，父諱某①。滄州某里王某六十三狀②。

昔王延州有云：「君子有惠政而無異政，史臣傳循吏而無能吏。」故班孟堅序龔、黄、鄭、召諸人曰：「生有榮號，死見奉祀，廩廩德讓，君子之遺風矣。」德既肆乎循，政復極乎惠，求之今人，其惟王衛州乎？

公諱昌齡，字顯之，姓王氏，滄州人。世雄于財，以孝義著稱鄉里。公少，穎悟不凡，業儒學，嶄然見頭角。故大父臨終嘆曰：「王氏之宗善積有素，嗣續弗絶，必矣！然起吾門者③，在此子也④。」貞祐初，滄景被兵破，公以孤童子，能依彊濟難⑤，間行歸汴，抱負奇節，時人未之知也⑥。正大末，京城戒嚴，北面元帥府以材幹辟公，授帥府經歷官。積勞遷明威將軍，陳州防禦判官。適今中書大丞相政總兵民⑦，撫鎮河朔，開幕府，舉良能⑧，恢弘父兄之業，用薦者起公參議幕府事。公遂悉心畢力，知無不爲，故得感同風雲，合若符契。方國朝有事東南⑨，城攻野戰餘二十年，公籌畫戎幄，應變機權，無戰無之。以至冒矢石，輸忠力，作士氣，雖一時輔佐，有不克負荷者。初，王師次安陸，負險之民盤結山谷間，備禦完固，艱於力取，公慨然以降集請行⑩，時人危之。既抵壁，宣示恩信，喻以禍福⑪，竟招降而全活之⑫。

歲丙申冬，天兵次光州，時餉道不繼⑬，主帥命公率十餘人乘栰入焦湖督運⑭。中流遇賊甚劇，衆怖亂，栰傾身没於水者半，公獨神色益壯，持兵殊死戰⑮，賊潰。護所運以歸⑯，軍士賴之大振，遂取光州。凱還，丞相嘉公伐謀制勝之略，遂留公居守。公遂撫新附⑰，安反側，市肆不易，按堵如故⑱，幾於一載。及策勳盟府，主帥累陳公之績以聞⑲，朝廷褒寵之。而後奉命北覲，通名於天朝者數矣。每以生民休戚、軍國利病爲己任，而風雪沍寒⑳，往返之勞略不之卹也。于今良法善政，守而不失者，多公所請云。

辛亥秋七月，先皇帝即位正封，邑錫勳舊，復以汲、胙、共、獲、新中、山陽六縣之地封户書大丞相，若古采地然，昭其功也。時朝廷以汴、洛、荆、徐畀丞相經略之，以衛乏人爲憂，且曰：「衛當四達之衝，民疲事劇，非得二千石之良者㉑，無以剷夷積弊，涵養瘡痏也㉒。」既難其人，特命公領其事。公下車以來，敬以奉上，恭以執事，巨細不遺，知所後先。哀民之困於繭絲也，均徭平賦以畜其力；痛政之極於汙染也，治官汰吏以清其源。并容細民，不擾市肆；懋遷有無，以通舟車。楗堤防以捍水災，課農桑以抑游手；尊王人則修飾館舍㉓，免病涉則平治橋梁。勵薄俗，扶善良，禮賢俊，贍貧乏，衍郛郭㉔，廣居廛，通商惠工，興滯補弊。民不見吏，而無吠警之虞；士格所恥，咸有聞知之懼。蓋公之治化，謹身帥先，居以廉平㉕，不至嚴而已。衛自亂餘以來，民耕植居郡東者多，而泉水自鄘城而下，崖岸平流，駃如掌上，稍東，復與淇水合。秋潦時至，涇流之大，南際漢金堤，田廬爲之一空。公爲堤黑蕩陂以禦之，遂絶横潰之患㉖。清水出山陽白鹿嵬，公乃度原隰，創溝澮，溉田餘數百頃。其興起水利如此㉗。朝歌介邶、鄘之間，地迫山麓，灌莽極目，盜闖出没，越人於貨，行者苦之。公乃建議於漕臺周侯德甫，州而縣之，驛亭平襄，南接頓丘㉘，於是淵藪之患息，駟騎之力紓焉。而德之波及鄰土者又如此。既而，丞相材公之爲，酬公之功，以其子復充同知衛州節度使事，遂有「撫卹軍民㉙，均平差役，勸課農桑，裁決詞訟，治效極多」之諭㉚。誠以八年之間，熙然而春，郁乎其文，樂國多士之風還舊觀矣。

己亥春，例上計行臺。惟法苛猛㉛，公不忍甫息之民横被侵暴，遂乃道巴峽，抵忠渝，哀鳴相府，中有以彌綸之也。雖獲所請，竟以憂勞致疾。東歸，以是年十月廿日卒於虢縣之斜坡里，春秋六十有三。越十一月，葬於汲縣王尚村之西原㉜。送喪者餘萬人，攀號祖奠，凝慕不已。其貴官名士，若闊闊左丞、姚司農、張左轄、參卿王仲禮、宣撫張子敬、耆德孫元輔、段季昌㉝，咸遠道致祭㉞。衛人思之，如戴父母。明年，相與起祠宇，立遺像，植豐碑，壽遺愛，歲時香火之奉，其嚴如生。

公姿明良安雅，德量無涯涘，風鑑表表，口不出臧否，飾吏以儒㉟，外彪中弸，慈祥愷悌㊱，喜愠不形於色，務明大體，悃愊無華㊲，持論深長，操守匪石。其待人御物，純以至誠感發人心，諄諄訓導，若嚴師慈父，有銘骨不能忘者。初，京城厥圍㊳，友人某以罪逮捕，抵公，爲舍匿之，竟以獲免焉。制徒單雲甫肥遯鄰邑，聞公之典衛也，幡然來歸，爲治堂黌，極賓禮，選子弟之開敏者從而師之。自是，郡之文風尤爲熠興㊴。又曹取齋通甫由趙來依，疽發背，自病至終，公毉拯殯送，曲盡友義。北渡後，元遺山號稱一代士林之宗，愛慕高義，乃有「今而後，寒士知所歸」之嘆。每自公退食，盤饌稍盛必撤去之，曰：「無暴殄天物。」及宴樂賓客，供具豐腆，盡於慇厚，曰：「儉於人則不可也。」餘暇則閱書史，接文士，晚年尤喜作詩，歌詠風流，不知老之將至，至雄章傑句間見層出。兼善尺牘行書，嘗謂下客王惲曰：「吾少業儒，以時艱罔卒所志，然胷中緒餘之氣勃勃然日新矣。」其好學又如此。愛其子，擇師而教之，因訓之曰：「我不願若富貴，能儒素起家，弊廬饘粥，生養死葬足矣。」故於諸生獎藉作成爲尤至。所交皆天下豪傑，其推賢讓能而升諸公者，如中山楊西菴、盧龍盧叔賢、河南鄭子周、陽夏董端卿㊵，皆一時材大夫也。公之殁，丞相墓祭而哭之曰：「昔公勤勞我家三十餘年，事無巨細，咸仰決焉。豈其天奪之速而至於斯，俾予煢煢然在疚。」至有「失目折肱」之喻，哀號之聲感動左右。其爲賢主人所惜如此，不可謂不遇也，不可謂不達也。故論者評公之惠愛類鄭子産，忠貞類漢王常，智周事悉類蘇令綽。襟融望雅類謝安石，其忠於所事類劉穆之㊶，其樂於爲善之心，又如飢渴之於飲食也。苟推而行之天下，其功烈豈止是哉？

夫人姓陳氏，齊樂安人㊷，生子男一人，諱復。少負鑑裁，□於問毋㊸，通達政體，用丞相廷薦，宣授衛輝路同總管事㊹。其綸章諭之曰：「故參議王顯之，才行相輔，政恕中行，俾治衛輝㊺，民安事辦。今子復良有父風，以繼述之事考之，誠無媿負矣。」孫二人，曰雪山，曰鐵山。女孫一人，曰幼安。

嗚呼！公生平事業、智名勇功囊括無迹，恐蕪類之辭不足發越盛德之萬一。敢以區區聞見，播在輿訟之實者㊻，勉爲具述，託立言君子而圖其不朽焉。中統三年秋九月廿有九日，門下王某謹狀。

【校】

①「曾祖諱某祖諱某父諱某」，弘治本、四庫本同元刊明補本；薈要本脱。

②「滄州某里王某六十三狀」，弘治本同元刊明補本；薈要本、四庫本脱。

③「起」，弘治本同元刊明補本；薈要本、四庫本作「大起」，衍。

④「在」，弘治本同元刊明補本；薈要本、四庫本作「必在」，涉上而衍。

⑤「濟」，元刊明補本作「𪗋」，俗用；據弘治本、薈要本、四庫本改。

⑥「時」，弘治本、四庫本同元刊明補本；薈要本作「而時」，衍。

⑦「今中」，弘治本同元刊明補本；薈要本、四庫本脱。

⑧「良」，弘治本、薈要本同元刊明補本；四庫本作「艮」，形似而誤。

⑨「方」，弘治本同元刊明補本；薈要本、四庫本脱。

⑩「降集」，弘治本同元刊明補本；薈要本、四庫本作「招諭降集」。

⑪「禍」，弘治本、薈要本同元刊明補本；四庫本作「禍」，亦可通。後依此不悉出校記。

⑫「竟」，弘治本同元刊明補本；薈要本、四庫本作「竟以」，衍。

⑬「時」，弘治本、四庫本同元刊明補本；薈要本作「其時」，衍。

⑭「栰」，弘治本同元刊明補本；薈要本、四庫本作「筏」，亦可通。後依此不悉出校記。

⑮「持」，元刊明補本作「特」，形似而誤；據弘治本、薈要本、四庫本改。

⑯「歸」，弘治本闕；薈要本、四庫本作「濟」。

⑰「撫新」，弘治本闕；薈要本、四庫本脱。

⑱「按」，弘治本同元刊明補本；薈要本、四庫本作「安」，亦可通。

⑲「陳」，元刊明補本、弘治本、四庫本無「陳」字，疑薈要本衍。

⑳「而風雪」，弘治本同元刊明補本；薈要本、四庫本作「西風」，形誤且脱。

㉑「之」，元刊明補本闕；薈要本、四庫本作「循」；據抄本補。

㉒「痏」，抄本同元刊明補本；薈要本、四庫本作「痍」。

㉓「館」，抄本同元刊明補本；薈要本、四庫本作「官」，亦可通。

㉔「衍」，抄本同元刊明補本；薈要本、四庫本作「行」，形似而誤。

㉕「以」，抄本、薈要本同元刊明補本；四庫本作「心」，涉上字而誤。

㉖「潰」，抄本同元刊明補本；薈要本作「決」；四庫本作「清」，非。

㉗「水」，元刊明補本、抄本、四庫本作「洑」，據薈要本改。

㉘「接」，抄本同元刊明補本；薈要本、四庫本作「椄」，形似而誤。
㉙「民」，抄本、薈要本同元刊明補本；四庫本作「氏」，形似而誤。
㉚「諭」，抄本同元刊明補本；薈要本、四庫本作「嚳」。
㉛「惟法」，元刊明補本、抄本作「恇怯」，形似而誤；薈要本作「惟怯」，形似而誤；據四庫本改。
㉜「村」，元刊明補本、抄本作「材」，據薈要本、四庫本改。
㉝「闖闖」，抄本同元刊明補本；薈要本、四庫本作「庳庳」。
㉞「致祭」，抄本同元刊明補本；薈要本、四庫本作「而致祭」，衍。
㉟「飾」，抄本同元刊明補本；薈要本、四庫本作「飭」，亦可通。後依此不悉出校記。
㊱「愷悌」，抄本同元刊明補本；薈要本、四庫本作「豈弟」，俗用。
㊲「華」，元刊明補本、抄本作「譁」，據薈要本、四庫本改。
㊳「厥」，抄本同元刊明補本；薈要本、四庫本作「祓」。
㊴「熠」，抄本同元刊明補本；薈要本、四庫本作「熠」，形似而誤。
㊵「楊西庵」，元刊明補本、抄本作「揚西菴」，非；四庫本作「揚西庵」，亦可通；據薈要本改。
㊶「襟融望雅類謝安石，其忠於所事類劉穆之」，元刊明補本、薈要本、四庫本作「□□望雅□□□□，□□□□事□□□之」，據抄本補。

㊷「齊樂安」，薈要本同元刊明補本作「齊□安」；四庫本闕；據抄本補。

㊸「□於問毋」，薈要本同元刊明補本；抄本作「富於問學」；四庫本作「無所於問」。

㊹「同」，抄本、薈要本同元刊明補本；四庫本脱。

㊺「治」，抄本、四庫本同元刊明補本；薈要本作「洽」，形似而誤。後依此不悉出校記。

㊻「興訟」，元刊明補本、抄本作「興訟」；薈要本作「興頌」，形似而誤；四庫本作「興頌」，亦可通；徑改。按：訟、頌，古今字。

太一二代度師贈嗣教重明真人蕭公行狀

師諱道熙，字光遠，本姓韓氏。其先汴州人，五代祖銀青榮禄大夫璹，自唐季來隸於衛。曾祖奕山，舉茂材。祖渤，進士第。父矩，隱德不仕，度師其仲子也。

師爲人英偉，眉目疏秀，豐下，美鬚髯。三歲識字，六歲能書，棲心教法，儼然注蕭門二葉之望。金正隆間，始祖一悟真人以神道設教，上動人主，所在翕然從風。韓氏舉族清修，師母閻尤極信心，深入法海。既孕，苦病①，父請禱於真人，真人曰：「汝韓氏素植善根，當産異人，且昭陽報。然將來必佐吾法門，可服吾丹書以安胎息。」久之，母感異夢，既寤，師生，果稟奇相，充閭之氣肅如也。纔免懷，留養道宫，受度爲道士，復先訓也。再命而受清虚大德之號。

大定六年冬十有一月，真人羽化於萬壽丈室，師縗絰哀慼，如喪考妣。於是相宅兆，具葬儀。及殯，整整有法，綱而不紊，觀者咸嗟異之，時師甫滿十祀耳。既窆，師乃陳寶籙法物，具香火陞堂，以二代嗣事諭衆。有門弟子芊道省、劉道固等②，思有以大厭衆心，稽首求頌，且問師：「它生云何賢聖？」師即走筆批曰：「明月清風大德，頗訝愚人未識。忉忉詢吾爲誰，只是從來太一。」衆遂讋服歸心焉。

九年，朝廷歆其行異，勑立萬壽額碑於本觀，是後聲教大振，門徒增盛，東漸於海矣。初，真人謂「靈章寶籙率天神持護」，遺命起臺中央，上爲壇屋，鐵作户牖，庶幾神靈游居，有以妥安之。師乃擴充真訓③，尊光圖籙，締搆層閣④，制極壯麗，揭以靈章寶藴之名，歲時醮祭，爲衆生進階之地。復建朝元觀，爲祖師墳原道場，仍植豐碑，表襮景行⑤。不數寒暑，内外修治，輪奂中度。師直以德教感化，曾聲色不動，門人子來，如趨父事。

十一年，時師殆十有四臘，門人鉅鹿李悟真者造請「何爲仙道」。師曰：「做仙佛不難，只依一弱字便是爾⑥。曰弱者，道之用也。」悟真既授旨，辭還，師曰：「可速還，汝當遷矣。」明年，李不疾而逝，殯七日，形色如生⑦。及壙，舉棺蔑如，開視之，從中一白鶴飛去⑧，餘衣衾而已。衆始悟師旨，當遷者即仙也。其慧悟如此。

一日，師曳杖逍遥⑨，謂左右曰：「吾旦夕欲馳四方，可趣治行裝。」已而，世宗詔求海内名僧宗主天長觀事⑩，師遂幡然應詔。不閲月，户外之屨滿矣。師密削疏聚精，以備儲乏。既而秋旱，京師物涌貴，提點陳公者請行化畿内，師曰：「君休矣，吾已辦之。」或者疑焉。不數日，陸輦川舟坌集於門下。衆服其幾沉物先，德博而化。時大定十四年也。

明年春，辭還鄉里。後四年，復往趙之太清觀。適境内大旱，衆禱雨於師曰：「今蘊氣隆蟲⑪，願垂慈請命上帝。」師曰：「若等宜先竭誠，徧走羣祠，不應，當以吾法行之。」越三日不雨，師乃書飛雷揉旱符一道，張浄几上，復呪法水數石，令州將已下人酌水沃符，畢，雨即來矣。行未竟，雷電雨且尺，歲賴以熟。迄今趙人能道其事。廿二年⑫，興陵夢師冠履上謁，寤思之，遂徵至内殿，問以攝生之道，對曰：「嘘噏精氣，以清虚自守，此野人之事。今朝廷清明，陛下當允執中道，恭己無爲而已。」聖躬爲之興禮⑬，及還，寵錫甚渥。

廿六年秋，師忽思棲真巖壑，因密謂蕭道宗曰：「吾門衆萬數，試經具戒者，完顔志寧、王志冲而已。然志冲特純精廉潔，可屬後事。」遂設大醮，告禰廟，畀之傳代祕籙，曰：「君，太一第三祖也。」及銘所付法具，云：「有德輔德，天孰可欺？慎之敬之，永保教基。」居無何，棄几席謝去。或問安所之，曰：「吾將遍禮名山，與心君作天遊耳。」遂去，後不知所終。

師風儀瀟爽⑭，德宇沖粹，博學善文辭⑮，動輒數百言。樂與四方賢士大夫游，談玄論道，造極精妙。書畫矯矯，有魏晉間風格。嘗自題畫像云：「來自無中來，去復空中去。來去總一般，要識其間路。」其明達又如此。生平好振施⑯，養老卹孤近百人，人以鏹伍千月給爲率⑰，死乃已。貧者喪不能舉，衣被棺槨，爲俱具之。至於持行法籙，捕逐鬼物，風聲肅肅，除治户庭間，殆古之能吏然。精一之誠貫達幽顯，降度之功洋溢一世矣。

師之玄孫某，以貞常温裕爲五代人天之師，服膺先訓，追遠盛德，心藏不忘。越己卯春，具大招之禮，葬衣冠於祖塋之側。今皇帝登極之三祀，光崇玄化，貞常師以祖德範圍，請謚於朝，追贈「嗣教重明真人」。

噫！道家者流，其術固以多矣，而太一之法輔行世教，有不可勝言者。其鴻靈幽祕，變化叵測，通徹神明之功，幾於上下天地、把握陰陽者矣。然苟非其人，道不虛行。一傳而至推廣悉備若真一人，弘衍博大⑱，繼志述事之善者也。翰林修撰兼國史編修官王惲狀。

【校】

①「苦」，抄本同元刊明補本；薈要本、四庫本作「若」，形似而誤。後依此不悉出校記。

②「芉」，抄本同元刊明補本；薈要本、四庫本作「芋」。

③「真」，抄本同元刊明補本；薈要本、四庫本作「尊」。

④「搆」，抄本、薈要本同元刊明補本；四庫本作「構」，亦可通。

⑤「襮」，元刊明補本作「⿰木暴」，訛字；據抄本、薈要本、四庫本改。

⑥「爾」，抄本同元刊明補本；薈要本、四庫本作「耳」，亦可通。後依此不悉出校記。

⑦「形」，抄本、四庫本同元刊明補本；薈要本作「神」，亦可通。

⑧「白鶴」，元刊明補本作「曰鍚」；薈要本、四庫本作「白錫」；據抄本改。

⑨「杖」，抄本、薈要本同元刊明補本；四庫本作「杕」，形似而誤。

⑩「僧」，抄本作「德」；薈要本、四庫本作「師」。

⑪「蟲」，抄本、薈要本同元刊明補本；四庫本作「鍾」，聲近而誤。按：語本《詩・大雅・雲漢》：「旱既大甚，蘊隆蟲蟲。」

⑫「廿」，元刊明補本作「共」，形似而誤；四庫本作「後」，非；據抄本、薈要本改。
⑬「禮」，元刊明補本、抄本闕；據薈要本、四庫本補。
⑭「風」，抄本同元刊明補本；薈要本、四庫本作「丰」，亦可通。
⑮「博」，元刊明補本作「傳」，據抄本、薈要本、四庫本改。
⑯「振」，抄本同元刊明補本；薈要本、四庫本作「賑」，亦可通。
⑰「伍」，抄本同元刊明補本；薈要本、四庫本作「五」，亦可通。
⑱「大」，抄本同元刊明補本；薈要本、四庫本作「文」，非。

故金吾衛上將軍景州節度使賈公行狀①

曾祖鑑，祖璋，父政②。

公諱德，字克仁，姓賈氏，景州蓨縣從教鄉劉卿里人③，其系緒見學官王鼎所撰《衍慶碑》。賈氏前宋時出行管都團練使用威府君之後，曾祖鑑，志操高潔，恥襲廕④，不仕，家素饒財，以周急賑乏爲事⑤。祖璋，性勤儉，專事農務，故貲益雄鄉里。父政，事親孝，處昆弟間無間言，宗族以純至稱。生二子：長曰贇，早卒；次即公。資秀穎，在垂髫時⑥，舉止如成人禮。既冠，慷慨有遠志，樂施予，不屑屑拘小節。嘗與鄉人處事，談辯雄偉，無出其右，衆屬目異焉，曰：「興賈門者必此子也。」自是，事有疑，率質成於公。

貞祐初，燕不能都，德陵南幸汴。羣盜蠭起河朔⑦，在冀部滋甚，澒洶囂混，兇焰所灼，里陌爲蕭條。公慨嘆襲首曰：「大丈夫生世，不能除暴薙亂，建勳名于時，掇取富貴，戴履兩間，寧無愧怍？」羣俠少壯其言⑧，恃其勇，往往依附爲用。州將材公爲，且知衆素所推服，自白衣署公爲故城縣丞，專徼巡事。於是設方略，窮根株⑨，破機牙，擒捕招論，不數月，寇難盪平。尋國兵入中夏，太師國王營屯彌亘原野，聲勢大烈⑩，震掀河岳。元州將某舉城降。無幾，宋將李益都全乘隙西略。甲戌歲，州遂爲全所取⑪，盡質官屬妻子以東⑫。太師聞變赫怒，擁盛兵爲屠城之舉。公白於州將曰：「反復際，明以力不支，故至此。況天道人事嚮背皦然，詎能以智計免哉？不早爲，所禍將噬臍。願躬詣軍門請命。」遂間行至深州帳下，太師察公忠誠，慰諭殊渥，許其請，闔城賴以全活。太師承制，拜公定遠大將軍，賜金符，提控本州兵馬事。

丙戌歲，太師帶孫郡王南略晉、衛⑬。明年，復東徇魏、齊⑭，皆從以行。其破上黨、馬武、大名、濟南及信安水柵，與三齊勁兵鬭穆陵歷山下⑮，俱獲大功。英威騰奕，冠諸將列，益爲太師郡王所知。遷鎮國上將軍、節度副使兼右副元帥，仍改佩金虎符⑯。時江陵、齊東、寧晉與益都界犬牙相入⑰，賊李巒奴、甯主簿者，引海寇不時侵軼，爲百姓患。公連戰破之，東鄙遂安，陞授金吾衛上將軍、景州節度使。歲丙申，以蓨縣東光阜城吴橋故城隸焉⑱。歲丙申，六太子復命以分地所入江陵、齊東、寧晉八城俾公總治其事。公爲人恬退，每物盛爲戒。丁未歲，年五十有二，即致政閑居，日課家僮輩，躬樹藝⑲，澤車款段，優游田野間，人不知爲故侯宿將也。甲戌秋七月廿八日⑳，以疾終於劉卿里私第之正寢，享年八十有三。

公臨政剛明有斷，僚友間容辭謙讓，急於持吏，惠以養民，卒之畏而愛，威而不猛，循循然有古良吏風。初，州將以甫離搶攘，人心轉側，頗任刑立威，所犯有事重而情輕者，有情連而力嚇者，公爲析理營救㉑，多所昭雪，以從輕議。又同列馬侯子，趙君妻、男、幼女，彈壓宋某氏者被虜㉒，胥靡營幙間，公傾橐資，購而良之。其輕財重義類多此。生平喪祭爲尤重，嘗謂宗屬曰：「兵荒來，上數世殯淺土德。」又早失怙恃，其於大葬之禮，非竭力盡心，罔極之恩何所圖報？」遂大治塋域，表叙昭穆，封植林丘，而安而措㉓，禮莫不備。復樹豐碑，紀世德，以見夫祖宗陰積所致之厚，一郡有光焉。性喜修潔，裘馬鮮整，自少若素宦然。稍涉書傳，善左右騎射，矢不虚發，時輩無與之比。公八秩時，往譪從教别墅，一鵵起田間，飛鞚回射，獲焉。其精力老不少衰蓋如此。

夫人高氏、蘇氏、魏氏、劉氏、魏氏，以賢配稱夫人；梁氏、施氏、張氏、馮氏、王氏、李氏，亦俱有淑行；如夫人者三人，楊氏、趙氏、張氏㉔。子男一十八人：曰茂，宣授金虎符、昭勇大將軍、左翼侍衛親軍都指揮使，行淮東左副都元帥府事，謨勇忠謹，以良將稱，善射，蓋家法云；曰著，前宣差景州管民長官；曰莘，未仕；曰芳，樺車弩千户；曰蔚，未仕；曰英，宣差滄州節度同知，性方直，有從政才；曰仲温，前景州課税所長官，廉能有幹局；曰毅，前河間路諸軍奥魯總管㉕；曰萍，前征行千户；曰僖、曰蕙，未仕；曰玉㉖，前征行千户；曰芝，未仕；曰蒿㉗，前景州勸農提領；曰彬、曰仲信、曰進、曰璧，俱未仕。女一人，嫡夫人高氏所出，適侍衛親軍千户張琬。男孫四十九人，茂之子乃滿歹㉘，宣授金牌，侍衛親軍千户㉙。重孫一十八人。兄贇子一人，曰榮，前景州奥魯千户。榮之子三人，重孫二人。

嗚呼，盛哉！十四年丁丑春，元帥嗣侯茂暨弟仲温，介參謀趙君禹卿、提點李練師子玄來謁予，曰：「先都帥祔葬，墓木已拱。比年，國朝方平一江左，不肖忝居戎右，用是，其表見神道者未即樹立以慰下泉㉚，霜露之愴不遑寧處。今將託立言君子圖其不朽焉，敢再拜，以事狀爲囑。」遂勉爲次第之。

【校】

①「賈公」，抄本、四庫本同元刊明補本；薈要本作「賈公克仁」。

②「曾祖鑑，祖璋，父政」，抄本、四庫本同元刊明補本；薈要本脱。

③「蓨」，元刊明補本、抄本作「蓧」，據薈要本、四庫本改。

④「廕」，抄本同元刊明補本；薈要本、四庫本作「蔭」，亦可通。

⑤「賑乏」，元刊明補本作「販乏」，形似而誤；據抄本、薈要本、四庫本改。

⑥「齠」，抄本、薈要本同元刊明補本；四庫本作「髫」，亦可通。

⑦「羣」，抄本同元刊明補本；薈要本、四庫本作「郡」，形似而誤。按：羣，亦作群；群、郡，形似。

⑧「俠」，抄本同元刊明補本；薈要本、四庫本作「俊」。

⑨「根」，元刊明補本作「棋」，據抄本、薈要本、四庫本改。

⑩「大」，元刊明補本、抄本作「火」，據薈要本、四庫本改。

⑪「取」，抄本同元刊明補本；薈要本、四庫本作「得」。

⑫「質」，抄本、薈要本同元刊明補本；四庫本作「縶」，亦可通。

⑬「太」，元刊明補本、弘治本作「大」，據薈要本、四庫本改。

⑭「徇」，弘治本、四庫本同元刊明補本；薈要本作「狥」，亦可通。按：徇、狥，多可通。後依此不悉出校記。

⑮「勁兵關」，元刊明補本、弘治本作「勁兵関」，形似而誤；薈要本、四庫本作「動兵關」，亦可通；徑改。

⑯「改」，弘治本、四庫本同元刊明補本；薈要本作「政」，形似而誤。

⑰「犬」，元刊明補本作「大」，形似而誤；據弘治本、薈要本、四庫本改。

⑱「蓨縣」，弘治本同元刊明補本；薈要本、四庫本作「蓨縣城」，衍。

⑲「樹藝」，弘治本闕；薈要本、四庫本作「瑣事」，非。

⑳「甲戌」，諸本皆作「至元十一年甲戌」，衍；徑改。按：至元十一年，爲一二七四年。

㉑「析」，元刊明補本、弘治本、薈要本作「折」，據四庫本改。

㉒「某」，元刊明補本、弘治本作「其」，據薈要本、四庫本改。「虜」，弘治本同元刊明補本；薈要本、四庫本作「擄」，亦可通。後依此不悉出校記。

㉓「措」，弘治本同元刊明補本；薈要本、四庫本作「厝」，亦可通。

㉔「趙氏、張氏」，弘治本同元刊明補本；薈要本、四庫本作「張氏、趙氏」。

㉕「奧魯」，弘治本同元刊明補本；薈要本、四庫本作「鄂囉」。後依此不悉出校記。

㉖「玉」，弘治本、四庫本同元刊明補本；薈要本作「王」。

㉗「蒿」，弘治本同元刊明補本；薈要本、四庫本作「嵩」。

㉘「乃滿歹」，弘治本同元刊明補本；薈要本、四庫本作「奈曼岱」。

㉙「親軍」，弘治本、薈要本同元刊明補本；四庫本脱。

㉚「用是，其表見神道者」，弘治本同元刊明補本；薈要本作「思所以見諸神道者」；四庫本作「用是，其未見神道者」。

故蠡州管匠提領史府君行狀

府君諱忠，字良臣，姓史氏，蠡州博野縣孟家里人。曾大父暨祖世在博野①，俱以伯仲稱。父諱成繼，業耕稼，善因地利。自高祖已降，昆弟繁多②，至府君凡五世同居，藹然以孝義風一鄉③。君兒時日侼錢鏄爲戲④，及長，姿純厚，與人交不妄言，謹身節用，致桑土滋殖⑤。然慷慨有顧慮，料事多合情得宜，里人推其識量⑥，凡所疑滯，必諮焉而後行。

貞祐初，國兵入中夏，蠡被圍，太守鐵哥嬰城自固⑦，民懔懔崩角，莫知所屬，欲鳥獸散。公約衆合謀曰：「金駕而南，委河朔去，州又自顧不暇，事勢至此，吾輩將安所託？正有畏天順時，得全性命爲計之上。不然，何爲束手俟死？」衆以君素有畫，可仰聽焉，遂率孟莊、鐵千、兩河、夏村等老稚百餘人，持牛酒詣太師國王行帳投附。王矜其情，許焉，命公前慰諭者良久，且給符約，遣各歸田里。尋州破，鄰鄉多被屠掠，唯孟莊、兩河等里得按堵如故。

兵後，歲飢疫，公惻然興感曰：「家幸贏餘，胡可坐視鄉人轉死溝壑？」即出蓋藏粟五百餘石，計口而惠之，賴安活者甚衆。其散而復業者往往力殫具乏，公爲假牛畜、耒耜、場種。有因疾田蕪，不克治者，公乃倡結義社相捄助⑧。於是秋穫皆有，得家具酒食，勞公以謝其德，公曰：「患難相卹，人之常道，奚謝爲？」第比年來仰荷天休，稍即溫飫，不以禮道維持，羣居雜處，未免侵犯爭鬥之事⑨。衆對，惟君見訓，俾終厥惠。君雖不經見聞，遇子弟必申以孝弟⑩，父兄則勉以恩愛。聞順而善事者，必需之飲食，以蓄其良心；彼游墮自安⑪，狎于不順者，即畏以官府，使知懲戒⑫。於是田里安集，不知出喪亂之餘，而有讓畔敬饁之漸。每冬夏⑬，設粥藩於路，以濟行人。其周急濟物類如此，聲稱傳播，時人有「義門史氏」之目。州總匠王公興秀賢其爲，曰：「吾嘗聞『居家理，可移治於官』。」遂薦于行省劉公，署工匠提領。府君感其見知，盡心所事，於是配能否，均程課，革舊弊，皆有條次不紊。及考工器，率堅良精緻且合時度，不爲巧虛，積料餘徼，幹局稱。又未嘗竊徒工、治己私以自腴⑭。總匠每稱能，以勵其餘。

某年月日，以疾終于家，享年八十有五，葬孟莊北原先塋之次。識者謂公：「德純行美，效官及物者甚廣。其儲祥萃慶不在其身，而子孫將有勃然興者。」娶同里某氏，柔順勤儉，克配公德。生二子，長曰伯祥，次曰伯福，幼承訓導⑮，俱孝而友。或以襲父職爲言，伯祥曰：「吾家世服井畝，以孝悌相傳。逮吾先人，輕財重義，表率一鄉，雖遭罹世故，所立挺挺然⑯，大先業爲有光⑰。今予昆弟二人無所肖似，繼守田廬，負薪之責，惟罔克是惕。第知勤敷，菑修疆畎，寒耕熱耨，濬源培本，使先世之澤渟蓄汪濊，霑溉後人⑱，俟其可以起史氏者，乃所職耳。」聞者歎其志遠而有所見也。

及子弼長，性謙謹，寡言笑，顔赫然，軀幹魁偉，孔武有力。年十六七時耕牧田間，午憩桑蔭下⑲。父往饁，遥睨有玄虺穴其口⑳。父大駭，趣呼之寤，問焉，曰：「無所覺。」自是，手力愈若神助，遂精習梃槊㉑，又善左右騎射，赳赳然負干城之氣。總匠王公子、前潼關使彦弼異而妻焉。舉於左丞相耶律公，一見奇之，得給事省府。適考工上新製鐙弩，力踰十鈞，近臣有言弼材勇，善挽此者，即召見試，有驗，命列名扈從，仍賜白金御驃以壯其勇㉒。不一二歲，譯語國字皆通習之。嘗奉旨數軍實于邊，嘗岳祠於雒㉓，精簡而敝去，壯麗而費省。由是廉幹之稱聞于朝。上知其可用，至元己巳，命佐帥臣劉整南伐，轉戰江漢間，若鏖峨眉，掀松陽，拔樊城，下襄陽，飛渡大江，併圍維揚，率内簿先登㉔。及論功，每在諸將右，賚鞍錦服，寵賚殊渥。始自漢兵總管，授金虎符、懷遠大將軍、行軍萬户，加定遠、安遠，陞昭勇大將軍、淮東大都督，改揚州達魯花赤㉕。今由鎮國上將軍進中奉大夫、參知政事，行黃州路宣慰使。既拜命，乃謀於婦翁奉直曰：「弼自惟起身壟畝，遭際風雲，被沐恩遇，以汗馬微勞，不十五年間至位將相㉖，其於史氏，其榮極矣㉗。茲蓋祖宗勤苦純儉，累積攸厚，一旦發越於藐焉之躬者如是丕顯，可不知其所自哉？欲報之德，有懇求懿筆著信於後者，論述陰積，表樹丘壟而傳不朽，庶幾顯揚之道。」奉直曰：「宜矣。」遂託樞相贊皇趙公及關使王君以事狀求屬，因勉爲次弟之。

中奉大夫之父今年六十，母夫人某氏若干壽，皆享有全福。叔之子曰輔，管軍千户；次曰翊，未仕。中奉之子曰蠡奴㉘；女一人，曰燕哥。至元戊寅三月晦日謹狀。

【校】

①「博」，元刊明補本、弘治本闕，據薈要本、四庫本補。

②「繁」，元刊明補本、弘治本、四庫本作「宣」，據薈要本改。

③「風」，元刊明補本、弘治本作「渢」，據薈要本、四庫本改。

④「庤」，弘治本同元刊明補本；薈要本、四庫本作「痔」，形似而誤。

⑤「殖」，弘治本同元刊明補本；薈要本、四庫本作「植」，亦可通。

⑥「量」，元刊明補本、弘治本、薈要本作「直」，據四庫本改。

⑦「鐵哥」，弘治本同元刊明補本；薈要本作「特爾格」；四庫本作「特格」。
⑧「倡」，弘治本、薈要本、四庫本作「侶」，形似而誤。
⑨「鬥」，元刊明補本、弘治本作「閱」，據薈要本、四庫本改。
⑩「弟」，弘治本同元刊明補本；薈要本、四庫本作「義」。
⑪「墮自」，弘治本同元刊明補本；薈要本、四庫本作「惰有」。
⑫「知」，弘治本闕；薈要本、四庫本作「其」，非，
⑬「冬」，弘治本同元刊明補本；薈要本、四庫本作「入」。
⑭「又」，弘治本同元刊明補本；薈要本、四庫本作「入」，非。「徒」，弘治本、薈要本同元刊明補本；四庫本作「徙」，形似而誤。
⑮「導」，弘治本同元刊明補本；薈要本、四庫本作「道」，亦可通。
⑯「立」，抄本同元刊明補本；薈要本、四庫本作「直」。
⑰「有」，抄本、薈要本同元刊明補本；四庫本脱。
⑱「先」，抄本、薈要本同元刊明補本；四庫本作「光」，形似而誤。
⑲「憩」，抄本同元刊明補本；薈要本、四庫本作「枕」，非。
⑳「遥」，抄本同元刊明補本；薈要本、四庫本作「遥視」，衍。

㉑「梃」，抄本同元刊明補本；薈要本、四庫本作「挺」，亦可通。
㉒「驃」，元刊明補本、抄本作「驃」，形似而訛；據薈要本、四庫本改。
㉓「雒」，抄本同元刊明補本；薈要本、四庫本作「洛」，亦可通。後依此不悉出校記。
㉔「内簿」，抄本同元刊明補本；薈要本作「内薄」，形似而誤；四庫本作「肉薄」，形似而誤。
㉕「達魯花赤」，抄本同元刊明補本；薈要本、四庫本作「達嚕噶齊」。後依此不悉出校記。
㉖「至位將相」，元刊明補本作「致仕將相」，薈要本、四庫本作「仕至將相」；據抄本改。
㉗「其榮極矣」，抄本同元刊明補本；薈要本、四庫本作「榮之極矣」。
㉘「子」，元刊明補本作「于」，據抄本、薈要本、四庫本改。

太一五祖演化貞常真人行狀

師姓李氏，諱居壽，字伯仁，道號「淳然子」，衛之汲縣西晉里人。生有淑質，沉默寡言笑。自幼喜道家之學，年十三拜太一四代祖中和仁靖真人爲師，旦夕給侍左右，進退應對，容度詳謹。中和知其可教，甚善待之。戊戌歲，受戒爲道士，命典符籙科式等事，籙文部帙，靈章寶篆，仙階顯職，稱號廣博。師裝繕嚴整，銓次詳明，大稱所委。

壬子歲，聖主居潛邸，駐蹕嶺上，以安車召中和真人於衛。既至，燕見之次，薦師才識明敏，志行淳和，請傳嗣爲五代祖，仍從誓約，易姓爲蕭。即蒙允可，賜號「貞常大師」①，仍授紫衣。其年冬，中和謝世。中和人品道價，高眎一世②。師嗣挈玄綱，以簡重堅潔持守成規，洞洞屬屬，若恐失墜。及其張皇道紀，酬酢事宜，其應如響。由是徒衆厭服，聽約束惟謹，前人之光曾不少佚。時衛大旱，守官致禱于師，即書太一靈符浸巨盎中，騰呪未畢，雲葉膚合，澍雨霑足，致德譽日廣，上聞於朝。

己未春，上南巡，駐蹕淇右，重師之請，幸所居萬壽宫。悵真仙之倏去，喜付畀之得人③，周歷殿廡，詢慰者久之。師敷對誠款，允協睿意，眷顧光寵，於焉伊始。明年庚申，中統建元春正月，命師即本宫設黄籙静醮④，冥薦江淮戰歿一切非命者。迎奏際，陰風凄凜⑤，若有趨赴慘泣之狀。秋九月，詔赴闕下，上親諭修祈祓金籙醮筵。翼日，特賜號「太一演化貞常真人」。二年冬，上命禜斗於厚載門，親詣祝香，仍賫錦紋綾帔。四年秋，遣近侍護師頒香岳瀆等祠，仍賑濟貧乏。

至元三年，以京師劉氏宅賜師爲齋潔待問之所。六年春，皇嗣請師禱祀上真，用介繁祉，受釐之餘，遂賫師金冠錦服，玉佩符焉⑥。八年，螟蝗爲災，命師即岱宗汾脽設驅屏法供⑦，秋乃大熟。十年正月，就上都大安閣演金籙科儀，時春寒，賜黑狐裘、貂帽各一。冬十月，奉安真武神位於昭應新宫，禮畢，中官衣以異製綾道服。大内青宫肇造之初，皆詔師按太一符云禳鎮方所。十一年，特旨於奉先坊創太一廣福萬壽宫，中建齋壇，繼太保劉秉忠禋六丁神將⑧，歲給道衆粟帛有差。十五年，奉旨祭七元星君於西府鐘室。啓告之初，期以風動所樹幡標爲神君格思之驗。既而，儲皇親臨炷香，冷颷颯至，幡影飃颺，從官劍佩鏗鏘，肅然爲起敬。明日，具陳其事，上甚喜。越明年，以事辭結遁壇，命易七元斗位。聖上、儲皇以師積年致禱精誠⑨，多獲靈應，前後賜與，如玉尊像、寶粧劍、安車龍杖、金銀器皿等物不可殫紀。師爰自傳嗣以來，奏謚始祖曰「太一一悟傳教真人」⑩，二代祖曰「太一嗣教重明真人」，三代祖曰「太一體道虚寂真人」，四代祖曰「太一中和仁靖真人」，焚黄昭告，典禮華縟，存殁有榮焉。

至元三年，以重修祖觀殿宇告成以聞，蒙勑辭臣製碑，鋪敦教基，具紀本末。復奏受保舉師張善淵「真靖大師」⑪，教門提點監度師高昌齡「保真崇德大師」，高弟李全祐「觀妙大師」，范全定「希真大師」。及欽承璽書，護持玄門，其弘闡宗教殊爲光顯。

師以至元十七年七月廿六日羽化於西堂方丈，享年六十，治命令觀妙大師李全祐嗣主法席。訃聞，上嗟悼久之，儲皇賻楮幣三十定⑫，仍諭中書省，給威儀祖送。其年十月，遣使護喪，歸葬衛州汲縣四門村祖塋之次。

師丰儀脩偉，清修有操行，謙虛篤實，不事表襮，混然與物無忤，而胷中風鑑殊皜皜也。與人交，誠款有藴藉，所談率以忠信孝慈爲行身之本，未嘗露香火餘習。生平問學不斯須離，如飢渴之於飲食，其《易傳》、《皇極》、《三式》等書皆通究其理。晚節德量弘衍，博大不可涯涘，宜其爲聖皇挹真風，屬祕祀，留宿宫禁，參預庭議。師素以憂深思遠，理或未暢，形於顔色。故因方便而霈德澤之厖⑬，即詢訪而裨時政之闕，横覆道蔭，成敷錫之美者多矣。惟其玄默不出，叵得而詳。論者謂師雖方外士，其至誠上感，蓋有君臣慶會之契。古人稱「上士學道，輔世主以洽好生之德」，師其有焉。

既窆之二年，嗣教真人將以師言行請於朝⑭，植碑神門，揄揚追報，以慰華表歸來之想。以不肖惲與師義同里閈，交且款⑮，知師爲頗詳，以事狀見託。謹按綱首楊某等所具行實⑯，勉爲件右，庶幾太史秉筆者得以採擇焉。至元十九年十二月廿一日，中議大夫、治書侍御史、行御史臺事王惲謹狀。

【校】

①「號」，抄本同元刊明補本；薈要本、四庫本作「爲」。

②「跞」，抄本、薈要本同元刊明補本；四庫本作「跞」，訛字。

③「付界」，抄本同元刊明補本；薈要本作「什界」，形似而誤；四庫本作「十界」，非。
④「静」，抄本、四庫本同元刊明補本；薈要本作「浄」。
⑤「凜」，抄本同元刊明補本；薈要本、四庫本作「淒」。
⑥「符」，元刊明補本、抄本作「付」，俗用；據薈要本、四庫本改。
⑦「供」，抄本同元刊明補本；薈要本、四庫本作「其」，非。
⑧「劉秉忠」，抄本、四庫本同元刊明補本；薈要本作「劉果忠」，形似而誤。「六丁」，抄本同元刊明補本；薈要本、四庫本作「六十」，形似而誤。
⑨「致」，抄本同元刊明補本；薈要本、四庫本作「祭」，聲近而誤。
⑩「謚」，抄本同元刊明補本；薈要本、四庫本作「言」，非。
⑪「受」，抄本、薈要本同元刊明補本；四庫本作「授」，亦可通。後依此不悉出校記。
⑫「幣」，抄本同元刊明補本；薈要本、四庫本作「冥」，妄改。
⑬「故」，抄本同元刊明補本；薈要本、四庫本作「設」。
⑭「言」，抄本同元刊明補本；薈要本、四庫本作「官」，非。
⑮「款」，抄本同元刊明補本；薈要本、四庫本作「久」，亦通。
⑯「某」，元刊明補本、抄本、薈要本闕；據四庫本補。

王惲全集彙校卷第四十八

傳

大元故宣武將軍千户張君家傳

君姓張氏，諱思忠，字正言，盧龍永清人也。曾祖衍，大父德輔，世業農。金百年來支屬蕃息，居不異爨，至今以義門稱燕朔間。父諱仝，資沉粹，少以《易》業起家爲志①。大元甲子，天兵南略②，以良家子從軍，隸都元帥史公戲下③，以武幹見稱，凡意料且與公契。及公鎮守真定，得專擢拜，以功監領左軍，充唐山邑宰④。既而開府忠武公紹襲閫職，首以鎮撫授君。歲壬辰，以千夫長從公略地河南，歸德禦堅，猝不易拔。君鼓勇，先士卒登，且以戎鎧鮮異，爲大帥速不觪所識⑤。及賞犒，以功讓所善高信，由是，信拔出行伍，致身顯達。遂轉戰密之西山，民避兵，匿洞窟中，往往縱火熏逼⑥。君言諸主帥，禁焉，賴全活者甚衆。其後從戍陽夏，開邊屯，受成整暇⑦，兵有餘力，而民懷風愛⑧。繼移鎮入鄧，凡百草創，都督史侯皆擬易治一新。君依前，以鎮撫供職，於是招流散，復田廬，治渠堰，整屯戍，謹斥候⑨，咸領辦有方，不大聲以色，人至以「佛張鎮撫」目之，其慈祥爲可知。丙辰春，壽六十有一，遘疾，終鄧之官舍⑩，葬真定縣臨濟里域。夫人趙氏，後公十九年殁，生子六人，宣武君即其長也。

宣武幼不好弄，嘗聚嬉里門，能威重自居，指顧羣兒，不異官府，識者已稱其不凡。及知學，穎悟不羣，既長⑪，有謀略，善騎射。大都督一見與語，奇之，命日侍鈴下，庸玉汝之。幾冠，嗣父職。適有事江淮，風雲交會之際，宣武年少英發，夙夜聽恭，不遑寢餗，氣益厲，志益明，事益辦。時軍府有疑獄久不能決，命審鞠之⑫，略不加威而窮奸直枉兩造情露⑬，閫府與其明察。至於繕城壁，建樓櫓，使號令精彩，一軍增雄。雖謀出於上⑭，其所以廣益於下者，多君之力焉⑮。丞相忠武公奏降銀符，真授都督府鎮撫。

至元五年，朝廷命帥會諸道兵攻取襄樊，爲上流破竹之舉。宣武備列戎行，首建戍白議曰：「淯滄于漢，宜亟據要害，築堡戍⑯，使遏宋人泝流以資寇盜。不然，彼或先之，豈惟奪志，吾無如之何矣。」從之，分兵壁其會，宋人爲氣褫。時餉道不繼，行省以君有畫能幹，即擬充唐州新野等處提舉糧漕使。涫行崗阜間，淺深不常，艱於綱運。君遂揵數堰，平水勢，隨造江軸車餘千兩，兼速陸運，復設防戍，絶去涂梗，舟車通便，軍餉爲不乏矣。樊城小而堅，爲襄之扞蔽，省議取之，翦其臂翼。君率先貔虎，既登，中流矢，戰不輟。丞相伯顔公壯其勇⑰，止之。以勞宣授行省都鎮撫，其職掌大概，上承大帥方略，指授諸將，諸軍有所關白，必因以上達。與夫訓練、調遣、巡羅等事，皆所領治。當時諸軍大小四十餘壁，每翼鎮撫一員，號之曰「接手」，日聽將令於都鎮撫，武弁佩刀，弭爾於雲麾之下⑱，蓋肅如也。其倚重比漢軍司馬唐都虞之任⑲。君感其知遇，誓以捐軀報國。至元十年春二月，襄州破，第功上聞，至蒙弓矢、鞶鞍、繡衣之賜。

明年秋九月，詔丞相伯顔等水陸並進鄂渚渡江。師次郢，宋人以艨艟鬥艦横鎖漢面扼之⑳，不克前，責君辦之。君按視，對江堡北有枯河，可三里許，連接一湖，湖匯與漢通㉑。君喜曰：「吾事濟矣。」遂拖舟㉒，由港中盡達于湖，舳艫蔽江，順流而東，無復横草之虞矣㉓，大爲丞相嘉賞。時主帥從偏裨百餘騎行視郢險㉔，天大霧，不覺抵壁下。彼潛出兵，圍之數匝㉕，衆相顧失色。君奮槊突擊，殺數十人，爲解去。因建言於相府曰：「郢據漢爲池，東南又有沙陽等城傍爲掎角，宜乘鋭先破之，則郢乃孤矣㉖。」韙其策，即命君督精甲潛往，不移蔭，掀沙揚石，掇新城，降沔陽而去。隨與諸軍併力破夏貴兵於陽灑堡，以清江道，我師飛渡，駐軍武昌矣㉗。時朝廷策諸將始加散秩，以功最，授宣武將軍。師既東，前阻鄱湖風浪，君力督水師浮梁而濟，其敏捷赴功類如此。宋相賈似道罄國力㉘，結陣丁家洲，塞江路，俟與我師鏖決㉙。丞相公命君督諸軍前陣，君鷹揚致師，出入行間，指授方略，意甚暇也。一再合而宋人敗績，遂入建康。丞相阿朮即分兵趣瓜步㉚，回擣維揚，擇勇而有謀者偕往㉛，君首膺其選。丞相公惜不遣㉜，令將策勝一軍，權充萬夫長，聞于朝，其爲二相倚重者若爾。命未下，竟以勤勞致疾，以是年夏五月歿金陵之軍幕，得年三十有九。丞相公聞訃驚悼㉝，以馬箠擊地，有「云亡孰繼」之嘆㉞，遣屬將祁祐護其轊歸。

張君爲人，美鬚髯㉟，氣量宏，事親孝，撫諸弟以愛。與人交，有終始，不一言忘。盡心所事，國爾忘家，若饑渴之於飲食。其趨事建功、臨機制變㊱，志慮出人意表。拊循士卒，與同甘苦，皆樂爲之用。故其燕趙勁氣所向披靡，樹駿功爲尤多。初渡江，凡軍中俘士人爲獻者，君與求親屬，悉資遣之，其或願留依庇者，事甫定，一皆縱還鄉里。

夫人房氏，唐相國梁公裔，内助有法，配君德良稱，先君沒。生子男四人：長曰用道，嗣君職；次用和、用康、用章。女四人，適名族。繼室史氏，太尉忠武公之次女，生女寧哥。孫男四人，女孫三人。贊曰：

張氏三世在野，純積既久，固所發攸厚㊲。若父鎮撫君起壟畝，奮棘矜㊳，致身偏裨㊴，亦云顯矣，其施若猶未也。逮君遭乘機運，奮發志勇，以投風雲之會。惜乎功名垂就，不享其報，使英資茂績有鬱而未盡者。今嗣侯以破静江㊵，討江西，逋寇等功進武德將軍、行軍總管，風姿文雅，延譽士大夫間，殊藉藉然，蓋將衍夫遺澤而大其世業者耶㊶？用道與内弟□游交甚款，以家傳見屬，遂直書其事。至於筆削其間，以俟夫學《春秋》者焉。

【校】

①「業」，抄本、四庫本同元刊明補本，薈要本闕。

②「天」，抄本同元刊明補本；薈要本、四庫本作「大」，形似而誤。

③「戲」，抄本、薈要本同元刊明補本；四庫本作「麾」，亦可通。

④「宰」，抄本同元刊明補本；薈要本、四庫本作「事」。

⑤「速不斛」，抄本同元刊明補本；薈要本作「蘇卜特」；四庫本作「蘇布赫」。

⑥「熏」，弘治本同元刊明補本；薈要本、四庫本作「薰」。

⑦「成」，弘治本同元刊明補本；薈要本、四庫本作「戍」，涉上而形誤。

⑧「民懷風愛」，弘治本同元刊明補本；薈要本、四庫本作「民風愛懷」，倒。

⑨「候」，弘治本同元刊明補本；薈要本、四庫本作「堠」，亦可通。

⑩「官」，弘治本、四庫本同元刊明補本；薈要本作「宜」，形似而誤。

⑪「及知學，穎悟不羣，既長」，弘治本同元刊明補本；薈要本、四庫本作「知學穎悟，既不羣，及長」。

⑫「鞠」，弘治本同元刊明補本；薈要本、四庫本作「鞫」，亦可通。

⑬「情」，弘治本同元刊明補本；薈要本、四庫本作「精」。

⑭「於上」，弘治本、四庫本同元刊明補本；薈要本作「上焉」。

⑮「焉」，弘治本同元刊明補本；薈要本、四庫本作「也」，亦可通。

⑯「戍」，薈要本、四庫本同元刊明補本；弘治本作「成」，形似而誤。後依此不悉出校記。

⑰「伯顔」，弘治本同元刊明補本；薈要本、四庫本作「巴延」。後依此不悉出校記。

⑱「爾」，弘治本、薈要本同元刊明補本；四庫本脱。

⑲「漢比」，弘治本同元刊明補本；薈要本、四庫本作「比漢」。

⑳「扼之」，弘治本同元刊明補本；薈要本、四庫本作「以扼之」。

㉑「與」，弘治本同元刊明補本；薈要本、四庫本作「於」，聲近而誤。

㉒「拖」，弘治本同元刊明補本；薈要本、四庫本作「挽」。

㉓「草」，弘治本同元刊明補本；薈要本、四庫本作「格」，非。按：作「格」者，蓋「草」先形誤爲「革」，再聲誤爲「格」。

㉔「險」，元刊明補本、弘治本作「嶮」，據薈要本、四庫本改。

㉕「匝」，弘治本同元刊明補本；薈要本、四庫本脱。

㉖「則」，薈要本、四庫本同元刊明補本；弘治本作「側」，非。

㉗「軍武昌矣」，元刊明補本、弘治本作「軍武昌矣」，薈要本、四庫本作「武昌軍矣」。

㉘「似道」，元刊明補本、弘治本闕，據薈要本、四庫本補。

㉙「俟」，弘治本、薈要本同元刊明補本；四庫本作「晳」。

㉚「阿朮」，弘治本作「阿木」，形似而誤；薈要本作「烏珠」；四庫本作「阿珠」。後依此不悉出校記。

㉛「偕」，弘治本、薈要本同元刊明補本；四庫本作「皆」，亦可通。後依此不悉出校記。

㉜「惜」，弘治本同元刊明補本；薈要本作「偕」，非；四庫本作「皆」，非。

㉝「訃」，元刊明補本、弘治本闕；據薈要本補；四庫本作「之」。

㉞「孰」，弘治本、薈要本同元刊明補本；四庫本作「誰」，亦可通。

㉟「美」，弘治本、薈要本同元刊明補本；四庫本作「多」。

㊱「建」，弘治本同元刊明補本；薈要本、四庫本作「赴」。

㊲「固」，弘治本同元刊明補本；薈要本、四庫本作「故」，亦可通。

㊳「矜」，弘治本同元刊明補本；薈要本、四庫本作「荊」，非。

㊴「偏裨」，弘治本同元刊明補本；薈要本、四庫本作「爲偏裨」，衍。

㊵「静」，弘治本同元刊明補本；薈要本、四庫本作「靖」，亦可通。後依此不悉出校記。

㊶「夫」，弘治本同元刊明補本；薈要本、四庫本作「大」，涉下而形誤。

盧龍趙氏家傳

孟倅穆尋墜緒，纘先猷，持懇太史王惲通述一傳①，庶幾遡川流而遠紹淵源，溉根本而敷榮枝葉。以衰謝辭者，載請彌堅，謹按：

趙之得姓，肇自周穆②，策造御勞，胙土受氏。子孫蟬嫣③，代有聞人，時藐譜逸④，蔑克論次⑤。所可知者當唐世遠祖，諱少陽，生子簡亮。亮生元，遂宦游于燕，家焉，因爲盧龍人。遂生子思温，字文美，姿英果⑥，拳勇絶人，尚氣任俠。五代初，燕帥劉仁恭壯其才武，署爲偏將⑦。晉王存勖來問罪⑧，公率所部挺身逆戰，目中流矢⑨，爲統帥周德威所擒⑩。晉王聞其驤勇，義而釋之，數蒙指蹤⑪。逮與梁人戰於莘野⑫，陷陳深入⑬，斬戮不勝計，第功最⑭，加金紫光禄大夫、檢校尚書、左僕射，使持節平州諸軍事、平州刺史。

神册二年，爲太祖遣元帥擁大兵來攻⑮，城中糧盡援絶，公審形勢之攸歸⑯，察輿情之去就，遂款附。太祖素知其才勇可倚仗⑰，寵遇殊渥。東伐渤海⑱，俾將漢軍⑲，充都團練使。既抵扶餘⑳，率敢死士十餘輩突戰先登，立拔其城，身被重傷，太祖親調藥以敷之㉑。武帝即位，論愾敵功㉒，檢校太保、保静軍節度使㉓。

天顯十一年，石晉起義并門，來求援。命公出師嵐、憲間㉔，犄角之，敬塘賴以克濟。加特進檢校太尉、中書門下平章事、燕京留守、盧龍軍節度使、管内觀察處置等使。明年，進階開府儀同三司，兼侍中，封天水郡開國侯㉕，食邑一千伍佰户㉖，仍賜協謀静亂翊聖功臣，兼雲、應、朔、奉聖等道採訪使。時方兵後，彫瘵未蘇，政舉綱條，維宂寬簡㉗，轉臨海軍節度使。會同元年，使晉，行册禮，還檢校太師，兼侍中，進開國公，加食邑伍佰户。

二年春，有星隕於庭，俄薄疾，以三月廿日薨，享年五十有八㉘。上聞震悼，奠祭，賻賵有加，贈太師、衛國公。葬昌平縣五華山之陽，敕集賢大學士張礪銘其神道。

公事親孝，奉上忠，出入行陳三十年，大小百餘戰，勳業烜赫，身都將相，備極人臣之貴。而謙撝自牧，退然若無能爲者，宜其以功名終。初，遼祖殂，后述律氏智而忍，悉召大將妻，諭曰：「我今寡處，汝等豈宜有夫？」復謂諸將曰：「可往從先帝於地下。」有過者，多殺於木葉山墓隧中。公後以事忤后，使送木葉山，辭不行，曰：「親寵莫后，若何不往？」曰㉙：「子幼國疑，未能也。」乃斷其一腕以送之，直公而不殺。平昔守正不屈類如此。

配太原王氏，贈鄭國太夫人，繼室清河夫人張氏、陽翟夫人翟氏。子十有二人㉚：長曰延照，永清軍節度使，侍衛親軍事，特進檢校太尉、同政事門下平章事，開國公，食邑一千伍佰户㉛，賜號推忠奉節毅勇功臣；十一世孫昞山㉜，北遼東道廉訪使㉝，今居鄢陵。次曰延祚，燕京留守、檢校太師、開國公，食邑一千户；十一世孫朏，肥鄉三務使，今居燕。十二世孫天民㉞，遼陽省都事㉟，今居平灤。曰延卿，竭節匡邦保義功臣、大同軍節度使、檢校太師、開國公，食邑一千户；曰延構，供奉官、東西班都點檢；曰延威，推忠佐命翊贊功臣、保静軍節度使，特進檢校太師、開國公㊱，食邑一千户；十一世孫明，今任兩浙運司知事㊲。曰延晞，飛龍院使、檢校尚書、左僕射；曰延誨，保静軍馬步軍都指揮使；曰延光，順義軍節度使；曰延玉，彰國軍節度使；曰延煦，點檢；曰延紹，同州兵馬使；曰延旭，内庫提點。女十四人：長適泰安州刺史傅知賓；次適天雄軍節度使、檢校太尉兼侍中韓巨美；次適弘農楊氏；次適竭誠奉國翊贊功臣、東平軍節度使，特進檢校太師兼御史大夫、上柱國、南陽郡趙國公、尚書令、判三司使韓德樞；次適榆州刺史張彦英；次適彭城劉氏；次適左林大將軍張美；次適宣徽南院使、天平軍節度使、檢校太師、同政事門下平章事、判三司韓勳；次適清河張氏；次適博陵崔氏。

其開府太師、衛國公第五子特進府君，即穆之十二世祖也。葬建州永霸縣白羊峪，有乾統七年夫人馬氏所樹銘幢。特進府君生二子：曰匡舜㊳，左千牛衛大將軍，生子四人；曰匡禹，臨海軍節度使，生八子。第七子爲翰，仕至保遂州團練都統使，始葬大興穴窩別墅，即睿智皇后賜田也，生三子。相之生五子，第三子湇，生六子。第二子公爲，嗣兼管内觀察使。一子鎔，官鎮國上將軍；一子居常，驃騎衛上將軍。七世並襲遼世爵。相之府君弟進之，永豐庫使。尚之生子沿絕。進之一子潰，寧昌軍節度使，贈金吾衛上將軍，三子。仲曰公謹㊴，龍虎衛上將軍、静江軍節度使。四子。孟曰興祥，賢而多材，仕金海陵、世宗两朝，以德望門地，致仕途顯赫，官至開府儀同三司、左宣徽使、太子少傅、申國公，封鉅鹿郡王，葬良鄉回城劉李里蔡家凹，迄今以「趙大王墳」目之，翰林待制趙攄所撰神道碑在焉。

驃騎府君生五子。曰柄，天資孝友博學，克守世範。曰梃㊵，邃星曆術，金初任靈臺司正郎。曰機，留心軒岐書，伎精良，選充尚毉，侍宣宗，官至保宜大夫。曰梅，善貨殖，致屋潤，積而能散，貧乏者多沾其惠。興陵因游畋宿其家，聞富而好禮，賜銀燭盤二，鄉梓榮焉。嘗監謝村鎮酒。曰植，字景道，穆之曾祖也。姿清淑，有操行，力學務爲，無所不窺，工作詩。嘗舉進士，不偶，輒拂衣去，易名質，隱穴窩別墅，教授爲業。別墅東二里許即金建春離宮，明昌間，道陵春水過，聞絃誦聲，幸其齋舍，諷詠壁間㊶，所題詩有「折脚鐺中烹白薺，打頭屋底看青山」者。久之，尋召至行殿，賞其志趣不凡，命之以官。固辭曰：「臣僻性野逸，志在長林豐草，金鑣玉絡非所願樂。況聖明在上，容巢、由爲外臣，可乎？」道陵益奇之，特賜田十頃，復之終身。士論烜燿，自是不呼姓名，皆曰「建春徵君」，號其鄉曰「崇讓」，尊顯之也。終於泰和二年三月乙丑，享年八十五。配李氏，生子玟㊷。

司正府君之子曰侃，字和之，穆之伯祖。儀觀秀偉㊸，學識該貫㊹，尤長於音律儀制。章宗時，用閥閱子弟試太常禮樂科，中承安二年登歌甲首。由是於禮樂愈覃精，爲專門之學矣。積勞自工師副正轉協律郎。貞祐播遷，禮樂散失不完，命楊禮部雲翼、馬太博千里詳定，府君以掌故得預，節文所不備，條理之未暢，咨其論說㊺，補罅爲多。累官定遠大將軍、大樂署直長，權知太廟署事。金末南遷，校量鐘律，獨黄鐘抑而不揚，既至汴，林鐘復爾，雖更鑄，尚然。竊自嘆曰：「八音與政通，陰陽消長，所在可以卜時之治忽，中興其不竟乎？」既而金亡。嘗會飲市樓，樂甫作，語所知曰：「革有狠戾音。」即去之，果有酗而鬥死者，其沉機先識如此。壬辰北渡，隱居鄉里，未嘗一日忘其素業，乃編集郊祀所記憶者，爲《祀典樂志辨》，凡三十卷。或譏曰：「若子所學，與時豈不背戾？」答曰：「文武迭用，世道之常。今向平治，以是備他時求訪之具。」聞者歎其資深而慮遠。歲戊戌，襲封衍聖公孔元措薦府君於朝，攝大樂丞，乘傳徧歷四方，搜訪前代禮官、樂師、祭器圖集，備預制作。中統建元以來，文物郁然，君有力焉。壽八十一卒，時己未夏四月廿七日也。配金吾李氏。一子守忠，正大間策論進士，仕至承德郎、管勾尚書省承發司，前君沒，娶王氏、桑氏。孫五人：柔、原、圭、秀、義㊻。曾孫繼祖、榮祖、興祖、顯祖等八人。曾女孫十人，玄孫男三人。

保宜府君之子曰璧，字國寶㊼，穆之叔祖。資沉雄，有才幹，涉獵經史，中武舉第，官廣威將軍、宣宗麗妃位奉事。卒於戊午歲九月十九日，得年六十五。配史氏，麗妃兄之女，生三女，俱適時族。

建春府君之子玟，字文玉㊽，穆之祖也。資長厚耿介，不妄交游，學問淹貫，工辭翰。藉門資，調遵化三司使。易代後僻居，研窮理學，申明家法，勉子孫、興門户爲務，自稱「貽齋居士」。壽八十五，終於戊辰三月九日。配良鄉李氏，母儀婦道，光範中表。生子鉉，字仲器，幼孤，藉伯考定遠君翼誨。及長，雅淡，喜讀書，不樂仕進，邃《易》學，好古，多巧思，音律、占筮咸詣其精妙。太宮肇造鐘鼎祭器、法物朝儀，以先生家學精思罕匹，命之監視。或以方技上聞，適營建新都，俾灼吉兆，基命丕作，蒙賜白金五十星、重幣十襲。相臣因欲官之，辭不可，止。其言人榮悴，雖察五行盛衰[49]，必配合道義，廣示勸戒。名公朝士歆其學識，來質疑請益者無虛日，焚香煮茗，間出三代鼎彝、法書、圖籍，傳觀披翫，論辯皆有證據。及談遼金故事，揮麈緩頰，使聽者忘倦，慈祥愷悌之色津津溢眉睫間，有承平遺老氣象。晚節號「鈍軒逸皓」，諸賢贈遺詩文無慮數百篇。嘗於祖竁側構亭，爲春秋奠祀所，承旨王文忠公扁曰「遺安」，樞相商左山爲之記，其爲名勝稱賞若爾[50]。今年登期頤，康寧順適，壽祉未可量也。娶李氏，生子穆，性純孝，早傳家學，善篆隸。以敏慧延譽搢紳間，得從事翰林，出倅孟州，轉邢臺尹，超授承務、中山府判官。穆之子遹祖、述祖、迪祖、遵祖，孫遷安。

於戲！趙氏自五季迄今三百餘年，子孫蕃衍幾於千人，忠傳學繼，世濟其美。越不事宦遊者，學術行義，亦昭晰於時，與韓、劉、馬共稱爲燕四大族，至比唐李、鄭、崔、盧。由開府太師、衛國公忠毅奮發，捐軀爲國，敦篤大本，君子之澤，其流淵長，亶其然乎？惟延威特進府君第五房一傳而二[51]，再傳十二人，三傳至廿八人，四傳四十五人，五傳而六十四，六傳八十四，七傳九十二，八傳當建春府君行，羣從數幾滿百，本支子姪廿有八。

然遭壬辰喪亂，存者僅三人而已，非賴穆之訪緝譜牒，則後人無由知其祖考之所自出、宗系之所自分。今復揚豐功之盛烈，發潛德之幽光，傳載無遺，垂鴻不朽，俾趙氏來者觀感景仰，克念無忝，是亦顯揚之一節也。《傳》曰：「慎終追遠，民德歸厚矣。」又曰：「惟孝子善繼志述事。」若穆也，可謂有志追遠述事者也。

大德己亥秋七月，翰林學士、中奉大夫、知制誥同修國史王惲述。

【校】

①「持」，弘治本同元刊明補本；薈要本、四庫本作「特」。

②「穆」，元刊明補本、弘治本、薈要本作「滿」，據四庫本改。

③「嫣」，元刊明補本、弘治本、薈要本作「嫣」，偏旁類化；據四庫本改。

④「藐」，弘治本同元刊明補本；薈要本、四庫本作「邈」，亦可通。後依此不悉出校記。

⑤「論」，弘治本同元刊明補本；薈要本、四庫本作「倫」。

⑥「果」，弘治本、薈要本、四庫本作「栗」，形似而誤。

⑦「署」，弘治本同元刊明補本；薈要本、四庫本作「叙」，非。

⑧「罪」，元刊明補本、弘治本闕；據抄本、薈要本、四庫本補。

⑨「流」，四庫本同元刊明補本；弘治本、薈要本作「走」，非。
⑩「擒」，弘治本作「推」，非；薈要本、四庫本作「摧」，非。
⑪「蹤」，弘治本、薈要本同元刊明補本；四庫本作「縱」，亦可通。
⑫「莘」，元刊明補本、弘治本作「莘」，薈要本、四庫本作「華」。
⑬「陳」，弘治本同元刊明補本；薈要本、四庫本作「陣」，亦可通。
⑭「第」，薈要本、四庫本同元刊明補本；弘治本作「弟」，亦可通。後依此不悉出校記。
⑮「爲」，元刊明補本、弘治本、薈要本作「爲」，四庫本作「遼」。
⑯「攸」，元刊明補本、弘治本闕；據抄本、薈要本、四庫本補。
⑰「倚仗」，元刊明補本、弘治本闕；薈要本、四庫本作「重任」；據抄本補。
⑱「伐」，元刊明補本、弘治本作「代」，據薈要本、四庫本改。
⑲「漢軍」，元刊明補本作「漢益」，弘治本闕；薈要本、四庫本作「全師」；據抄本改。
⑳「抵扶」，元刊明補本、弘治本闕；薈要本、四庫本作「至旬」；據抄本補。
㉑「敷」，元刊明補本、弘治本作「傳」，非；薈要本作「傅」，亦可通；此據四庫本改。
㉒「愾敵功」，弘治本、薈要本同元刊明補本；四庫本作「敵愾功」，倒。
㉓「檢校太保、保静軍節度使」，弘治本同元刊明補本闕；薈要本作「檢校太尉、保静軍節度使」；四庫本作「加檢校

太保、静軍節度使」。

㉔「命」，弘治本同元刊明補本；薈要本、四庫本作「因即命」。「嵐」，弘治本、薈要本、四庫本作「風」，誤。

㉕「侯」，弘治本、四庫本同元刊明補本；薈要本作「使」，非。

㉖「伍佰」，元刊明補本、弘治本作「五伯」，亦可通；薈要本、四庫本作「五百」，亦可通；徑改。按：五、伍，通；佰、百、伯，通。後依此不悉出校記。

㉗「維完」，弘治本同元刊明補本；薈要本、四庫本作「惟從」。

㉘「八」，弘治本、薈要本同元刊明補本；四庫本作「入」，形似而誤。後依此不悉出校記。

㉙「曰」，弘治本、四庫本同元刊明補本；薈要本作「以」。

㉚「二」，弘治本同元刊明補本；薈要本、四庫本作「一」，非。

㉛「伍佰」，元刊明補本、弘治本作「伍百」，亦可通；薈要本、四庫本作「五百」，亦可通；徑改。

㉜「昞」，弘治本同元刊明補本；薈要本、四庫本作「两」，既半脱且誤。

㉝「使」，薈要本、四庫本同元刊明補本；弘治本作「吏」，非。

㉞「二」，弘治本同元刊明補本；薈要本、四庫本作「三」。

㉟「都事」，弘治本同元刊明補本；薈要本、四庫本作「都都事」，衍。

㊱「檢」，弘治本、薈要本同元刊明補本；四庫本脱。

㊲「任」，弘治本同元刊明補本；薈要本、四庫本作「仕」。

㊳「匡舜」，弘治本同元刊明補本；薈要本、四庫本作「主舜」，非。

㊴「仲」，弘治本、四庫本同元刊明補本；薈要本作「伸」，形似而誤。

㊵「梃」，弘治本、薈要本、四庫本作「挺」，形似而誤。

㊶「壁」，弘治本同元刊明補本；薈要本、四庫本作「門」。

㊷「玟」，弘治本、薈要本、四庫本作「玖」，形似而誤。按：下有言「字文玉」，「文玉」者，玟也。後依此不悉出校記。

㊸「秀」，弘治本同元刊明補本；薈要本、四庫本作「修」。

㊹「該」，弘治本同元刊明補本；薈要本作「淹」，亦可通；四庫本作「通」，亦可通。

㊺「咨」，弘治本同元刊明補本；薈要本、四庫本作「資」，亦可通。

㊻「義」，弘治本同元刊明補本；薈要本、四庫本作「異」，聲近而誤。

㊼「國賓」，弘治本同元刊明補本；薈要本、四庫本作「叔賓」。

㊽「玉」，元刊明補本、弘治本作「王」，據薈要本、四庫本改。

㊾「袁」，四庫本同元刊明補本；弘治本、薈要本闕。

㊿「勝」，抄本同元刊明補本；薈要本、四庫本作「紳」。

51「惟」，抄本同元刊明補本；薈要本、四庫本作「推」，形似而誤。

開府儀同三司中書左丞相忠武史公家傳

丞相史公天澤，其先燕之永清人，世以族茂財雄號農里著姓。曾祖倫，祖成珪，繼有純德，百年來潤涵淵浸，匯而不發。逮父尚書府君秉直讀書，尚氣義，爲一方向服①。生三子，天倪、天安，公其季也。

國朝癸酉歲冬十月，太師木花里以王爵帥天兵南略中夏②，雷砰霆激③，震蕩無前。府君審興運之會歸，一羣疑之去就，倡率義從，迎降軍門④。王炤其誠，數千人賴以生，仍令府君統降主漕。繼從王攻北京，下之，以勞授行部尚書，淵流騰潤⑤，千載之會，實開於此。及金將武仙以真定降，王命公兄天倪充河北西路兵馬都元帥，即鎮守，俾仙貳焉⑥。時公年二十有三，身長八尺，音吐鐘鈜然。善騎射，拳勇絶人，屬櫜鞬署帳前總校。

明年乙酉春，護母夫人北歸。仙尋叛，都帥遇害，府僚王縉、王守道追公及燕，曰：「變起倉猝，部曲散走多在近郊，即回旆，當不招自至。」公毅然曰：「不共國之讎⑦，死亦當往。」遂傾橐易仗⑧，南還以圖報復。行次滿城，得士馬甚衆，餘兵四集。牙將毛□等即推公攝行軍事⑨，遣監軍李伯祐言狀於王，就請兵濟討。即命公紹兄職，仍以國將笑乃昇統精兵三千爲援⑩，合勢進攻盧奴。仙驍將葛鐵槍、八主薄擁萬衆來捄⑪，公撤圍逆之，奮先將士，灑血馳戰，呼聲殷地⑫，無不一當十，葛氣褫。會日暮，退依泒水爲阻，公料其墮歸⑬，敵必宵遁，果然乘之，衆大潰，生擒鐵槍⑭，資其器仗儲偫，軍威大振，遂下中山、略無極、拔趙州⑮，進駐野頭。仙懼，奔西山之抱犢呰。

其年夏六月，復真定。無幾，宋將彭義斌陰與仙合，又圖竊取，公同國將禦諸贊皇，扼仙軍不得進。義斌勢蹴⑯，嬰火炎山自固。主帥問計於公，曰：「賊衆山扼⑰，自陷圮地，此易破也。」遂令監軍孫□提鋭卒五十⑱，公略其後，繼以鐵騎蹂之，斬義斌戲下。自是，義勇之名軒㬋燕趙間。後數月，仙潛納諜者，匿大歷寺，夜斬關爲内應，遂反其城，公跳走。藁守帥董俊以全軍授公，復與笑乃昇破走仙⑲。主帥忿民之返覆，驅萬人出，將勦焉以示威⑳。公曰：「是皆吾軍民㉑，我力不能及，一旦委去，不幸爲賊脅制，今殺之何罪？」弗聽，復力爭，良久乃悟而全釋。公乃繕城壁，除武備，明號令，守禦以方，爲不可犯之計。歲荒食艱，捐甘攻苦㉒，與衆共之。於是招流散，拊瘡痍，披荆榛，掇瓦礫，數年間官府民聚以次完治㉓。然高公、抱犢諸柵，仙之巢穴也，不即揃覆㉔，則終遺後患，隨攻下之，仙鼠竄而去。繼又取相、衛。

太宗即位，公入覲。朝議方選三大帥分統漢地兵，上素聞公賢，詔爲五路萬户㉕，以真定、河間、大名、東平、濟南隸焉。庚寅冬，圍武仙於汲，小大凡十餘壁。金將合達以衆十萬來援㉖，鋒始交，不利，諸將乘虚，一時奔北。公獨以千人繞出敵後，挺刃横擊，敗一都尉軍。既而復與大軍合攻，仙逸去，復取衛州。明年壬辰，太宗由白波渡河，詔公以兵由盟津會河南，至則睿宗皇帝已破合達軍於三峯山。乃命公略地京東，遂招降太康、柘縣、瓦崗、睢州，追殺守帥慶山奴於陽邑㉗。金主東播，復自黄龍崗來襲我新、衛。公聞之，輕騎馳赴，比至，已合圍，奮戈突抵城下，呼守者韓帥曰：「汝等勉力，援兵繼來！」復躍出，敵愕眙，爲披靡。明日，大軍至，内外夾擊，敗走蒲城，公尾其後。金將伯撒所將兵尚八萬㉘，我殺掠殆盡，金主以單舸東保歸德。公與諸軍會睢陽㉙，同僚撒吉思欲薄城背水而營㉚，公曰：「若敵來犯，我進退失據，此豈駐兵地耶？」公争不下，以其事赴汴，比還，全軍皆没。其圍蔡也，當懸瓠北面，潛涉汝險，出入壘中，血戰者連日，蔡兵大衄，汝水爲不流。

金亡，公還趙視師。自乙未版籍後，政煩賦重，急於星火，以民蕭條，猝不易辦㉛。有司貸賈胡子錢代輸，積累倍稱，謂之「羊羔利」。歲月稍集，驗籍來徵，民至賣田業、鬻妻子，有不能給者。時兵民未分，賦役互重，復遇征戍，則趨辦一時，中外騷屑，殆不聊生。公憫焉㉜，詣闕併奏其事，民債官爲代償，一本息而止；軍則中户充籍，其征賦差貧富爲定額。上皆從之，布告諸路，永爲定制。

迨戊戌、己亥間，仍歲蝗旱，復假貸以足貢數，積銀至萬三千餘鋌。公度民不可重困，乃先出其家資㉝，次及族屬、官吏，均配以償，遂折其券。監郡忙哥撒兒以國兵奥魯數萬口散處州郡間㉞，營帳所在，大致驛騷，伐桑蹂稼，生意悴然。公騰奏太后，悉徙居嶺北，由是軍民肩息，田里遂有生之樂。迄今真定兵甲、民數勝於他郡，由公牧養其根本故也。國朝自金亡已來，歲有事於宋，公未嘗不在戎行。棗陽之役，城小而堅，主帥忿其攻久不拔，命徑乘其城。公率馮、程二拔都國朝語謂勇猛士曰拔都先諸將登㉟，太子闊出壯其勇㊱，惜其材，傳呼止之，公戰愈力，克焉。其攻襄陽也，宋以舟師數千陳峭石灘，掎角以綴我肘。太子以城不易拔，可趣利舟楫，命公往，以陳、翟二校自翼，驅猛士兩舸直前擣之，彼氣既奪，奮槊盪決，覆溺者萬計，獲焉。及取光化，復引絙首上㊲，立陷其城。復州之役，敵盛，以鬥艦三千艘鎖湖面爲栅，公進説曰：「栅破則復當自潰㊳。」遂募勇敢士四十輩，親鼓而前，壞蕩無遺，復懼而降。其攻壽春也，公獨當一面。宋人以我圍遠勢分，緩急首尾莫應，賊乘夜，果來斫營。公單騎逆戰，手格殺數人，麾下繼至，悉驅賊入淮水。至於掀滁州，蹂盱眙，掇竇應，瀕江渚，且破且降者二十餘所。雖會諸道兵共事，其伐謀制勝，愾敵樹功㊴，未嘗不在羣帥之右。及策勳盟府，推讓行間，雖寸長不掩，故諸將屈盡其智能，士卒樂出死力。論者謂公智信仁勇，堂堂有古良將風。

壬子歲，公入覲，憲宗察其忠勤，特加顯異，遂以衛五城封公爲封邑㊵。方今聖上邸潛㊶，極知河南困弊，請分治培植，爲異日包舉殘□之本，許焉。遂奏公充經略使㊷，公以河外虛耗日久，封豕存食於内㊸，邊寇日侵於外，非大與休濯則不可去之㊹。舉賢能，汰冗濫，抑豪强，均賦役，信賞明罰，訓農勸兵，列堡戍以絶寇衝，實屯廩以給邊餉，凡政之不便及民所欲而未得者，率更張而立行之。睢州長楊興、封丘簿董□極横恣不法㊺，暴其惡，肆諸市，萬口稱快。明日，閭閻間有畫公像者。不二三年，方數千里之間，行於野，民安其樂郊㊻；出于塗，商免其露處。觀善俗，則既庶而有教㊼；察軍志，則又知夫怯私鬥而勇公戰㊽。威行惠布，陽開陰肅，内外修治，略無遺策。河流遠潤，衛亦復承平之舊，宋人爲禜其北門矣㊾。

丁巳春，詔左丞相阿藍旱兒勾較諸路財賦㊿，性苛刻，鍛鍊羅織，轉功爲罪，上下例遭凌辱。公以勳舊，獨見容假，公請曰：「經略事，我寔主治。是非功過，理當我責，今舍焉而罪餘人，心何能安？」怒叱去(51)，公不爲動，堅請者數四，用是翼蔽頓釋者甚衆(52)。戊午秋，扈憲宗西征。明年夏，駐合州之釣魚山。秋，疫作，方議回鑾，宋將呂文德帥艨艟千餘蔽嘉陵江來犯[53]，逆戰不利，上命公禦之。乃分軍爲兩翼，跨江列陣，文德軍至，截流縱擊[54]，敓鉅艦數百艘[55]，追至重慶，三戰三捷，遂班師而還。又明年庚申夏六月，是爲中統元年，皇帝御極，首問公治國安民之道，遂具疏以聞，皆時所急務，上嘉納之。旋命公撤江上軍，還授河南等路宣撫使，兼江淮諸翼軍馬經略使，制辭有「史天澤自太祖皇帝命木花里國王開拓漢地[56]，卿兄有佐命殊勳。又扈從朕之父兄，勤勞王事，文經武略，於國有功。綏撫河南，民懷惠愛，有功高心小、夷險不移之旨。」

明年夏五月，由江淮經略使進拜中書右丞相。公既秉鈞衡，細大之務知無不爲。然言必慮其所終，行必稽其所敝，不强時之不能，不禁民之必犯，體時順勢，通變制宜。於是清中書以正紀綱，分六部以綜名實，設撫司以肅州郡，退貪殘以簡賢能，霈恩澤以安反側，頒禄秩以養廉節，禁賄賂以絶倖門，又定省規十條，董正其機務。

憲宗初年，括户餘百萬，至是諸色占役者强半，悉奏還爲民籍以紓疲瘵。論思之際，處國相儒臣間，調諧彌縫，必使情通理得，期於事集功成、澤被生民而已。自是，上下交孚，帝載熙緝，中書無留務矣。故中統初元，文物休明，階太平之治者，公之力爲居多。秋九月，扈從北征，次昔木土[57]，與阿里不哥遇[58]，命線真爲右軍[59]，公爲左軍，仍合大勢蹴之，北兵潰遁。

三年春，璮賊陰結宋人，以益都叛。上命親王合必赤總兵討之⑥⓪，兇勢張甚，詔公往視。聞璮入據濟南，公曰：「豨突入苙⑥①，無能爲也。」至則進説於王曰：「璮多譎而兵練，不宜力角，當以歲月斃之。」遂環以深溝高壘，奔軼應援之計略不能肆。四月，軍潰出降，生擒璮。公力主斬於軍門，誅同惡者數十，餘人悉縱歸。傳檄東下，爲璮守者皆降。及陛見，悉歸功諸將，乃以擅殺自劾。上察公忠誠，亦不之罪。初，臨軒授鉞，付公顓征，諸將皆聽節制，迨卒事，未嘗以詔旨示人。三齊平，首奏「兵民之權不可併居一門，行之，請自臣家始」，史氏子弟即日皆解紱而退。初，公既相，即辭其封邑，凡三請，乃許。其謙遜密勿類如此。至元改元，加光禄大夫，中書右丞相如故。

三年，皇太子燕王領中書兼判樞密院，以公爲左丞相、樞密副使，遂議建三衛及留兵寓農之策，不二三年，國容軍實蔚然可觀。六年，朝廷營取襄漢，詔公與駙馬忽刺出往經畫之⑥②，賜金幣甚渥⑥③。至則相要害，起一字城聯亘諸堡，貯兵儲，絶聲援，示以久駐必取之基。既而以疾還⑥④，明年進開府儀同三司、平章軍國重事，仍令右丞相安童諭旨曰⑥⑤：「中書省、尚書省、樞密院、御史臺，或一月，或浹旬，大事卿可商議，小事不煩卿也。」十年，宋將吕文焕以襄陽内附，聖天子赫然有掃清六合、混一車書之意。

明年秋，與右丞相伯顔總大軍，行臺荆湖，自襄州水陸並進，趣鄂渚渡江，中道病，不能進。上聞，遣使賜葡萄酒勞公，仍慰諭曰：「卿自朕祖宗以來，躬擐甲胄[66]，跋履山川，宣力者多矣。又卿首事南伐，異日功成，皆卿力也，勿以小疾阻行。便爲憂勞，可且北歸，善自調護。」公還真定。上又遣其子杠與尚醫馳視[67]，及賜蔘糖等物[68]，因附奏曰：「臣大限有終，死不足惜，第請天兵渡江以殺掠爲戒。」言訖而薨，略不及其家事，年七十有四。訃聞，上深震悼，遣近侍致奠，賻白金若干，贈太尉，謚曰忠武，仍勑辭臣製碑表其勳德。

公忠亮有大節，出入將相近五十年，其元勳碩德，柱石四朝，師表百辟，殆古社稷臣，而氣貌循循，若無所爲者。及臨大事，論大政，夷大難，毅然以天下之重自任，要以竭忠徇國、尊主庇民爲心，一以至誠將之。其視富貴權勢，斂然畏遠，若將有浼於己者。其善始令終，世擬之郭汾陽，而器量涵弘[69]，識慮明哲，又根於天性粹然。故累朝賞公忠勤，龍光稠疊，前後賜賚不可殫紀[70]。公初進大拜制下之日，朝野交慶，公門閽蕭然若無所事。有面說公以威權自張者，公因舉「唐周墀爲相，問於韋澳曰：『力小任重，何以能濟？』澳曰：『願相公無權。』墀愕然不知所謂。澳曰：『爵禄刑賞與天下共之，何權之有？』」又曰：「某緣汗馬，頗著微勞，餘將何有？今眷倚如此，正以軍國事體猥多歷練，老夫有通譯其間，爲諸公調達耳。相，則吾何敢當？」言者悚服而退。至於開誠心，布公道，集衆思，廣忠益，用人齊家，訓勵子姪[71]，又有大過人者。當歸德城潰，脱李大節於白刃，俾參幕謀留[72]，務無巨細，一以委之。參卿王昌齡代公治衛，亦以聽其注措。其裨贊籌畫，則王守道、納和松年四人[73]，推誠委寄，雖骨肉莫能間。故真定治效高視他郡，四方爲之訓。北渡後，名士多流寓失所，知公好賢樂善，偕來遊依，若王滹南、元遺山、李敬齋、白樞判、曹南湖、劉房山、段繼昌、徒單顒軒，爲料其生理，賓禮甚厚，暇則與之講究經史，推明治道。其張頤齋、陳之綱、楊西庵、張條山、孫議事，擢用薦達[74]，至光顯云。

初，武仙既害都帥，公紹其職，及兄子楫長，即奏請於朝曰[75]：「臣始遭家難，黽勉承乏以雪讎恥，今姪楫等皆可勝任，願以職歸之，畢臣宿志。」太宗曰：「但聞争官者多，讓職者鮮。卿之此舉，殊可嘉尚，朕自有官俾之。」即詔楫爲真定路兵馬都總管。後又奏次姪權充唐鄧軍萬户，公因以疾乞退曰：「臣無大功報國，一家處三要職，恩寵踰等，敢昧死固請。」上曰：「卿奕世忠勤，有勞於國，一門三職，何愧何嫌？」竟不允。憲宗駐六盤也，詔發民爲兵，勑使擬公子爲帥，公曰：「吾昆弟三人、大兄之子俱顯，仲之子未也，幸先之。」使者嘆服，竟以姪子樞充新軍萬户[76]。

初，總衛釣魚也，有邊將蒲察琚者隸焉[77]，日有言，偃蹇不爲下[78]，公含容之。明年，渾都海平，行臺上功相府，獨踞名闕，公問焉，或以前事對。公曰：「聞平夷隴右，若功最多，其可後哉？」即命具完文以進，遂均賞賚，其忘過記功又如此。嘗集子姪輩，戒之曰：「史氏起龍畒⑲，際風雲，德涼效薄。今身名顯赫，宗族昌熾如是，何以答乾坤大造、累朝之恩私乎？若以王事殁邊，裹馬革歸葬，吾素願也。汝等異時策名委質，盡忠所事，以圖報國。」又曰：「惟孝與義，可有立於代。汝等謹服此訓，苟違吾言，與暴君丘墓等爾。」公年四十始折節讀書⑳，酷嗜《資治通鑑》，真積力久，義精理貫，諷誦略皆上口。至成敗是非，往往立論出人意表，雖老師宿儒有不加詳者。至矢謀廟堂，運籌戎幄㉑，良法美意契合融會，見諸行事者，誠無愧於古人云。

八子：格，中書右丞；樟，前新軍萬户；棣，中山知府；杠，提刑按察使；杞，前衛輝路總管；梓，澧州路同知；楷，終南陽府同知；彬，御史中丞。孫男一十六人。不肖惲猥登公門者有年，及與諸子游，故聞公言行頗詳，以家傳屬筆，故勉爲譔述。異時太史氏勒元勳於帝籍，贊畫像於凌煙，庶幾有所考焉。贊曰：

忠武公當草昧患難之際，憤發義勇，收合散亡，卒之芟羣雄，定河朔，開國承家，光昭父兄遺業，其功烈已不世出。然一時佐命、儷景同龢者多矣，唯公歷事四朝，恩遇眷倚，始終不少衰。復能斂百戰之威，雍容廊廟，以道事君，爲時賢相，高名完節，爛然獨著，福禄永終，慶流後裔，豈偶然致哉？ 蓋由勳德兼備，忠智兩全，君臣之間有以感召故也。若秪以遭際期運、依乘風雲論之，是豈真知公者哉？ 故推其生平行己大節[82]，爲後來之法云。

【校】

①「向」，元刊明補本、弘治本作「嚮」，據薈要本、四庫本改。

②「木花里」，弘治本同元刊明補本； 薈要本、四庫本作「穆呼哩」。

③「砰」，薈要本、四庫本同元刊明補本； 弘治本作「碑」，非。

④「迎」，弘治本、薈要本同元刊明補本； 四庫本脱。

⑤「潤」，弘治本同元刊明補本； 薈要本、四庫本作「盛」，非。

⑥「仙」，弘治本同元刊明補本； 薈要本、四庫本作「先」，聲近而誤。

⑦「共」，元刊明補本、弘治本、薈要本作「聚」，據四庫本改。

⑧「仗」，弘治本同元刊明補本； 薈要本、四庫本作「伏」，形似而誤。

⑨「毛□」，弘治本、薈要本同元刊明補本； 四庫本作「毛」，脱。

⑩「笑乃昇」，弘治本、四庫本同元刊明補本； 薈要本作「錫納噶」。

⑪「八」，弘治本、四庫本同元刊明補本；薈要本作「入」，形似而誤。

⑫「殷」，弘治本、四庫本同元刊明補本；薈要本作「震」，亦可通。按：《文選注》卷八司馬相如《上林賦》：「車騎靁起，殷天動地。」郭璞注：「殷，猶震也。」

⑬「墮」，弘治本同元刊明補本；薈要本、四庫本作「惰」，亦可通。

⑭「生」，薈要本、四庫本同元刊明補本；弘治本作「主」，形似而誤。

⑮「州」，弘治本、四庫本同元刊明補本；薈要本作「丹」。

⑯「斌」，弘治本同元刊明補本；薈要本、四庫本作「賓」，非。「蹴」，弘治本同元刊明補本；薈要本、四庫本作「蹙」，亦可通。後依此不悉出校記。

⑰「扼」，弘治本、四庫本同元刊明補本；薈要本作「戹」，亦可通。

⑱「孫□」，弘治本、薈要本同元刊明補本；四庫本作「孫」，脱。「十」，弘治本同元刊明補本；薈要本、四庫本作「千」。

⑲「笑乃昪」，弘治本同元刊明補本；薈要本作「錫納噶」；四庫本作「薩納台」。

⑳「勦」，弘治本、薈要本同元刊明補本，四庫本字形作「剿」。

㉑「是」，弘治本同元刊明補本；薈要本、四庫本作「楚」，形似而誤。

㉒「攻」，弘治本同元刊明補本；薈要本、四庫本脱。

㉓「官府民聚」，弘治本同元刊明補本；薈要本、四庫本作「官府及民聚」。

㉔「揃」，弘治本同元刊明補本；薈要本、四庫本作「翦」，亦可通。後依此不悉出校記。

㉕「五」，元刊明補本、弘治本作「五」，薈要本、四庫本作「左」。

㉖「合達」，弘治本、薈要本同元刊明補本；四庫本作「哈達」。後依此不悉出校記。

㉗「慶山奴」，弘治本、薈要本同元刊明補本；四庫本作「慶善努」。「陽」，弘治本同元刊明補本；薈要本、四庫本作「楊」，非。

㉘「伯撒」，弘治本同元刊明補本；薈要本作「博碩」；四庫本作「巴哈」。

㉙「諸」，弘治本同元刊明補本；薈要本作「偕」，非；四庫本作「階」，非。

㉚「撒吉思」，弘治本同元刊明補本；薈要本作「薩奇蘇」；四庫本作「薩吉斯」。

㉛「猝」，弘治本作「倅」，非；薈要本、四庫本作「卒」，亦可通。

㉜「焉」，弘治本同元刊明補本；薈要本、四庫本脱。

㉝「資」，弘治本同元刊明補本；薈要本、四庫本作「貲」，亦可通。

㉞「忙哥撒兒」，弘治本同元刊明補本；薈要本作「孟克薩勒」；四庫本作「蒙古薩里」。「奥魯」，弘治本同元刊明補本；薈要本、四庫本作「鄂囉」。「口」，弘治本同元刊明補本；薈要本作「騎」；四庫本作「以」。

㉟「拔都」，弘治本同元刊明補本；薈要本、四庫本作「巴圖爾」。「朝語謂勇猛士」，弘治本、薈要本同元刊明補本；

四庫本作「語謂勇」，脱。

㊱「闊出」，弘治本同元刊明補本；薈要本作「科綽」；四庫本作「庫楚」。

㊲「引」，弘治本同元刊明補本；薈要本、四庫本作「列」，非。

㊳「復」，弘治本、薈要本同元刊明補本；四庫本作「鎖」，涉上而誤。

㊴「愾敵」，弘治本同元刊明補本；薈要本、四庫本作「敵愾」，倒。

㊵「封」，元刊明補本、抄本作「分」，據薈要本、四庫本改。

㊶「聖上邸潛極」，弘治本、薈要本同元刊明補本作「聖上□潛極」；四庫本作「聖上龍潛即」；據抄本補。

㊷「奏」，抄本同元刊明補本；薈要本、四庫本作「以」。

㊸「存」，四庫本同元刊明補本；抄本、薈要本作「薦」。

㊹「休」，抄本同元刊明補本；薈要本作「振」；四庫本作「袚」。

㊺「董□」，抄本、薈要本同元刊明補本；四庫本作「董」，脱。

㊻「郊」，抄本、四庫本同元刊明補本；薈要本作「旅」，非。

㊼「則」，元刊明補本闕；據抄本、薈要本補；四庫本脱。

㊽「而」，元刊明補本闕；據抄本、薈要本補；四庫本脱。

㊾「禁」，抄本、四庫本同元刊明補本；薈要本作「榮」，形似而誤。

㊿「阿藍㝵兒」，抄本同元刊明補本；薈要本作「阿藍哥兒」；四庫本作「阿勒格爾」。

(51)「怒叱去」，抄本、薈要本同元刊明補本；四庫本作「怒叱其去」，衍。

(52)「頓」，元刊明補本、抄本作「賴」，據薈要本、四庫本改。

(53)「帥」，抄本同元刊明補本；薈要本、四庫本作「率」，亦可通。後依此不悉出校記。

(54)「列陣，文德軍至，截」，元刊明補本、抄本闕，據薈要本、四庫本補。

(55)「敚」，抄本、薈要本同元刊明補本，四庫本作「奪」。

(56)「木花里」，抄本同元刊明補本；薈要本作「穆花里」；四庫本作「穆呼哩」。

(57)「昔木土」，弘治本同元刊明補本；薈要本作「錫默上」；四庫本作「昔木上」。

(58)「阿里不哥」，弘治本同元刊明補本；薈要本作「阿里克布」；四庫本作「額埒布格」。

(59)「線真」，弘治本同元刊明補本；薈要本作「錫津」；四庫本作「沁津」。

(60)「合必赤」，弘治本、薈要本同元刊明補本；四庫本作「哈必齊」。

(61)「苙」，弘治本同元刊明補本；薈要本、四庫本作「笠」，亦可通。

(62)「忽剌出」，弘治本同元刊明補本；薈要本、四庫本作「呼喇珠」。

(63)「幣」，弘治本同元刊明補本；薈要本、四庫本作「駱」，非。

(64)「既而」，弘治本同元刊明補本；薈要本、四庫本作「而繼」，既倒且誤。

⑥⑤「安童」，弘治本、薈要本同元刊明補本；四庫本作「安圖」。

⑥⑥「擐」，弘治本、薈要本同元刊明補本；四庫本作「環」，非。

⑥⑦「杠」，元刊明補本作「和」，據弘治本、薈要本、四庫本改。

⑥⑧「蔘」，弘治本同元刊明補本；薈要本、四庫本作「參」，亦可通。

⑥⑨「器」，弘治本同元刊明補本；薈要本、四庫本作「氣」。

⑦⑩「賚」，弘治本、四庫本同元刊明補本；薈要本作「齎」，形似而誤。

⑦①「勵」，弘治本闕；薈要本、四庫本作「教」。

⑦②「俾參幕謀留」，弘治本、四庫本同元刊明補本；薈要本作「俾留參幕謀」。

⑦③「納和松年」，弘治本、薈要本同元刊明補本；四庫本作「納哈塔松年」。

⑦④「用」，弘治本、薈要本、四庫本作「府」，非。

⑦⑤「請」，弘治本同元刊明補本；薈要本、四庫本作「牘」，非，

⑦⑥「樞」，薈要本、四庫本同元刊明補本；弘治本作「拒」，形似而誤。

⑦⑦「蒲察琚」，弘治本、薈要本同元刊明補本；四庫本作「富察琚」。

⑦⑧「下」，弘治本同元刊明補本；薈要本、四庫本作「愜」。

⑦⑨「畝」，弘治本、薈要本、四庫本作「幹」。

⑧〇「折」，元刊明補本作「抑」，據弘治本、薈要本、四庫本改。
⑧①「幄」，元刊明補本「惺」，形似而誤；據弘治本、薈要本、四庫本改。
⑧②「其」，弘治本、薈要本同元刊明補本；四庫本脱。

王惲全集彙校卷第四十九

傳

蘇門林氏家傳

林氏，其先兖州曲阜人，唐季有官閩中者①，後復徙家文登②，至遠祖府君名翰者③，蓋五世矣。

翰④，宋初用子貴，贈率府率⑤。子諱文，受知熙陵，官至崇儀副使、淮南路提點刑獄⑥，贈領軍衛將軍。生子永，終屯田員外郎、御史臺推直官，累階贈光禄卿。永生之純⑦，字嘉父，擢景祐五年進士第，釋褐，主朝城簿。河東犯横壟，瀕於不支⑧，歸兵恟恟，欲亡去。公安諭之⑨，遂怗然⑩。事集，升知莘縣。以屏盜有方，受澶州頓丘令。未幾，恩信大行，時麥黄水盛，下囓孫陳埽岸⑪，勢危甚。公朝服立潰堤上，望濤頭拜禱，波神爲霽威⑫，境賴以安⑬。改佐著作、淮陽軍事判官。貳徐惠㓝紀著叛獄，有匿其家孥者⑭，詿誤殊衆⑮，公爲辯理，多致原釋。郊禮覃慶，加太常博士，知大名縣。初，天王院五代時有韓王賜田甚廣，歲久失據，鄰伍以僧妄冒致訟，累寒暑不能決。公按索鄰券，考明封畔，繼得古石記，與所按脗合⑯，以田付僧，令歲輸常賦，民乃稱服。用丞相程公薦，通判青州。終，得年四十有九，官至職方員外郎、上騎都尉，仍賜五品命服。娶吕氏，封京兆縣君，惠和宜家。

之純生三子，長曰舍，字虚白，年十九擢熙寧進士第。性恬退，以高節自信，嘗有詩云「世有非常樂，人無未老閑」。未三十，以大理評事休官，名賢高其行，至方之淵明。初，先生西遊共城，愛其山水明秀，乃營葬青州府君於縣西處賢鄉古郭里，母夫人吕氏祔焉。自是林氏爲衛之蘇門人。先生四子，曰愚、曰恕、曰忞、曰悳。愚字貢元，亦以節行稱。宋亡，至焚香告誓，不仕而殁⑰。仲弟介，鄉貢進士。季弟會，字貫道，幼知嗜書，剛正有志操。由蔭補郊社齋郎，初主成都雙流縣簿，令久闕，攝公行縣事，有能聲。部内舊有漚⑱，歲例役，並水民苴治，貧下苦之。公乃一責資溉家理辦，仍槤石代土⑲，衆免告勞，頻歲大稔。調宿州司理參軍。暮夜，民遺火延燒犴屋，公出繫散置庭中，比熄，倉卒際無越逸者。上官材之，移南京軍巡判官。民有戕其子、執謀害人者，按竟，公至，疑焉，求情得白，遂直其枉。改新蔡令。歲大蝗，獨不入縣境，人謂公廉平所致。由韋城宰歷奉符縣，秩滿授通直郎，知蘇州常熟縣。兩浙頻年大水，引溉浦口，湮閼無慮三十餘所，累政謾不加省。公按行故瀆，率疏瀹之，民受賜不貲。元祐庚辰[20]，疾，終蘇之公館。配張氏，有淑德，駕部員外郎赤之女，封壽安縣君。生子男四人：聽，通直郎、西京敦宗院博士；聰、揔、隐，皆業進士。自羈丱至成人[21]，太孺陰教爲居多[22]。聽生子五人[23]：曰巽、兑、蒙、鼎、革。巽次子諱正國，字德將，登金大定十六年進士第，終少中大夫、北京鹽使[24]，生懷遠大將軍、毗陽丞，諱茂，字漢卿。懷遠二子：曰思敬，鄉貢進士；曰思德，潁州軍仗庫使，生子芳，今任江南某府從事。

思敬府君之子即故衛州交鈔規措大使，諱通，字子泉，爲人丰儀脩整，顔渥丹，鼻隆然如膽垂。寡言笑，善心計，顧衛南北衝會，貨財四通，遂積殖與時逐，然坐籌能擇人而任，故物情得而掇世資。生平喜賓客，樂施予，其克勤躬儉，殆憂深思遠者。屢以其術事上官，獲精幹稱。嘗訓子珪曰：「林氏上世以詩禮傳家，代有聞人。予惟早失怙恃，生長喪亂間，以餬口計，處四民末業，致貽祖禰羞。諸孫稍長，無忘讀書以復世範，汝念兹無置。」府君以丙辰歲終魚行里之私居，壽六十三。配宣氏，衛之大家，主治内務，寬儉有母儀[25]，燕處榮養，期頤而終，享年八十有三，人以全福歸之。子珪，以孝義著稱，能世其父業，嘗任州三務大使；次子璋，謹愿克家。珪子永，大名府平準庫使；次子元，珪奉遵先訓，俾之從學，其資藉啓迪，乃心罔不盡，不數年，起家爲中書掾。

至元丁丑，予列職太史，元來謁拜而請曰：「元無所肖似，析薪之責，固不克負荷。惟是先世行業，非得名筆約而暢之，將不能傳遠而大見於後㉖，先生尚胥暨顧。」予以林世叙雖邈，其聞而知之、見而知之者，班班可紀，加以世姻之好，故勉爲傳述之。贊曰：

林氏本出商姓，太丁子比干以忠諫死，嗣堅逃難長林山，易以定氏。周衰，枝葉扶疏㉗，散處中國，如放之聞於魯，顔之顯於齊，回以義著，至以相名，皆其後也。緊南安之林，唐已來世爲魯人，豈放之苗裔耶？逌唐歷宋、金四百餘載間㉘，奕葉以儒顯，其流風善政，表表于時者如是。逮規措府君遭時艱虞，家世中衰，竟能遹追來孝㉙，俾盛德幽光墜而復續，豈君子之澤，其流淵且長乎！

【校】

①「唐季」，弘治本、四庫本同元刊明補本；薈要本作「唐之季世」。

②「家」，弘治本、四庫本同元刊明補本；薈要本作「家于」。

③「名翰者」，元刊明補本、弘治本、四庫本作「翰」，脱；據薈要本補。

④「翰」，弘治本、四庫本同元刊明補本；薈要本作「翰在」。
⑤「子」，元刊明補本、弘治本、薈要本脱；據四庫本補。
⑥「點」，弘治本作「無」，非；薈要本、四庫本作「撫」，非。
⑦「生」，弘治本、四庫本同元刊明補本；薈要本作「生子」。
⑧「瀕」，薈要本、四庫本同元刊明補本；弘治本作「頻」，俗用。
⑨「之」，元刊明補本、弘治本、薈要本脱；據四庫本補。
⑩「怙」，弘治本、薈要本同元刊明補本；四庫本作「帖」。
⑪「埽」，弘治本同元刊明補本；薈要本脱，四庫本闕。
⑫「波」，薈要本、四庫本同元刊明補本；弘治本作「披」，形似而誤。
⑬「境」，薈要本、四庫本同元刊明補本；弘治本作「竟」，亦可通。
⑭「孥」，弘治本同元刊明補本；薈要本脱；四庫本闕。
⑮「詿」，薈要本、四庫本同元刊明補本；弘治本作「註」，形似而誤。
⑯「胳」，弘治本同元刊明補本；薈要本、四庫本作「吻」，亦可通。後依此不悉出校記。
⑰「歿」，弘治本同元刊明補本；薈要本、四庫本作「終」，亦可通。
⑱「漚」，弘治本、薈要本同元刊明補本；四庫本作「堰」。

⑲「楗」，弘治本、四庫本同元刊明補本；薈要本作「揵」，亦可通。「土」，弘治本同元刊明補本；薈要本、四庫本作「工」，形似而誤。

⑳疑誤，北宋元祐無庚辰之年，且此時北宋已亡爲金，不當用此紀年，或爲正隆庚辰之年也。

㉑「丱」，弘治本同元刊明補本；薈要本作「貫」；四庫本闕。

㉒「太孺」，弘治本同元刊明補本；薈要本、四庫本作「太孺人」。

㉓「五」，元刊明補本作「主」，形似而誤；據弘治本、薈要本、四庫本改。

㉔「鹽」，弘治本同元刊明補本；薈要本、四庫本作「監」。

㉕「儉」，元刊明補本、弘治本作「健」，據薈要本、四庫本改。

㉖「大」，弘治本、薈要本、四庫本作「人」，非。

㉗「疏」，弘治本同元刊明補本；薈要本、四庫本作「蘇」。

㉘「逌」，弘治本作「道」，形似而誤；薈要本、四庫本作「迫」，非。

㉙「遹」，薈要本、四庫本同元刊明補本；弘治本作「潏」，非。

南鄘王氏家傳

王氏皆王者之後，春秋時，王子成父者敗敵有功，因賜氏。厥後，子孫散落中國：在晉者，靈王太子；後齊則畢公高後；其在陳留者，齊王和之裔。

汲郡王氏，其先陳留陽武縣七圈里人，起家壟畝，耕稼河陂間，宋靖康初，避地徙家衛汲縣長樂鄉之白楊里。遠祖金天會間積勞至杞縣尉，高祖昆弟五人①，二翁□是爲扈王氏②。初，妣父扈素長者，聞高祖賢，舍而甥焉。生子男五：曰三翁、四翁、五翁、十五翁、十六翁。人見其本支蕃衍，稱扈王氏以別因之，蓋不忘本也。三翁贇，譜叙爲二代祖，生二子：曰元弼，曰仲英③。仲英資穎異④，是爲惲高祖，自田舍郎改肄士業⑤，嘗語人曰：「終當以筆代耕。」衆異其言。及長，補郡掾，爲人英特，棣棣有威儀，主治曹務，踔勑角切厲風發。明昌初，節鎮參佐例朝授，用薦者言，遷河平軍都目官⑥。上官倚重，有「黑王殿直立節度」之目。尋得暴疾，卒魚行里舍，時年三十有八，人惜其年不稱德。生經、紀、紳三子，紀爲決曹，紳潛德不耀。

曾祖經，字伯常，天稟孝愛，垂髫已知事母，容止如成人，禮氣方嚴，內長厚，喜施與，志不樂禄仕，雍容鄉間⑦，以德度靄一時。昆仲七人，同居内外，無間言，以累葉不分，家用饒足。其賑貧施乏，不掩爲偏惠。人有貸，弗忍徵，久不克償，輒折其券。或來謝，就復惠濟，曰：「周急素所樂，何謝爲？」一田家子要紫大絛⑧，來取所附緡繦以酬繫直，弗與⑨，徐誡之曰：「農當務實，士君子帶非汝當繫。」悉所有送其家⑩。女弟嫁陵氏，壻卞以俠犯法⑪，公曰：「王氏世鮮女⑫。妹，先君所鍾愛，若壻置於辟，婦能免累？」吏捕急，竟容匿⑬，會赦。嘗出郭門，遇里農易菜歸，公曰：「農圃，吾事也⑭，墮焉取諸市，可乎？」其人謝而去。鄉黨有訟者，不之官府⑮，來求剖正，爲諭之曰：「遠親莫若邇鄰，同居雜處⑯，世所未免，親仁和鄰，古之善道，初無大故⑰，何至是哉⑱？君子愛人以德，曲直非所辯。」曰：「吾儕小人聞公言，敢不易慮⑲？」至相戒曰：「今而後，不可使長者復靦吾面顏⑳。」其爲一邦聽直欽服如此。王氏北渡後，可支分派别者尚十餘房㉑，其親喪，隨所寓權厝，曾之上世亦殯是晉村之南阜㉒。曾慮歷年久，斧封馬鬣㉓，漫不可識，歎曰㉔：「吾大宗子合食族墓，責實在我。」遂起新阡㉕，大葬於長樂鄉第四疃祖業之北原。及舉祀絶者廿餘柩，贈賻率有加㉖，凡内外男女孤惸無藉賴者，爲娶嫁之，姻禮踰己出。曾祖妣系出新中臨清關宋汲郡公吕氏之裔，壼儀母德，宗屬仰法焉。生與曾祖歲月日同，北兵破衛，亦同時怖沒於家，春秋七十有六，實貞祐二年甲戌春正月十一日也。百年來，里中宿耆談孝愛而内有則者，必曾爲稱首。

生祖宇，字彦宇，身長七尺二寸，儀觀清淑，少傳家學，尤明習文法。至帖問條對，義精理當[27]，筆洒洒無滯辭，行輩無居其右者。甫冠，遭罹板蕩，世業爲一空[28]，奮身從事，卒不失舊物，雅爲節度公完顔從坦所知遇，由郡掾辟刑曹孔目官。祖盡心庶獄，要本情與法應，未嘗用察爲明、情得爲喜也，故郡中稱平，至有「哀矜折獄」之譽。類注《刑統》、《進禄》等書，既而嘆曰：「後世知我罪我，其此書乎？」生平樂誨人，怡顔和氣，不以己長格物，雖童孺質問，諄諄然無倦色[29]，有弗知，未始不盡也。今梁衛間由吏業而上達者，半爲門生，遂以吏學授先君曰：「吾治獄平，後當有顯者。然前賢有言：『吏以法令爲師，問而可知其能與否，自有資才，非學而可。』此汝最當默識。」第完之子鈞早失怙恃[30]，鞠育與先君等，至一豆羹、一裘褐必加顧恤。正大改元四月十六日，以末疾終新衛州横堤里之寓館，壽五十有一，官至敦武校尉。祖妣孟氏女，縣南草市榆林坊富家，姿貞順，配祖德良稱。既誕先考，以貞祐二年癸酉四月十六日卒於郡之故家。再娶韓氏，韓，宋已來世顯族，有累階至司空、龍圖者。三十九處寡[31]，以儉烈聞[32]，流寓勤苦，保持門户甚力，俾先君卓爾早達，祖妣資藉之方爲多。晚嗜道家，教號妙清。大元中統庚申重九日，以疾終安仁里，享年七十有六，越三日，祔葬玄堂祖柩之左。

先君諱天鐸，字振之，姿精敏，幼知嗜學，諸弟出遊嬉，獨把書不置。既通大義，先祖以律學授之，即能下筆條對，明究情法，日嶄然露頭角，衆謂能大其先業。元光初，温國胥公自秦移鎮新衛，尚書李特立聞其才，由州户曹掾辟權行部令史。時上以御馬賜國公，圉曹取芻粟比内廄例，先君曰：「不可。在閑則路馬，既賜則公乘，内廄之例，容得同乎？」公聞之曰：「王掾愛人以禮。」二年，上黨公闓壁馬武京㉝，爲河朔藩扞，分羸兵四千人假食於胙，適公儲亦無幾，方風雪寒沍，衆待哺閭井間。公府議以聞㉞，先君進説曰：「張糾合義兵，皆河北遺黎，今飢若是，不權宜以濟，殆非從便副上官意也。」侍郎梁亨道爲肯首：「然當若何？」曰：「今官、義兩軍温飽有日，若以月給權輟半以應彼急㉟，河南漕粟計不時亦至，如此則客主兩不失所。」行臺可其請，孱兵賴以安活。自是，大爲省參康瑭㊱、郎中盧芝瑭字良輔，芝字建瑞，二人號精吏事㊲。所賞識，曰：「會見驥足騰驤㊳，一日千里也。」

正大四年，用元帥完顔公名諱訛可。得賊，以火燎之，號火燎㊴。薦拔所能，試京師，擢吏員甲首，時年二十有六。方軍國多故，財賦一仰都運司經度，寔擇才掾集事，即選充運司掾長。先君夙夜在公，游刃餘裕，都漕李公芳、字執剛，承安二年進士，號精政務。同漕移剌吴和深加器重㊵，吴和諱嗣，字景先，亦能官㊶。入作司藏吏以計盜。官物使高世英受贓，初不知從來，事覺，吏逃失所在。及科罪，從事師肅執以監主爲罪首㊷，抵世英死，先君爭之不下，至詣憲部詰辯曰：「原世英情，本非同謀，第行盜後受賕耳。據法議罪，與元謀共犯不同，高止合坐贓論。且法者固當公共，師舍焉以即汝心，是置法爲虛器。」上官韙之，高竟減死論。後懷金來謁，先君怒斥去，曰：「毋汙墨我。所爭者法，非汝私也。」豐衍庫使劉濬字德源，愛民榜進士。先君嘗從問學，以卒初業。以沿代不審，陷名紙三十萬，用是追解，先君爲申理，復官如初。五年，補睦親府掾屬，皇兄荊王判府事，愛其德度，深加禮遇。明年秋，皇太后崩。制：「祖免親奔訃有遠邇之限㊸，違者從府科罪。」時有後期者，先君請曰：「南渡來，宗室播弱，宜從寬宥。」王然之，以爲知體。園陵禮畢，卒無有被劾者。六年，轉補户部令史，時簿書財賦委積音漬紛至㊹，先君精力過人，故務愈繁，志愈明，氣愈厲，事愈詳，不煩書佐，裁決如流，於是風動臺省，有「快吏元康」之譽。

開興初，用入粟例補，滿，授户部主事。壬辰，天興東狩，崔黨往往入宮禁竊取金貝，或堅約同往，以遜辭免，乃切嘆曰：「端門不忍過，其忍聞此？」京城下，將士爭入俘掠，尋有令禁止。先君偕同志者突冒兵威，褫救百餘口於南薰門下㊺。乙未歲，北還淇上，尋朝廷命斷事官買奴公括諸道户口㊻，柄用顓決，得人爲急㊼，用薦者，署行臺從事。户制以籍爲定㊽，互占它縣以死論。有潞民馬醫常氏避役，匿河內王帥家，事露，公抵常以死[49]，意在籍沒州將，且用聳動鄰道。先君辯之曰：「常罪止於逋論，死則非制書本意。」公怒曰：「脱有誤，並汝坐之。」反復辯明，常竟獲免。又王鳳翔者，告崔帥立弟益、侃匿金國珍寶，適萬户喊失納國□人受誅[50]，公抵，益等以喊失罪罪之。先君曰：「初謀匿□崔立[51]，今已死。況罪不相及，國有常憲。」公遂平反，爲出益等[52]，至有圖像奉報之語。

明年秋，耶律公薨雲中，遂南歸[53]，或勸爲州縣[54]，曰：「一丘之木，安足棲集？」遂□□□來辭於齋壁以見意[55]，因號思淵老人。日以經史自娱，尤嗜《春秋左氏傳》、《西漢書》[56]。晚年一洗心於《易》，嘗質問於華陰王先生[57]，名元禮，天歷進士第，號玉華子[58]。曰：「子學有素，吾試先汝問[59]。自昔治少亂多，君子寡，小人衆，何也？」先君曰：「豈非天一而地二[60]，乾陽方始而陰已爲之倍歟？」玉華子曰[61]：「子得之矣！」集歷代諸儒《易》説爲一書，題曰《王氏纂玄》[62]，遇朔例一占，玩辭明變，其應如響。下至天文、陰陽、皇極等學皆通習之[63]，聞一異書輒自手録，多積至千餘卷[64]。友人劉冲曰[65]：「何矻矻如是？」曰：「吾老矣，爲子孫計耳[66]。」歲戊戌，詔試儒士，時恩制寬，或以乃嗣長，可從師往試[67]，先君曰：「吾思以義方爲訓，若以幸竊非常思，非所敢聞[68]。」嘗誡惲、忱曰：「吾已錯，斷不容再。寒殍死，無吏習[69]，能一志於道，以儒素起家，吾歿則瞑目矣。然學貴專精，汝不見鑑瑩則乃能別物[70]；學苟不精，如治鑑不明，將安用爲？不學《易》，昧涉世之道；

不讀《麟經》，無以見筆削之正[71]。吾平昔行己，得乎此而已。」丁巳秋八月[72]，以疾終牖下。

先君資剛明簡重，善持論，慮患深，雅以大用自期，人亦以此與之。握瑜懷瑾，羣而不矜，事莫可措手者，率優爲之，不聲色少動。故官守游宦[73]，莫不尊德樂道，問政質疑，取決而去。事已，率如教。至吏筆縱橫，緣以儒術，乃餘事耳。又善尺牘，作真行書，勁韻有風格。與人交，以取容阿匼爲恥。居家寡言笑，以身爲律度，人望而畏，若一官府然。外事緩急，不一言及家人。非疾卧，未嘗見日而作。三十年兩易裘褐。年四十六，既奪先妣，或勸再娶，曰：「其如不可何？老者繼室，又先余死，是轉余於恤；少者後予，是吾遺累於後。」竟不娶。初試京師時，宿院，夜夢人奉一首加冑曰：「持此，若名也[74]。」及榜出，擢甲首云。歲丙辰秋，惲亦夢人馳報曰：「汝父領朝拜，且至[75]。」趣出顧，見先君朝服席帽，乘而秉簡，一卒跳梁馬首唱云[76]：「翠微君節度使」。後三日，先君遘疾，乃以所夢上白，曰：「翠微者，太虚之氣。夫精氣爲物，遊魂爲變，死生者，晝夜之道。吾固安之，復何憂粤[77]？」明年捐館。吁，亦異哉！

先妣靳氏，相州永和鎮人，進士子玄之孫，安陽丞顯思之女，性淑善，於婦道良謹。生二子，曰惲，曰忱。孫振，孫宜，孫重，孫鞬郎。贊曰：

謹按家譜，惲六代祖昆弟五人，五代祖行一十三，高祖行一十五，曾祖行一十九，王父行一十四，禰伯叔行六人。由是而觀，金百年間，本支不爲微眇，然自喪亂來，或三四世、五六世而已者⑱，凡二十有四房，哀哉！唯邑王氏暨相之醫博房⑲，歷八世而傳祀，是豈偶然者哉？惲觀西漢名臣⑳，往往決曹獄史，致位槐棘，雖云明習文法，練達故實㉑，至論身名烜爀，胤裔延昌㉒，必曰「陰積所致」。王氏自河平府君而下㉓，累葉以刀筆承家㉔，職司城旦，逮先考而業有光㉕，子孫迄綿綿于今，視履考祥，其亦有足致然者邪㉖？

【校】

①「昆」，弘治本作「見」，形似而誤；薈要本、四庫本作「兄」，亦可通。

②「□」，弘治本同元刊明補本；薈要本、四庫本作「者」。

③「元弼曰仲英」，元刊明補本作「元弼」，脱；弘治本、薈要本作「元用」；四庫本作「元用」，徑改。按：未詳元弼、元用孰是，姑保留底本原貌。

④「仲英」，元刊明補本、弘治本、薈要本脱；據四庫本補。

⑤「郎」，弘治本、薈要本同元刊明補本；四庫本作「即」，形似而誤。

⑥「目」，薈要本、四庫本同元刊明補本；弘治本作「日」，形似而誤。

⑦「間」，弘治本同元刊明補本；薈要本、四庫本作「閭」。

⑧「田」，弘治本、四庫本同元刊明補本；薈要本作「世」，形似而誤。

⑨「緡繦以酬繫直弗」，元刊明補本、弘治本、薈要本闕；據四庫本補。

⑩「汝當繫悉所有」，元刊明補本、弘治本、薈要本闕；據四庫本補。

⑪「卞」，弘治本同元刊明補本；薈要本、四庫本作「下」，形似而誤。

⑫「法公曰王氏世鮮」，元刊明補本、弘治本、薈要本闕；據四庫本補。

⑬「能免累吏捕急竟」，元刊明補本、弘治本、薈要本闕；據四庫本補。

⑭「菜歸公曰農圃吾事」，元刊明補本、弘治本、薈要本闕；據四庫本補。

⑮「鄉黨有訟者不之」，元刊明補本闕；弘治本作「□黨□□□□□」；薈要本作「其黨□□□□□」；據四庫本補。

⑯「若邇鄰同居雜處」，元刊明補本、弘治本、薈要本闕；據四庫本補。

⑰「無」，元刊明補本闕；據弘治本、薈要本、四庫本補。

⑱「大故何至是哉」，元刊明補本、弘治本、薈要本闕；據四庫本補。

⑲「儕小人聞公言敢」，元刊明補本闕；弘治本、薈要本作「儕小人□□□□」；據四庫本補。

⑳「者復靦吾面顔」，元刊明補本闕；弘治本、薈要本作「若□□□□□」；據四庫本補。

㉑「渡後可支分派别」，元刊明補本、弘治本、薈要本闕；據四庫本補。

㉒「上世亦殯是」，元刊明補本、弘治本闕；薈要本脱；據四庫本補。

㉓「斧封馬鬣」，弘治本「斧封馬鼠」；薈要本、四庫本作「命封馬鬣」。

㉔「識歎」，元刊明補本、弘治本闕；據薈要本、四庫本補。

㉕「阡」，元刊明補本、弘治本作「任」，據薈要本、四庫本改。

㉖「賻」，元刊明補本、弘治本闕；據薈要本、四庫本補。

㉗「義」，薈要本、四庫本同元刊明補本；弘治本作「儀」，亦可通。

㉘「世」，薈要本、四庫本同元刊明補本；弘治本闕。

㉙「諄」，弘治本、薈要本同元刊明補本。

㉚「鈞」，元刊明補本闕；據弘治本、薈要本、四庫本補。

㉛「三」，弘治本、薈要本、四庫本作「二」。

㉜「儉」，元刊明補本、弘治本作「健」，據薈要本、四庫本改。

㉝「闓壁馬武京」，薈要本、四庫本同元刊明補本；弘治本作「闓壁馬武虫」，非。按：見本卷《金故忠顯校尉尚書户部主事先考府君墓誌銘》。

㉞「議」，弘治本同元刊明補本；薈要本、四庫本作「議省」。

㉟「給」，薈要本、四庫本同元刊明補本；弘治本作「紿」，形似而誤。

㊱「瑭」，弘治本、四庫本同元刊明補本；薈要本作「塘」，形似而誤。後依此不悉出校記。

㊲「精」，弘治本作「蒨」，訛字；薈要本、四庫本作「載」，非。

㊳「見」，弘治本同元刊明補本；薈要本、四庫本作「是」，形似而誤。

㊴「名諱訛可得賊以火燎之號火燎」，弘治本同元刊明補本；薈要本作「諱額爾克德濟字火燎之號火燎」；四庫本作「名額爾克得賊字火燎之號火燎」。

㊵「移剌吴和」，弘治本、薈要本同元刊明補本；四庫本作「伊喇鄂和爾」。

㊶「吴和諱嗣字景先亦能官」，弘治本作「吴和中公字景先亦禁官」；薈要本作「吴和中公字景先亦稟官」；四庫本作「鄂和爾公字景先亦稟官」。

㊷「師肅」，弘治本同元刊明補本；薈要本、四庫本作「帥肅」，形似而誤。

㊸「卟」，元刊明補本、弘治本作「仆」，據薈要本、四庫本改。

㊹「音瀆」，弘治本、薈要本同元刊明補本；四庫本脱。

㊺「薰」，弘治本、薈要本同元刊明補本；四庫本作「熏」，亦可通。

㊻「買奴」，弘治本同元刊明補本；薈要本作「耶律瑪努勒」；四庫本作「耶律瑪魯」。

㊼「急」，弘治本、薈要本同元刊明補本；四庫本作「意」，形似而誤。

㊽「户」，元刊明補本、弘治本、薈要本脱，據四庫本補。
㊾「公」，薈要本、四庫本同元刊明補本；弘治本闕。
㊿「喊失納國」，弘治本、四庫本同元刊明補本；薈要本作「杭實納國」。
51「匿□」，弘治本闕；薈要本、四庫本作「竊者」。
52「爲出」，元刊明補本似爲「其後」；弘治本闕；據薈要本、四庫本補改。
53「薨雲中遂」，元刊明補本作「薨目□□」；弘治本作「薨曰□□」；據薈要本、四庫本改。
54「州」，弘治本同元刊明補本；薈要本、四庫本作「郡」。
55「遂□□□」，弘治本闕；薈要本、四庫本作「書歸去」。
56「日以經史自娱尤嗜」，元刊明補本作「日以□□□□尤嗜」；弘治本作「□□□□□□尤耆」；薈要本作「日以經史自娱而尤習」；據四庫本補。
57「易嘗質問」，元刊明補本、弘治本闕；據薈要本、四庫本補。
58「歷」，元刊明補本、弘治本、薈要本作「意」，據四庫本改。
59「子學有素吾試先汝問」，元刊明補本作「子學有□□□□汝問」；弘治本闕；薈要本作「子學易當明易理汝知」；據四庫本補。
60「先君曰豈」，元刊明補本作「先□□□」；弘治本闕；據薈要本、四庫本補。

㉛「歟玉華子曰」，元刊明補本、弘治本作「□□□□」，既闕且脱；薈要本作「歟先生曰」，非；四庫本作「歟玉華曰」，脱；徑改。

㉜「王氏纂玄」，元刊明補本作「王氏□□」；弘治本闕；據薈要本補；四庫本作「王氏易纂」。

㉝「文、陰陽、皇極」，元刊明補本作「文、陰陽、□□」；弘治本闕；薈要本作「文及術數」；據四庫本補。按：會要本蓋本之於《金故忠顯校尉尚書户部主事先考府君墓誌銘》，「陰陽、皇極」亦猶「術數」也。

㉞「積至千餘卷」，元刊明補本、弘治本闕；薈要本作「積至千卷」；據四庫本補。

㉟「友」，薈要本、四庫本同元刊明補本；弘治本作「交」，非。

㊱「子孫計耳」，元刊明補本作「□□計□」；弘治本闕；薈要本作「自娱朝夕」；據四庫本補。

㊲「從師往試」，元刊明補本作「從師□試」；弘治本闕；薈要本作「從師取試」；據四庫本補。

㊳「思，非所」，元刊明補本作「□，非所」；弘治本闕；薈要本作「非余所」；據四庫本補。

㊴「吏習」，四庫本同元刊明補本；弘治本闕；薈要本作「掾習」，非。

㊵「乃」，弘治本、四庫本同元刊明補本；薈要本作「自」，非。

㊶「見筆削之正」，弘治本作「見筆削之王」，形似而誤；薈要本、四庫本作「知筆削之正」，亦可通。

㊷「丁巳」，諸本皆作「丁巳」，按：本文下有言「歲丙辰秋」、「明年捐館」，丁巳爲一二六四年，庚辰爲一二六五年，明年即乙卯年。

⑬「游宦」，弘治本同元刊明補本；薈要本、四庫本作「宦游」，倒。
⑭「名」，弘治本、薈要本同元刊明補本；四庫本作「各」，形似而誤。
⑮「且」，弘治本、四庫本同元刊明補本；薈要本作「旦」，形似而誤。
⑯「云」，弘治本同元刊明補本；薈要本、四庫本作「名」。
⑰「粤」，弘治本作「奥」；薈要本、四庫本作「與」。
⑱「三四」，元刊明補本作「四□」，闕且倒；弘治本、薈要本、四庫本作「四三」，倒；徑改。
⑲「曁」，元刊明補本闕；據弘治本、薈要本、四庫本補。「博」，弘治本同元刊明補本；薈要本、四庫本作「傳」。
⑳「西」，元刊明補本闕；據弘治本、薈要本、四庫本補。
㉑「練」，元刊明補本闕；據弘治本、薈要本、四庫本補。
㉒「胤」，弘治本、薈要本同元刊明補本；四庫本作「後」，亦可通。
㉓「王」，元刊明補本闕；據弘治本、薈要本、四庫本補。
㉔「刀筆」，弘治本同元刊明補本；薈要本、四庫本作「力穡」，非。
㉕「逮」，元刊明補本闕；薈要本、四庫本作「迨」，亦可通；據弘治本補。
㉖「足致」，元刊明補本闕；據弘治本、薈要本、四庫本補。

烈婦胡氏傳

劉平妻胡氏，濱州渤海縣秦臺鄉田家子。至元庚午①，平挈胡洎二子南戍棗陽，垂至，宿沙河岸。次夜□□②，有虎撓然突來，咥平左髃，曳之而去。胡即抽裝刀前追，可十許步及之，徑刺虎，劃腸而出，斃焉。趣呼夫③，猶生，曰：「可忍死去此，若他虎復來，奈何？」委裝車，遂扶平攜幼涉水而西④，黎明及季陽堡，訴於戍長趙侯，爲捄藥之⑤。軍中聚觀，哀平之不幸，咤胡之勇烈也。信宿，平以傷死，趙移其事上聞，得復役終身。嘻！胡，柔懦者也，非不懼獸之殘酷，正以援夫之氣激於衷，而知有夫，不知有於菟也。平雖死，其志烈言言⑥，方之太山號婦，何壯毅哉！贊曰：

桓桓壯夫，鷙勇而央⑦。事出倉猝，變色蜂蠆。烈烈胡氏，憤物爲害。義激柔衷，氣薄於外。視虎如鼠，所天爲大。平雖咥死，婦節則邁。媛折熊衝，蘊刃賊輩。彤管流徽，清芬並代⑧。

【校】

①「庚午」，弘治本闕；薈要本作「庚午」，四庫本作「□年」，闕且誤。

②「□□」，弘治本同元刊明補本；薈要本、四庫本脱。

③「趣」，弘治本同元刊明補本；薈要本、四庫本脱。

④「平」，元刊明補本作「傷」，據弘治本、薈要本、四庫本改。

⑤「爲」，弘治本、薈要本同元刊明補本；四庫本作「焉」，形似而誤。

⑥「言言」，弘治本同元刊明補本；薈要本、四庫本作「甚矣」。

⑦「夬」，弘治本作「夫」，形似而誤；薈要本、四庫本作「大」，非。

⑧「並」，弘治本同元刊明補本；薈要本、四庫本作「匪」，非。

員先生傳

員炎，字善卿，同州人①，性落魄，嗜酒業詩，有能聲，不事生産。大元己亥歲②，故人楊紫陽主漕洛師③，愍其窶，用監嵩州酒。時兵後，邑居榛荒，日與鹿豕伍，非所樂也。已而，隨所徵上謁，楊方據按坐堂上④，吏皁雁行立，員挂布囊腋下，杖巨挺直前曰：「楊使君不相知，置我於此，幾爲老羆所噬，此汝酟鑼，持取！吾不能爲汝再辱。」遂揖而去，其疏誕如此。自是長遊河朔，以詩鳴諸公間。其《洛陽懷古分韻得髮字》云：「東雒打空城，北邙連廢闕。懷古動悲吟，遠客生華髮。」《隆德宫》云：「林花細妥胭脂色，水荇輕淤翡翠泥。歌舞留連嫌晝短，樓臺縹緲覺天低。」《讌集東平湖亭》：「北海樽前人似玉，東原城下水如天。滿眼荷華三百頃，採蓮人語隔秋煙。」《高唐道中》：「影孤海内干戈滿，愁入天涯草樹低。桑柘影空蠶已老，陂塘涸盡燕無泥。」《濟南金線》：「宿雨乍收雲葉斷，猶疑電影掣湖心。」《扇尾羊》云：「馮翊春草香芊綿，柔毛食飽飲苦泉。卧沙稀肋瓊筋細，帶霜小耳春繭圓。扇尾一方移種類，風頭萬里摇腥羶⑤。吾生本無食肉相，不煩浼手愁烹煎⑥。」《馬酮》云：「謾説千杯不醉人⑦，清光壓倒洞庭春。攜行何用紫絲絡，渴飲不煩烏角巾。摇動革囊成醖釀，封藏花盎作逡巡。坐中一混華夷俗，或有豪呑似伯倫⑧。」予時能憶者止此。西歸過衛，先君館焉。褐衣麻屨，酒近酣，巨挺横膝上⑨，掉頭吟諷歌謡，慷慨之氣軒軼四座。素不能騎乘⑩，人强之，輒色變墮地。或以詩戲云：「靴有鐙青雖可愛，面無人色實堪憐⑪。」嘗懷金一餅，曰：「鎮心不可以闕此。」後用以易妾，繼爲人竊去。家居，壁四立，餘詩藁、酒瓢而已。卒□八十七⑫。

復有撤夆⑬，字彦舉，亦陝人，面黯慘，目光迷離⑭，殆鬼物憑者⑮。少爲里嗇夫，初不解文字，一日忽能作詩，吐奇怪語，皆古人所未經道，雖苦無義意，其豪侈詭異⑯，時輩屬和終不能及⑰。中元冬，見予於燕市酒樓，殊□□⑱，浮大白數行，徑出步壚間，嚶嚶然忽作露蚓聲⑲，竟前來扼余腕⑳，忻甚，曰：「吾有以贈子。」其詩有「氣凌太華五千仞，詩繞國風三百篇」之句，醺酣中惜不全憶也。嘗謁得楮幣若干，醉過里井，即投其中，曰：「爲爾俾予區區若此，奚用爲？」其狂易如是。後客死保塞，殯西南門外路北若干步，揭曰「詩人撖某墓」。詩三卷，號《函谷道人集》㉑，好事者刊行于世。

【校】

①「同」，弘治本同元刊明補本；薈要本、四庫本作「固」，形似而誤。按：員炎，同州人，詳見《陝西通志》卷六四《員炎傳》。

②「己亥」，元刊明補本、弘治本作「己亥」，薈要本、四庫本作「乙亥」，非；徑改。

③「師」，弘治本同元刊明補本；薈要本、四庫本作「帥」，形似而誤。

④「按」，弘治本同元刊明補本；薈要本、四庫本作「桉」，亦可通。

⑤「羶」，弘治本同元刊明補本；薈要本、四庫本作「膻」，亦可通。

⑥「手」，弘治本同元刊明補本；薈要本、四庫本作「予」。

⑦「謾」，弘治本同元刊明補本；薈要本、四庫本作「漫」，亦可通。
⑧「倫」，弘治本、四庫本同元刊明補本；薈要本作「淪」，非。
⑨「横」，弘治本同元刊明補本；薈要本、四庫本作「權」，非。
⑩「乘」，弘治本同元刊明補本；薈要本、四庫本作「衆」，非。
⑪「憐」，弘治本同元刊明補本；薈要本、四庫本作「吟」。
⑫「卒□八十七」，弘治本作「□□□十七」；薈要本、四庫本脱。
⑬「夆」，弘治本同元刊明補本；薈要本、四庫本作「舉」。
⑭「迷離」，弘治本、四庫本闕；薈要本作「瞑眵」。
⑮「殆鬼物」，弘治本作「□鬼物」；薈要本作「若有物」；四庫本闕。
⑯「詭異」，弘治本闕；薈要本、四庫本作「之況」。
⑰「時」，弘治本闕；薈要本、四庫本作「儕」。
⑱「殊□□」，弘治本闕；薈要本、四庫本脱。
⑲「忽」，元刊明補本、弘治本作「吻」，據薈要本、四庫本改。「聲」，元刊明補本、弘治本、四庫本闕；據薈要本補。
⑳「竟前」，元刊明補本、弘治本、四庫本闕；據薈要本補。
㉑「函」，弘治本同元刊明補本；薈要本脱；四庫本作「極」。

墓誌銘

金故忠顯校尉尚書户部主事先考府君墓誌銘

先府君諱天鐸，字振之，族王氏。其先陳留郡陽武縣七圈里農家，避靖康亂，徙居衛汲縣長樂鄉。遠祖有積勞官杞縣尉者①。曾祖府君諱仲英，特有威望，終河平軍節度府都目官。祖諱經②，不仕③，天性孝愛，鄉黨化其德。顯考府君諱宇，衛州刑曹孔目官，精文法④，表表爲吏學師，官至敦武校尉。

先君少聰敏嗜學，不爲羣兒嬉，讀書通大義。先祖授以律學，即能下筆論斷，推原情法，闔閭如老成人，衆謂「父良爲教子，能世其家矣」。正大初，自州户曹辟⑤，權行部令史。時哀宗以御馬賜行省英公，圉曹取芻粟，欲内廄例同。先君曰：「在閑則路馬，既賜則公乘。内駟之例，非所敢知。」公聞之，喜曰：「王掾愛人以德矣。」上黨公闓壁馬武京，爲河朔聲援，以餽餉不繼，分羸卒四千假食於胙⑥，適公儲亦無幾，部議以省聞。方風雪寒沍，衆待哺閭井間，先君進説曰：「公府糾合兵力，皆河北遺黎，今飢苦是，不權宜以濟，殆非從便副上官意也。」侍郎梁亨道爲肯首：「然當若何？」曰：「今官、義兩軍温飫有素，若以月給權輟半以應彼急，河南漕粟計不時至，如此則客主兩不失所。」可其請，孱戍賴以安活。自是，爲省參康瑭、郎中盧芝所器識，曰：「會見駿足騰驤，一日千里也。」

正大四年，用元帥完顏公薦，挾所能⑦，試京師，擢吏員甲首，時年廿有六。方軍國多故，經費一仰大農調度，即選充運司案長。時李乾州芳、承安二年進士，字執剛。移剌吴和領漕計⑧，號精吏務。先君夙夜盡公，審會明當，二公稱其能，入作司吏。以計盜官物使高世英受贓，初不知所從來，事覺，吏跳失所在⑨。及科罪，從事師肅執監主爲首⑩，抵世英死。先君争之不下，至詣憲部詰辯曰⑪：「原世英情，本非同謀，第行盜後受賕耳。據法議罪，與元謀共犯不同，高止合坐贓論，且法者固當公共，師舍焉以即汝心，是置法爲虚器。」上官韙之，高竟減死論。後懷金來謁，先君怒斥去曰：「毋汙墨我。所争者法，非汝私也。」豐衍庫使、進士劉濬以沿代不審⑫，陷良紙三十萬，是用追解，先君爲伸理，復官如初。

五年，補睦親府掾屬，皇兄荆王判府事，愛其德度，深加禮遇。明年秋，皇太后崩。制：「祖免親奔赴有遠邇限⑬，違者從府科罪。」時有後期者，先君請曰：「南渡來，宗室播弱，宜從寬宥。」王然之，以爲知體。園陵禮畢，卒無有被劾者⑭。六年，轉補户部令史。時簿書財賦委積音漬紛至，先君精力過人，故務愈繁，志愈明，氣愈厲，事愈詳，不煩書佐，裁決如流，於是風動臺省，有「快吏元康」之譽。

開興初，用入粟補⑮，滿⑯，授户部主事。壬辰，天興東狩。京城下，將士争入俘掠，尋有令約束。先君偕同志者突冒兵威，褫救百餘口於南薰門下。既而北還鄉里。乙未歲，朝廷遣斷事官耶律公括諸道户口，柄用顓決⑰，得人爲急。前省掾李禎已佐幕府⑱，薦先君於公曰：「王某，予弗及也。」遂署行臺從事。户制以籍爲定，互占他縣者以死論。有潞民馬醫常氏避役⑲，匿河内王帥家，帥名資榮。事露，公抵常以死，意在籍没州將，用聳動鄰道。先君辯之曰：「常罪止於逋論，死非制書本意。」公怒曰：「脱有誤，並汝坐之。」反復辯明，常竟獲免。

明年秋，買奴公薨雲中⑳，南歸。讀書養晦，以厚所待，或勸治生，曰：「非予初心也。」勸仕州郡，曰：「一丘之木㉑，安足棲集？」日以經史自娱，尤嗜《春秋左氏傳》、《西漢書》，其天文、術數等學皆通習之。年既加，一洗心於《易》，嘗質問於玉華子，先生名元禮，華陰人，天曆進士㉒。大有所得。一日，先生發問曰：「自昔治少亂多，君子寡，小人衆㉓，何也？」先君曰：「豈非天一而地二，乾陽方始而陰已爲之倍歟？」玉華子曰：「子得之矣！」集歷代《易》説爲一書，題曰《王氏纂玄》，且見吾遯世無悶也。歲戊戌，詔試儒士，時恩制寬，或以乃嗣長，可從師取應。先生曰：「以學爲利㉔，非敢聞命。」嘗庭訓惲、忱曰：「吾已錯，斷不容再㉕，寒殍死㉖，無掾習，能儒素起家，其榮多矣。然學貴顓精㉗，汝不見鑑瑩則乃能別物㉘；學苟不精㉙，如治鑑不明㉚，將安用爲㉛？不學《易》，昧涉世之道；不讀《麟經》，無以見筆削之正㉜。吾平昔行已，得乎此而已。」年四十六，既奪先妣，或勸之娶，曰：「其如不可乎？老者繼室，又先余死，是轉余於恤；少者後予，是吾遺累于後。」竟不復娶。晚節號思淵老人㉝，邦君游宦，咸尊德樂道，問政質疑無巨細，事已㉞，率如教。丙辰春，平章趙公璧以書來聘㉟，時已疾㊱，不克往㊲。明年丁巳秋八月十有八日，考終牖下，享年五十有六㊳，官至忠顯校尉。

夫人靳氏，相州永和人，進士子玄之孫㊴，安陽丞顯思之次女。貞静淑善，光備婦道㊵。生二子：惲、忱。先卒，用戊午春三月，葬汲縣親仁鄉之新阡㊶，先妣祔焉。

先君資剛明簡密，議論長，慮患深，雅以大用自期㊷，人亦以此與之。握瑜懷瑾，羣而不矜。其當官宰務㊸，人莫能措手者，率優爲之，不聲色少動。外事緩急，不一言及家人。至於吏筆縱横，緣以儒術，乃其末耳。又善尺牘㊹，簡而盡，書勁韻，有風格，作楷字，日滿萬。聞一異書，佔畢如不及，多積至千餘卷。友人劉沖見之曰：「何自苦如是？」先君曰：「素無長物，非此何以遺子孫㊺？」其遠大如此。所交皆一時名士，以取容阿匼爲恥。生平非疾病，未嘗見日而作。三十寒暑，兩易裘褐。居家寡言笑，以身爲律度，人望而畏愛，若一官府然。

嗚呼！先君以刀筆起身，垂聲當世，於先業爲光大。惟其秉彝粹懿㊻，思欲克其所未至，進進焉不容自已，絶不齒故習，一肆於學，根極羣經，務明大本，復旁通天人之術以濟厥用。其修己應時，開物成務之志，是可涯際邪？然時與命捩，壽止於斯，不獲卓犖大見於世。今惲等聆風樹而含悽㊼，履霜露而興感，抱昊穹明極之氣也㊽。愾想平生，鏤兹壙石㊾，庶幾慰安神靈，永閟窀窆之藏。銘曰：

繄扈王氏世業農㊿，高曾而下掾習同。大風泱泱動南鄘，於爍先子德彌崇(51)。一日奮起蛇化龍，樹立先業何光融。獄唯平反匪厥躬，要以明恕剛而中。廷平釋之唐有功，漢二千石世業公。剖裁錯節輪神鋒，庶幾凛凛德讓風。虞淵日入不可曈(52)，布衣歸來默而容。春秋大易羅心胷，迹蟠於泥氣則虹。冀北一顧凡馬空，道雖人弘繫其逢。維弗卒施爲世恫，兒能讀書亢吾宗。白首孰計達與通，閉門蔬水甘長終。翠微之居窈以重，一僨不起胡遘凶(53)？悠悠大鈞問無從，太行西峙泉流東。九原盤盤佳氣葱，魂兮歸安此新宮。

【校】

①「杞」，薈要本、四庫本同元刊明補本；弘治本作「祀」，形似而誤。

②「諱經」，元刊明補本、弘治本作「經諱」，倒；據薈要本、四庫本改。

③「不」，弘治本同元刊明補本；薈要本、四庫本作「未」。

④「精文法」，弘治本同元刊明補本；薈要本、四庫本作「精明文法」。

⑤「曹」，弘治本同元刊明補本；薈要本作「曾」，非；四庫本作「徵」，非。

⑥「分」，元刊明補本、弘治本、四庫本作「間」，據薈要本改。「胙」，弘治本、四庫本同元刊明補本；薈要本作「昨」，形似而誤。

⑦「挾」，弘治本、薈要本、四庫本作「拔」，非。

⑧「移剌吴和」，弘治本、薈要本同元刊明補本；四庫本作「伊喇鄂和爾」。

⑨「跳」，弘治本同元刊明補本；薈要本、四庫本作「逃」，亦通。按：本卷《南鄘王氏家傳》有言：「事覺，吏逃失所在。」跳，《集韻》徒刀切，同逃。

⑩「師肅」，弘治本同元刊明補本；薈要本、四庫本作「帥肅」，形似而誤。

⑪「誥」，元刊明補本、弘治本作「誥」，據薈要本、四庫本改。

⑫「豐衍庫使」，元刊明補本、弘治本作「東豐衍使」，據薈要本、四庫本改。

⑬「免」，元刊明補本作「兔」，據弘治本、薈要本、四庫本改。「赴」，元刊明補本、弘治本作「仆」，聲近而誤；據薈要本、四庫本改。
⑭「劾」，元刊明補本作「效」，據弘治本、薈要本、四庫本改。
⑮「粟」，弘治本、薈要本同元刊明補本；四庫本作「衆」，形似而誤。
⑯「滿」，元刊明補本、弘治本作「若」，非；據薈要本、四庫本改。
⑰「顓」，弘治本同元刊明補本；薈要本作「專」，亦可通；四庫本作「耑」，亦可通。後依此不悉出校記。
⑱「李」，弘治本同元刊明補本；薈要本、四庫本作「季」，形似而誤。
⑲「潞」，薈要本、四庫本同元刊明補本；弘治本作「愛」，非。
⑳「買奴」，弘治本同元刊明補本；薈要本作「瑪努勒」；四庫本作「瑪魯」。
㉑「一」，弘治本、四庫本同元刊明補本；薈要本作「壹」，亦可通。
㉒「天曆」，元刊明補本、弘治本、薈要本作「從衆」，據四庫本改。
㉓「寡小」，薈要本、四庫本同元刊明補本；弘治本闕。
㉔「學」，元刊明補本作「幸」，弘治本、四庫本闕；據薈要本改。
㉕「再」，薈要本、四庫本同元刊明補本；弘治本闕。
㉖「寒」，元刊明補本、弘治本闕；據薈要本、四庫本補。

㉗「顓精」，元刊明補本作「顓□」；弘治本闕；薈要本、四庫本作「專精」，亦可通；徑補。
㉘「汝」，元刊明補本、弘治本闕；據薈要本、四庫本補。
㉙「苟」，元刊明補本作「茍」，據弘治本、薈要本、四庫本改。
㉚「明」，薈要本、四庫本同元刊明補本；弘治本闕。
㉛「將安」，元刊明補本、弘治本闕；據薈要本、四庫本補。
㉜「筆削之」，元刊明補本、弘治本闕；據薈要本、四庫本補。
㉝「晚節號思」，元刊明補本作「晚□□□」；弘治本、薈要本闕；據四庫本補。
㉞「巨細事」，元刊明補本、弘治本、薈要本闕；據四庫本補。
㉟「璧」，弘治本同元刊明補本；薈要本、四庫本作「壁」，形似而誤。按：詳見《元史》卷一五九《趙璧傳》。
㊱「疾」，四庫本同元刊明補本；弘治本闕；薈要本作「病」。
㊲「不」，元刊明補本、弘治本闕；據薈要本、四庫本補。
㊳「五」，元刊明補本、弘治本作「五」，薈要本作「七」，非；四庫本作「四」，非；徑改。
㊴「士」，薈要本、四庫本同元刊明補本；弘治本闕。
㊵「道」，薈要本、四庫本同元刊明補本；弘治本闕。
㊶「之」，薈要本、四庫本同元刊明補本；弘治本闕。「阡」，元刊明補本、弘治本作「任」，據薈要本、四庫本改。

㊷「雅」，薈要本、四庫本同元刊明補本；弘治本闕。

㊸「其」，四庫本同元刊明補本；弘治本闕；薈要本作「至」。

㊹「牘」，元刊明補本、抄本作「一」，據薈要本、四庫本改。

㊺「何」，抄本同元刊明補本；薈要本、四庫本作「無」，亦可通。

㊻「懿」，抄本同元刊明補本；薈要本、四庫本作「慤」，非。按：語本《詩・大雅・烝民》：「民之秉彝，好是懿德。」

㊼「世今惲」，元刊明補本闕；抄本作「□此惲」；薈要本作「當世惲等」；據四庫本補。

㊽「抱昊穹明極之氣也」，抄本、薈要本作「抱昊穹罔極之悲也」；四庫本作「抱昊天明發之悲也」。

㊾「壙」，抄本同元刊明補本；薈要本、四庫本作「礦」，偏旁類化。

㊿「農」，元刊明補本闕；據抄本、薈要本、四庫本補。

(51)「彌崇」，元刊明補本闕；據薈要本補；抄本、四庫本作「所鍾」，

(52)「瞳」，抄本、薈要本同元刊明補本；四庫本作「曈」，形似而誤。

(53)「遘」，抄本同元刊明補本；薈要本作「鞫」；四庫本作「閔」。

先妣夫人靳氏墓誌銘①

先妣縣君姓靳氏，相州安陽永和鎮人。永和自唐歷宋爲名縣，鴻儒鉅族代櫛比出，靳氏其一也。家故饒財，世以孝義著聞鄉里。祖諱師楊，字子玄，舉進士，有賦聲場屋間②。後以恩賜第③，授彰德府教官。金百年來④，鄴下論人文之選者⑤，殿元爲稱首。父諱嗣慶，昆仲六人⑥，外祖其季也。爲人儀觀秀偉，鬚滿頷，倜儻尚義氣⑦，喜鞍馬□滿經犬⑧，游獵橫漳間，有河朔故家豪習。嘗官安陽丞，生二女，先妣其次也。姨母適李氏，今爲尼居鄉里⑨，有一子。

既醮王氏⑩，先祖時已歿，祖母韓性貞明，持門户益嚴。先妣孝養恭順，故閨門内事，僅絲髮比不敢專，須請之後行，祖母以是賢之。非大故未嘗踰外閾，姻黨有以合二姓會諸親者，先妣與焉，里中諸媪至顧而不知爲誰。平居課兒輩讀書，傍治絲枲，須夜分乃休。樂聞古人母儀《女誡》及善惡興衰等事⑪，怡然有得，至寤寐思服。旦起，愛晴陰問⑫，或旱則清⑬，燥溢則霃⑭，陰輒愀然不懌曰：「歲功一失，憂有大於此乎。」不然，喜津津見顏間⑮。先妣性温純慈祥，居家婉婉多容儀，無啞啞言笑，爲人物不忍少傷⑯，内外諸親均撫以厚，平生不能易一錢物，心慊慊惟恐我之負人也。世方以服飾相高，珠羽耀閭閻，甚者託燕游以私謁爲事，先妣聞而恥之⑰。朝夕志女功，主中饋，被服在躬，承祀孔時。嘗以事當出，乃歸而不自安者移時。其幽閑貞順之德，蓋可知已⑱。歲戊申夏六月，竟以憂勤致疾。越明年己酉秋七月廿有九日⑲，化于私居之適寢，壽四十有五。先君識明達，既失内助，斷不復娶。祖母惓於勤⑳，稍以内事傳新婦推氏㉑，每取先妣婦道是訓㉒，因追悼曰：「汝姑醮王氏二十有五年㉓，有子有孫，未嘗以主母自居㉔，失爲婦禮，勤已至矣。不獲少慰劬勞而止於斯，可勝痛哉！」

嗚呼！天道悠悠，報施善人，果可必而恃邪？故臨終哭之慟㉕，嗚呼哀哉！天妥惲何罪而至此極耶㉖！追念祖母疇昔之言，隱然恫於心，故茹哀銜恤，於兹八年，至是伸荼毒㉗，慰下泉，發幽光而圖不朽，宜銘德，莫若哀號泣涕以畢其辭。銘曰：

坤柔之德婉以從，健而幹蠱匪婦功。伯姬之卒謚以共，淑慎先妣柔所鍾㉘。主夫中饋成肅雝，春秋承祀被僮僮㉙。善人獲報天乃公，嗚呼福壽不一逢。歸咎無處恫厥躬，窆祔無憾哀送終㉚。萬家之原偃斧封，泉流可竭恨不窮。

【校】

①「誌銘」，薈要本、四庫本同元刊明補本；弘治本脱。

②「有賦聲」，元刊明補本、弘治本作「□賦聲」；四庫本作「詩賦聲動」；據薈要本補。

③「後」，弘治本、薈要本同元刊明補本；四庫本脱。

④「年來」，元刊明補本作「年□」；弘治本、薈要本闕；四庫本作「餘年」；據抄本補。

⑤「鄴下」，四庫本同元刊明補本；弘治本作「鄂丁」，形似而誤；薈要本作「□丁」，既闕且誤。

⑥「父諱嗣慶，昆仲六人」，元刊明補本作「□□□慶□□□人」弘治本作「以□□□□□□□」；薈要本闕；四庫本作「□□□□□□□人」；據抄本補。

⑦「儻」，弘治本、薈要本、四庫本闕。

⑧「鞍」，元刊明補本、四庫本闕；薈要本作「弓」；據抄本補。

⑨「今」，抄本同元刊明補本；薈要本、四庫本作「令」，形似而誤。

⑩「醮」，元刊明補本闕；薈要本、四庫本作「歸」；據抄本補。

⑪「誠」，元刊明補本、抄本作「誠」，據薈要本、四庫本改。

⑫「陰」，抄本、薈要本同元刊明補本；四庫本作「爽」，涉上字而誤。

⑬「清澡」，弘治本、薈要本同元刊明補本；四庫本作「晴躁」，非。

⑭「霦」，抄本同元刊明補本；薈要本作「擇」；四庫本闕。

⑮「間」，元刊明補本闕；薈要本、四庫本作「色」；據抄本補。

⑯「傷」，抄本同元刊明補本；薈要本、四庫本作「休」。

⑰「恥」，薈要本、四庫本作「□□」；據抄本補。

⑱「已」，抄本同元刊明補本；薈要本、四庫本作「矣」，亦可通。

⑲「有」，元刊明補本闕；據抄本、薈要本、四庫本補。

⑳「惓」，抄本、薈要本、四庫本作「倦」。

㉑「推」，抄本、薈要本同元刊明補本；四庫本作「崔」，非。

㉒「每」，抄本、四庫本同元刊明補本；薈要本作「無」，非。

㉓「姑」，元刊明補本作「如」，形似而誤；薈要本作「知」，形似而誤；據抄本、四庫本改。

㉔「主」，元刊明補本作「王」，據抄本、薈要本、四庫本改。

㉕「哭之慟」，元刊明補本作「□□□」；薈要本、四庫本作「□□□□」；據抄本補。

㉖「妥」，元刊明補本闕；抄本作「乎」；薈要本作「安」；據四庫本補。「何」，元刊明補本、薈要本作「可」，據抄本、四庫本改。

㉗「至」，元刊明補本、抄本闕；據薈要本補；四庫本作「惟」。

㉘「慎」，元刊明補本闕；抄本作「女」；據薈要本、四庫本補。

㉙「僮僮」，元刊明補本、弘治本作「憧憧」，據薈要本、四庫本改。按：語本《詩·召南·采蘩》：「被之僮僮，夙夜在公。」

㉚「窆」，元刊明補本、弘治本、薈要本作「褊」，據四庫本改。

故權左司都事趙君墓銘

君諱謙，字和之，世爲蓋州人。中統元祀，用薦者言，以材幹補行臺左三房提控令史。二年春，考政上都，與予同遊居者數月，用是情好日洽。夏六月，闔臺南還，君爲中省苛留，乃以都司擬之，作駐冬計①。君怫然不樂，求亟去甚鋭，事業已不許。信宿，疽發於腦户，呻吟無聊，殆不能堪，醫庸藥妄，一刺而肆裂。越三日，予與楊易州恕謀曰：「常山瘍醫麻澤民，今之俞跗也。適召至，若禱於院使王君儀之，可一來救藥。」凡三往②，得請，踵及門，中使趣去之。自是内侍不出者幾浹旬。後五日，夜聞君聲澌嘶，執燭起視③，向壁卧，頭岑岑不舉矣。比明，臭惡達户外④，傔從止一老傖⑤，戇且愚，瞪不知若何。訪求知故，無一人。予惻然感傷，冒臭惡，易衣衾，視其疾緩急，困則對榻衣寢。

自疾亟迄蓋棺，凡五旦夜。得年五十有七，實中統二年七月廿有五日也。嗚呼哀哉！以義以友，喪無歸，責寔在我。既斂，詣堂中請曰：「吏趙謙以官守客死⑥，禮以公給喪。」郎中賈君仲明憐之，官爲賻緡錢千。躬爲護喪大都城東門郊外⑦，適表親徐貞者至，付之，俾轊載歸燕。君短小精幹，審於吏計，蚤歲從事課府，以廉介稱。杯酒間言笑啞啞，殊不知爲肅慎氏之族也。术甲倆者⑧，聲近趙家，故以趙定氏云。銘曰：

志樂而奚庸，氣信而弗窮，曾不知安於命而爲通也。心與事捩，卒與禍逢⑨，奈何乎趙公！

【校】

①「冬」，弘治本、四庫本作「久」；薈要本作「留」。

②「往」，元刊明補本作「住」，形似而誤；據弘治本、薈要本、四庫本改。

③「執」，弘治本同元刊明補本；薈要本、四庫本作「報」，形似而誤。

④「臭」，元刊明補本、弘治本作「氣」，據薈要本、四庫本改。

⑤「傖」，弘治本、四庫本同元刊明補本；薈要本作「傖」，形似而誤。

⑥「官守」，弘治本同元刊明補本；薈要本、四庫本作「守官」，倒。
⑦「大都」，弘治本同元刊明補本；薈要本作「大郡」；四庫本作「出郡」。
⑧「偁」，弘治本同元刊明補本；薈要本、四庫本作「稱」。
⑨「逢」，弘治本、四庫本同元刊明補本；薈要本作「違」，形似而誤。

故南塘處士宋公墓誌銘 并序

南塘處士宋公捐館之九年，當强圉赤奮若歲千插亥①，夫人魏氏奄棄榮養，仲子繼祖等託參卿趙君禹卿②，致其命來請曰：「先人墓壙未克埋銘，今將啓玄堂③，祔安妣喪于柩之左窆有日，幸吾子速銘以光此大事④。」某追惟雒尹平生之言⑤，重以禹卿孔懷之義，勉爲次序之⑥。

公諱珍，字子玉。姿秀偉，有德度，早能詩，善談玄，深造理窟⑦，散髪揮塵，灕灑有出塵想。故中書令耶律公一見⑧，偉其貌，奇其才，至贈詩稱與，有「柱石中原」之目，遂薦爲朝廷侍從官。既而歎曰：「吾志在長林豐草、清泉白石⑨，金馬玉堂非所樂也。」乃辭去。中令復授以資俛職⑩，亦不就。歲甲辰，自雲中徙家燕都，得金溝水南形勝地十餘畝，疏沼種樹，中搆堂曰「麗澤」。碧瀾秀樾⑪，景氣佳勝⑫，日以琴書自娱，教子孫爲業，野服高閒，漠然不以世務攖其懷⑬。然性喜賓客，樂觴詠，所交皆一時俊人⑭，如王慎獨之愷悌，張鄰野之諧傲，藴藉如楊西菴⑮，才鑑若姚雪齋，王鹿菴之品潔一世，商左山之凝重朝右。每光風霽月，過其居者燕樂衎衎，必極歡而後去。太史公云⑯：「視友知人。」公之行已概可見矣。

夫人魏氏，有賢淑行，輔承内治，能遂公初心。四子幼服庭訓，皆賢孝，負藝學。長曰紹祖，少中大夫、河南府路總管。次繼祖，不仕。次光祖，侍儀法物庫使。次仁祖，以琴阮供奉。孫十人，曾孫四，女孫一十四人。時節賀慶，蘭芽玉樹，瑶環瑜珥，秀映庭户，以次列拜，上酒介壽，公與夫人亦舉觴酬酢，一家之内，樂融融也。公以至元己巳秋八月考終牖下，春秋七十有七。越明年庚午冬，葬大興縣招賢鄉之南原。夫人之殁，實至元十四年冬十月廿五日也，壽八十。

宋氏上世本蜀成都人⑰，遠祖有官吉州之吉鄉者⑱，遂爲河東人。曾祖元，祖信，考章，俱有儒行，不耀。其幽光潛德發於公之身者，宜晅赫然⑲。公復謙抑，不盡享其篤祐⑳，遺其子孫至光盛如此。銘曰：

名籍朝端，身心考槃㉑，貞不絶俗，道出夷惠之間。以儒雅而擅一時，僭天爵而享高年。服食華鮮，子孫滿前。彯纓若綬㉒，照耀後先。没而從祖，是之謂祉全。我銘納壙，復慰下泉。千年而見白日，尚知爲青山白雲之仙。

【校】

①「歲千插」，元刊明補本作「□□插」；弘治本作「□□插」；薈要本、四庫本作「其月建」。據抄本補。

②「君」，元刊明補本闕；據抄本、薈要本、四庫本補。

③「玄」，元刊明補本闕；薈要本、四庫本作「幽」；據抄本補。

④「此」，元刊明補本闕；據抄本、薈要本、四庫本補。

⑤「惟」，弘治本同元刊明補本；薈要本、四庫本作「維」，亦可通。後依此不悉出校記。

⑥「勉爲」，元刊明補本闕，弘治本作「□爲」；據抄本、薈要本、四庫本補。

⑦「善談」，元刊明補本闕，弘治本作「華□」；薈要本、四庫本作「華藻」；據抄本補。

⑧「耶」，元刊明補本、弘治本闕；據抄本、薈要本、四庫本補。

⑨「草」，弘治本同元刊明補本；薈要本、四庫本作「草間」。

⑩「令」，弘治本同元刊明補本；薈要本、四庫本作「舍」，非。「俛」，弘治本作「便」；薈要本、四庫本作「使」。

⑪「樾」，弘治本同元刊明補本；薈要本、四庫本作「挺」，形似而誤。

⑫「氣佳」，元刊明補本闕；弘治本、薈要本、四庫本作「氣一」；據抄本補。

⑬「不以世務」，元刊明補本、弘治本、薈要本作「以世務不」，據四庫本改。

⑭「人」，元刊明補闕；弘治本作「乂」；據抄本、薈要本、四庫本補。

⑮「蘊」，抄本、薈要本同元刊明補本；四庫本作「醖」，亦可通。

⑯「云」，抄本、薈要本同元刊明補本；四庫本作「曰」。

⑰「成」，元刊明補本作「城」，據抄本、薈要本、四庫本改。

⑱「吉」，元刊明補本作「詘」，據抄本、薈要本、四庫本改。

⑲「咺」，抄本同元刊明補本；薈要本、四庫本作「烜」，亦可通。

⑳「祐」，抄本、薈要本同元刊明補本；四庫本作「祜」，亦可通。後依此不悉出校記。

㉑「槃」，抄本同元刊明補本；薈要本、四庫本作「磐」，亦可通。

㉒「影」，抄本同元刊明補本；薈要本、四庫本作「飄」，亦可通。

大元故蒙軒先生田公墓誌銘

金源氏踵唐宋舊制，以舉業取士，號稱文武正科。大定、明昌間，人材輩出，天下英雄盡入吾彀中。南渡後，境壤蹙，時事艱。其自淵源見聞中來者，多憂深思遠，忠義奮發，懷赳赳干城之志①。況其風聲氣習，歌謡慷慨，而有故家遺俗者哉？

公諱文鼎，字仲德，姓田氏。其先京兆醴泉縣人②。曾祖俊，正隆初董汴宫役③，因家太康之侯陵。祖秀，徙居蒙城，遂占籍焉。祖用御史君貴，贈上輕車都尉、雁門郡開國伯。妣尹氏，贈雁門郡君。父芝，貞祐二年進士第，官至嘉議大夫、鎮南軍節度副使，資雅重，有相望。妣楊氏，雁門郡君。

公生而爽朗，稚時已軒露頭角，棖觸物論，爲奇童。嘗問學燕山張融④，一見即以不羈許之。爲人有膂力，善挽强，汴京受兵，得請於香林先生，應募自效。執政以公書生年少，初不之重⑤，及觀其拳勇，試以方略⑥，詢之，宛如宿將射敵，慮無遺策⑦。以勞授武節將軍、西南面元帥府總領，仍佩金符以寵異之。京師飢，遣公將五百人取封丘麥，既還，去城遠，倏千騎來襲，衆欲鳥獸散，公曉之曰：「彼騎我步，若前遮後蹂，逃將安之？」即分爲二隊，相去各里許，結陣而待，戈矢外翼，負者居中，轉戰轉退，首先作氣⑧，敵叵測，不敢迫⑨。比至城⑩，不亡斗麥一卒。執政才其爲，命監鄭門，前後出活飢民甚衆。

汴梁下，縱民四出，護二親北渡，時同發者數百家。奉親外，救死問疾，往來保庇不少倦。如渾源劉祁母洎祖母病死半涂，二子相顧號泣而莫之何，公爲死瘞生負，兩皆得所。其處患難中自捄不暇，能急人之急如此，何義烈哉！遂來居相下，以養親讀書爲事，淅米負薪⑪，日供所需，以盡子職。既而應廉訪劉汝翼辟，爲幕察官。時朝廷遠駐龍朔，凡上計三往返，事集而無難色。歲壬子，輔國賢王定封，彰德爲分地，擢用賢雋，特授公爲本道課税所經歷。時持政者多不法，公諫止不從，即投劾去，後果敗。中統初，又爲參政商挺辟，署河東行臺幕屬，無幾，罷歸。公少負氣挺節，持論高，料事明，義之所在，勇於必爲，自視以爲一世奇士。幅巾藜杖，掉頭吟諷，不知去古爲遠邇。惟其學高六藝，名重一時，邦君時相争以禮幣招致，尚期有可爲而爲之者。然以資性太剛⑫，又不屑取媚於時，故其抱負治具竟百不一試⑬。晚節與西巖張豸、緱山杜瑛以詩酒自嬉⑭，不復談經世事矣。臨終語其子復曰：「士之出處，莫非義命。道行志通，伊周不爲之泰；道窮志湮，顔原不爲之否。從古迄今，有才不遇，窳死溝壑者，豈獨余哉？是非所當戚戚於吾衷也。」蒙軒，其自號云。公善作詩，工書學，遒麗有楷法，至於丈尺大字，尤極精妙云。癸酉春二月七日，以疾終廣川客舍，享年六十有三。

夫人慶陽李氏，系出唐薛王，前進士、司農丞無黨女。共儉淑善，母道光備，教子孫有法，白首一節，安公之貧。後公八年，辛巳歲亦二月七日，終於家，壽六十有八。生二子，一女嫁士族。子復，傳家學，有詩聲，終河間漕司從事。衍，富文學，通吏事，由憲臺史轉補中書掾⑮，今爲禮曹主事，庶克光紹遺緒云。孫六人，曰伯耕，曰叔耘、叔耨、叔耜，曰重，曰某。

衍將以年月日舉公柩，葬彰南新阡⑯，再拜來請銘。惲雖後進⑰，嘗獲拜履綦，知公爲頗詳，既序其行己，敢以生平底藴未克展盡，爲士論所痛惜者銘之。銘曰：

士貴尚志，趨事赴功。況作而行之，迺士夫之所崇⑱。矯矯田公，繄時之雄。振靈脩之遠駕，思從事而匪躬。文章足潤身之具，才武見將領之風⑲。桓桓英挺⑳，明夫戰攻。解臨機而制變，張國威於小戎。奔走急難，笑談折衝。朔漠三往，冀羣一空。顧曷職而弗辦，曾漕計之是供。政不我俾，坐困簿叢。寧窘淵阿，肯與彼同？利器百而不一試，在先生爲不逢。道義蟠胷，伊周是宗。既得喪之不我與，吾胡爲而戚乎衷㉑？有軒曰蒙，獨善固窮。閉户讀書，飲水長終。人邪天邪，問大鈞而無從。惟子孫之可卜，見德澤之所鍾。繄臺閣之就列，蔚珪璋之顒顒㉒。洹流毖北，太行之東。雖高深兮易位，尚知爲蒙軒先生之封。

【校】

①「志」，抄本同元刊明補本；薈要本、四庫本脱。

②「先」，抄本同元刊明補本；薈要本、四庫本作「先世」。
③「汴」，抄本同元刊明補本；薈要本、四庫本作「升」。
④「融」，抄本同元刊明補本；薈要本、四庫本作「公」。
⑤「重」，抄本同元刊明補本；薈要本、四庫本作「意」，形似而誤。
⑥「試」，元刊明補本、抄本作「誡」，據薈要本、四庫本改。
⑦「遺策」，抄本、薈要本同元刊明補本；四庫本作「策遺」，倒。
⑧「首」，元刊明補本、抄本、四庫本作「手」，據薈要本改。
⑨「追」，抄本同元刊明補本；薈要本、四庫本作「追」。
⑩「城」，弘治本同元刊明補本；薈要本、四庫本作「城下」，衍。
⑪「浙」，元刊明補本、弘治本作「索」，非；薈要本作「負」，據四庫本改。
⑫「資性」，元刊明補本、弘治本闕；四庫本作「天性」；據薈要本改。
⑬「百不」，弘治本同元刊明補本；薈要本、四庫本作「不百」，倒。
⑭「嬉」，弘治本同元刊明補本；薈要本、四庫本作「娱」。
⑮「掾」，四庫本同元刊明補本；弘治本闕；薈要本作「令」。
⑯「阡」，元刊明補本、弘治本闕；薈要本作「鄉」；據抄本、四庫本補。

⑰「惲」，元刊明補本、弘治本、抄本闕；薈要本作「某」；據四庫本補。
⑱「士夫」，弘治本、四庫本同元刊明補本；薈要本作「士大夫」，衍。
⑲「見」，弘治本同元刊明補本；薈要本、四庫本作「是」，形似而誤。
⑳「英」，元刊明補本、弘治本、薈要本作「蔡」，據四庫本改。
㉑「胡」，弘治本同元刊明補本；薈要本、四庫本作「何」。
㉒「珪」，元刊明補本作「蛙」，形似而誤；據弘治本、薈要本、四庫本改。

故正議大夫前御史中丞王公墓誌銘 并序①

至元二十六年二月丙辰辰刻②，正議大夫、御史中丞、橫海王君以疾卒于私第正寢。斂有七日，其子庸、彝輩縗服纍然③，持事狀百拜，以壙銘來懇。以義以分，有不得辭者。公諱復，字子初，初名趾，麟伯其字。曾祖瑜，大父松，世家滄州，俱隱德不仕④。禰府君諱昌齡，金季嘗遊宦河南，大梁亡，起從恒山史侯參議軍府事，後以公命來攝衛州事，有惠化於民。惟君器識早爲經略公所知。己未冬，自齊經中起君襲父職，仍領州務。明年中統建元，陞授衛、輝二州同知⑤。又明年，易州而路⑥，就陞貳總尹。君遵守成憲，越先正有光。至元甲子，轉官制行，授朝請大夫，改倅彰德路。無幾，以德望入爲中書兩司郎中，調議密勿，宰相至以佳士上聞。魏，河朔鉅鎮，吏重而俗囂，號難理，特輟君以少尹來治。迺曰：「清心不如省事，省事莫若先殺吏權。」於是汰冗濫，屏姦惡，絶私謁，尚德化。民有李氏者，珥筆構黨，持短長，嚇官府，張甚。君發其姦，杖踣之，萬喙稱快。自是闔郡嚮風⑦，書葉飄香，曹務爲清簡。

八年辛未春，自中書舍人出知歸德府。府居河下流，其秋水大至，環城爲海，衆胥沉爲感。君乃督棹師浮舟楫，濟民於丘陵林木上，遂相水衝，循横堤，疏二渠，一注汳瀆，一達河故道，水隨退，得腴田萬頃佃貧民，仍請廩粟，得萬五千石活飢殍者。既而復楗治回龍堤、葛邑口於府西⑧，以絶水患⑨，曰：「烏可使吾民重濆于泉？」故水去而民益親。繼丁母夫人憂，去職。未期，詔起君充河南道宣慰副使。國家方有事襄漢，順流以成破竹之勢，故軍需百色，羽書交督，急於星火，一責於我，中間籌辦，君力爲不少。時大軍復東掀五河，戰力而餽乏，河走淩蔽川，不易轉致，衆艱於行。君毅然以漕事自任，至撞冰東下，一夕凍欻解，軍威藉以振，衆且服君事不辭難而害不苟避有如此者。

明年，超擢陝西、四川道提刑按察使，尋進拜嘉議大夫、行臺御史中丞，用膺才選。既署事，有告蘇州應草竊以城叛者，或議調急兵徑討，公曰：「維揚去吴纔三百里，不當猝有此變，恐憸人流言激之閧，乘間以利賄耳。」與省議合，遂駐兵近郊偵其實⑩，繼發未晚。已而果如料，吳人得無虞而妥。其臨大事處置明審例如此。淮甸沃壤千里，公於上前論奏，宜設農司，募游食者開耕屯以盡遺利。若爾，非惟實内地，且威惕遐陬⑪，坐銷外侮。韙其議，付有司施行。俄加正議大夫，徙按河東、山西道，以事免歸。居三年，竟以疾酬之⑫，遂至於斯，哀哉！享年六十有四，前後寵錫凡十有一命。官極通貴，哀榮終始，不爲未遇。以是月壬申葬汲縣親仁鄉王尚里禰塋三昭首穴。

夫人夾谷氏⑬，前公卒。再娶夫人秦氏，生二子，曰彝，曰範。範前公九月暴卒。二女：長安⑭，歸徒單衍，亡⑮；次適趙常。曰夫人杜氏，生子曰庸，曰子度⑯，二子並愿而有文學，皆公所自教云。曰女壽，適陳氏⑰，皆先亡。孫二人：曰青牛，範之子；一在襁。

公爲人器量弘深，有經史學，善持論，識變通，無贅言，居養甚重，周防甚謹。及開物成務，當其可爲，推致所學，惟恐不臻于極。然事無巨細，率以大體中持，恥近效取譽，所謂以道事君者近之。至威儀柔嘉，小心式訓，又類夫仲山甫、衛武公之行己。承旨鹿菴王公人品清峻，慎許可，嘗詔公舉可執政者⑱，乃以君名進奏，其經濟德業可知已。初官河東時，憲府争索隱幣，以副上需，分司者不計應否，悉掩爲己功，弊久，恬不爲怪。至是，公以前行沒入十萬餘緡盡給之民。又平陽府胥有以母喪甫窆輒從吉執役者，公曰：「忘孝之人，胡可與處？」乃按而斥之。其惜體正俗又如是。可書者尚多，惟著其繫夫事之重者，恐亦公之志也歟。銘曰：

《大學》爲道將何爲？俾明一德新民彝。行焉而底善是依，要本平治先修齊⑲。俾明厥體用或違⑳，其在孔學非吾知。倬哉王公天秉岐，自稚細行初不遺。若考翼事子肯基，一日雲厦盾巍巍㉑。揚歷中外厚自持，柔嘉維則非公誰？又復當用行不疑，翰音登天翅屢垂。越若有物中縶維，從心罔罣體弗羸㉒。期於俯仰無忸怩，人或咨惜我則熙㉓。以道事君其庶幾，六十四載麟儀儀。綬何若兮印何纍，賁夫松檟餘光輝。天其或靳將後貽，俾爲清廟璧與圭。奉之天門光陸離，仙山東麓朝氣霏。佳城鬱鬱君所歸，殁而從禰爲受釐㉔。足慰下泉含笑嘻，零落不必西州悲，我銘昭昭惟昧詒。

【校】

①「中丞」，弘治本同元刊明補本；薈要本、四庫本作「中丞一」，衍。

②「辰刻」，弘治本、四庫本同元刊明補本；薈要本作「夜刻」，非。

③「縗」，弘治本、薈要本同元刊明補本；四庫本作「衰」，亦可通。後依此不悉出校記。

④「德」，弘治本、四庫本同元刊明補本；薈要本脱。

⑤「陞」，元刊明補本、弘治本、四庫本作「真」，據薈要本改。「州」，弘治本同元刊明補本；薈要本、四庫本作「府」，非。

⑥「易」，弘治本、薈要本同元刊明補本；四庫本作「由」，非。「而」，弘治本、四庫本同元刊明補本；薈要本作「兩」，形似而誤。

⑦「闔」，弘治本同元刊明補本；薈要本、四庫本作「合」，亦可通。後依此不悉出校記。

⑧「口」，抄本同元刊明補本；薈要本、四庫本作「壩」。

⑨「水」，元刊明補本、抄本、四庫本作「永」，據薈要本改。

⑩「近」，抄本、薈要本同元刊明補本；四庫本作「迎」，形似而誤。

⑪「愓」，元刊明補本、抄本、四庫本作「剔」，據薈要本改。

⑫「酬」，弘治本同元刊明補本；抄本作「醻」；薈要本、四庫本作「縛」。

⑬「夾谷氏」，抄本、薈要本同元刊明補本；四庫本作「瓜爾佳氏」。

⑭「安」，弘治本同元刊明補本；薈要本、四庫本脱。

⑮「亡」，弘治本、四庫本同元刊明補本；薈要本闕。

⑯「曰子度」，元刊明補本、弘治本移於「曰女壽」前，非；據據薈要本、四庫本改。

⑰「適」，元刊明補本作「滴」，據弘治本、薈要本、四庫本改。
⑱「嘗」，弘治本同元刊明補本；薈要本、四庫本作「嘗有詔」，衍。
⑲「平」，元刊明補本、抄本、四庫本作「平」，薈要本作「乎」。
⑳「體」，抄本、四庫本同元刊明補本；薈要本作「休」。
㉑「盾」，薈要本同元刊明補本；抄本、四庫本作「看」。
㉒「弗」，抄本同元刊明補本；薈要本、四庫本作「非」，亦可通。
㉓「則」，抄本同元刊明補本；薈要本、四庫本作「獨」。
㉔「從」，弘治本、四庫本同元刊明補本；薈要本作「徙」。

王惲全集彙校卷第五十

碑

大元光禄大夫平章政事兀良氏先廟碑銘①

夫人臣建非常之功，垂鴻不朽者，罔間存歿，俱蒙顯異。如配祭大烝，勒銘彝鼎，謚號廟饗，濯聲赫靈，扶我桓撥。況三世迭將，際興運，依末光，佐收混一之績者哉？皇帝握乾符，章先業，念開濟之艱難，感風雲於疇昔，爰推卹典，允答元勛。維元貞二年春正月己丑②，近臣兀突歹奏平章政事不憐吉歹言③：「臣故父榮禄大夫、中書左丞相兼都元帥阿术南征北伐，汗馬之勞頗效尺寸，伏見與臣父差肩宣力者已蒙恩獎，敢昧死以請。」制曰：「阿术乃祖乃父自太祖朝服勞王室，多樹功閥，名高諸將，可嘉贈謚④。其在故家，不得扳例。」於是降璽書，告明庭⑤，特贈開府儀同三司、太尉、并國公⑥，謚曰

「武宣」。詔下，中外咨嘆，大協輿議。嗣侯不憐吉歹承命，式抃且舞，將即汴梁賜第建祠樹碑，昭明三代，于以侈大寵光，宣揚先美，慰安神靈，載德象容，昭示無極。乃謁翰林學士王某，以銘章爲請，謹按家略序而系之以辭。

其先世出蒙古兀良合部⑦，遠祖捏里必者爲人音吐洪亮⑧，以善歌曲稱。生孛忽都拔都，衆目爲折里麻，漢語深謀略人也。其三世孫合赤温拔都生二子，曰哈班，曰哈不里。哈班生子二，長曰忽魯渾，次曰速不臺。太祖皇帝在班朮納海時，其父哈班嘗以羣羊餉帝⑨，中途遇盜被執，忽魯渾及其弟繼至⑩，以戈刺盜，殺之，餘黨逸去，遂脱父難，驅牽竟達於上。自是，昆季孝義之名聞於朔部間。太祖朝，忽魯渾拔都以善騎射充百夫長⑪。乃蠻之未服也⑫，戰長城南，率先鋒摧之，彼即驚遁⑬。其弟即嗣侯不憐吉歹曾祖也。

第一室曾祖府君諱速不臺⑭，初以質子入侍，繼爲百夫長。壬申歲，太祖經略中夏，首攻桓州，城小而堅，勢不易拔，公匍而先登。上壯其勇，賜金幣一車。歲丙子，帝會諸將於禿烈河上⑮，詢曰：「滅里吉部未附⑯，疇爲朕征之？」公即應詔，選裨將阿你出領百人爲候騎⑰，仍諭以方略，如其言，彼果不疑，弗爲備。大軍至陣蟾河上⑱，一戰而潰，擒二將，鼓下，遂降其餘衆。辛巳，追滅里吉酋長霍都⑲，與欽察戰于玉峪，敗之。壬午年，太祖征回回國，其酋棄國而去⑳，命公與只別逐之㉑，及于灰里河㉒，戰不利。公駐軍河東，戒其衆人爇三炬以張軍勢，其王果夜遁。繼遣公將萬騎由不罕川追襲㉓，既及，逃匿海嶼，則守其要害。彼進退失據，不旬月，瘐死，獲珍貝不貲以獻。上諭曰：「速不臺枕干血戰㉔，爲我家宣力，朕甚嘉尚，賜珠寶一銀罌。」明年癸未，請征欽察㉕，許焉。遂遠轉寬定吉海㉖，取太和嶺，塹山開道，出其不意，至則其酋長方聚不租河㉗，縱兵奮擊，彼弗能爲計，竟收其境。又與斡羅思大小密赤思老金戰㉘，降之。尋遣使奏乞，以滅里吉、乃蠻、怯烈、杭斤、欽察等千户別爲一運㉙。歲甲申㉚，八入覲㉛，驅萬馬爲贄㉜。丙戌年，取撒里、畏吾兒、的斤、寺門等部㉝，又掠西蕃邊部㉞，獲駝馬五千疋㉟，貢於朝，一無取焉㊱。

歲庚寅，太宗命睿宗循宋徼而北，營取河南，公亦在行道。出牛頭關，遇金將合達帥步騎甚衆，上問方略所便，公進説曰：「城邑中人遇勞苦即勸厭，逗撓氣惰，與戰易勝。」是役也，大敗合達於三峯山。自是，金不能兵矣。

壬辰夏，睿宗還駐官山㊲，留公總諸道兵攻圍汴京，金主北走渡河，尾敗于黄龍崗，殺戰士萬人。癸巳秋，汴京降，俘金后妃、寶器獻闕下。其冬，圍金主於蔡。明年甲午，金亡。時汴梁受兵日久，歲荒民殍，公下令縱其北渡，俾就樂土，其骨而肉之之恩，尚未忘也。其年詔諸王拔都西征㊳，上以公識兵機，有膽略，選爲先鋒，遂虜八赤蠻妻子於寬吉海[39]。辛丑歲，諸王拔都奉命征兀魯思[40]，爲所敗；攻秃里哥城[41]，不能下。奏遣公督戰，遂禽兀魯思王也烈班[42]；攻秃里哥城，三日克之。復從攻馬扎部[43]，聞其主怯怜兵勢張甚[44]，諸王分五道以進，公出計，挑誘至漷寧河[45]，大軍會戰，不利。乃於下流木渡，直擣其城，拔焉。公以定宗朝戊申年卒於秃烈河上，壽七十有三。公深沉有謀略，善於用兵，勇敢無前，臨大事有斷。初，太祖征西夏，公請行，上念公久在行陣，命還家省，它日宣力未晚[46]。復請曰：「君勞臣逸，恐無是理。」上壯而許之[47]。其忠勤類如此。

今以曾祖妣夫人忽臺配二室祖都帥府君[48]，諱兀良合歹[49]，總戎府君長子也。亶英將種，曉暢軍事。太祖朝[50]，憲宗方髫齓，以公佐命故家，付之護育。及長，用保傅勞[51]，分掌宿衛。辛巳，扈定宗征女直國，破萬奴於遼東[52]。又佐大王拔都征欽察、兀魯思等部。己酉，定宗升遐，大王拔都與宗室、大臣册立憲宗，議久未決，公以大義陳請，即定。歲壬子時，世祖皇帝在潛[53]，奉詔征西南諸夷，命公總督大營軍馬。自旦當嶺入雲南境，摩、些二部酋首來迎降[54]。涉金沙江，所在砦柵負固自守，以次攻下之。獨半空和寨依山枕江，下臨無地，穴石引水，牢未可拔。覘知絶其汲道，公親率精鋭前薄，越七日，寨破，勦殺無噍類[55]。繼進師取龍首關，翊世祖皇帝入大理國城。其年秋，分兵取附都善闡及烏爨之未附者。前次羅部府，大酋高昇集諸部兵力拒戰，大破於洟可浪山下[56]。復收合餘燼，嬰城自守，城際滇池，三面皆水，堅嶮不易攻，以砲摧其北門，縱火前燬，皆扞不克入。乃大震鉦鼓，進而作，作而止，使不知所爲，如是者七。閲日，伺彼方酣困氣靡，夜五鼓，潛師躍入亂斫，衆自内潰，克焉。先時，國主段智興逃匿昆澤⑰，併擒以獻。又知未降附者遠近嘯聚，大爲民梗，公曰：「弗痛爲揃刈，不足以震誡之。」命裨將脱伯押真率麾下掩其右⑱，合歹護尉掩其左⑲，約三日捲而内向反圍合⑳，與子阿朮陷陣擊刺，禽獮草薙，川谷爲一空，是亦制蠻之一奇也。自是，所向風靡節解。不二載，平大理五城、八府、四郡洎烏白等蠻三十七部。兵威所加，如魯魯厮、阿伯等城亦來款附㉑。

乙卯秋，奉命出烏蒙，趨瀘江㉒，剗秃刺蠻三城㉓。宋邊將水陸駐兵來扼，戰屢交，斬獲不勝計，遂通道於嘉定、崇慶間㉔。抵合州，濟蜀江，與鐵哥帶兒合兵㉕，以雲南平定，遣使獻捷於朝，且請曰：「西南夷，漢嘗郡縣之。設官料民，俾同内地，此其時也。」允焉。蒙賜其軍銀五千兩，綵段二萬四百疋，仍授銀印，俾還鎮大理。丙辰歲九月，遣使招降交趾，留介不報。冬十月，進兵壓境，國主陳光炳隔江列陣，象騎步卒甚盛。公分軍爲三隊濟江，選鋒徹徹都從下渡㉖，先濟，大帥居中，次駙馬懷都㉗。仍授徹徹都方略曰：「汝軍既濟，勿與之戰。彼必我逆，駙馬隨斷其後，蠻必潰走海，汝伺便，即邀其船艦，定成禽矣。」公既登岸，即縱兵與戰，選鋒違節，亦來渾鬥，彼軍雖大壞，得駕舟逸去。公怒曰：

「違律失期，軍自有法！」徹徹都懼，飲藥死，遂率止郡。治七日，軍令靜嚴，秋毫無所犯。光炳震恐崩角，請罪內附。於是置酒高會，饗軍鱗屋，啗血崇臺[68]，戈船四艤，而銅鼓爲寂然矣。

己未夏，憲宗遣使來諭旨，約明年正月與卿會於長沙。是秋，率四王、兵三千騎、蠻兵萬人掠横山寨柵[69]，闢老蒼關，徇宋內地。宋陳兵六萬人以俟，戰盡殪。所至調兵旅拒，且戰且行，自貴州蹂象州，突入静江府，遂破辰、沅，直抵潭州。州大出兵，斷我歸路。公與四王掠其後，子阿术横擊于前，盡破走之。公提孤軍入絶域，殫智竭力[70]，同德一心，轉鬥萬里，前後敗殺宋兵四十餘萬[71]。州又遣兵來犯，鏖之門濠，淹溺無筭[72]，彼氣褫[73]，不復敢出[74]。壁城下者月餘，聞世祖皇帝駐師鄂渚，尋遣曲里吉斯將千人來援[75]，仍慰勞之，由滸黄北渡。庚申夏孟，飲至上都。至元八年，公卒，享年七十有二。以祖妣夫人外剌真配[76]，實生開府公。

第三室皇考開府公諱阿术，資和粹，行義修正，沉幾有智謀，臨陣對敵，英毅果決，氣蓋萬人。憲宗朝癸丑歲，以白衣從父都帥公征西南夷，率天下精兵爲候騎，所向摧陷，莫敢攖其鋒。至平大理諸部，降交趾，踐宋境，無不在焉。一攻一戰稟成，無□教令[77]，竭力奉親，移忠爲國。其碎水寨，掀閶城，奪國君於馬湖[78]，舟指可掬。索盜馬於山諜[79]，賊將生擒。而又鏖戰三湘，搴旗五陣。是皆樹立之駿偉者也。嘗蒙憲宗賞諭，有「阿朮未有名位，挺身奉國，特賜黃金三百兩，以勉將來」。其降大任於公，兆開於先者誠不偶然也[80]。中統三年秋九月，自宿衛將軍拜征南都元帥[81]，佩金虎符，治兵于汴，復立宿州。

至元元年秋八月，詔掠地盧江，入滁陽，自安慶府經略兩淮，攻取戰獲[82]，軍聲大振。四年秋八月，觀兵襄陽，遂入南郡，取仙人、㟭城等柵，俘生口五萬人，江陵晝鎖。宋人聞我旆還，多掠，選兩淮驍悍騎五千、步萬人併力邀襄樊間，公謂諸將曰：「若不投宿江北[83]，恐落賊便。」遂自安灘濟江，獨留精騎陣牛心山下，立虛寨，設疑火。夜半，賊果至，伏發，斬首萬餘級。初，公過襄陽，駐馬虎頭山，指顧漢東白河口，謂諸將曰：「若築壘於此以斷餉道，襄陽可圖也。」議聞於朝，許焉。五年九月，築鹿門、新城、白河等堡。

六年七月，大霖雨，漢水溢，宋大將夏貴、范文虎相繼以兵來争，又遣兵出沒東岸林谷間。公按觀兵勢[84]，謂諸將曰：「此虛形，不可與戰，宜整舟師以備新堡。」衆從之。明日，南船果趣新堡，大破之，殺、溺、生擒者五千，獲鬥艦百餘艘。於是治戰艦，教水軍，築圜城以逼襄陽[85]。文虎率舟師來救，來知府以百艘泊百丈山[86]，掣肘城役，皆邀擊於灌灘，敗走之。裨將矮張以軍襖百舫躍入襄州[87]，尋乘輪船順流東走。公與都帥整分艤戰艦以待[88]，燃薪照江，兩岸如晝。公追戰至櫃門關[89]，擒張，餘衆盡殪。是月，授驃騎衛、上將軍、同平章事⑩，都元帥如故。

九年三月，破樊城外郛，重圍逼之⑪。襄、樊兩城，漢水出其間，宋人植木江中，鎖以鐵絙，中造浮梁，樊恃此爲固。我以機鋸斷木，斧絙，燔其橋。襄援既絶，公率猛士攻而拔之，襄守將吕文煥懼而出降。秋七月，奉命掠地淮東，抵維揚城下。彼以千騎出戰，公伏師道左，佯北，賊果乘之，擒騎將王都統。

十一年正月，公入覲，因陳奏兵事曰：「臣阿朮久在行間，備見宋人兵弱於昔，削平之期正在今日。」上付相臣議，久不決，公復奏曰：「今聖主臨御，釋亂朝不取⑫，臣恐後日又難於今日。」上喜曰：「卿言允契朕意。」詔以兵十萬付之。三月，進榮禄大夫、平章政事。秋九月，師次郢之鹽山，得生口四人，問知宋沿江九郡精鋭盡萃郢、江東西兩城。今欲師出其間，騎兵不得護行兩岸，此危道也。不若取黄家淲堡，東有河口，可由中拖船入湖，轉而下江便。時雨，九晝夜不息⑬，公料大軍方集⑭，餽餉不繼，水陸兩間，進退無據，吾大事去矣。遂與右丞相伯顔公議，決意前進，遂拖舟達江，舍攻郢而去。初過郢，按行舟路，徑大澤中，忽騎兵千人掩至，時從騎纔數十人。公班馬被甲擐帶已⑮，即奮槊馳擊，所向披靡，彼驚走⑯，追斬五百餘級，擒趙、范二統制。乙未，攻沙陽、新城，拔之。前次復州，守將翟貴迎降。十一月丁酉，公往覘漢口兵勢，時夏貴已鎖大艦扼江，漢口兩岸備禦堅嚴叵犯。公曰：「可回舟輪河口，穿湖中，從羊羅堡西沙武口入江，甚便。」十二月辛亥，大軍至羊羅堡，攻之不克。公語右丞相曰：「攻城，下策。若分軍船之半循岸西上，泊青山磯下[97]，伺隙擣虛，可以得志。」是夜，雪大作，黎明開霽風急。公遥見南岸多露沙洲，即率部曲徑渡，令載馬後隨。宋將程鵬飛來拒戰，公横身盪決，蹀血大鏖，中流敗去，得船千餘艘。公登沙洲急擊，攀岸步鬥[98]，開而復合者數四，賊小卻。出馬於岸，遂苦戰破之，追殺至鄂南門，岸兵敗走。夏貴聞公飛渡，大驚，以爲從天而下，引麾下兵三百艘先遁，餘皆潰亂。我兵乘之，江水爲赤。羊羅堡亦拔，盡得軍實。右丞相議師所向，或欲先取蘄黄，公謂諸將曰：「若赴下流，退無所據。上取鄂漢，雖遲旬時，可以萬全。且將士有家，欲上欲下，公私兩便。事儻蹉跌，我任其責。」從之。水陸趨鄂，焚其船三千艘[99]，煙炎漲天，兩城大恐，漢陽、鄂渚援兵皆降[100]。

十二年正月，黄、蘄、江等州降。戊戌，公率舟師趨安慶府，宋殿後帥范文虎出降。繼下池州，宋平章賈似道督諸道兵扼蕪湖，先是，遣行人宋京來請和。二月丁卯，師次丁家洲，公與右丞相議曰：「且和議未定間，昨我船出，彼已亂射，又執我邏騎四人。宋人無信，惟當進兵。」又曰：「若避似道不擊，恐已降城池今夏難守。若欲實和，俟渠自來作何語，徐爲思之。」遂與前鋒泰州觀察使孫虎臣對陣，夏貴以戰艦二千五百艘横亘江中，似道將後軍殿。時公已令諸將順江兩勢樹礮擊其中堅[101]，南軍陣動，趣我船急進，公即挺身登艦，手柁衝船[102]，雷鼓大震，喊聲動天地。我師掠彼舟，大呼曰：「宋人敗矣。」似道倉皇失措，舳艫簸蕩，乍分乍合。公以小旗麾將校，率輕鋭横擊深入，宋軍大壞，即回棹前走。右丞相以步騎夾岸掎之，追奔百五十里，殺、溺死者蔽江而下，獲戰艦二百餘艘，都督府圖籍符印悉爲我有，軍資器仗狼籍不勝計。是日，似道以輕舸東走揚州，夏貴走廬州。己巳，無爲軍、太平州、和軍降[103]。癸酉，建康裨將徐王榮以城降，撫慰城中，市不易肆。朝廷以宋重兵皆駐江都，臨安倚之爲重，四月甲寅，命公困守揚州。甲子，公次真州，與南兵戰珠金沙，殲其千人，獲鹽船三千艘。既抵維揚，視楊子橋河路漕真粟以助揚乏[104]，即樹柵斷其餉道。宋都統姜才領馬步二萬來争，期於必取。南軍夾河爲陣，公麾騎士踰河直斫，姜陣才所將多亡命叛降，餘皆淮卒勁男，養鋭日久，戰數合，堅不能卻。我佯北，才軍果逐之，我奮而回戈，萬矢雨集，彼不能支，騎先遁去[105]，我隨以鐵騎蹂之，追奔斬馘萬八千餘級。兩淮鎮將張世傑、孫虎臣以兵萬艘駐焦山東。七月辛未，公登石公山草而望之[106]，舳艫連接，旌旗蔽江，公曰：「可燒而走也。」遂摘伉健善彀者千人，載以巨艦，分兩翼夾射，公居中，合勢進擊。繼以火矢著其篷檣，煙焰赫赫，窘無所出。先是，虎臣命前船悉沉鐵纜於江，示以必死。至是，欲走不能，前軍争赴水，死，後軍鬨走。

追至圖山[107]，獲白鷂子七百餘艘。是後，淮東諸城兵不敢出矣。十月壬寅，進拜榮禄大夫、中書左丞相，仍諭之曰：「淮南重地，庭芝狡獪，須卿守之。」時諸軍進取臨安，公駐兵瓜洲，彼絶應援，揚不能爲後患，兵不血刃而兩浙平定，公控制之力爲多。

十三年二月乙丑，夏貴舉淮西諸城來附。左丞相謂諸將曰：「今宋已亡，獨庭芝未下，以外助猶多故也。若絶聲援，塞饟道，尚恐東走通、泰，假息江海。」乃栅揚之西北丁村，拒高郵、寳應糧運[108]，貯粟以備灣頭堡，留屯新城，用逼泰州。又遣千夫長伯顔察帥甲騎三百壯灣頭兵力[109]，仍諭之曰：「庭芝水路既阻，必從陸出，宜謹備之。如丁村烽起，當首尾相應，斷賊歸路。」六月己酉，姜才知高郵米運將至，出步騎五千，果犯丁村，與我兵相抗。至曉，伯顔察來援，所將皆牙下精兵，旗幟作雙赤月，大軍望其塵起，連呼曰「丞相來矣」。南軍識其幟，才脱身走，追殺騎兵四百，步卒免者不滿百人。辛卯，李庭芝挾姜才東走，公率兵追襲，殺步卒千人，僅入泰州，乃築壘以守之。七月乙巳，朱焕以揚州降。己卯，泰州守將開北門納我師，執庭芝等出，繼奉命戮揚州市。初，揚、泰下，公申嚴士卒，不得入城致毫髮犯。有武衛軍校掠民二馬[110]，即斬以徇。其號令肅，賞罰信，有古名將風。其年九月，兩淮悉平。冬仲，北覲，見世祖皇帝於大明朝殿[111]，庭陳宋俘，設大讌，賀平孽宋[112]。因上奏曰：「是皆陛下威德所致，臣阿朮何與焉？」君臣慶洽，雖彤弓湛露，有不足喻其樂者。第功行賞，實封興泰縣二千户。

廿三年，奉命北伐叛王昔剌木等[113]，明年凱旋。繼西征哈喇至霍州[114]，以疾薨，享年五十有四。訃聞，上震悼久之，詔諭有司曰：「阿朮平昔多負勤勞，其靈車南還，給馹騎六十疋，所過供帳設奠[115]。」葬大同宣寧縣。

公貴而不有其位，難而克任其責，料敵明，臨機果，聞敵所在，忠勇奮發，不俟嚴辨，躍馬挺槊，陷陣深入，故士卒感服，争出死力。南征北討四十年間，大小百五十戰，未嘗敗衄，其追降生擒者皆釋而不問。及處閑暇，恂恂似不能言。論者謂公智、信、仁、勇四者兼備，與孫武合云[116]。某竊嘗考昔方叔、召虎爲周宣平淮夷，詩人述其功績，鏗鏘炳耀，盪人耳目。故宣王之形容與其輔佐，由今觀之若神人然，不過陳其車徒之盛、謀猷之壯而已。若夫開府公飛渡長江，合勢先攻，因舟於敵，乘機制變，間不容髮，恐詩人歌功列之于雅，有不足論其美者。況三世繩武，爲國虎臣，身都將相，功名自終，越古無輩。由皇祖元戎，推誠事上；顯禰都帥[117]，竭力殊方。開府公奮身爲國，心若金石，忠結人主之知，功定天下之半。宜乎如營平侯展用於漢宣，形圖麟閣；郭汾陽輸忠於唐室，廟開私第。蓋君臣之義、始終之禮自相感發，固將有以焉爾。異代同德，古今一時，又何假魯靈獨美龍旂之祀哉[118]？爰作樂歌，以登新廟。其辭曰：

奕奕新廟，有侐其庭。躭躭四阿[119]，桓桓兩楹。鼎薦牲牢，罇湛玄清。三事同儀，品物具備。上交神明，下輔孝治。子孫烝烝，執爵而升。以祼以濯，乃伏乃興。僾然愾然，如聞形聲。工歌祝告，載揚我武。於赫皇祖，方叔召虎。翼戴三聖，肇開萬宇。忠勇奮發，所向臣虜。威懾西陲，削平南土。儷景同黼，照映中古。於爍王父，奮戈濯征。憬彼西夷，是懲是膺。如霆如雷，不震不驚。雪山雲静，滇水波澄。鱗介肆狂[120]，皇威載暢。掃除妖氛，破南海浪。踐騰宋境，孰敢爲抗。赳赳堂堂，寔曰忠壯。文昌上將，兩兩翼帝。羽林壘壁，横天利器[121]。於惟顯禰，緊時英衛[122]。師干之試，折衝萬里。笳鼓歸來，敦詩説禮。世祖再造，有虔秉鉞。負固不庭，俾往式遏。料敵制勝，如火烈烈。摧枯爍雪，江海有截。車書會同，論功推傑。元貞守文，載念忠勤。登秩錫土，光融九原。有來酣戰，意甚閑暇。釃酒臨江，投壺歌雅。斂之一堂，冷風灑灑。鐘鼓和鳴，祖考來假。宜其家世，翼翼振振。孝孫有慶，聲于廟門。嗣候伊誰[123]，平章政事。爲子爲臣，惟敬惟義。祉委祥臻，忠傳孝繼。子孫承之，垂裕罔替[124]。

【校】

①「兀良」，弘治本、薈要本同元刊明補本；四庫本作「烏蘭」。

②「二」，弘治本、薈要本、四庫本作「一」，非。
③「兀突歹」，弘治本同元刊明補本；薈要本闕；四庫本作「烏裕台」。「不憐吉歹」，弘治本同元刊明補本；薈要本作「布拉吉達」；四庫本作「布琳濟達」。
④「可嘉贈謚」，弘治本同元刊明補本；薈要本作「實可嘉贈」；四庫本作「可嘉贈」，脱。
⑤「降璽書，告明庭」，弘治本同元刊明補本；薈要本、四庫本作「璽書降，告明廷」，倒。
⑥「太」，元刊明補本、弘治本作「大」，形似而誤；據薈要本、四庫本改。
⑦「兀良合」，弘治本同元刊明補本；薈要本、四庫本作「烏梁海」。
⑧「捏里必」，弘治本同元刊明補本；薈要本作「尼爾巴」；四庫本作「諾爾布」。
⑨「孛忽都拔都」至「其父哈班嘗」，弘治本同元刊明補本；薈要本作「布哈圖巴圖爾，衆目爲哲勒默，漢語深謀略人也。其三世孫格錫衮巴圖爾生二子，曰杭巴，曰哈布爾。杭巴生子二，長曰和拉衮，次曰蘇不特。太祖皇帝在巴勒楚納克海時，其父杭巴嘗」；四庫本闕。
⑩「忽魯渾」，弘治本同元刊明補本；薈要本作「和拉衮」；四庫本作「哈勒琿」。
⑪「忽魯渾拔都」，弘治本同元刊明補本；薈要本作「和拉衮巴圖爾」；四庫本作「哈勒琿巴圖」。
⑫「乃蠻」，弘治本、薈要本同元刊明補本；四庫本作「奈曼」。
⑬「遁」，弘治本同元刊明補本；薈要本、四庫本作「動」，非。

⑭「速不臺」，弘治本同元刊明補本；薈要本作「蘇不達」；四庫本作「蘇布特」。

⑮「禿烈河」，弘治本同元刊明補本；薈要本作「圖拉河」；四庫本作「圖喇河」。後依此不悉出校記。

⑯「滅里吉」，弘治本同元刊明補本；薈要本作「摩爾奇特」；四庫本作「摩哩齊」。後依此不悉出校記。

⑰「阿你出」，弘治本同元刊明補本；薈要本作「阿爾尼出」；四庫本作「阿爾齊」。

⑱「陣蟾河」，弘治本、薈要本同元刊明補本；四庫本作「徹辰河」。

⑲「酋」，弘治本、薈要本同元刊明補本；四庫本作「部」，亦通。「霍都」，弘治本、薈要本同元刊明補本；四庫本作「呼圖」。

⑳「酋棄」，元刊明補本、抄本闕；據薈要本、四庫本補。

㉑「只別」，抄本、薈要本同元刊明補本；四庫本作「哲伯」。

㉒「灰里河」，抄本、薈要本同元刊明補本；四庫本作「呼哩河」。

㉓「不罕川」，抄本同元刊明補本；薈要本作「必罕川」；四庫本作「布爾罕川」。

㉔「速不臺」，抄本同元刊明補本；薈要本作「蘇不特」；四庫本作「蘇布特」。

㉕「欽察」，抄本、四庫本同元刊明補本；薈要本作「奇徹」。後依此不悉出校記。

㉖「寬定吉海」，抄本同元刊明補本；薈要本、四庫本作「袞騰吉斯海」。

㉗「不租河」，抄本同元刊明補本；薈要本作「不祖河」；四庫本作「布克坦河」。

㉘「斡羅思」，抄本同元刊明補本；薈要本、四庫本作「烏魯斯」。「密赤思老金」，抄本同元刊明補本；薈要本作「穆爾齊薩剌金」；四庫本作「穆爾奇扎爾」。

㉙「怯烈」，抄本同元刊明補本；薈要本、四庫本作「克呼」。「杭斤」，抄本同元刊明補本；薈要本、四庫本作「哈爾吉」。

㉚「甲申」，抄本同元刊明補本；薈要本、四庫本作「甲午」，非。

㉛「八」，抄本、薈要本、四庫本脱。

㉜「贊」，抄本同元刊明補本；薈要本、四庫本作「質」，聲近而誤。

㉝「撒里」，抄本同元刊明補本；薈要本、四庫本作「薩里」。「畏吾兒」，抄本同元刊明補本；薈要本、四庫本作「輝和爾」。「的斤」，抄本同元刊明補本；薈要本、四庫本作「德濟」。「寺門」，抄本同元刊明補本；薈要本作「巴爾門」；四庫本作「巴莽」。

㉞「蕃」，抄本同元刊明補本；薈要本、四庫本作「番」，亦可通。

㉟「牦」，元刊明補本、抄本作「牝」，非；四庫本作「駝」，亦可通；據薈要本改。

㊱「取」，元刊明補本闕；薈要本、四庫本作「私」；據抄本補。

㊲「還」，弘治本同元刊明補本；薈要本、四庫本作「選」，形似而誤。

㊳「拔都」，弘治本同元刊明補本；薈要本作「巴圖爾」；四庫本作「巴圖」。

㊴「八赤蠻」，弘治本同元刊明補本；薈要本作「巴爾齊王」；四庫本作「伯奇王」。「寬吉」，弘治本、薈要本同元刊明補本；四庫本作「衮騰吉斯」。按：亦有作「寬定吉」者。後依此不悉出校記。

㊵「兀魯思」，弘治本同元刊明補本；薈要本、四庫本作「烏魯斯」。按：亦可作「斡羅斯」。後依此不悉出校記。

㊶「秃里哥城」，弘治本同元刊明補本；薈要本作「圖魯格城」；四庫本作「圖嚕格城」。按：亦有作「圖爾格城」者。後依此不悉出校記。

㊷「也烈班」，弘治本同元刊明補本；薈要本作「額勒本」；四庫本作「伊埒巴勒」。

㊸「馬扎部」，弘治本同元刊明補本；薈要本作「瑪扎爾部」；四庫本作「瑪察部」。

㊹「怯怜」，弘治本同元刊明補本；薈要本作「齊哩克」；四庫本作「奇凌」。

㊺「挑」，弘治本同元刊明補本；薈要本作「機」；四庫本脱。「漷」，弘治本同元刊明補本；薈要本、四庫本作「郭」，偏旁類化。

㊻「它日宣力」，元刊明補本、弘治本闕；四庫本作「□□□□」；薈要本作「視之後仍來」，據抄本補。

㊼「上壯而許之」，元刊明補本、弘治本闕；四庫本作「□□□□□□」；薈要本作「臣此時無還家理」；據抄本補。

㊽「忽臺」，弘治本、薈要本同元刊明補本；四庫本作「呼都台」。「配二世祖都」，弘治本、薈要本同元刊明補本作「□□□□□」；四庫本作「□□□」；據抄本補。

㊾「兀良合歹」，抄本同元刊明補本；薈要本作「烏梁海岱」；四庫本作「烏蘭哈達」。

㊿「亶英將種，曉暢」，薈要本同元刊明補本作「□□□□□」；四庫本作「□□□□」；據抄本補。

(51)「勞」，抄本同元刊明補本；薈要本、四庫本作「芳」，非。

(52)「萬奴」，抄本同元刊明補本；薈要本作「烏努」；四庫本作「萬努」。

(53)「世祖」，抄本同元刊明補本；薈要本、四庫本作「世宗」，非。

(54)「部」，抄本、四庫本同元刊明補本；薈要本作「都」，非。

(55)「勦」，抄本、薈要本同元刊明補本；四庫本作「勒」，形似而誤。

(56)「洟」，抄本同元刊明補本；薈要本、四庫本作「夷」，俗用。

(57)「智」，抄本同元刊明補本；薈要本、四庫本作「志」，聲近而誤。

(58)「脱伯押真」，弘治本同元刊明補本；薈要本作「托博雅沁」；四庫本作「托卜阿津」。

(59)「合歹」，弘治本同元刊明補本；薈要本、四庫本作「哈達」。按：合歹，亦有作「合達」者。後依此不悉出校記。

(60)「反」，弘治本、薈要本同元刊明補本；四庫本作「及」。

(61)「魯魯廝」，弘治本同元刊明補本；薈要本、四庫本作「魯魯斯」。

(62)「江」，弘治本同元刊明補本；薈要本、四庫本作「州」。

(63)「剌」，弘治本、薈要本同元刊明補本；四庫本作「刺」，形似而誤。

(64)「崇慶」，弘治本、薈要本同元刊明補本；四庫本作「重慶」，聲近而誤。

(65)「鐵哥帶兒」，弘治本同元刊明補本；薈要本作「特固勒德爾」；四庫本作「特格岱爾」。

(66)「徹徹都」，弘治本同元刊明補本；薈要本作「徹辰圖」；四庫本作「察察爾圖」。後依此不悉出校記。

(67)「懷都」，弘治本同元刊明補本；薈要本作「懷圖」；四庫本作「輝圖」。

(68)「喢」，弘治本同元刊明補本；薈要本、四庫本作「插」，非。

(69)「鑾卒」，元刊明補本、弘治本、薈要本作「鑾爨」，據四庫本改。

(70)「智」，弘治本同元刊明補本；薈要本、四庫本作「志」，聲近而誤。

(71)「兵」，弘治本同元刊明補本；薈要本、四庫本作「軍」。

(72)「淹」，元刊明補本、弘治本作「掩」，據薈要本、四庫本改。

(73)「褫」，弘治本同元刊明補本；薈要本、四庫本作「折」，亦可通。

(74)「敢」，弘治本、四庫本同元刊明補本；薈要本脱。

(75)「曲里吉斯」，弘治本同元刊明補本；薈要本、四庫本作「奇爾濟蘇」。

(76)「外剌真」，弘治本同元刊明補本；薈要本作「烏拉展」；四庫本作「外剌真」。

(77)「一攻一戰稟成，無□教令」，抄本作「一攻一戰，稟成筭致教令」；薈要本作「一攻一戰稟成于教令」；四庫本作「一攻一戰稟承，無違教令」。

(78)「闉」，元刊明補本本作「闘」；抄本作「闈」；據薈要本、四庫本改。「國君」，薈要本、四庫本同元刊明補本，抄本作「鬬艦」。

⑲「諜」，元刊明補本、弘治本、薈要本作「牒」，據四庫本改。

⑳「者誠不偶」，元刊明補本、四庫本闕；薈要本作「事之見者」；據抄本補。

㉑「都元帥」，元刊明補本闕；薈要本作「大將軍」；據抄本、四庫本補。

㉒「慶」，元刊明補本闕；據抄本、薈要本、四庫本補。「攻取戰獲」，元刊明補本、薈要本、四庫本闕；據抄本補。

㉓「投」，弘治本同元刊明補本；薈要本、四庫本作「援」。

㉔「勢」，薈要本、四庫本同元刊明補本；弘治本闕。

㉕「逼襄陽」，弘治本、薈要本作「□□陽」；四庫本作「圍襄陽」。

㉖「丈」，四庫本同元刊明補本；弘治本、薈要本闕。

㉗「矮張以軍襖」，四庫本同元刊明補本；弘治本、薈要本闕。「躍」，弘治本同元刊明補本；薈要本、四庫本作「棹」，涉上而妄改。

㉘「公與都帥整」，四庫本同元刊明補本；弘治本、薈要本闕。

㉙「追戰至櫃」，弘治本、薈要本闕；四庫本作「追至櫃」，脱。

㉚「軍同平」，四庫本同元刊明補本；弘治本、薈要本闕。

㉛「圍逼」，四庫本同元刊明補本；弘治本、薈要本闕。

(92)「朝」，弘治本同元刊明補本；薈要本、四庫本作「臣」，非。

(93)「息」，弘治本同元刊明補本；薈要本、四庫本作「絶」。

(94)「集」，弘治本、四庫本同元刊明補本；薈要本作「築」，非。

(95)「帶」，元刊明補本、弘治本、薈要本作「摕」，偏旁類化；據四庫本改。

(96)「彼驚走」，弘治本同元刊明補本；薈要本、四庫本作「彼驚遁走」。

(97)「磯」，薈要本、四庫本同元刊明補本；弘治本作「機」，聲近而誤。

(98)「攀」，弘治本同元刊明補本；薈要本、四庫本作「扳」，亦可通。

(99)「船」，弘治本同元刊明補本；薈要本、四庫本作「舟」。

(100)「援」，元刊明補本、弘治本作「投」，據薈要本、四庫本改。

(101)「公」，元刊明補本、弘治本作「我」，據薈要本、四庫本改。「樹」，弘治本同元刊明補本；薈要本、四庫本脱。

(102)「柁」，弘治本、四庫本同元刊明補本；薈要本作「拖」，非。

(103)「軍」，弘治本同元刊明補本；薈要本、四庫本作「州」，非。

(104)「粟」，弘治本、四庫本同元刊明補本；薈要本作「栗」，形似而誤。「揚」，弘治本同元刊明補本；薈要本、四庫本脱。「乏」，弘治本、薈要本、四庫本作「之」，形似而誤。

(105)「遁」，薈要本、四庫本同元刊明補本；弘治本作「道」，形似而誤。

⑯「革」，弘治本同元刊明補本；薈要本、四庫本脱。
⑰「圖」，弘治本同元刊明補本；薈要本、四庫本作「圖」，形似而誤。
⑱「運」，弘治本同元刊明補本；薈要本、四庫本作「道」，亦可通。
⑲「伯顔察」，弘治本、薈要本同元刊明補本；四庫本作「巴延徹爾」。
⑩「二」，弘治本、薈要本、四庫本作「一」。
⑪「見」，元刊明補本、弘治本作「現」，據薈要本、四庫本改。
⑫「孽宋」，弘治本、薈要本同元刊明補本；四庫本作「宋也」，妄改。
⑬「昔剌木」，弘治本同元刊明補本；薈要本作「實喇茂」；四庫本作「錫喇珠」。
⑭「哈喇至」，元刊明補本、弘治本、薈要本作「至哈喇」，據四庫本改。
⑮「帳」元刊明補本作「悵」，形似而誤；據弘治本、薈要本、四庫本改。
⑯「武」，元刊明補本、弘治本、薈要本作「吴」，據四庫本改。
⑰「禰」，薈要本、四庫本同元刊明補本；弘治本作「爾」，俗用。
⑱「靈」，弘治本、四庫本同元刊明補本；薈要本作「僖」。
⑲「躭躭」，弘治本、薈要本同元刊明補本；四庫本作「眈眈」，亦可通。
⑳「介」，弘治本同元刊明補本；薈要本、四庫本作「甲」，亦可通。後依此不悉出校記。

⑫①「天」，弘治本、薈要本、四庫本作「大」。

⑫②「繄」，弘治本同元刊明補本；薈要本、四庫本作「緊」，形似而誤。

⑫③「嗣」，元刊明補本、弘治本、薈要本作「嗣」，四庫本作「伺」。

⑫④「裕」，弘治本、四庫本同元刊明補本；薈要本作「格」，形似而誤。

王惲全集彙校卷第五十一

碑

大元嘉議大夫簽書宣徽院事賈氏世德之碑

元貞改元之二載①，歲舍柔兆，月維蕤賓，十有七日甲申，駙馬高唐王臣闊里吉思奏②，簽書宣徽院事臣賈脱里不花言③：「惟賈氏三世先臣，供奉内庭，繼典玉食，夙夜祗勤，頗著微效。今飭終之典、表行之銘未蒙贈賜④，敢援例以請。」制曰：「可。」仍傳旨翰林，文諸石，俾傳信後來⑤。臣承詔，伏念方今追崇宗祖，因之懷想舊臣，稽諸古者，寔皇王盛事。敢再拜稽首，攷其世系而論列之。謹按：

賈氏世爲燕之大興人。高祖仕亡金，職庖人氏。祖妣夫人李氏，生一子。曾祖諱昔剌⑥，體貌魁梧，箕裘世業，資謹愿，以孝行聞鄉曲。國朝甲申間，因上元奉御劉公紹⑦，見莊聖皇后。時睿宗駐和林，北有大水曰也可莫瀾⑧，有峻嶺曰抗海荅班⑨，與中土遼邈，以公不憚遠侍闕庭，即令典司御食，甚稱上意。顧而愛之，以其髯疏色黄，因賜名曰昔剌。然慮公漢人，與風土不相宜，令徙居濂州以優便之⑩。既而上思公不置，曰：「賈某在吾左右，飲食起居殊安適也。」復召之供奉⑪，其諸色庖丁悉隸焉。凡宫闈所需⑫，政雖繁多⑬，事亦辦給，人有不逮，未嘗挾所長以聲色拒人。衆以此敬愛，若儒素然。加以謹飭周密，動而有爲，故屢蒙眷諭，命與貴近商確大事⑭，深識遠慮，出人意表。時世祖在潛，知其重厚，可大用。迨中統建元，特授提點尚食、尚藥二局，兼領進納御膳生料，令佩金符，用彰勤恪。既而，昭睿順聖皇后嘉其克調鼎味，以宫人蘇氏妻之。年既耄，猶不倦勤。既而以疾不起，將革索賜衣及所乘驄鞚至庭，奄然而逝。其方寸洒然，略無愧慊。送終之具，一從官給⑮，葬漆園先塋⑯，寔至元五年二月八日也。今贈嘉議大夫、聞喜郡侯，謚曰敬懿。

夫人李氏，淑慎柔嘉，光備婦道。初奉姑於兵間，食少，不足供養，自以漿脚雜菹而食⑰，其賢孝可知。年五十九，没於中山，繼姑亦亡，壽九十有四。夫人生子一人，今贈聞喜郡夫人，謚曰節孝。

祖諱醜妮子⑱，嶷然殊異。及長，多力倜儻，有襟量。甫五歲，世祖皇帝愛其風骨嶢嶢，嘗置御坐側。既冠，昭睿順聖皇后妻以宫女毛氏⑲。從征大理，嘗躍馬入水捉戰艦一，併擒甲士十餘人。上重賚，壯其勇而惜其輕鋭也。自是，命與丞相綫真出入而持護之⑳。及還，上欲大用，以疾終檀州。今贈資善大夫、臨汾郡公，謚曰顯毅。夫人毛氏系出延安，有婦道，宗族以賢稱，撫育孤幼皆致成立，賈氏復振，夫人之力居多㉑。享年六十有一，贈臨汾郡夫人，謚曰靖淑。子男三人，女二人。孟曰忽林赤㉒。仲曰買狗㉓，性沉厚，寡言笑，幼事裕宗皇帝，官奉訓大夫、典饍署令㉔，卒年四十有一。季曰寄狗㉕，天資慷慨，能睦諸親。自幼侍安西王，官至懷遠大將軍、陝西屯田總管府達魯花赤，卒年三十有七。孫二人：長曰錫烈門㉖，官至掌饍局提點；次曰觀音奴㉗。女二人：長侍中宫㉘，既笄，願披鬀爲比丘尼㉙，賜號「崇教大師」；次曰邈罕㉚，適中書左丞相耶律公第九子參知政事希逸。

顯考諱忽林赤，資寬厚，美儀容，善騎射。中統辛酉，扈上北巡，道出釋壺土，風霾晝晦，欻有賊來犯，遂射而抣馬下，上壯之。至元初，襲祖父職，佩金符，提點尚食、尚藥二局㉛，兼領進納御膳生料，夙夜在公，克紹乃職。繼授嘉議大夫、簽宣徽院兼尚膳監事㉜，出入禁闥三十餘年。嘗侍清燕㉝，調羹御幄，曾無覆餗之憂。將命公朝，每抱有終之戒，悉心盡慮，敬慎如一。過則歸己，善則稱人，横逆之來，直受之而不校㉞。其雅量有本㉟，根於天性自然，非矯揉造作而爲之也㊱。以某年月日，以疾卒於位，得年四十有三。訃聞，上哀悼竟日。闔朝諸臣弔哭，皆失聲，下至庖丁宰士，紼送長號者無慮數百人。自非推誠接物，素服人心，焉能感召如是？今贈榮禄大夫、絳國公，謚曰忠靖。夫人忽八察㊲，皇叔安西王與同乳哺，聯貴氣，宜室家，德充於容，行踐於言，爽朗而不掩其柔，嚴恪而不失其和，奉舅姑則盡孝，事夫長則罄節。嘗入監宫紀，蒙賜珍玩甚厚，今封絳國夫人。子男七人：長曰完者不花㊳，昭信校尉、尚食尚藥局提點，卒於官；次曰也先不花㊴，蚤世；曰脱哥里不花㊵，嘉議大夫、簽宣徽院事；曰也相忽都魯㊶，中奉大夫、司農卿；曰王六㊷，曰布延不花㊸，侍皇太后于西宫；曰忽都不花㊹。孫六人。完者不花之子一人，曰乞里乞歹㊺。脱里不花之子三人㊻：曰也先怗木兒㊼；曰達理麻室利㊽，庶出；曰班不㊾。王六之子一人㊿，曰撒里[51]。忽都不花之子一人，曰伴哥[52]。

臣嘗觀《周禮》，天官而下即膳。夫庖人之職，豈人主尊嚴不厚，其身無以護養元氣根本？惟其血氣和平，志慮充溢，而後使國脈民命乃有所恃，而發政施仁，散爲天下之福。今賈氏五世嗣守世官，同濟厥美，宜其子孫報施昌熾，榮顯有如是者。銘曰：

賈氏五世，箕裘相承。蛇化蛟騰，不變其形。大安季年，萬室南遷。天道在北，公知其然。負鼎北上，割烹擊鮮。既覲睿莊[53]，奉承周旋。乃眷乃顧，忠力于宣。神龍奮淵，儷景同龢。尚食尚藥，聖躬萬安。謹飭周密，耆艾敦厖[54]。出入卧内，將事不違。燕喜龍樓，饗獻朝堂。鼎鐺刀匕，威儀鏘鏘。養德養體，其道有光。一飯之勤，其報彰彰。況乎萬乘，福賜可量。寵數優渥，垂裕後昆。若若纍纍，爛其盈門。有來遐祉，大集公身。八秩之壽，五福之尊。一笑而逝，長遊帝閽。迨夫嗣子，忠勇絶倫。秀而不實，大用遂屯。于嗟麟趾，乃見振振。於穆孝孫，有儀有藝。功歸衆人，過則稱己。犯而不校，是又人所難爾。調和鼎味，有相業履。其在内助，彤管有煒。帝曰懋哉，德容嶷嶷。朕自邸潛，深知所以。繼續而行，世濟斯美。崇德尚功，有例有體。曰祖曰禰，若孫若子。謚以顯號，公侯有偉。表之豐碑，漆園故里。臣拜稽首，慎終如始。臣力方剛，圖報無已。

【校】

①「改元」，元刊明補本、弘治本作「改號」，據薈要本、四庫本改。

②「駙」，弘治本同元刊明補本作「附」；據薈要本、四庫本改。「闊里吉思」，弘治本同元刊明補本；薈要本、四庫本作「克呼濟蘇」。

③「賈脱里不花」，弘治本同元刊明補本；薈要本作「賈托里布哈」；四庫本作「賈托里巴哈」。

④「飭」，弘治本、薈要本同元刊明補本；四庫本作「飾」，亦可通。

⑤「俾」，弘治本、薈要本、四庫本作「碑」，涉上字而誤。

⑥「昔剌」，弘治本同元刊明補本；薈要本作「實喇」；四庫本作「錫喇」。後依此不悉出校記。

⑦「紹」，弘治本同元刊明補本；薈要本、四庫本作「召」，俗用。

⑧「也可莫瀾」，弘治本同元刊明補本；薈要本、四庫本作「伊克穆棱」。

⑨「抗海荅班」，弘治本作「杭海荅班」；薈要本、四庫本作「杭愛達巴」。

⑩「濂州」，元刊明補本、弘治本作「溓州」，據薈要本、四庫本改。

⑪「之」，薈要本、四庫本同元刊明補本；弘治本作「史」，非。

⑫「闥」，元刊明補本、弘治本作「闈」，非；薈要本作「闥」，非；據四庫本改。

⑬「政」，元刊明補本作「務」，非；弘治本作「改」，形似而誤；據薈要本、四庫本改。

⑭「確」，弘治本、薈要本同元刊明補本；四庫本作「搉」，亦可通。

⑮「官」，四庫本同元刊明補本；弘治本、薈要本作「宫」，形似而誤。

⑯「瑩」，元刊明補本、弘治本作「瑩」，據薈要本、四庫本改。

⑰「漿脚」，弘治本同元刊明補本；薈要本、四庫本作「漿脚屑」。

⑱「醜妮子」，弘治本、薈要本同元刊明補本；四庫本作「綽尼資」。

⑲「順聖」，弘治本同元刊明補本；薈要本、四庫本作「聖順」，倒。

⑳「綫真」，弘治本同元刊明補本；薈要本作「錫津」；四庫本作「沁津」。
㉑「居」，弘治本、四庫本同元刊明補本；薈要本作「俱」，聲近而誤。
㉒「忽林赤」，弘治本同元刊明補本；薈要本作「呼爾察」；四庫本作「果勒齊」。後依此不悉出校記。
㉓「買狗」，弘治本同元刊明補本；薈要本作「摩該」；四庫本作「瑪古」。
㉔「饍」，弘治本同元刊明補本；薈要本、四庫本作「膳」，亦可通。按：饍、膳，同。後依此不悉出校記。
㉕「寄狗」，弘治本、薈要本同元刊明補本；四庫本作「傑古」。
㉖「錫烈門」，弘治本同元刊明補本；薈要本作「錫勒門」；四庫本作「實勒們」。
㉗「觀音奴」，弘治本同元刊明補本；薈要本、四庫本作「觀音努」。
㉘「宫」，弘治本、薈要本同元刊明補本；四庫本作「官」，形似而誤。
㉙「鬚」，弘治本同元刊明補本；薈要本作「頭」，非；四庫本作「剃」，非。
㉚「邈罕」，弘治本同元刊明補本；薈要本作「密罕」；四庫本作「瑪哈」。
㉛「藥」，元刊明補本、弘治本作「樂」，據薈要本、四庫本改。
㉜「簽」，弘治本同元刊明補本；薈要本、四庫本作「簽書」，衍。
㉝「燕」，弘治本同元刊明補本；薈要本、四庫本作「讌」，亦可通。
㉞「而」，弘治本同元刊明補本；薈要本、四庫本脱。

㉟「本」，元刊明補本、弘治本作「量」，涉上而誤；據薈要本、四庫本改。
㊱「造作」，元刊明補本、弘治本作「作爲」，據薈要本、四庫本改。
㊲「忽八察」，弘治本同元刊明補本；薈要本作「和卜察特」；四庫本作「呼爾察」。
㊳「完者不花」，弘治本同元刊明補本；薈要本作「旺札剌布哈」；四庫本作「旺札勒巴哈」。後依此不悉出校記。
㊴「也先不花」，弘治本同元刊明補本；薈要本作「額森布哈」；四庫本作「額森巴哈」。
㊵「脱哥里不花」，弘治本同元刊明補本；薈要本作「圖古哩克布哈」；四庫本作「托克托布哈」。
㊶「也相忽都魯」，弘治本同元刊明補本；薈要本作「額森呼圖克」；四庫本作「伊實呼圖克」。
㊷「王六」，弘治本同元刊明補本；薈要本作「旺魯克」；四庫本作「旺禄」。
㊸「布延不花」，弘治本同元刊明補本；薈要本作「布延布哈」；四庫本作「布延巴哈」。
㊹「忽都不花」，弘治本同元刊明補本；薈要本作「呼圖克布哈」；四庫本作「呼圖克巴哈」。
㊺「乞里乞歹」，弘治本同元刊明補本；薈要本作「克勤奇台」；四庫本作「奇爾奇塔特」。
㊻「脱里不花」，弘治本同元刊明補本；薈要本作「托里布哈」；四庫本作「托里巴哈」。
㊼「也先怙木兒」，弘治本同元刊明補本；薈要本、四庫本作「額森特穆爾」。
㊽「達理麻室利」，弘治本同元刊明補本；薈要本作「達爾瑪實哩」；四庫本作「達里瑪實哩」。
㊾「班不」，弘治本同元刊明補本；薈要本作「班布」；四庫本作「本布」。

㊿「王六」，弘治本、四庫本同元刊明補本；薈要本作「旺克魯」。
51「撒里」，弘治本同元刊明補本；薈要本、四庫本作「薩里」。
52「伴哥」，弘治本同元刊明補本；薈要本作「巴噶」；四庫本作「班格」。
53「覲」，元刊明補本、弘治本作「現」，據薈要本、四庫本改。
54「厖」，弘治本、四庫本同元刊明補本；薈要本作「龐」，非。

大元故大名路宣差李公神道碑銘 并序①

大元以神武戡定區夏，長策遠馭，控制撫御之方甚悉。故治無小大，例建官臨護，猶古監郡然，而權威視前代爲有加。維魏府盤城千里，爲户幾十萬，其襟帶之雄，節鎮之重，自昔號建國，至署監總者，必勳伐世胄、練達時體、通習漢事、忠貞而有材望者膺選。在桓撥甫夷之後，官府草創之初，布宣皇靈，統攝羣屬，具民瞻而勝保釐之任者，鈐部李公其人也。

公諱益立山②，其先係沙陁貴種。唐亡，子孫散落陝隴間。遠祖曰仲者，與其伯避地，遁五臺山谷，復以世故徙酒泉郡之沙州③，遂爲河西人④。顯祖府君歷夏國中省官，兼判樞密院事。皇考府君用級爵受肅州鈐部。其後因以官稱爲號，喪亂譜亡，遂逸名諱。公昆弟四人，獨公少負氣節，通儒釋，洞曉音律，以廕僕直宫省，積勞調沙州鈐部。建國朝運開乾維⑤，時公兄由肅州長奉使於我，太祖聖武皇帝異其材辯⑥，因與館接，使察罕深相結納，情好既密，約輸款内附。天兵圍肅⑦，以射書事覺遇害。及丙戌冬，師次燉煌，公審天命之攸歸，憤兄忠之不果，遂拔部曲，詣軍門迎降。太祖以公首效忠赤，特加褒命，隸國王木荅里帳下⑧。從征羌落，每戰㦸王所敵⑨，故所向克捷有功。

丁亥夏，師還，乘破竹勢，命圉將忽都帖木兒偕公招諭⑩，沙州守臣率衆僞降。伏發，擊走之。忽都馬踣，追兵垂及，公下所乘授之，得逸去。乃麾左右逆戰，卻敵而還。上壯其勇⑪，召使前僗焉⑫，曰：「當危急際，委己以濟人，汝命固不靳邪？」對曰：「彼，國之勳舊，倘墮姦計，有辱君命。以新附顯被驅策，效節死事，乃所甘心。」太祖聞而嘉之，仍諭曰：「卿勉宣忠力，會當以好爵縻汝。」明年戊子春，從攻沙州⑬，破之。帝怒不時下，欲屠其城。泣請曰：「彼逆命者渠魁一二人，民何與焉？若悉阬之⑭，恐堅未降者心。且臣賤屬咸在，願賜全宥。」帝録其功忠，許焉，闔城賴以生。既而命貳業陌赤行其部斷事官⑮。公不鄙夷其俗，故裁遣終日無倦色，人服其詳明焉。

庚寅秋，有詔檄諸部精兵忠勖之士西征阿思部⑯，署公選鋒，率轉門而前，斬艾不勝計。進圍城聚，踰月不即克。一夕，公伺守陴者怠，帥猛士潛登其墉，殺十餘卒，即大呼曰：「城已陷矣！」諸軍進隨，阿思乃潰。策功居第一，擢千夫長。自是勳名焜耀，朝廷有意大用矣。歲甲辰⑰，詔選勳能，佐行臺於燕上，以公克諧往焉。時節制所及二十餘道，機務填委，日復一日，公輔相聽斷，動合事宜，政多便於時者。

辛亥春，朝廷稔公綜練國事，復有顓面西土之寄。以年高，辭不拜。憲宗皇帝獎其舊臣，處内地便之，命錫金虎符，充大名路都達魯花赤，復賚白金御驃以庬其行。魏自兵後，官府甫建，羣豪諸司錯迭，長雄不相下，致政令不行，事多齟齬。公知其然，無鉅細，一以重典。從事初則遻然⑱，既乃弭耳，聽約束惟謹。大綱既振，於是舉廉能，拉奸暴，扶良善，惠瘝寘⑲。凡政之不便，民所欲而未得者，率力行而更張之⑳。至於外而營幕連野，内則使者旁午，咸畏公方剛，莫敢侵分，少有牟於民。一日，釋菜廟學，顧禮殿黓圮㉑，公喟然嘆曰：「澤宮，風化所繫，今若爾，何以興善心於民乎？」即完治一新，其亭傳長府，皆以次修舉。衡漳歲霖潦泛溢，爲民害甚侈。公請於朝，跨河楗堤㉒，仍植槐柳萬本苞固峻址，捍禦崩嚙，且充歲時材爨之用，迄今公私賴焉。相有劇賊張黨，結百餘輩，所在爲梗㉓，官不能鈐。潛入境行劫，公廉知，窮其根株窟穴，搜捕無遺㉔。自是相、魏之郊民安田里，暮夜絶桴鳴之警矣。

己未春，今皇帝南伐，駐蹕濮苑，起公從征。既而知公恙，命尚醫診視，眷顧殊渥。其年秋七月，竟以疾薨於位，春秋六十有九。公資嚴明，不妄言笑，清峭有機警，以忠順上結主知，致出參大政㉕，名聲赫於時㉖，利澤施於世。平居循循爲善若不足，惟恐一物之傷。及東濕吏曹㉗，糾繩姦謬，不絲髮少貸。虎符麟節，長魏師者九年，號令明肅，豪右屏息，四境樂業，鄰藩悚其威望。初，公行春近郊，見盛擷果芳者㉘，公責之曰：「此天地秀實以養人，多折何爲？」乃扑教而去㉙。自是方苞體之物，莫敢有暴殄者。其始焉以重典立威，終之以惠愛及物類如此。

至元戊寅，葬公於大名縣臺頭里之新仟，從卜食也㉚。夫人田氏、白氏祔焉。三子。長曰愛魯㉛，襲公世爵，至元四年遷金齒等國安撫使，尋陞授雲南道宣慰使兼都元帥。今進拜中奉大夫、參知政事、行雲南等路中書省。次羅合㉜，終大名路行軍萬户。次小鈐部㉝，代兄民職。孫三人。長教化㉞，孝友英發，樂問學，有蘊藉，至臨政精覈，矯矯有祖風。今階正議大夫，佩金虎符，充大名路總管府達魯花赤，兼新附軍萬户。曰帖木兒㉟，敦武校尉、固鎮鐵官提舉㊱。曰萬奴㊲，筵中朝侍從官㊳。嘗聞「活千人者，後乃有封」，公沙州之請，何啻千人哉？今子孫繩繩，承世爵而繼禄次㊴，豈非陰積致然耶？

既襄事之三年，嗣侯教化百拜，以墓碑來請曰：「我祖捐館已來，將二紀于兹。曾是表峙神道，無顯刻以昭裔昧，朝夕惴惴，有不遑息者。幸憲使惠顧，以畢厥志，庶圖報適追之心有以昭告㊵，存殁大獲慰焉。」某謝不敏㊶，禱愈懇，以教孝求忠之義固不得辭，謹按所具善狀叙而銘之。其辭曰：

乾龍奮飛天北方，潛蛟乘時亦雲驤。李公材武邦之良，拔身嚮明佐興王。西傾崑崙掃河湟，有來羣后何瀼瀼。公從鈐校參戎行，卒能建功出非常。天威西收陳堂堂，凱歌歸來百戰場。龍泉精英百鍊剛，試之剸繁尤允當㊷。行臺駐燕總皇綱，上計委積如陵岡。斂伏雄毅歸贊襄，於惟致君變時康。我聽我理多捄匡，一日問望馳四方。酬功便老國有章㊸，付之方岳又汝長。魏昔建國千里疆㊹，德星出昂光煌煌㊺。憬彼羣屬勢軒昂，正名定分我所遑。拊摩瘡罷抑豪强，百廢具舉用乃張。若傳有亭積有倉，里不桴警孰竊攘。大賁禮殿開兩庠，春風絃歌齊魯鄉。潰民于淵吾憫傷㊻，躬督萬民楗隄防。濁流不揚耕且桑，功餘保障歲屢穰。始焉立威肅秋霜，終以惠鮮熙春陽。民祝公壽福此邦，曾不少留我涕滂。公雖遽往有不亡，陰積陽報理乃彰。子孫嗣封奕葉昌，高牙大纛宜彰揚㊼。河流洋洋沙麓蒼㊽，是爲元臣衣冠藏。惟德在民久愈光，嗚呼此碑古甘棠。

【校】

①「并序」，弘治本、《中州名賢文表》同元刊明補本；薈要本、四庫本脱。

②「諱」，弘治本、四庫本、《中州名賢文表》同元刊明補本；薈要本闕。

③「徙」，弘治本、《中州名賢文表》同元刊明補本；薈要本、四庫本作「徙家」，衍。

④「河」，元刊明補本、弘治本、薈要本、《中州名賢文表》作「湖」，據四庫本改。

⑤「建」，弘治本、《中州名賢文表》同元刊明補本；薈要本作「進」；四庫本脱。

⑥「材」，元刊明補本作「林」，形似而誤；薈要本、四庫本作「才」，亦可通；據弘治本、《中州名賢文表》改。

⑦「圍」，元刊明補本、弘治本、《中州名賢文表》作「圖」，據薈要本、四庫本改。

⑧「木荅里」，弘治本、《中州名賢文表》同元刊明補本；薈要本作「穆達哩」；四庫本作「穆呼哩」。

⑨「愾王所敵」，弘治本、《中州名賢文表》同元刊明補本；薈要本、四庫本作「敵王所愾」，倒。

⑩「忽都帖木兒」，弘治本、《中州名賢文表》同元刊明補本；薈要本、四庫本作「呼圖克特穆爾」。

⑪「上」，元刊明補本、弘治本、《中州名賢文表》作「王」，據薈要本、四庫本改。

⑫「傍」，弘治本同元刊明補本；薈要本、四庫本、《中州名賢文表》作「勞」，亦可通。

⑬「州」，元刊明補本、弘治本、薈要本、《中州名賢文表》脱，據四庫本補。

⑭「阬」，弘治本、四庫本、《中州名賢文表》同元刊明補本；薈要本作「坑」，亦可通。

⑮「業陌赤」，弘治本、《中州名賢文表》同元刊明補本；薈要本作「伊瑪齊」；四庫本作「伊木沁」。

⑯「阿思」，弘治本、《中州名賢文表》同元刊明補本；薈要本作「阿錫克」；四庫本作「阿蘓」。後依此不悉出校記。

⑰「甲」，元刊明補本作「中」，形似而誤；據弘治本、薈要本、四庫本、《中州名賢文表》改。

⑱「遻」，弘治本、《中州名賢文表》同元刊明補本；薈要本作「諤」，亦可通；四庫本作「愕」，亦可通。按：遻，《集韻・入・鐸》：「遻，《説文》：『相遇驚也。』或從心，隸作遌、愕。」諤，通愕。

⑲「瘝」，弘治本、《中州名賢文表》同元刊明補本；薈要本、四庫本作「鰥」，亦可通。

⑳「力」，元刊明補本、弘治本、薈要本、《中州名賢文表》作「立」，聲近而誤；據四庫本改。

㉑「默」，弘治本、四庫本同元刊明補本；薈要本作「頽」；《中州名賢文表》作「黯」。

㉒「楗」，弘治本、《中州名賢文表》同元刊明補本；薈要本、四庫本作「建」，俗用。

㉓「所在」，元刊明補本、弘治本、《中州名賢文表》作「在所」，倒；據薈要本、四庫本改。

㉔「搜」，元刊明補本、弘治本作「撓」，據薈要本、四庫本、《中州名賢文表》改。

㉕「致」，弘治本、四庫本、《中州名賢文表》同元刊明補本；薈要本作「及」。

㉖「赫」，《中州名賢文表》同元刊明補本；弘治本、薈要本作「機」，非；四庫本作「揚」。

㉗「束濕」，弘治本、四庫本、《中州名賢文表》同元刊明補本；薈要本作「求爲」，非。

㉘「擷」，元刊明補本、弘治本、《中州名賢文表》作「挾」，據薈要本、四庫本改。

㉙「扑」，弘治本、四庫本、《中州名賢文表》同元刊明補本；薈要本作「諄」。

㉚「食」，弘治本、四庫本、《中州名賢文表》同元刊明補本；薈要本作「兆」，妄改。

㉛「愛魯」，弘治本、《中州名賢文表》同元刊明補本；薈要本、四庫本作「阿嚕」。

㉜「羅合」，弘治本、《中州名賢文表》同元刊明補本；薈要本作「羅和」；四庫本作「老哈」。

㉝「小鈴部」，弘治本、薈要本、《中州名賢文表》同元刊明補本；四庫本作「舒沁布」。

㉞「教化」，弘治本、《中州名賢文表》同元刊明補本；薈要本、四庫本作「嘉琿」。

㉟「帖木兒」，弘治本、《中州名賢文表》同元刊明補本；薈要本、四庫本作「特穆爾」。

㊱「敦」，弘治本、四庫本、《中州名賢文表》同元刊明補本；薈要本作「圖」，非。

㊲「萬奴」，弘治本、《中州名賢文表》同元刊明補本；薈要本作「烏弩」；四庫本作「萬努」。

㊳「從」，弘治本、四庫本、《中州名賢文表》同元刊明補本；薈要本作「提」，非。

㊴「繼」，弘治本、四庫本、《中州名賢文表》同元刊明補本；薈要本作「蔭」，非。

㊵「昭」，薈要本、四庫本、《中州名賢文表》同元刊明補本；弘治本作「招」，聲近而誤。

㊶「某」，弘治本、薈要本、四庫本同元刊明補本；《中州名賢文表》作「惲」。

㊷「剌」，弘治本、四庫本、《中州名賢文表》同元刊明補本；薈要本作「劇」，形似而誤。

㊸「老」，弘治本、薈要本、《中州名賢文表》同元刊明補本；四庫本作「考」。

㊹「疆」，弘治本、《中州名賢文表》同元刊明補本；薈要本、四庫本作「强」，非。
㊺「昂」，弘治本、薈要本同元刊明補本；四庫本、《中州名賢文表》作「昂」，當以此爲是。
㊻「漬」，弘治本、《中州名賢文表》同元刊明補本；薈要本、四庫本作「清」，形似而誤。「憫」，弘治本、《中州名賢文表》同元刊明補本；薈要本、四庫本作「閔」，亦可通。後依此不悉出校記。
㊼「彯」，弘治本、《中州名賢文表》同元刊明補本；薈要本、四庫本作「飄」，亦可通。後依此不悉出校記。
㊽「麓」，弘治本、四庫本、《中州名賢文表》同元刊明補本；薈要本作「鹿」，亦可通。

大元國故衛輝路監郡塔必公神道碑銘 并序①

皇元天縱神武，戡定區夏，禁網雖闊，鈐制有方。曰州府，曰司縣，乃建官監治于上，路則復設總監一人，其位望之隆，控壓之重，若古方伯、刺史。在諸王分地許持選掄，委之顓，任之久，比同封建，嗣承世爵，校常調爲重。若夫寵襲漢貂，榮分虎節，卓爾良碩之才，允濟承宣之美。其生也愛方召父，其殁也思遠桐鄉者，繄我衛輝路都監郡塔必公其人也。

公諱塔必迷失②，系出瀚海大族，王父府君諱押脱玉倫③。初，太祖聖武皇帝龍飛朔漠④，合一諸部，公扈翊開拓，屢樹勳伐，授阿不罕部工匠總管⑤，仍佩金符。顯考府君諱玉魯忽倫⑥，爲人膽勇，善騎射，早以世胄爲内侍官。歲壬午，帝西征，有獸扶拔潛噬御驃⑦。上怒，合圍大蒐，公蹙獸至帝前，射而殪之。上喜甚，錫百馬以旌異。自是歷事莊聖太后、憲宗皇帝，以先朝勳舊，爲御前總執法。每大犒饗，衣盛服，乘名馬，麾纓杖⑧，肅官儀，周行雲幕，殊顯赫也。府君生四子，公即冢嗣也。

公姿白皙美髯⑨，而氣幹魁偉，膂力絶人。長襲父秩，出入禁闥，親密無間。已而有言貴近納賂致殷者⑩，上命搜索帳槖，獨公衣被外，廩粟數斛而已。由是廉慎爲上所知。己未秋，憲輴西陟，棄羣臣而北。明年庚申，世祖皇帝北還，公倉皇東播，迎謁中途，上素聞其賢，爲顧恤之。及登極，俾就宿衛。至元三祀⑪，詔以衛封皇姪玉隆苔失爲采邑⑫，陞州爲路⑬，遂輟公來監治。既下車，以衛壤褊狹，路郊衝會，使軺營帳，騷屑無時，不力爲撫養遺黎，保障一切，恐靡然無復綱紀。僨瘠豚上，如淇控北徼，無所附麗。公請於朝，來隸分辨主宰，汔民勞爲多。由是衛以三州五縣列河朔劇鎮。明年，諸王禿忽魯南征⑭，道出淇右，供頓儲待，至駭民聽。公遠迓，啓其故，下教申嚴，衆斂迹而過輝。營帳千屯，分牧其西⑮，夏則避炎潞頂，冬則迎燠山陽，踐食村落，轢轢州縣，有不勝其撓者蓋十年于兹。公落其機牙，來就約束。輝民殖園竹仰供賦税⑯，監司掩之入官，少有犯，民即破産，抵以罪，非養民之道⑰。公上奏，力陳利害，竟還民産。劉忠輩陷軍儲數夥⑱，徵甚急，雖破産莫克償。公憫其窮苦，折以鼠雀耗，元數不虧⑲，爲申理之，得免釋連坐者三十餘家，皆蒙其惠⑳。孔子廟兵後廢撤不復者五十載，公首議修建，解二驂馬，輟俸稍兩月以佐費。既迄工，壯麗甲諸郡，釋菜告朔，文物煌煌。其蹶厥民彝㉑，思樂泮水，貽謀後來，有深意存焉者。

六年，入奏膚功，上喜甚，以憲宗嬪賜之，金玉鞶帶，上駟、雪鶻副焉㉒。七年，河朔大蝗，衛獨不爲災，識者謂德政所致。其秋，料民爲兵㉓，甲衣需紬製之，市闕，民不易得，公命以繒代㉔。敕使以乏軍興不可㉕，曰：「脱有誤，我則任之。」民賴省便。八年夏四月，入覲，得疾，上命皇姪阿速觧同尚醫來視㉖。以六月十有三日薨於上都寓館，得年三十有九。訃聞，上嗟惜者久之，遣使護喪南歸，葬汲縣西郭清水之曲。

公姿剛毅嚴明，事上忠，奉母孝，平居寡言笑，凛不可犯。及與僚吏共事，有量知體，通議論，樂從善，無一毫自用之私，要以愛養民力、成就王事爲亟。知總尹陳公祐之賢，敬讓歡洽，與其施設㉗，至事關興除，人莫措手者，即任其責，不自顧惜。晨起坐堂上，吏抱成牘鳧進，公詢尹云何，曰得即署。及朝士貴種㉘，譯語闌翻，辯論請索，閧不可支者㉙，不動聲色，徐以數語應之，即聽決而去。退食鈴閣下，侍立不三數人，門庭肅然，杜絶私謁。當時政令修舉，豪强斂迹，賦役均簡，俗興禮讓㉚，河、淇間民物雍熙，風化大行，皆由公處之以公廉，持之以勤强㉛，鎮之以安静，有以致也。時移事易，人亡政存，三十年間，人物有渺然之嘆。論者謂：「仁者當得其壽，積善常與其報。公位不滿德，壽未遐齡㉜，天之報施，果何如哉？」予曰：「不然。賢者必有其後，一世之短，百世之長，存焉天道，可必至子孫而後定者審矣。」

夫人月匊氏㉝，姿淑婉，亦瀚海名家，後公十七年卒，祔安玄堂。子一人，即今嗣侯塔失帖木兒㉞。女四人：長夭，次適輝長玉失乃㉟，次適汲尹也先不花㊱，次適工匠府經曆小云失不花㊲。孫二人：曰不顔帖木兒㊳，曰脱忽帖木兒㊴。女孫一，曰不顔的斤㊵。

初，公薨，嗣侯甫三歲。後二載，太夫人挈之謁皇姪阿速歹㊶，令舉頭視日㊷，曰：「嘉肖其父。」仍撫背謂曰：「汝蚤成立，當繼先業。」既冠，從叔父懷遠覲世祖皇帝，詔侍湯液，扈東征，有勞績。至元二十五年，命襲爵，官懷遠大將軍。材識明敏，臨事善裁決。止酒十年，讀書無倦，秉志挺特，有過人者。祗遹先志，儷蹤時彦，蔚然以賢師帥稱。佳聲載路，達於天朝，蒙賜府第一區。賢王亦以錦衣、玉帶、白金爲賚。大德改號歲冬十一月，以書幣走京師，請於某曰：「孤子無所肖似㊸，尚賴先人遺澤，猥嗣爵位。朝夕惴惴，以圖報爲亟，惟是揄揚先美，昭示永久，庶幾少有慰焉，敢百拜以銘章爲請。」追惟先郡公交最久，知行己爲詳，義有不得辭者，謹按善狀系而銘之。銘曰：

金天瀚海包元精，斗極通貫氣上蒸。地靈人傑古所稱，篤生世賢爲國楨。爰有真人起朔庭，風雲儷景争騫騰。維公家世開五城，執掌天憲昭儀形㊹。帝前盛服麾仗纓，雲幕萬士羅天星。肅焉約束一氣凝，日華光動劍佩鏗。渥洼神駿天池鵬，維藩采邑啓衛坰。其往視師汝則能，衛維小邦勢孤撑。民屎事劇力莫勝㊺，興滯補罅須力行㊻。繭絲保障事匪輕，今則致理宜合并。與善知體政大經，兹焉吾分非自矜㊼。坐鎮政有公而清，暴强斂迹民敉寧。學校修舉禮讓興，吏畏民愛化大弘。紫庭入奏報政成㊽，賜金增秩循固應。嬪以天御何寵榮，蝗不爲災歲屢登。民沐膏澤如幪帲，願公福壽川方增。一夕星殞瞠有聲，素旂南下風冥冥。民失怙恃疇畀矜㊾，昔歌且舞今涕零。臧孫有後事可徵，嗣侯善述德日馨。豐碑墮淚勒我銘，大書世篤忠與貞。懷我風愛爲世程㊿，龜麟漠漠秋煙生。衛人尸祝公之靈(51)，桐鄉世祀何千齡。

【校】

①「塔必」，弘治本、薈要本同元刊明補本；四庫本作「塔本」。

②「塔必迷失」，弘治本同元刊明補本；薈要本作「塔必默色」；四庫本作「塔本默色」。

③「押脱玉倫」，弘治本同元刊明補本；薈要本作「伊囉斡伊埒」；四庫本作「鄂倫圖」。
④「聖武」，弘治本同元刊明補本；薈要本、四庫本作「武聖」，倒。
⑤「阿不罕」，弘治本同元刊明補本；薈要本作「阿巴嘎」；四庫本作「鄂倫圖」，
⑥「玉魯忽倫」，弘治本同元刊明補本；薈要本作「伊嚕和羅」；四庫本作「伊埒烏蘭」。
⑦「扶拔」，弘治本同元刊明補本；薈要本、四庫本作「鶩至」，非。
⑧「杖」，弘治本同元刊明補本；薈要本、四庫本作「秩」，非。
⑨「晳」，元刊明補本、弘治本作「晢」，形似而誤；據薈要本、四庫本改。
⑩「殷」，弘治本同元刊明補本；薈要本、四庫本作「叛」。
⑪「祀」，弘治本、四庫本同元刊明補本；薈要本作「禩」。
⑫「玉隆苔失」，弘治本同元刊明補本；薈要本作「伊朗達什」；四庫本作「永隆達實」。
⑬「爲」，元刊明補本、弘治本、薈要本作「而」；據四庫本改。
⑭「秃忽魯」，弘治本同元刊明補本；薈要本作「圖古勒」；四庫本作「圖固勒」。
⑮「其」，元刊明補本、弘治本、薈要本作「共」，形似而誤；據四庫本改。
⑯「殖」，弘治本、薈要本同元刊明補本；四庫本作「植」，亦可通。
⑰「以罪非」，元刊明補本、弘治本闕；據薈要本、四庫本補。

⑱「忠輩陷軍儲」，元刊明補本模糊不清；弘治本闕；據薈要本、四庫本補。

⑲「窮苦」至「耗元數」，元刊明補本模糊不清；弘治本闕；據薈要本、四庫本補。「不」，弘治本同元刊明補本；薈要本、四庫本作「不甚」。

⑳「連坐者三十餘家皆蒙其惠」，元刊明補本模糊不清；弘治本闕；據薈要本、四庫本補。

㉑「蹶」，弘治本同元刊明補本；薈要本、四庫本作「闡」。

㉒「駰」，弘治本同元刊明補本；薈要本、四庫本作「賜」，非。

㉓「料」，弘治本同元刊明補本；薈要本、四庫本作「科」，形似而誤。

㉔「代」，弘治本、薈要本同元刊明補本；四庫本作「代之」，衍。

㉕「乏」，弘治本同元刊明補本；薈要本作「之」；四庫本脱。

㉖「阿速觧」，弘治本同元刊明補本；薈要本作「阿錫克台」；四庫本作「阿蘇岱」。

㉗「其」，弘治本、薈要本同元刊明補本；四庫本作「共」，形似而誤。

㉘「朝士貴種」，弘治本同元刊明補本；薈要本作「朝貴種令」，倒；四庫本作「朝貴踵至」，倒。

㉙「関」，弘治本、薈要本、四庫本作「關」，形似而誤。

㉚「興」，弘治本、薈要本同元刊明補本；四庫本作「與」，非。

㉛「揵」，弘治本同元刊明補本；薈要本作「持」，亦通；四庫本作「楗」，形似而誤。

㉜「未遐」，元刊明補本模糊不清；據弘治本、薈要本、四庫本補。
㉝「月匊」，弘治本同元刊明補本；薈要本、四庫本作「伊濟」。
㉞「塔失帖木兒」，弘治本同元刊明補本；薈要本、四庫本作「達實特穆爾」。
㉟「玉失乃」，弘治本同元刊明補本；薈要本作「約蘇鼐」；四庫本作「小云實巴哈」。
㊱「也先不花」，弘治本同元刊明補本；薈要本作「額森布哈」；四庫本作「額森巴哈」。後依此不悉出校記。
㊲「小云失不花」，弘治本同元刊明補本；薈要本作「碩裕實布哈」；四庫本作「蘓爾約蘓巴哈」。
㊳「不顔帖木兒」，弘治本同元刊明補本；薈要本作「布延特穆爾」；四庫本作「巴延特穆爾」。
㊴「脱忽帖木兒」，弘治本同元刊明補本；薈要本作「托和特穆爾」；四庫本作「托歡特穆爾」。
㊵「不顔的斤」，弘治本同元刊明補本；薈要本作「布延德濟」；四庫本作「巴延德濟」。
㊶「諰」，弘治本、薈要本同元刊明補本；四庫本作「晉諰」，衍。「阿速歹」，弘治本同元刊明補本；薈要本作「阿錫克台」；四庫本作「阿拉克台」。後依此不悉出校記。
㊷「日」，弘治本同元刊明補本；薈要本作「曰」，形似而誤；四庫本脱。
㊸「肖」，弘治本、四庫本同元刊明補本；薈要本作「有」，形似而誤。
㊹「天」，弘治本同元刊明補本；薈要本、四庫本作「大」，非。「形」，弘治本同元刊明補本；薈要本、四庫本作「刑」。
㊺「屎」，弘治本同元刊明補本；薈要本作「疲」；四庫本作「勞」。

㊻「補」，弘治本、薈要本同元刊明補本；四庫本作「彌」。
㊼「矜」，元刊明補本、弘治本、四庫本作「京」，據薈要本改。
㊽「奏」，薈要本、四庫本同元刊明補本；弘治本作「秦」，形似而誤。
㊾「畀」，弘治本同元刊明補本；薈要本作「哀」；四庫本作「恤」。
㊿「風」，弘治本同元刊明補本；薈要本、四庫本作「夙」，形似而誤。
51「尸」，薈要本、四庫本同元刊明補本；弘治本作「户」，形似而誤。後依此不悉出校記。

大元中奉大夫參知政事稷山姚氏先德碑銘

至元改元之五載秋七月①，憲臺肇建，于以配肅天德，用昭太微執法之象。詔平章政事塔察公爲御史大夫②，其裏行十有二人，就舉所知，以充員數。某亦忝篚與列③，始識姚侯君祥於肅政堂，爲人邁閎④，有膽氣，勇於必爲，以功名自憙⑤，尋膺才選，由本臺架閣授監察御史⑥，朱衣白簡，意躍如也。時朝廷方勵精圖治，思聞讜議，振折骫骳崛强之氣。君祥一旦責與志合，義激于衷，殆似與事會者⑦。嘗與柄臣庭辨得失，摧姦發伏，見於聲色，不少假借。彼情露氣褫，落其機牙，上爲動容，嘉其峭直，因目之爲「巴兒思」⑧，國語謂其不畏强禦，威猛猶虎然。且喻之曰：「爾後有違太祖聖訓及干朕之紀綱者，許令直達，罄所願言。」由是臺閣生風，士論有「埋輪都亭，膽落金吾」之目。故四仕風憲，入長秋官，再尹大府，皆著能聲，遂進拜中奉大夫、參知政事。因不自遑暇曰：「愚忠朴直，效用何有，致兹貴顯？追念先考，讀書遯世，不一見於用，潛德幽光，流慶後人⑨，欲報之德，昊蒼罔極。有求銘太史，光賁泉穸，霜露之感，庶幾少慰。」遂以銘章來請。自惟君與不肖早以義交，友愛之情寔深孔懷，況久要不忘，其敢以不敏辭？謹按：

東雍之姚系出唐宰相文貞公，遐裔遠祖伯禄嘗任絳州觀察判官，卒葬屬縣稷山之南陽里，子孫因占籍爲邑人。今姚其氏者尚餘七十家，雖莫克昭穆，要之同出一祖，風聲氣習猶可識也。君祥大父以祖竁艱於溝合，别起新仟於嘉禾之北原。父諱某，生十有八，值金季搶攘，家業蕩盡，孑然以孤童子流寓代之雁門。鄉貢進士趙公愛其姿性温克，館之爲門倩。其先素以方技行，府君幼傳家學，或勸售其術以資生事，曰：「利者人所共趨，其如不可何？毉，重事，人命死生繫焉。今以餬口計，措不精之術於其間，寧寒莩死，義之所不敢爲也。」聞者爲歎息。遂安貧處分，以闤庠爲業，終身不易。非道，一介不取與於人，簞瓢屢空⑩，進修之志不少輟。由是遠邇矜式，以師儒推重之。及二子稍長，嘗庭訓曰：「聖賢千言萬語，牖人於善，以要領而論，不過忠孝兩端而已。汝等其勉旃，異時立身成人，恐不外是。」壽五十有八，以疾終于代。遺囑天福等起宗顯親，歸葬先壟爲切。

配趙氏，治家清嚴，教子孫有法。君祥初拜御史，戒之曰：「古稱公爾忘私。汝既委質爲臣⑪，當罄殫一心，黽勉所事，勿以未亡人爲卹。俾吾追蹤陵母，死之日猶生之年也。」君祥亦請於憲府監察，責當言路，有犯無隱，儻因事獲譴，乞不親累。或以奏聞，上爲稱之曰：「巴兒思母子雖生兹世，其義烈之言當於古人中求之。」命侍臣董文忠傳旨翰林院，特書其事，光昭簡册。由是夫人賢淑聞於時。元貞元年十有二月晦，考終牖下，享年八十有七。生二子：長曰天福，即中奉君；次曰天禄，終和衆縣簿。男孫四人，女孫二。君祥之子：曰祖舜，終秘書監著作郎；曰和尚⑫，未名。女二，俱適華族。天禄之子燕山驢、速不歹⑬。先是，君祥總尹平陽⑭，絳即屬郡，封樹墳券⑮，凡儀制之得爲者，略皆備具。及母夫人之喪，方尹真定，即棄官奔赴，爰奉二親祔之玄壍，既償先志，遹展孝思。

維姚氏自文貞公已來，歷唐迄今，餘五百歲。髟纓若綏，代不乏人。逮雁門府君遭罹世故，家業中衰，復能積德纍行，躬不受祉，遺之子孫。中奉君承世德之清源，浚之以蠲潔而端其本；采羣言之枝葉，滋之以茂實而循其能。宜乎起身韋布，致位卿相，爲連爲率，勵薄俗而振清摽也。是宜銘，銘曰：

岷山導江，發源濫觴。豫樟蔽空⑯，起於毫芒。士貴尚志，再世而昌。天道於赫，孰爲茫茫。東雍之姚，系開鉅唐。盛衰靡常，善焉降祥⑰。緊雁門君，源濬流長⑱。不饗其報，後祉曷量。生丈夫子，訓以義方。一朝奮飛，大我門牆。峨峨豸冠，振朝之綱。摧姦發伏，恥後趙張。嬰鱗上諫，屢皂其囊。精誠耿耿，洞達帝傍。以虎喻猛，獎其忠良。游刃恢恢，槃錯莫當⑲。外臺雄峻，搏擊翺翔。羣狐闖穴，一鶚横霜。風動百城，孰爲暴强。遂參大政，榮極寵章⑳。豈曰予能，先代之光。追報無及，有事顯揚。豐碑揭業㉑，勒銘煌煌。惟孝移忠，惟忠孝彰。孝繼忠傳，大渢泱泱。子孫訓之，昭示不忘。

【校】

①「元」，元刊明補本、弘治本、薈要本作「號」，據四庫本改。

②「塔察」，弘治本、薈要本同元刊明補本；四庫本作「塔齊爾」。

③「與」，元刊明補本、弘治本、薈要本作「力」，據四庫本改。

④「邁」，元刊明補本、弘治本作「蜂」，據薈要本、四庫本改。

⑤「以」，弘治本同元刊明補本；薈要本、四庫本作「又」。「憙」，弘治本、四庫本同元刊明補本；薈要本作「意」。

⑥「本臺架閣授」，弘治本、四庫本同元刊明補本；薈要本作「木臺架閣投」。

⑦「會」，元刊明補本、弘治本作「閧」，據薈要本、四庫本改。
⑧「巴兒思」，弘治本、薈要本同元刊明補本；四庫本作「巴爾斯」。
⑨「幽」，元刊明補本、弘治本、薈要本作「融」，據四庫本改。
⑩「簞」，薈要本、四庫本同元刊明補本；弘治本作「單」，俗用。
⑪「爲」，元刊明補本、弘治本作「而」，據薈要本、四庫本改。
⑫「和尚」，弘治本、薈要本同元刊明補本；四庫本作「華善」。
⑬「燕山驢速不歹」，弘治本同元刊明補本；薈要本作「額森婁蘇卜特」；四庫本作「燕山魯蘇布特」。
⑭「平陽」，弘治本、薈要本同元刊明補本；四庫本作「平縣」。
⑮「劵」，弘治本、薈要本同元刊明補本；四庫本作「圈」。
⑯「樟」，弘治本、薈要本同元刊明補本；四庫本作「章」，亦可通。
⑰「焉」，弘治本同元刊明補本；薈要本、四庫本作「爲」，形似而誤。
⑱「濬」，弘治本同元刊明補本；薈要本、四庫本作「深」。
⑲「槃」，弘治本同元刊明補本；薈要本、四庫本作「盤」，亦可通。後依此不悉出校記。
⑳「榮」，元刊明補本、弘治本作「庯」，據薈要本、四庫本改。
㉑「業」，弘治本同元刊明補本；薈要本、四庫本作「業」，非。

王惲全集彙校卷第五十二

碑

大元故鄭州宣課長官盧公神道碑銘 并序①

至元己丑冬，予提憲福唐，識前政太中盧君。沉厚謙抑，蓋卓卓有爲者。及聞諸僚友間，君自平江淛以來，治軍撫民俱有成效，惜去之遽，不暇款接也。後六年，予方紬書石室，來謁曰：「天祥負釁深重，嚮任回，甫拜先壟，不幸考、妣相繼奄逝。今祥禫已終，惟是告神明、傳永久者，不内翰是託②，其疇依？幸惠顧無讓。」既而持善狀以墓銘來請③，乃勉爲論撰之。

公諱元，姓盧氏，世爲許之臨潁縣里仁鄉人。曾祖祖世代邈④，名諱俱逸，樂耕稼⑤，以善行庇一方。父諱某⑥，金季以勞主襄城簿⑦，有聲。妣李氏，姿明慧，知經史，公垂髫，教之讀書，每以言動不妄爲誡。及長，存誠尚義，挺然有守，不爲流俗所移。歲壬辰，公避地鄭之管城。及汴梁下，民環鄭而來者日以千數。公知衆心去留未定，即會而喻之曰⑧：「鄭土號稱沃壤，萊荒歲久，畝可數鍾，今棄而不耕，狃遷避爲安，其安果何在哉？吾欲捐私廩，助種食，與汝曹並耕而食，一旦有成，不猶愈餬其口於四方？君等其有意乎？」衆感而惟命。由是遠近孺慕，歸依者衆，生聚煙火漸復平日之舊。迄今鄭人尸而祝之。庚子辛丑間，朝廷聞公信義，多之，乃曰：「智效一官，用未可量也。」遂舉充鄭六縣課税長官⑨。數年間，事辦而民安，不知有壟斷也。其寬和如此。既而嘆曰：「放利而行，不容無怨，況非素志。」遂投牒而去，優游田間，處身事外，有教子讀書，立門户，盡地利，厚蓋藏而已。歲時伏臘，擊鮮具釀，與親戚父老寧止燕衎，樂于胥也。先是，治第郡城中，然未嘗久處，杖屨所安，多在里仁別業⑩。辛卯冬，一夕，與鄰里辭訣曰：「相親久，幸各自重。」遂命駕入城，衆訝其遽如許也。已而果微恙，召諸子若孫告之曰：「昔吾翁媪兵燼餘營理生産，五十年間勤苦備嘗，方致苟完。今壽踰八秩，嗣子致位通顯，吾何修而然？是皆祖禰積德勤力所致。第官無高庳⑪，廉慎能安；家無肥瘠，共儉可保。吾平生行己，汝曹猶及見之。諸孫温飫，不知艱難所自，讀書力田，慎勿偏廢。如是則盧氏其未央也。」言終而逝，饗年八十有二。

夫人薛氏，秖嚴貞順⑫，母道有光，夫婦相處五紀，公之意不毫髮少失。後一閏，無疾而終。四子：長天祥，太中大夫、福建閩海道提刑按察使。次天驎⑬，未仕。天祐，忠翊校尉、行軍總把，戰占城，歿。皆薛出。天瑞，晉江縣尹，前公卒。一女，適曹氏子。孫七人：從善、從禮、從順、從道、從正、從德、從謙。從禮襲父天祐職，忠顯校尉、行軍千户，餘皆幼。孫女九人，四適士族，餘在室。曾孫一人，曰允孫。曾女孫一人，尚幼。某年月日，天祥等奉公柩葬大陵先塋某穴，夫人薛氏祔焉。

公爲人魁梧，重然諾，寡言笑。言則爲衆信服，處身治家不侈不陋，理恒業，課僮僕，各得其宜。故能上下戮力，農事修整。子孫朝夕問謁，肅若官府。雖搶攘際，姻親鄉曲賴其依藉，與平時無異。初，江左平，公南遊襄漢，遇俘者疾病顛頓道涂間，憫焉，遂罄行槖中物，贖而良之者甚衆。至於行高恩積，在人又似夫漢樊重之行事也。是可銘，銘曰：

天稟中厚，百焉可爲。事以誠應，其將孰違。曁曁盧氏，家潁之涯。三世在野，篤爲農師。顧此大本，我控我持。迨乎府君，一誠是思。積而能散，識符事幾。大梁既下，流氓四馳。環鄭而來，莫知所依。一語還定，衆安若歸⑭。眗眗鄭圃，澮澮沖陂。煙火相望，雞犬垣籬。緊鄭有存，曰僑曰皮。尸而祝之，非公其誰⑮。豈惟義豪⑯，善人幾希。

達而拜官，非吾所期。解紱南轅，幅巾杖藜。秩我東作，西成可知。崇彼禮節，張吾四維。嗚歌有子幼之樂⑰，營產盡吾樊之規。流惠閭里，賑乏宗支。人以爲君子富於此，見智人所推。取諸理化，政將同施。婆娑故里，壽高期頤。子孫簪紱，何若若兮纍纍。臨終朗朗，二者勿遺。蓋耕稼乃種德之本，教子隆起家之基。古人取必於身後，公獨饗福於平時。狼陂奫淪，大陵崔巍。異時瞻豐碑於木杪⑱，其有感於斯者，知無媿辭。噫！

【校】

①「鄭州宣課長官」，弘治本、四庫本、《中州名賢文表》同元刊明補本；薈要本作「鄭世六縣宣課稅長長官」，非。

按：「世」，當爲「州」之形誤。

②「託」，弘治本、《中州名賢文表》同元刊明補本；薈要本、四庫本作「乞」，非。

③「銘」，元刊明補本、弘治本、《中州名賢文表》作「碑」，據薈要本、四庫本改。

④「世」，弘治本、《中州名賢文表》同元刊明補本；薈要本、四庫本脱。

⑤「樂」，弘治本、《中州名賢文表》同元刊明補本；薈要本、四庫本作「世樂」，衍。

⑥「某」，弘治本、薈要本、四庫本同元刊明補本；《中州名賢文表》爲墨丁。

⑦「主」，薈要本、四庫本、《中州名賢文表》同元刊明補本；弘治本作「治」，非。
⑧「喻」，弘治本、薈要本、《中州名賢文表》同元刊明補本；四庫本作「諭」，亦可通。
⑨「鄭」，弘治本、《中州名賢文表》同元刊明補本；薈要本、四庫本作「郡」，非。
⑩「在」，弘治本、《中州名賢文表》同元刊明補本；薈要本、四庫本作「住」，非；
⑪「庳」，弘治本、《中州名賢文表》同元刊明補本；薈要本、四庫本作「卑」，亦可通。後依此不悉出校記。
⑫「秖」，弘治本同元刊明補本；薈要本作「秖」，形似而誤；四庫本作「祇」，亦可通；《中州名賢文表》作「祇」，亦可通。後依此不悉出校記。
⑬「驎」，弘治本、《中州名賢文表》同元刊明補本；薈要本、四庫本作「麟」。
⑭「安」，《中州名賢文表》同元刊明補本；弘治本闕；薈要本、四庫本作「志」，非。
⑮「非」，弘治本、四庫本、《中州名賢文表》同元刊明補本；薈要本作「微」，非。
⑯「惟」，弘治本、四庫本、《中州名賢文表》同元刊明補本；薈要本作「非」，非。
⑰「鳴」，元刊明補本、弘治本、《中州名賢文表》作「嗚」，據薈要本、四庫本改。
⑱「杪」，元刊明補本、弘治本、《中州名賢文表》作「抄」，據薈要本、四庫本改。

金故朝請大夫泌陽縣令趙公神道碑銘 并序

金自南渡後封壤日蹙，軍國調度、百色所須悉取辦民間。然迄於亡而不知困，其良法善經，維持而有力者，多農司辟令是歸①。若乃策名俊造②，列官令宰，終其職而不負所舉者，趙公其一也。

公諱鵬，字搏霄，蒲之河東人。幼習舉業③，弱冠，有聲場屋間，擢貞祐三年詞賦進士第。父元，善聲韻算學，世以農致富。及公第，諸負債者悉折券以貰，曰：「吾所得已多，尚何貪爲？」其知止如此。公釋褐，主芮城簿。秩滿令闕，縣請留公，行臺廉其能，俾攝縣務。既而調同州澄城令，民安公教，政方著，左曹請赴，入補尚書省掾。未幾，用薦者辟，授泌陽縣令。泌，邊邑也，户繁，俗剽薄，多不地著，號稱難理。公下車，設教條，督游墮，行視田里，相民利病而興除之。見其土腴而桑鮮，及知玉池、淹坡等陂，民嘗資以蒔稻，歲穫千萬鍾。年深，堤堰圮漏，貪取恣引，疆者有餘④，弱者不足，田有涸而生埃者，致相訟竟歲。公審其若是，令曰⑤：「水爲利殊博⑥，旱乾有藉焉，正患潤餘而用不均。」又曰：「設使菽粟如流，寒無袴襦，將奚以卒歲？」乃揵圮苴漏，瀦滮散，理溝洫，復作斗門，提閼十數處，量田疇爲可溉約束，又置鼓畜犬於田畔以警其姦竊。自是紛争息，民無所私。及課植桑，歲至三十萬株，縣以之致富焉。公曰：「既殷而教，聖人之大經。」於是謹庠序，表善惡，以敦其禮讓。有射生張青者，闖跨兩徼，頗横恣不法，民嫉之。公廉知，攝至庭，嚴加教戒，就給田牛，易籍農伍，許以自新，曰：「今而後姦枿少萌，吾將不汝貸！」青悔愧自斂，迄終更不復爲非。其興利易俗，先教後罰，殆召父之治南陽也。農司覈實，以其績上聞，至有「州縣得人」之諭。尋遷豐衍庫使。京城變，人饑，至相啖。同僚欲私帑物以易斗食，公曰：「我，主吏，死則吾分。可切君藏以偷生耶？」其人慚而止。北渡後，流寓淇南，貧無爲資。時當路有知公之賢，欲以一縣相屈者，公聞之曰：「余方以儉素自守，其可榮以仕乎？」竟不應。遂教諸生爲業，識者多之。以甲寅歲夏六月二十九日觀漲西城，歸憩坐礎⑦，言笑而逝，春秋七十有三，積官至朝請大夫。至元戊寅歲，改葬公郡城東郭顯應祠南百許步⑧，郡君邢氏祔焉。

公凡五娶：楊氏生子庭，嘗爲郡學官⑨；女某，適同年何氏子。耶氏生女華仙⑩，適齊氏。次雷氏、令狐氏。再娶閿鄉邢氏，生四子一女：男曰康；曰廣，廣傳家學，嘗任筦庫⑪，以廉能稱；曰應；曰廉，讀書，通醫術。女舜英，適陳嘉謀。孫七人：良弼、遂良、濟民、從龍、顯祖、時敏、克謙。

先生資雅厚，長身白皙。與人接，未嘗出一妄言，衣冠顏貌，望之知爲一醇儒也。所交皆一時才傑，如石御史子堅，李右司欽叔暨其弟欽用、欽若，楊都運煥然，王華陰元禮、何學博與之。嘗觀河華風土，秀潤雄碩，不隨時高下，先生挺生其間，清明之所萃鍾，英彦之所霑浹，宜其角逐文場而擢名進士⑫，揚歷中外而稱材大。夫所居民富，所去見思，廩廩然有德讓君子之風。詞賦爲平生顓門之學，其經指授者皆有所成就。某年方志學，受業門下。今老矣，凡兩入翰林，三貳憲府，粗有所聞於時，先生之教有力焉。子廣來請銘，曰：「是某之責也，其敢以不敏辭？」銘曰：

於休先生，德讓君子。力擢巍科，聲馳膴仕⑬。二宰劇縣，政平訟理。敬謹廉勤，富開田里⑭。化先罰後⑮，令行禁止⑯。異績殊聞，驚目駭耳。一非不能⑰，未免有己⑱。鄒論爲邦，厥有深旨。樹畜耕耘，王道伊始。史傳漢循，龔黄信臣。奮髯抵几，莫之與倫。諒公平生，有得於此。至今遺黎，歌詠餘美。天步改玉，士或易節。布衣歸來，教授爲業。斗食苟生，寧飢不屑。銘無愧辭，劖此麟碣。是爲亡社大夫之墓，其光有曄。

【校】

①「司」，弘治本、《中州名賢文表》同元刊明補本；薈要本、四庫本作「師」。

②「乃」，弘治本、四庫本、《中州名賢文表》同元刊明補本；薈要本作「君」，非。

③「習」，薈要本、四庫本、《中州名賢文表》同元刊明補本；弘治本作「君」，形似而誤。

④「疆」，弘治本作「彊」，亦可通；薈要本、四庫本、《中州名賢文表》作「强」，亦可通。

⑤「曰」，四庫本、《中州名賢文表》同元刊明補本；弘治本作「口」，非；薈要本作「儲」，非。

⑥「博」，弘治本、薈要本、《中州名賢文表》同元刊明補本；四庫本作「溥」。

⑦「礎」，弘治本、《中州名賢文表》同元刊明補本，薈要本脱；四庫本作「席」。

⑧「南」，薈要本、四庫本、《中州名賢文表》同元刊明補本；弘治本作「雨」，形似而誤。

⑨「嘗」，薈要本、四庫本、《中州名賢文表》同元刊明補本；弘治本作「掌」，非。

⑩「耶」，弘治本、薈要本同元刊明補本；四庫本、《中州名賢文表》作「郭」。

⑪「筦」，弘治本、《中州名賢文表》同元刊明補本；薈要本、四庫本作「管」，亦可通。後依此不悉出校記。

⑫「角」，元刊明補本作「用」；據弘治本、薈要本、四庫本、《中州名賢文表》改。

⑬「聲」，元刊明補本模糊不清；據弘治本、薈要本、四庫本、《中州名賢文表》補。

⑭「廉勤富」，元刊明補本殘；弘治本闕；薈要本作「奉公埿」，非；據四庫本、《中州名賢文表》補。

⑮「化」，元刊明補本殘；弘治本闕；薈要本作「賞」；據四庫本、《中州名賢文表》補。

⑯「令行禁止」，弘治本、薈要本、四庫本同元刊明補本；《中州名賢文表》作「安行樂止」。

⑰「非不能」，弘治本、《中州名賢文表》同元刊明補本；薈要本、四庫本作「夫不能」。
⑱「已」，弘治本、《中州名賢文表》同元刊明補本；薈要本、四庫本作「恥」。

大元故奉訓大夫尚書禮部郎中致仕丁公墓碑銘 并序

金制，大定間限以三品至五品職事官承廕子孫内班供奉，或省署傔直者，同吏員許試六曹令史，中其選，驗班秩崇庳而收補焉，謂之班資出身①。于以抑任子苟進之風，且勵多士特達者之志，在當時號稱入流美科。如吾奉訓丁公卓然以材術拔出倫類，表見一時，可謂篤志君子，其敢以門資待之乎？

公諱居實，字仲華②。高祖孝温，仕金朝，官金紫光禄大夫、臨海軍節度使，遂世家錦州。曾祖興，宣武將軍，終興化簿。大父從吉，明威將軍、宜陽令。考鐘，太康税使，累官至宣武將軍。公少孤，稍長，力學不倦，每以藉廕入雜流爲慊。遂去，習城旦書。用明威資，中正大四年部掾甲首，例補尚書、吏部令史。南播後，封壤蹙，員多闕鮮，中外官守代攙滯。公詳酌格例，若不顓泥而銓調以方，至事行而人服其當。因建言：「曲阜令孔氏世繼終其身；有不便者，請優以兩考調佗任，擢族中賢者嗣秩。乃爾則聖人之後材能輩出，不致沉鬱。」朝議從之。未幾，擢權尚書省令史。明惠太后崩，曁國信出使，皆以材選，從事俎豆，縉紳間稱其敏達③。積前後勞，官昭信校尉、勳雲騎尉④。金亡，流寓天德黑水間。

國朝方事江淮，總廩餉于衛，漕長宗侯亨奏公充軍儲經歷官，收德望也。公籌會漕計，雖内輸外饋，應期取辦，顓以抒民力爲心，俾人忘飛輓之勞，士有足食之樂⑤，公力爲居多。迨中統建元，開府史公宣撫河外⑥，方圖任舊人，以副閫寄，故首薦公諮議幕府事。公竭誠殫慮，思盡心所行，簿書外，典憲獄情，尤所明慎⑦。初，許民得千户印章於暘間⑧，以寠甚，冒稱偏裨獲戾，投款而南，以徼賞格，既而潛來。事露，有司抵之極刑。公曰：「不可。原其情非逆，不過以譎圖賄爾。」竟從減死論。故制辭有「處心純正，用事詳明，熟識國典」之諭，其爲朝野推重如是。

四年，復應左丞闊公辟，署大名宣慰司幕官。適青、齊用兵，調度星火急，公晝夜措畫，責分而事辦。有宿盗抵法，上官主以劓刑決之，公力辯曰：「時方閧動⑨，肉刑久廢，行之恐衆情疑駭，且復累公。」遂處以常法。一邊將以臯叛，獲奴從，欲殺之。公請讞於朝，左轄公曰：「從逆者坐死，尚何疑？」公曰：「彼固有罪，爲士師則可以僇之，況奴爲主脅，寧知得已乎？」上之，囚果縱釋。後來謝，公拒絶不見，曰：「嚮非汝私，論國典也。」其清脅强幹，至爲子清公賞識，且以大用許之。

五年，朝廷大明黜陟，調中外官。銓法曠久，後生晚進有愕然手不易措者，以掌固起公⑩，遂授吏部員外郎，所謂吏勳、總格、貼簿之類，指授大略，然後以今酌古，裁爲新格，粲如也。庫秩崇資⑪，陞降注擬，多適其宜，以能陞奉訓大夫、尚書、禮部郎中。尋以年及請老，諸相謂公齒力健，未宜失此老成人。請益堅，得告，沾沾而喜曰：「自今方爲一事了人也。」其含章有終，爲可見矣。時致仕例未行，俗且以奔競患失爲風，聞公勇退若爾，識者莫不歎羡，翰林諸公至餞以歌詩美之。

公氣貌魁偉，資穎悟廉直，精敏過人，挺身正路，動以撿押自律⑫。與人交，雖小信不忒。及談典故，論法家，令人聽之娓娓忘倦。故至元已來，删定儀制，公每預其庭議焉。嘗有以瓜果爲獻者，謝去之曰：「此固微物，第生平未省一介妄取諸人。」其自克治多類此，疇謂阿私可得而浼邪？中年後，勑斷家事，毋復關白，以書史自娱，喜讀司馬公《通鑑》⑬，日手書爲課，曰：「一録則勝數過矣。」五載間寒暑不輟，遂成全帙。故晚節識益明，志益篤，然於世猶有未忘者。十三年夏，予考試在汴，尚憶公危坐一榻，吐論猶健，間及世道，理有所䠶䠩⑭，慨然義形于色，因泣下沾襟，余訝其遽如許也。明年秋八月，遘疾⑮，卒于家，春秋七十有五。

夫人趙氏，金太中大夫、太常卿文簡公之女孫，泗州防判經之女，正內主饋，壺儀有煒。生四子，皆讀書，公資之殊力。長曰誠，克家不仕；曰詢，有文學，淇州教官⑯；曰訓，通吏事，任江州某職⑰；曰諒，能以孝移理于官，而義襟靄如⑱。嘗爲河南宣慰司提領按牘官⑲，又不負公之所鍾愛云⑳。孫男女如干㉑。公歿後八年，子詢、諒來謁余，跽而請曰：「維憲使與先君世契厚，從遊且久，知行己爲最詳㉒。今墓石未銘㉓，敢百拜屬筆，庶假寵後人，以垂不泯㉔，幸先生毋讓。」因弟其善狀而表之以銘㉕。銘曰：

士志弘毅，奚間隆汙。譬彼玉瑩，丹青不渝。顯允丁公，志弘氣愉。脱落門閥，奮飛亨衢。貞我憲度，勵夫廉隅。擢居省署，以才以譽㉖。契囊佩玉㉗，氣貌舒徐。表見一時，聲光两都。開物成務，綽然有餘。其出其處，與時盈虛。解紱歸來，詩書自娱。人曰吏師，我曰通儒。淺之爲失㉘，昧於卷舒。公卿之門，形勢之涂。老不知已，伺候奔趨。衆視爲常，曾何異於。我獨翩翩，勇退自如。以此較彼，孰賢孰愚？豈惟知止而近不殆，古所謂賢哉二大夫者，公其庶乎？我銘表德，過者嗟吁㉙。

【校】

①「資」，元刊明補本、弘治本、《中州名賢文表》作「祇」，據薈要本、四庫本改。

②「仲」，弘治本、四庫本、《中州名賢文表》同元刊明補本；薈要本作「中」，聲近而誤。

③「縉」，弘治本、薈要本、《中州名賢文表》同元刊明補本；四庫本作「搢」，亦可通。後依此不悉出校記。

④「官」，弘治本、四庫本、《中州名賢文表》同元刊明補本；薈要本作「遷」。

⑤「足」，元刊明補本作「尺」，形似而誤；據弘治本、薈要本、四庫本、《中州名賢文表》改。

⑥「外」，弘治本、《中州名賢文表》同元刊明補本；薈要本、四庫本作「内」。

⑦「尤」，薈要本、四庫本、《中州名賢文表》同元刊明補本；弘治本作「亢」，形似而誤。

⑧「暘」，弘治本、薈要本、《中州名賢文表》同元刊明補本；四庫本作「場」，非。

⑨「関」，元刊明補本、弘治本、《中州名賢文表》作「關」，據薈要本、四庫本改。

⑩「固」，弘治本、《中州名賢文表》同元刊明補本；薈要本、四庫本作「故」，亦可通。

⑪「庳」，弘治本、《中州名賢文表》同元刊明補本；薈要本、四庫本作「痺」，亦可通。

⑫「撿」，弘治本、薈要本、《中州名賢文表》同元刊明補本；四庫本作「檢」，亦可通。

⑬「司馬公」，弘治本、《中州名賢文表》同元刊明補本；薈要本、四庫本作「司馬温公」。

⑭「理」，弘治本、《中州名賢文表》同元刊明補本；薈要本、四庫本作「每」。

⑮「疾」，元刊明補本作「疢」，形似而誤；據弘治本、薈要本、四庫本、《中州名賢文表》改。

⑯「淇」，弘治本、四庫本、《中州名賢文表》同元刊明補本；薈要本作「爲」。

⑰「任江州某職」，弘治本、四庫本、《中州名賢文表》同元刊明補本；薈要本脱。

⑱「能以孝移理于官，而義襟靄如」，弘治本、《中州名賢文表》同元刊明補本；薈要本脱；四庫本作「能以孝移理於官，而胷襟藹如」。

⑲「提領按牘官」，弘治本、《中州名賢文表》同元刊明補本；薈要本脱；四庫本作「提領案牘官」，亦可通。

⑳「又不負」，弘治本、《中州名賢文表》同元刊明補本；薈要本、四庫本作「尤爲」。

㉑「干」，元刊明補本、弘治本作「于」，據薈要本、四庫本、《中州名賢文表》改。

㉒「己」，弘治本、四庫本、《中州名賢文表》同元刊明補本；薈要本脱。

㉓「銘」，弘治本、四庫本、《中州名賢文表》同元刊明補本；薈要本作「泯」，非。

㉔「泯」，弘治本、《中州名賢文表》同元刊明補本；薈要本、四庫本作「朽」。

㉕「弟」，弘治本、《中州名賢文表》同元刊明補本；薈要本、四庫本作「第」，亦可通。

㉖「才」，弘治本、四庫本、《中州名賢文表》同元刊明補本；薈要本作「方」，非。

㉗「契」，弘治本、薈要本、《中州名賢文表》同元刊明補本；四庫本作「挈」。

㉘「失」，弘治本、薈要本、《中州名賢文表》同元刊明補本；四庫本作「夫」，形似而誤。

㉙「吁」，弘治本、四庫本、《中州名賢文表》同元刊明補本；薈要本作「呼」。

故武節將軍侍衛親軍千户董侯夫人碑銘 有序①

故武節將軍董侯死事後十有九年，當癸巳秋八月庚戌，夫人某氏卒于稾第之正寢②。用次月九日，嗣子守仁手開玄堂，祔安武節匶左，禮也。「重念母氏德全恩至，以守仁蚤備戎行，省定歲有時，不幸罹兹大故。例同世俗，附見於表誌之末，何以慰凱風寒泉之思？惟是鑱銘列石③，媲峙神隧④，用昭懿德，越厥心是恔。内翰與叔祖契款，尚惠顧，使卒微志，豈唯守仁等幸，亦母氏之永光也。敢百拜爲請。」讓不容己，謹叙而誌之⑤。

夫人號淑媛，系濩澤大家。父松崗先生，諱軸，母元氏。先生資剛正，有文行，嘗提舉真定八州學校。夫人幼聰慧，即教之知書。既笄，容止幽閑，組繡剪製，巧有餘思⑥，《班經》、《女誡》皆通，曉大義。故金紫光禄大夫忠獻董公聞其賢淑，求配長嗣士元。維董氏勛閥大族，世稱有家法者。夫人出儒素，一旦起家，若固有之，即能事公姑、奉祭祀不爽，婦職小大，説懌化行，閨壺間穆如也⑦。太夫人早棄養，忠獻公洎武節扈從出師無虚歲，門内事如麻，一諉之主治⑧。居無幾何，内外齊肅，殆一官府⑨。然審詳而不傷其婉，嚴恪而不害其和⑩，以致家道昌宜，豐儉中禮。若乃終之以温惠，浹之以恭順，四十年間奉承内助，夫人之力居多。夫人嘗以賜幣爲武節作服，衣之入侍，上目其製精適宜且滅手迹，顧左右曰：「董某妻必女紅之善者。」或歸語其室，多悚而效之者。由是夫人賢淑聞于時。及武節之喪，哀毁幾絶者再。比之奉輤安窆⑪，植碑表烈，以終大禮，其勤悴至矣。加以鞠育諸孤，朝趨學於外，夕勖志於内⑫。至祝香空際，願克孝而忠，若富與貴，非所敢希⑬。至於時祀，雖幼子童孫，抱持起拜，使習見，熟其當然，於嬰孩示教又如此。故歲時拜慶，瑶環瑜珥，停鸞峙鵠，玉雪照映，樂融怡也。

至元三十年，夫人竟以勤劬致疾。既革，子守仁越千里來省，正容而謂曰：「宿衛事重，何以我爲業來？吾且逝矣。」比屬纊，立諸子戒之⑭：「董氏一門世篤忠貞，汝輩當效死報國，毋貽爾祖禰羞。能然，吾目瞑無憾矣⑮。」言畢而終，享年六十有一。生子男四人：長早世，次即守仁，守禮，守謙。守仁姿清峻，射聲有父風⑯，勤於問學，恪於官守。初以羽林孤兒襲爵，尋有功，陞宣武將軍，簽右衛指揮司事。餘未仕，皆謹愿克家。子女四人，俱適名族。武節有次室曰張氏，夫人禮遇殊厚，生男女各一，教育嫁娶，不異己出。女媵四及所生女，一遺命券而良之⑰。其逮下罔嫉，有芣苢小星之惠。若夫人者，在家爲淑嬡⑱，既嫁爲哲婦⑲，老而稱賢母，以行以法，宜有銘。銘曰：

夫婦之道，人倫是維。内治克雍，尤婦之宜。毓德由素，承家有基。懿懿夫人，兩全德儀。譬彼蘭茝⑳，曄曄猗猗㉑。植根得所，馨華日滋。求佳耦而得英配，融篤實而發光輝。主祀孔嘉，供養無違。以孝以敬，心焉與持。志閔夫勞而勸義㉒，豈特奉几而齊眉？庭生玉樹，秀擢連枝。惟天姿而與教，宜並悌而孝思㉓。孰云施而匪報，緊美惡之兩遺㉔？雖壽齡兮似靳，儘五福兮熙熙。煒我彤管㉕，刻銘在碑。香生七誠，聲聞禁闈。羌千秋兮百代，與班氏兮同歸。

【校】

①「親」，弘治本同元刊明補本；薈要本、四庫本作「新」，聲近而誤。

②「某」，元刊明補本殘作「其」；弘治本、薈要本、四庫本作「凌其」，非；徑改。按：「其」當爲「某」之形誤；底本亦當本作「某」，作「凌其」者蓋據董氏家碑改而忘刪「其」字。「稾」，弘治本同元刊明補本；薈要本、四庫本作「藁」。

③「列」，元刊明補本、弘治本作「別」，形似而誤；據薈要本、四庫本改。

④「峙」，弘治本同元刊明補本；薈要本、四庫本作「時」，非。

⑤「誌」，元刊明補本、弘治本作「誶」，形似而誤；薈要本作「銘」，亦可通；據四庫本改。

⑥「有」，薈要本、四庫本同元刊明補本；弘治本作「者」，形似而誤。
⑦「壺」，弘治本同元刊明補本；薈要本、四庫本作「閫」，亦可通。
⑧「諉」，弘治本同元刊明補本；薈要本、四庫本作「委」，亦可通。後依此不悉出校記。
⑨「殆」，弘治本作「始」，形似而誤；薈要本、四庫本作「如」。
⑩「其」，弘治本同元刊明補本；薈要本、四庫本作「於」，非。
⑪「之」，弘治本同元刊明補本；薈要本、四庫本作「至」。
⑫「志」，弘治本同元刊明補本；薈要本、四庫本作「示」，非。
⑬「非所」，弘治本同元刊明補本；薈要本、四庫本作「所非」，倒。
⑭「立」，弘治本同元刊明補本；薈要本、四庫本作「呼」。
⑮「憾」，弘治本、四庫本同元刊明補本；薈要本作「感」，亦可通。
⑯「射」，弘治本同元刊明補本；薈要本、四庫本作「籍」，非。
⑰「券」，弘治本同元刊明補本；薈要本、四庫本作「豢」。
⑱「嫕」，弘治本同元刊明補本；薈要本、四庫本作「女」。
⑲「哲」，弘治本同元刊明補本；薈要本、四庫本作「節」，非。
⑳「苢」，弘治本同元刊明補本；薈要本、四庫本作「莒」，形似而誤。

㉑「曄曄」，弘治本、薈要本同元刊明補本；四庫本作「馥馥」。

㉒「夫」，四庫本同元刊明補本；弘治本作「天」，非；薈要本作「矢」，非。

㉓「並」，弘治本、薈要本同元刊明補本；四庫本作「豈」。

㉔「之」，弘治本作「人」，涉上字而誤；薈要本、四庫本作「兮」，非。

㉕「管」，元刊明補本模糊不清；據弘治本、薈要本、四庫本補。

泰安州長清縣朱氏世系碑銘 并序

大元以威德撫有方夏，當其摧强暴、剪妖孽而收廓清之功者，莫不資心膂爪牙之士以宣其力。三齊諸軍號稱果鋭，就偏裨中論之，長清朱氏蓋其一也。

朱氏世爲黄山里中人。遠祖諱寶，寶生珍，珍生鎮，皆力穡致富，積而能散，以孝謹聞。鎮之配馬氏生五子：曰在、曰楫、曰存、曰林、曰和。洎女弟三人，皆適里族。而楫與存獨慷慨超昆季間①，既長，並善騎射②，膽略過人。平居恂恂，殆無能爲者。至於臨事果，遇敵勇，自視無前。貞祐初，金棄燕南渡，所在豪强乘亂而起，一僨一興，迭爲雄長，人昧夫依於③。楫與弟存乃集鄉義年少，團大望山以自保。聞東平武惠嚴公倡率義師，壁青崖山，伏俟國兵攸歸，楫慕義，往見之，遂假楫兵馬都總領。歲庚寅④，武惠挈所部歸太師國王，王承制封拜⑤，徼衆力爲用。時楫以功從，公請授懷遠大將軍、同知濟南府事。甲申，略地而西，次冠氏，與宋將彭義斌遻，陷陣中，戰歿。母弟存奉柩葬黄山原之先塋，禮也。

存遂襲兄職，以信武將軍俾領軍務。俄鄆州失守，翼武惠復東平，就取徐、邳。乙未，嘬鋒棗陽，蹜之；進攻黄光，剋焉⑥。積勞遷廣威將軍，繼升昭勇大將軍。辛丑歲，軍府第功，以最聞，賜金符，充東平路行軍千户。迨己酉春，竟以攻戰得勞疾，卒。夫人李氏，系同郡大家。其次室曰吴氏、王氏、劉氏、傅氏。生男子五人，克正、克紹、克脩、克恭、克順。

克正即夫人吴氏出，既嗣昭勇軍務，仍佩金符，改授東平路長清縣行軍千户。方薦歲南伐，所在戰有之⑦。如壬子，攻虎頭關，以先登得功。主將遥見之，召使前，免胄識面，以鏐匜犒之。戊午秋，國兵大集釣魚山，詔東師掣肘淮海，宣武以騎將徇召伯，踣之⑧，復有白金之賜⑨。己未冬，王師渡江取鄂，分率拔都穴城以入，不解甲者四十晝夜⑩。中統三年，破歷下城，諸校以圍柵功，例有銀盌紵袍之賚，宣武預焉。至元十一年，掀荆山、鍋河等戍。十二年⑪，提漢甲從元帥孛羅懽掇連海、清口、淮安、寶應⑫，水陸相望⑬，殊力故⑭。明年秋，復掠高郵西，遇賊，一戰而殲。行樞録勞上聞，授武節將軍，又准辟兼行省都鎮撫。十四年，隨右相別里迷失入覲⑮，進宣武將軍、管軍總管，仍宿杭以鎮。明年，處劇賊陳壽、浮雲張三八等劫鎮縣，殺守吏，勢甚張。比擒獮，馘渠首二十餘級。隨以蒙古漢步七百人收温之五寨，以能升本軍萬户。十七年庚辰，督造下瀨戈船，竹頭木梯積羡⑯，增四十餘艘，用是得勞憊疾，輿歸⑰，卒黄山墅之正寢。其壯而事者，以宣武自結髮從軍幾三十年，小大戰百餘合，忠勇奮發，亦可謂無負名之與爵矣。夫人張氏，系同縣世家，姿貞嚴，齊家有法，與宣武合德。生子啓⑱，女三人。

啓以世敍宣授武略將軍、本翼管軍千户，就佩祖父金符⑲，守戍臨安。繼從宣慰忽都虎駕海徑占臘占終⑳，朝廷恤其師，復伏于後。五年，移鎮類慶元。明歲，良之寧海部羣盜嘯兇者，兇九處，如奉化、王來、龍潭、鐵溝、巴山、月雙二谿同茶把兩寨，皆兵鏊所也㉑。武略獨斬首九十餘級㉒，拎介胄者四㉓，獲鬪艦者五十㉔，遂平明州。冬，暴卒於明州之軍舍。爲人倜儻好施，謙撝有祖懷。公勤凛父風，天不假壽，而止於斯㉕，悲夫！明年夏四月，夫人劉氏自慶元護靈轊北歸㉖，以從祖窆㉗，亦以哀悴致疾終㉘。孤子昭先就安祔公藏。昭先二女：長適總管兀顔㉙，次歸今武衛親軍副都指揮使張珪，季在室。婿珪起身戲下㉚，義激於衷㉛，最不忘其故者。於是提挈小子，今授昭信校尉、管軍千户，俾嗣其世業。葬之載月，珪紹介其舅持翰林修撰傅夢敫善狀百拜來丐銘㉜。

惲嘗讀西漢《游俠傳》㉝，魯人尚儒，惟朱家以俠聞。長清在漢濟北地，面控泰岱，右挾滄海㉞，與魯封犬牙相入。今朱氏世爲長清黃山里人，家故饒財，急難憙施，世不乏人，豈朱家之遠裔乎？且戎閫爲國之正臣，豪俠乃鄉土武斷，其豁達匿智雖習俗使然㉟，彼風聲氣概尚桓而趨事也。如是，非來之遠、積之厚，其流胡能若爾而淵者虖？仍系之以銘。銘曰：

天生五材，闕一胡可？孰能去兵，芟夷繁夥。緊朱氏先，其來么麽㊱。三世在田，晵而罔墮㊲。加以孝友，勤儉克荷。赳赳懷宣，拳勇强果。尚桓勖義，志不屑瑣。諸父而下，乃曁仍孫㊳。例生炳彪，負嵎而賁㊴。風塵與會，雲翻解屯。撫定齊魯，于桑于耘。蕩一江吴，席卷鯨吞。會歸一原，張本楫存。三世爲將，道家所忌。唯殺不嗜，能永厥世。偉曹惠武，仁而且智。臨陣愾敵，虔劉鏺刈。居當平時，蟻封謹避。儻存是心，緐將何害。萬骼雖腊，功成而泰。於戲朱氏，我銘韋佩。匪惟光昭，惟以是誡。

【校】

①「超」，弘治本同元刊明補本；薈要本、四庫本作「起」。

②「並」，弘治本、薈要本同元刊明補本；四庫本脱。

③「人昧夫依於」，弘治本同元刊明補本；薈要本作「各相與依於」；四庫本作「各昧夫依歸」。

④此處誤，庚寅有二：一一七〇、一二三〇。木華黎一一七〇生，一二二三年卒，則庚寅之説必誤。查《嚴實傳》，當爲庚辰年三月，即一二二〇年。

⑤「承」，薈要本、四庫本同元刊明補本；弘治本作「丞」，聲近而誤。

⑥「剋」，弘治本同元刊明補本；薈要本、四庫本作「克」，亦可通。後依此不悉出校記。

⑦「之」，弘治本同元刊明補本；薈要本、四庫本作「功」。

⑧「䑙」，弘治本同元刊明補本；薈要本闕；四庫本作「下」。

⑨「白金」，弘治本同元刊明補本；薈要本、四庫本作「黄金」。

⑩「解甲」，元刊明補本、弘治本、薈要本作「甲解」，倒；據四庫本改。

⑪「十二」，弘治本同元刊明補本；薈要本、四庫本作「十三」，非。

⑫「孛羅懽」，弘治本同元刊明補本；薈要本作「博爾歡」；四庫本作「博囉歡」。「清口」，弘治本同元刊明補本；薈要本、四庫本作「青口」，俗用。

⑬「望」，元刊明補本作「㙮」，非；弘治本作「聖」，據薈要本、四庫本改。

⑭「故」，弘治本同元刊明補本；薈要本、四庫本作「攻」，非。

⑮「別里迷失」，弘治本同元刊明補本；薈要本作「博囉穆蘇」；四庫本作「伯勒默色」。

⑯「梯」，弘治本同元刊明補本；薈要本、四庫本作「材」。

⑰「輿」，弘治本、四庫本同元刊明補本；薈要本作「與」，非。

⑱「啓」，元刊明補本、抄本作「故」，據薈要本、四庫本改。

⑲「祖父金符」，元刊明補本作「□父金□」；薈要本作「□□□□」；四庫本作「父金符」，據抄本改。

⑳「忽都虎」，抄本同元刊明補本；薈要本作「呼圖克」；四庫本作「呼圖嚕」。「臘占」，抄本、薈要本同元刊明補本；四庫本作「臘□」。

㉑「慶元。明」、「兇九處，如奉化、王來、龍」、「鐵溝」、「兩寨，皆兵鏊」；元刊明補本、薈要本、四庫本俱闕，據抄本補。「潭」，抄本、四庫本同元刊明補本；薈要本闕。

㉒「斬」，元刊明補本闕；據抄本、薈要本、四庫本補。

㉓「拎」，抄本、薈要本同元刊明補本；四庫本作「擒」，亦可通；

㉔「四，獲鬪」，元刊明補本闕；薈要本、四庫本作「十人巨」；據抄本補。「十」，抄本同元刊明補本作「戰」；據薈要本、四庫本改。

㉕「而」，元刊明補本闕；薈要本、四庫本作「竟」；據抄本補。

㉖「北」，元刊明補本、弘治本闕；薈要本、四庫本作「而」；據抄本補。

㉗「祖竄」，元刊明補本作「□□」；薈要本、四庫本作「征時久」；據抄本補。

㉘「悴」，抄本同元刊明補本；薈要本、四庫本作「悼」，涉上字而誤。

㉙「總」，元刊明補本、薈要本作「幾」，據抄本、四庫本改。「兀顏」，抄本同元刊明補本；薈要本作「袞鄂雲」；四庫本作「納延」。

㉚「珪，季在室婿」，四庫本同元刊明補本作「瑾□任適□」；薈要本闕；據抄本補改。

㉛「珪」，四庫本同元刊明補本作「德」；薈要本闕；據抄本改。「於」，元刊明補本闕，據抄本、薈要本、四庫本補。

㉜「珪紹」，元刊明補本作「殘紹」；薈要本作「乃紹」；四庫本作「昭先」；據抄本改。「敉」，抄本作「敹」；薈要本、四庫本作「敓」。「銘」，弘治本、四庫本同元刊明補本；薈要本作「余銘」，衍。

㉝「惲」，元刊明補本、弘治本作「榮」，聲近而誤；薈要本脱；據四庫本改。

㉞「右挾」，元刊明補本、弘治本作「挾右」，倒；據薈要本、四庫本改。

㉟「匿智」，弘治本同元刊明補本；薈要本作「立志」；四庫本作「之志」。

㊱「麼」，弘治本、四庫本同元刊明補本；薈要本作「魔」，亦可通。

㊲「瞖」，弘治本、薈要本同元刊明補本；四庫本作「翳」，非。

㊳「仍」，弘治本、四庫本同元刊明補本；薈要本作「礽」，亦可通。

㊴「嵎」，弘治本同元刊明補本；薈要本、四庫本作「隅」，亦可通。後依此不悉出校記。

絳州重修夫子廟碑

絳爲州甚劇，其地蓄河山之潤，總六縣，以三萬户爲河東冠。俗剛儉，尚氣義，奄焉有三晉餘習①。州治民廬高下覆壓，蟠踞枕跨，崗陵是依。獨夫子廟學據城之東北隅，爽朗夷衍，奠澤宫甚宜。而素汾北來，盤折容與，帶郡城而西，望之一泮水然。廢撤既久，莽爲榛墟。逮州將𦡱澤郭公來，始圖興復，遂起太成殿、泮宫門各三楹②，甫朽棧而公卒③，漠然狼藉者，蓋三年于兹。噫！將有待而然邪？

至元九年秋，奉議馬公來尹斯郡，既謁告，顧瞻咨嗟，憫夫垂成之功日就隊剥，乃以完故益新爲任。於是完正殿，壯臺門，創兩序，凡就屋五十餘楹，層棟軒翥，墀陛整削，松桷有舄，殖殖其庭④。中設素王像，以顔、孟十哲配侍左右，東西兩廡繪六十二子及大儒二十有四，衮冕啍裳，峨峨奉璋，奎壁輝映⑤，焕焉有光。廟既成，適選舉令下，士子來歸，洋洋滿庠。既而衆議以州之治化及民者非一，其大者著者可無聞於后？來謁文於余⑥，因勉爲撰述，且寓夫子之所感焉。

嗚呼！三代之治道，莫先於教學，無重於育材，材弗育則用乏其人，民失化則不明乎善，善不明則民入於僻，民蕩於僻則幾何不爲禽犢也？哀哉！欲求吏之良、政之善，胡可得已？若夫天地絪緼，山川開闔，蟠精粹靈，非有今昔醇醨之間，人之秉彝具存，天之生材不乏。然氣之不充，俗之不美者，特以教之無素，養之未至耳。今國家崇聖道，開化源⑦，建辟廱於京師⑧，立學師於鄉遂⑨，顓本業者復其身，鳴一藝者無不庸，是則大易人文之化、菁莪樂育之方靡不備至。奈何吏治者鮮推其本，以簿書獄訟是務；爲士者不思根極聖道，以大學自任，區區從事於章句之末？是不副上之所求所望焉，而曰「道不明，秦無人」也宜矣！尹蚤以學術侍彤庭，歷臺閣，熟其然，故下車之初，首事學校，作新士民耳目，至成就若爾，可謂能也已。尹諱某⑩，世郡人⑪。既書其興建本末，而繫之以詩。其辭曰：

厥初生民，秉彝昭融。物慾外遷，良心蔽蒙。於鑠元聖，乃大有覺。何效何則，而先乎學。于嗟叔世，降及漢唐。道統湮微，絺文繪章。士騖空言，吏昧厥治。朝夕孜孜，匪不摩勵⑫。科學異端，簿書期會。愚者不及，淪於自棄。聖不世出，發越道源。粃糠虛文，浩浩其天。廟宮之建，序庠是宣。穆穆睿思，意兹在焉。而吏而士，尚克勉旃。盤盤閟宫，完故益新。馬公之功，本既立矣，道由生矣。視爲餼羊，乃予之耻。

【校】

①「焉」，弘治本、《中州名賢文表》同元刊明補本；薈要本、四庫本脱。

②「太」，弘治本、《中州名賢文表》同元刊明補本；薈要本、四庫本作「大」，非；

③「朽棧」，弘治本、《中州名賢文表》同元刊明補本，薈要本作「興事」；四庫本作「構棧」，

④「殖殖」，元刊明補本、弘治本、薈要本、《中州名賢文表》作「碩碩」，據四庫本改。

⑤「壁」，弘治本、薈要本、《中州名賢文表》同元刊明補本；四庫本作「璧」，非。

⑥「諹」，弘治本、四庫本、《中州名賢文表》同元刊明補本；薈要本作「揭」，形似而誤。

⑦「源」，弘治本、《中州名賢文表》同元刊明補本；薈要本、四庫本作「原」，俗用。

⑧「廱」，弘治本、《中州名賢文表》同元刊明補本；薈要本、四庫本作「雍」，亦可通。

⑨「師」，弘治本、《中州名賢文表》同元刊明補本；薈要本、四庫本作「校」。

⑩「某」，弘治本、薈要本、四庫本同元刊明補本；《中州名賢文表》闕。

⑪「世」，弘治本、薈要本、四庫本同元刊明補本；《中州名賢文表》闕。

⑫「摩」，弘治本、《中州名賢文表》同元刊明補本；薈要本、四庫本作「磨」，亦可通。

王惲全集彙校卷第五十三

碑

絳州曲沃縣新修宣聖廟碑①

曲沃縣學舊矣。始完於宋嘉祐初，盛於金泰和間②，貞祐之兵，蕩焉無餘。前政苟訛，初不遑卹，園蔬興感，薪刈其下者幾五十祀。逮至元己巳，邑尹石抹公慨然以圖復爲事③，工垂構而去。尹侯、簿賈天衢相與顧歎，曰：「蕭武弁能是④，烏可不卒其美？」然澤宮故地庳陋湫隘，不足奠安神觀，聳邦民瞻，相治城西北陬，勢夷且爽，遂增崇前規而敞其禮殿焉。既落成，董事者許良等感蕭君經始之勤，今政贊終之善，來謁文，將刻石廟庭，俾籤名於縣曹諸賢之列⑤，用垂示來哲。竊不自揆，敢以聖道之隆汙、廟學之本末互陳而歷告之。

三代之世，家有塾，黨有庠，術有序，國有學，以師以令，肄俊造其中，時書歲考，小大有成，然後賓而興之。其典則六德六行，其藝則禮、樂、射、御、書、數。然不可不知其所自⑥，故即學釋菜、奠幣於先聖先師⑦，示不忘本也。彼朝夕見聞，無非智、仁、聖、義、忠、和、孝、友、睦、婣、任、卹之方⑧。凡邪説詖行，放蕩僻異之術，非可輔世教、明人倫者，率屏絶不容髪其間⑨。故三代道出一致，有學而無廟。周衰，王者迹熄，生民不被庠序之教，天理茫昧⑩，心喪厥守，異端百家之説乘隙並騖，不無厖雜壅底之蔽，此太史公讀功令未嘗不廢書而嘆也。及漢興，學館林如，鴻儒繼作，師傳業受，學古莅官，守其説而不易，故謀王體⑪，斷國論，一以經旨爲據。于時，公卿、大夫、士吏文學氣節雲蒸霧散，彬彬然幾三代之風，何其盛哉！此無佗，聖道明而百家自息也。逮魏晉隋唐以來，慕高尚者以虚無爲宗，干利禄者以科舉爲業，其視窮理正心、修己治人之道，懵不知爲何事。時則三物之教弗明于上，先王之澤不及乎下，單爲廟祀，尊孔氏而王之，三代教育之實泯泯掃地矣，所謂有廟而無學。間有卓越特達之士出，芟夷浮學，羽翼聖道爲任，然莫能拯起其弊而全濟其溺者，何哉？蓋道之隆汙、學之盛衰一繫夫王政好尚而爲之有無也。

嗚呼！三代吾不得而見之，得見兩漢斯可矣。今國家昭至德，建民極，勸學敦農，崇化勵賢，凡可以風四方而開太平之基者，靡不興舉。故經明行修之士，往往賓興天府，擢位卿相，以心正意誠、國治天下平之道，已嘗佐天子而理百官矣。士之不志於古則已⑫，苟志于古，舍斯時之易，將何所求所待焉？曲沃自昔以劇稱，土腴物阜，爲絳諸縣甲。俗剛儉力穡⑬，尚氣義，憂深思遠，奄焉有唐晉餘烈。尤不可後者，教也，本既立矣，道由生矣。師帥者能仰體上之所嚮，以明倫實教，作新士民耳目，俾知所以學。異時人材輩出，斌斌然追兩漢之風，孰謂不張本於斯邪？不然，釣采華名⑭，爲餼羊告朔之所⑮，吾不知其可也。銘曰：

維晉曲沃以劇稱，絳山左戒汾右傾。山川開闔氣上蒸，風俗勤儉餘剛稜。邑居萬家業有恒，既富而教乃世程。嗚呼庠序教所生，石君作尹追良能⑯。奉宣德化根以誠⑰，清廟起廢功勃興。心計百至經載營，惜哉垂構任遽更。後人繼之卒有成，方華古礎排巨楹。文榱藻棟浮雲縈⑱，相前增崇尤克承。教基鋪敦道日弘⑲，春風隱耳絃歌聲。始謀贊終匪自矜，吏民懷感思以銘，我詩刻石碑廟庭。

【校】

①「絳州曲沃縣新修宣聖廟碑」，弘治本、四庫本、《中州名賢文表》同元刊明補本；薈要本作「絳州曲沃縣學新修大成至聖文宣王廟碑銘」。

②「間」，薈要本、四庫本同元刊明補本；弘治本作「閤」，形似而誤；《中州名賢文表》作「問」，形似而誤。

③「石抹」，弘治本、《中州名賢文表》同元刊明補本；薈要本、四庫本作「舒穆嚕」。

④「是」，弘治本、《中州名賢文表》同元刊明補本；薈要本、四庫本作「事」，非。

⑤「縣」，元刊明補本、弘治本、薈要本、《中州名賢文表》作「孫」，據四庫本改。

⑥「知」，弘治本、《中州名賢文表》同元刊明補本；薈要本、四庫本作「思」。

⑦「即」，弘治本作「守」，非；《中州名賢文表》作「聖」，非；據薈要本、四庫本作「入」，亦可通。

⑧「忠」，弘治本、《中州名賢文表》同元刊明補本；薈要本、四庫本作「中」，俗用。「睦婣」，弘治本、四庫本、《中州名賢文表》同元刊明補本；薈要本作「婣睦」，倒。按：語本《周禮》卷三《地官・大司徒》：「以鄉三物教萬民而賓興之，一曰六德：知、仁、聖、義、忠、和；二曰六行：孝、友、睦、婣、任、恤。」

⑨「髮」，弘治本、薈要本、《中州名賢文表》同元刊明補本；四庫本作「於」。

⑩「茫」，弘治本、《中州名賢文表》同元刊明補本；薈要本、四庫本作「蒙」，亦可通。

⑪「體」，弘治本、四庫本、《中州名賢文表》同元刊明補本；薈要本作「躬」，妄改。

⑫「於」，弘治本、《中州名賢文表》同元刊明補本；薈要本、四庫本作「于」，亦可通。

⑬「儉」，元刊明補本、弘治本、《中州名賢文表》作「僉」，據薈要本、四庫本改。

⑭「采」，弘治本、《中州名賢文表》同元刊明補本；薈要本、四庫本作「弋」，非。

⑮「羊」，元刊明補本、弘治本、《中州名賢文表》作「牽」，據薈要本、四庫本改。按：語本《論語·八佾》：「子貢欲去告朔之餼羊，子曰：『賜也，爾愛其羊，我愛其禮。』」

⑯「石」，弘治本、薈要本、《中州名賢文表》同元刊明補本；四庫本作「舒」。

⑰「誠」，薈要本、四庫本、《中州名賢文表》同元刊明補本；弘治本作「誠」，形似而誤。

⑱「縈」，弘治本、四庫本、《中州名賢文表》同元刊明補本；薈要本作「蒸」，形似而誤。

⑲「基」，弘治本、薈要本、四庫本同元刊明補本；《中州名賢文表》作「其」，半脱。

平陽府臨汾縣重修后土廟碑

平陽府治之西有鄉曰晉源，帶汾河，表姑射，村墟櫛比①，泉流交貫，無寸壤閑曠，山霏夕景杳靄如畫，故河東稱膏腴勝概之地②，于斯爲最。風俗率勤儉，盡地利，憂深思遠，有陶唐之遺化焉。用是，富庶而事神，報本之禮尤恪。歲時單出③，惟恐居後，豈「終歲之勞，一日蜡者」之意歟？

樊氏里后土祠其來浸邈④，蒼煙喬木，輪囷離披，已百餘年物也。兵燼來，雖正寢巋然，日就蕪圮。里中父老某等憫其若是，乃諗于衆曰：「吾黨仰滋天休，取足厚載，歲比豐穰，人用樂胥，可不知其自邪？今神庭未備，不足妥靈揭虔，其謂我何？」咸儆懼聞命，相與經畫起廢，完故益新。智者作其謀，富者資其用，取材于河，陶甓于野，礲礎于山，然後工者輸乎巧⑤，壯者服其役，營務既興，先後有敍。於是繚重垣，建臺門，作重寢，列兩序，樹庭屏，凡三十八楹，丹刻翬飛，輪煥離立⑥。其配侍法從之屬，旄纛儀衛之數，金碧絢爛，森布左右，莫不畢備。遊人過客載瞻載儀，溪山草木亦爲動色，凡費泉幣僅萬疋⑦。既落成，某人等以禮幣求文於予，將以幽贊神明，紀夫廟貌興衰之自。謹按：

汾陰后土祠乃魏郯丘之制，其典秩華縟，肇於漢武元鼎行幸之初。千載而下，令人歌秋風之辭，詠汾陰之曲，想夫泛樓船，濟汾河，千乘萬騎，威靈震赫，回旋跓蹕⑧，躬祀睢土，祈穀報功，於是乎在。故歷代因仍，以爲聲明盛事，曠古當然之典是則。崇奉者，國家之事，非齊民所得擬也⑨。以理究之，神睢者即有國之大社⑩，而社者自天子至於鄉遂，皆得置而通祀，第禮文制節有隆殺之異爾⑪。況土爲神，廣大博厚，無所往而不在⑫。又汾陰在晉爲屬邑⑬，以兹爲離宫異館，神游美報之所，其誰曰不然？

嗚呼！三代已降，教化衰而禮樂廢，禮樂廢而祀典亡。林林總總之民，物則既戕，心惑所嚮，有射利徼福而已。故祀非其類，僥倖於萬一者胡可勝數⑭？今冀方之民獨能敦本返始，奉所當祀，俾歷世相承之俗敬恭誠潔⑮，永永是尊，以答高厚無疆之休⑯，較夫淫祀野祭者，可謂知所嚮矣。乃爲作《送迎神辭》、《春祈秋報歌》以祀云。其辭曰：

汾流兮容與，林葩兮繡組。彼汾兮一曲，坎坎兮擊鼓。薦瓊芳，奠桂醑。俟神來，欣樂胥。芳菲菲兮滿堂，偃金枝兮翠羽⑰，報神德兮德何溥。

右迎神

淡林扃兮山煙，乘回風兮雲輧。神欲旋兮何邁，奄上征兮朝元。衆紛舞兮羅拜，欲神留兮無言。望極浦兮渺渺，愁予目兮娟娟，神篤我祐兮歲有年⑱。

右送神

【校】

①「村」，元刊明補本、弘治本、四庫本、《中州名賢文表》作「林」，據薈要本改。「櫛」，薈要本、四庫本、《中州名賢文表》同元刊明補本；弘治本作「桶」，非。

②「東」，弘治本、四庫本、《中州名賢文表》同元刊明補本；薈要本作「更」，形似而誤。

③「單」，弘治本同元刊明補本；薈要本、四庫本作「殫」，亦可通；《中州名賢文表》作「覃」，形似而誤。

④「樊氏里」，弘治本、四庫本、《中州名賢文表》同元刊明補本；薈要本脱。

⑤「乎」，弘治本、《中州名賢文表》同元刊明補本；薈要本、四庫本作「其」，涉下而妄改。

⑥「煥」，弘治本、薈要本、《中州名賢文表》同元刊明補本；四庫本作「奐」，俗用。

⑦「臬」，元刊明補本、弘治本作「臬」，訛字；薈要本作「泉」，形似而誤；據四庫本、《中州名賢文表》改。

⑧「跓」，弘治本、《中州名賢文表》同元刊明補本；薈要本、四庫本作「駐」，亦可通。按：跓蹕，本作駐蹕，作跓蹕、駐驆者，皆偏旁類化而成詞。後依此不悉出校記。

⑨「齊」，弘治本、薈要本、《中州名賢文表》同元刊明補本；四庫本作「鄉」，非。

⑩「神」，弘治本、《中州名賢文表》同元刊明補本；薈要本、四庫本作「祀」。

⑪「文」，弘治本、四庫本、《中州名賢文表》同元刊明補本；薈要本脱。

⑫「無」，弘治本、《中州名賢文表》同元刊明補本；薈要本作「蓋無」；四庫本作「無窮」。

⑬「又」，元刊明補本作「人」，據弘治本、薈要本、四庫本、《中州名賢文表》改。

⑭「勝數」，弘治本、《中州名賢文表》同元刊明補本；薈要本、四庫本作「勝數哉」。

⑮「恭」，弘治本、《中州名賢文表》同元刊明補本；薈要本、四庫本作「共」，亦可通。

⑯「厚」，元刊明補本、弘治本作「㢑」，據薈要本、四庫本、《中州名賢文表》改。

⑰「兮」，弘治本、四庫本、《中州名賢文表》同元刊明補本；薈要本作「分」，形似而誤。

⑱「年」，元刊明補本、弘治本、四庫本作「季」，據薈要本、《中州名賢文表》改。

解州聞喜縣重修廟學碑銘

堯舜用道，以治天下；孔子任道，以垂萬世。其所以明倫建極，論政造士，邇説遠懷者，不外夫術有序、國有學而已。後之君人者思欲化隆唐虞，坐收牖易之道，舍夫子之教，將安法歟？

我國家尊師重道，明德新民，風動海宇①。爰自京師，達於郡邑鄉遂，率建教官，勉士以德，趨民於學，其比隆致治之意②，固云極矣。而承宣鼓舞③，寔守令之職④。是則道生之本，教始之基，其可後而⑤？聞喜在秦曰左邑桐鄉，逮漢元鼎間始易今名。其爲縣，浸董澤，奠鳴條，雄盤遠帶，風土夷沃，通晉走蒲，古爲咽會，名卿碩德，代不乏人。顧山川之氣鍾靈萃秀，必自人文德化、薰陶涵浸者爾。縣廟學舊矣，枕城之艮隅，地勢穹窿，如神龜負圖，背露淵水，蒼官薈鬱⑥，環列庭户，秋煙古色⑦，望之儼然，皆數百年物也。按廟碑，由宋迄金⑧，宰是邑者增崇非一，故制度宏麗，甲於諸縣。遷革已來，神棲碑屋，幸脱煨燼，然歲年綿邈，人迹罕至，浸淫于壤藆草棘而宅狐狸，蓋有年于兹。至元己巳，從仕郎張君來尹是縣，首以營治爲任。既而監縣事脱台、簿司天禄、佐史劉瑞争出廪料⑨，資所費而濟厥孅，如榱棟桷櫨之傾腐者，瓴甋階陛之缺裂者，舉易而新之。復起講肄之堂，齋廬之位，至於神門庖庫、畦圃游息之所，莫不畢備。用十年春二月釋菜禮，告成厥功，百年偉觀頓還于舊⑩。

粤明年春，史劉瑞介汾西前尹王延年持温國文正公學記踵門而請曰：「不腆敝邑，猥致力於鄉校，功甫僝而尹適去，烏可俾上官之善藐焉無聞於後？以職以分，瑞也寔任其責，擬揭諸麗石，以告來哲。」不肖素陋於文，以懇請堅切，辭不能已，敢勉爲書之。又竊喜幸得列名於司馬公之下風，固所願也。尹，晉州臨汾人，諱仲祥，資明良，果於從政，故其爲善，卓卓有成也如是。較夫從事於簿書期會之末者，不曰「有志於本，知教之所基」者歟？誠可歌也已。其辭曰：

維漢聞喜古桐鄉，東浸董澤南條岡。千年喬木秋煙蒼，廟宫盤盤枕艮方。平時絃誦溢兩庠，代不乏賢古明良。如儉顯魏度相唐，風雲感會龍虎驤。至今德業何昭彰，神居雖存地土荒。蒿萊没人狐兔藏⑪，風雨穿漏摧棟梁。張君下車心慨傷，首以營治如弗遑。同寮見義爲贊襄，咨嗟吾道百孔瘡。頓還舊觀蔚有光，齋廬有室講有堂。我南走蒲過此邦，親覩盛事思彷徨。吾儒有例善則揚，作詩豈惟示不忘？士民嚮化此本張，嗚呼廟碑古甘棠。

【校】

①「宇」，薈要本、四庫本、《中州名賢文表》同元刊明補本；弘治本作「寓」，亦可通。

②「致」，弘治本、薈要本、《中州名賢文表》同元刊明補本；四庫本作「郅」，形似而誤。

③「鼓」，弘治本、四庫本、《中州名賢文表》同元刊明補本；薈要本作「歌」，涉下字而誤。

④「職」，弘治本、《中州名賢文表》同元刊明補本；薈要本、四庫本作「責」。

⑤「而」，弘治本、《中州名賢文表》同元刊明補本；薈要本、四庫本作「乎」。

⑥「鬱」，弘治本、《中州名賢文表》同元刊明補本；薈要本、四庫本作「蔚」。

⑦「古」，弘治本、《中州名賢文表》同元刊明補本；薈要本、四庫本作「方」。

⑧「金」，弘治本、《中州名賢文表》同元刊明補本；薈要本、四庫本作「今」，非。

⑨「脱台」，弘治本、薈要本、《中州名賢文表》同元刊明補本；四庫本作「托迪」。

⑩「覿」，元刊明補本作「靚」，形似而誤；據弘治本、薈要本、四庫本、《中州名賢文表》改。

⑪「萊」，弘治本、四庫本、《中州名賢文表》同元刊明補本；薈要本作「菜」，形似而誤。

衛州胙城縣靈虚觀碑

胙之爲邑久矣。昔周以黄帝後姞姓封此，是爲燕國，至秦，廢燕爲胙。貞祐初，金駕南遷，竟河爲界，建帥府，宿重兵，繫浮梁，扼爲汴京北門①。歲壬辰，金人撤守，天兵徇取之。明年，京城大饑，人相食，出逃死北渡者日不下千數。既抵河津，人利其財賄，率不時濟，莩死風雪間及已濟而沉溺者，亦無慮千百數。

時全真教大行，所在翕然從風，雖虎苛狼戾、性於嗜殺之徒，率授法號，名會首者皆是也。師時在衛，目其事，愀然歎曰：「人發殺機，一至於此邪？吾拏舟而來，正爲此爾，兹焉不化，安往而施其道哉？」遂税駕河上，起觀距城之北墉，曰：「將以此道場爲設教張本之自。」於是仁風一扇，比屋回心，貪殘狠戾化而柔良②，津人跋俗悔禍、儌福於門者肩相摩而踵相接矣。凶焰燎原，撲殺心於已熾；慈航登岸，夷天險爲坦途。由是而觀，非好生大德、治於人心者③，其能若是哉？師一日晨起，集大衆謂曰：「吾學道有年，所得而爲心印者，一與虚而已。昔之得一者，天以之而清，地以之而寧，神以之而靈。」又云：「致虚極，守静篤，萬物並作，吾以觀其復。惟其虚則能靈，靈則自虚矣。且天地虚而發亭毒之妙④，日月虚而盪照臨之光，山岳虚而蒸雲雷之變，谷神虚而通天地之根。致虚而要其極，不過煉精守寂、滌除玄覽耳。故得心善淵，居善地，因題其額曰靈虚。二三子，其敬奉吾教！」且曰：「大德不德。今業漿之家十饋其八九，吾不可久於此。」明日遂行。自是，風聲教習大被於河朔矣。

師諱仲美，秦原月山人⑤。年三十弃妻子入道，師浮山碧虚子，遂盡得真傳，深入性窟，故爲大宗主推德，分掌玄教於終南祖庭者逾三紀焉。生平以濟物爲本，事具《重陽宫碑》，兹不復云。歲丙午，詔大醮燕京⑥，師預焉。既受釐，特加師玄微真人號，且膺寶冠霞帔之寵⑦，世以酒李先生行云⑧。甲寅夏六月，羽化於燕之長春宫。及西歸，門人啓柩，顔色如生。冬十有一月，扶護至衛，門徒王志安等以縗絰成禮，醮祭之夕，朔風震屋，將濟河即止。吁，亦異哉！

后十有二年，志安等圖爲不朽，用光昭師德，遂以禮幣來謁曰：「先師教之所及，師之所在也。然過化存神，興修道宇之自，無文以詔來者，責其誰歸？吾子屬列太史⑨，鄉枌盛事，幸爲我論道之，敢再拜以請。」僕，儒家者流，道不同，不相爲謀。獨嘉其尊師重教，推源知本，其篤信有如此者，故略爲序説云。

全真爲教，始以脩身絶俗，遠引高蹈，冥滅山林，如標枝野鹿，漠然不與世接，此其本也。終之混迹人間，蟬蜕泥滓，以兼愛濟物爲日用之妙，其混沌氏之風邪⑩？不然，天命之性，有物有則，彝倫一敍，終不得而蔽之邪？如長春丘公在先朝時，皇帝清問，首以治國保民爲本，其利亦云博矣。今觀玄微李公處身行己，若易地，則皆然爾。於是乎書，且爲門人作詩，追遠仙遊，以極遐想之意。渺渺帝鄉，乘白雲而何在？依依玄鶴⑪，抱黄石以空悲！其辭曰：

道之大原出於天，柱史首探玄中玄。後人依假土苴傳，刺口論説書百千。祈禳服食金鼎鉛，棲居紫青致蓬仙。全真獨抉龜王筌，只以方寸爲福田。七子大鑿疏河源，龍章鳳質炳後先。風聲波動東海壖，李公躍出秦月山。天稟至性虚靖專，一物不獲迺我愆。黄流洶洶黿鯨鱣，貪噬一世垂飢涎。汴人脱死乘膠船，葬之爾腹誠可冤⑫。先生有道光日躔，手拂醉袖敗履穿⑬。鱷牙笑拔鬚爲編，濁波吹破爲澄淵。遺黎北渡賴以全，功成不居世愈賢。超出物表冥鴻翩，千年喬木鬱紫煙。以靈揭宫含至言，頭頭具道道眼圓。伐柯睨柯開蒙顓，門人奉行周且旋。如入鄭圃居漆園，至今遺照無微邊。皎焉靈臺霜月懸，黄鶴一去不復還。終南太華空巍然，山中瑶草春芊芊。何時真遊來羽軒，赤霄望入崑崙巔。我詩刻石不可諼，用作華表歸來篇。

【校】

①「扼」，元刊明補本、弘治本、薈要本作「院」，據四庫本改。

②「狠」，四庫本同元刊明補本；弘治本、薈要本作「狼」，形似而誤。

③「洽」，薈要本、四庫本同元刊明補本；弘治本作「殆」，非。

④「發」，弘治本、薈要本同元刊明補本；四庫本作「成」，涉下字而誤。

⑤「原」，弘治本同元刊明補本；薈要本、四庫本作「元」。

⑥「燕」，弘治本同元刊明補本；薈要本、四庫本脱。

⑦「且」，弘治本同元刊明補本；薈要本、四庫本作「且即」，衍。

⑧「行」，弘治本同元刊明補本；薈要本、四庫本作「稱」。

⑨「屬」，弘治本、四庫本同元刊明補本；薈要本脱。

⑩「氏」，元刊明補本、弘治本作「民」，據薈要本、四庫本改。

⑪「玄」，弘治本、四庫本同元刊明補本；薈要本作「方」，形似而誤。

⑫「可」，弘治本、薈要本同元刊明補本；四庫本作「何」，非。

⑬「拂」，弘治本同元刊明補本；薈要本、四庫本作「覆」，聲近而誤。

總管陳公去思碑銘

至元三年，朝廷以衛之六城爲先大王分邑，許就設監郡，敞府治，跨有鄘邶，復爲河朔一路。

是年夏四月，河南尹陳公承命分虎①，來莅此邦。先是，衛併于懷，前守之良法美政班班具在。然連率遠控者，盱洋而末之悉；子弟資授者，侵欲而無所顧。不期年，法防紐弛②，羣小氣橫，民遂殿屎。公知其然，思有以拊循振濯，抉剔姦蠹③，一新厥民。既視事，乃緩其急張，不爲小惠，持以大體，從宜處約，率以身先之，及前規當法者，仍遵而勿失。於是案簿棼者井之而有綱，公吏囂者肅之而趨事④，教條既周，小大得職。

時自春及夏，暵不雨⑤，秋種未覆，公曰：「龍見而雩，其可後乎？」乃齋居，禱蒼山祠下。車甫還，甘澍霈作⑥，闔境霑足，秋乃大熟。既而監郡公聿來視師，爲人祥靖明惠⑦，樂於爲善，一見公，歡然如平生。其承宣、注措、云爲之意吻與公合，此倡彼和，如響之應聲⑧。及其倅王君文幹⑨，簡重諧讓，以之贊副，會歸政成化洽而已。用是德風草偃⑩，翕然稱治。初，共之西營幕習不法，侵漁無時，民苦之。公以理將命，遂折其須牙，來就約束。又以毒民莫盜賊若，乃下令屬邑曰：「今而後，若輩一汙，記籍者以類别，如農者畎畝，商者市歸。俾督之營務，以恒厥心，時視其勤墮懲勸之。」果終其任，悉悛革不二爲，致狴犴屢空。時熙春撤木萬計，當浮御以東⑪，陸輦之勞，汴、衛兩集其事，公曰：「汴大衛小，役與之埒，民將不堪。」力請於上，竟以汴輸之河滑，且遣軍士三百整桴而下，我止壅遏水勢而已。無幾，治甲令下，頗亟⑫，官易牛革。鄰道例配科民間以辨，農至解耕牛以屠，猶有不堪其輸者，公曰：「不可。」遂一易於市。既而衆相率來謝曰⑬：「脱東鄰之禍者，緊明府是賴。」於是田里盡樂安之農，暮夜有不扃之户矣。

殷太師比干墓在部内，祭秩久替，公請于朝，遂載諸祀典。時秋陽載驕，繹享之夕大雨。越明年，二麥倍常，嘻⑭，亦異哉！及再期，政平訟理，民安吏法，一日謂監郡公曰：「夫政以風俗爲先，俗以教化爲本。今國家文治熠興⑮，百廢具舉，牧養元元，日就富庶。教所未至，寔我之責。矧衛古稱多士，今者春秋釋菜，享獻無所，上無以副朝廷右文之意，下何以啓吾民嚮善之心？」遂大起孔子廟，内外具瞻，克壯於昔，諸生執經，咸得依仰。既落成，有芝産殿梁，連莖秀發⑯，童童如蓋⑰，僉謂邦君誠敬所致。由是而觀，其於事神治人，亦以至矣。公尤辨於先事有方⑱，臨機應變，用儒飾吏，聽訟以情，理明氣温，推見至隱，卒齊之以禮，不知鉆箠、桁楊爲何物。故冤者、抑者每有所伸，强者、暴者日安馴服，至相戒曰：「陳公明良，不容奸欺，吾不可以過聞。」由是人興禮讓，風化大行，蔚然爲諸道帥⑲。朝廷嘉其能，擢充山東東西道提刑按察使。既趣裝，吏民祖送⑳，塡郛溢郭，炷香而頂，構綵而門，徒竊垂洟而感㉑，因伸願借之心㉒，至有攀輪遮道㉓，不忍使去者。既乃，衛民懷思不忘，求文於余。予以鄉國盛事，敢勉爲論譔之。

愚竊觀兩漢之名臣㉔，如黄潁川、劉東海之爲郡而能績用章章者㉕，皆由明允篤誠，遂懿厥德，故所居民愛，所去見思。況公自明而誠，勤强練密，以道自信，所謂推忠及物，衆瘼自蠲，懷我風愛，永戴遺賢者也。且爲吏民作詩，庶幾紹甘棠之遺音，以永衛人無窮之思。公諱祐，字慶甫，世爲趙之寧晉人。其詩曰：

維古作牧紛治偁，兩漢具載循與能。趙張固猛德不勝，捄時沸炎多創懲。漢家三尺世有程，下昧所守徇厥情。一得千失例不經，陳公爲邦大厥稱。三年撫字猶鮮烹，頑則伊教孰汝刑。執中以權適重輕，吏畏民愛政迺平。會歸其極誠與明，吁嗟七月政報成。戴其清浄民敉寧，里門夜啓深春耕。雨暘時若歲屢登，何以教之庠序興。春風弦歌衛六城，槐陰幄張掩訟廳㉖。圜扉無人秋草生，高軒北來障緹屏。翩翩振鷺朝天庭，郡民祖帳繽旆旌㉗。昔何來暮今遽更，漢民借寇蒙允矜㉘。我則不獲心乃縈，使君雖遠德日馨。彼風僾兮我佩銘，願公壽福川方增。坐之廟朝調鼎羹，流惠載使邑里清。我詩刻石亮有徵，千載擬媲甘棠聲。

【校】

①「虎」，弘治本、薈要本同元刊明補本；四庫本作「符」，亦可通。

②「紐」，弘治本同元刊明補本；薈要本、四庫本作「狃」。

③「扶」，弘治本、薈要本、四庫本作「抉」，形似而誤。

④「囂」，弘治本同元刊明補本；薈要本、四庫本作「譹」，非。

⑤「暵」，弘治本、四庫本同元刊明補本；薈要本作「嘆」，形似而誤。

⑥「霈」，弘治本同元刊明補本；薈要本、四庫本作「需」，非。

⑦「祥」，弘治本同元刊明補本；薈要本、四庫本作「詳」，亦可通。

⑧「嚮」，弘治本、四庫本同元刊明補本；薈要本作「響」，亦可通。

⑨「斡」，元刊明補本、弘治本作「鵌」，四庫本作「斡」，據薈要本改。

⑩「用」，薈要本、四庫本同元刊明補本；弘治本闕。

⑪「浮御」，弘治本同元刊明補本；薈要本、四庫本作「輂輸」，非。

⑫「亟」，弘治本同元刊明補本；薈要本、四庫本作「急」，亦可通。

⑬「來」，弘治本同元刊明補本；薈要本、四庫本作「相」，涉上而誤。

⑭「嘻」，弘治本同元刊明補本；薈要本、四庫本作「噫」。

⑮「焆」，弘治本同元刊明補本；薈要本、四庫本作「蛸」，非。

⑯「發」，元刊明補本、抄本、薈要本作「瞱」，據四庫本改。

⑰「如蓋」，元刊明補本、抄本、薈要本作「蓋如」，據四庫本改。

⑱「尤辦」，抄本、四庫本同元刊明補本；薈要本作「平素」。

⑲「然」，元刊明補本、抄本作「照」，據薈要本、四庫本改。

⑳「送」，弘治本同元刊明補本；薈要本、四庫本作「道」，亦可通。

㉑「構綵而門，徒竊垂洟而感」，元刊明補本、弘治本作「構綵而門，徒竊垂洟□感」；薈要本作「構綵而迎，相與垂洟志感」；四庫本作「構綵而門，徒竊垂洟興感」；據抄本補。

㉒「因」，弘治本同元刊明補本；薈要本、四庫本作「用」。

㉓「輪」，抄本同元刊明補本；薈要本、四庫本作「轅」。

㉔「兩」，抄本同元刊明補本；薈要本、四庫本作「西」。

㉕「穎」，抄本同元刊明補本；薈要本、四庫本作「潁」。

㉖「張」，抄本同元刊明補本；薈要本、四庫本作「帳」，亦可通。

㉗「帳」，抄本、薈要本同元刊明補本；四庫本作「悵」，形似而誤。

㉘「蒙允矜」，元刊明補本作「蒙久務」，薈要本、四庫本作「惠我氓」；據抄本改。

平陽府創建靈應真君廟碑①

玄黄判，天地闢，鼇足斷，四極立，而陰陽五行之精，上爲經星恒宿環拱經緯，斡化機而成歲功②。真武，蓋北極之鎮宿也，端處玄宫，爀睨四部③。在昔，王者圖形旗旐以肅擁衛之儀，道家取制，爰設神像，蓬勃其赫靈焉④。若夫振緑髮，提干將，履玄冥，縮元氣也；被玄衣，衷屬甲，戴雲旆，耀武德也。靈虺穹龜，踴躍前導，取形似而從陰類也；復役丁甲六神，撝指陰兵，備將佐也；廟而貌之，于以填方域，祓不祥而來福祐。故在在奉祀，以謂天神之尊極者焉。

我國家運開龍朔，帝發其祥，京都之建，神特顯化焉⑤。遂先啓應宫，用彰靈貺，矧齊民敢後其夤奉哉？冀都真君壇，其來久矣。先時府莊岳間有閣，巍然山峙，設四聖像於其上⑥，神奠其北户焉。兩廂豪右，貿易彩幣，市集宇下，春秋奉香火甚恪。里俗種祠⑦，用爲故事。厥後傑觀雖火，禋嚴之禮藏於人心者耿耿固在。歲丁亥，故老董威、霍斌等顧相諗曰：「吾儕事神之心既不以閣之興替爲有無，然俾神明棲格，無所謂揭虔妥靈，可乎？」於是與趙、常、柴、邢凡七族共輸私財，得地於平陽里，起正殿、神門，社賓之位，庖湢之所，凡十有三楹，莫不攸當。神儀法從，光怪絢爛，飆馳雲擁，陟降自空，内外具瞻，光動里陌。後十年丙子，里社程政等以前人興建本末不可使無聞於後，且恐歲月綿邈⑧，祀典湮微，乃介參軍陀滿君用來謁文於予，將揭諸麗石以告來者，且知廟之所自。

予官晉四載間，稔其風聲氣習，思深而好禮，尚儉而隆義，奄焉有陶唐遺化⑨。故幽明兩間各盡所事，若東里之曹相國，西郛之霍博陸，南遂之帝堯祠，是皆敬其人神有德於民也。是祠之建，前倡後繼，不憚服賈之勤、歷年之久，臻其成就若爾，可謂富而好禮，敬恭神明，罔墜休聲者哉！至於施與厚薄之差，時饗周行之次，具列石背，又見隆義嚮化，所悦者衆云。仍繫樂歌，用伸幽贊。其辭曰：

列象蒼蒼，周天緯經。玄枵之次，虚危之精。羽林北落，凛焉神兵⑩。奠我邦家，衛羣生兮。奕奕新宫，士民之功。遠彼闤闠，極夫尊崇。神庭肅敞，景氣葱曨⑪。風馬雲車，歲時來同兮。神維來降，泠飆先颾。應鼓田田⑫，悲簫洞盪。紛進拜，裸秬鬯。將將洋洋如在上，有物蜿蜒來盻蠁⑬。芳芬滿堂，神人暢兮。神鑑孔明，我民之誠。旍麾下拂，風雨攸寧。攘除祆災，大來庶禎。介我繁祉，時和歲登。踵祠罔替，繼繼承承，永垂其休聲兮。

【校】

①「平」，抄本、四庫本同元刊明補本；薈要本脱。

②「斡」，元刊明補本、四庫本作「幹」，據抄本、薈要本改。按：《秋澗集》卷六八《玉堂嘉話・祈雨青詞》：「易陰陽之恒數，斡造化之玄機。」後依此不悉出校記。

③「爀」，抄本同元刊明補本；薈要本、四庫本作「赫」，俗用。

④「赫」，元刊明補本、抄本作「黒」，據薈要本、四庫本改。按：《秋澗集》卷五〇《大元光禄大夫平章政事烏蘭氏先廟碑銘》有言：「濯聲赫靈，扶我桓撥。」另卷六二《爲虎害移澤州山靈文》亦有「赫靈」之語。

⑤「特」，元刊明補本作「恃」，據抄本、薈要本、四庫本改。

⑥「聖」，抄本、四庫本同元刊明補本；薈要本作「塑」，形似而誤。

⑦「種」，弘治本同元刊明補本；薈要本、四庫本作「踵」，聲近而誤。

⑧「綿邈」，弘治本同元刊明補本；薈要本、四庫本作「綿遠」。

⑨「奄焉」，弘治本、四庫本同元刊明補本；薈要本作「猶爲」，非。

⑩「凜」，弘治本同元刊明補本；薈要本、四庫本作「廩」，聲近而誤。

⑪「曨」，元刊明補本、弘治本作「朧」，形似而誤；四庫本作「蘢」，偏旁類化；據薈要本改。

⑫「田」，弘治本、四庫本同元刊明補本；薈要本闕。

⑬「昐」，弘治本同元刊明補本；薈要本、四庫本作「肹」，亦可通。

重修孤竹二賢廟碑

首陽山孤竹二賢祠肇建於李唐①，增隆於前宋，金貞祐末，爲戍兵撤而櫝之。國初，郡人徐帥因廢基而屋焉。

後四十載，當至元九年玄默歲②，某自御史裏行來官河東。以是年冬十有一月按部，至於蒲坂，適致祭令下，遂齋沐奉祝，祇拜墟墓。庭序蕪翳③，路寢傾圮，遺像黯昧④，陊剥就滅。於戲！前政之不舉，至於斯邪？非惟不稱明詔尊顯風烈之義，而大懼不職，下隕教條。吏隳不恭，惡可徇狃？於是祇會屬吏⑤，作新是圖。資聚既營，衆工趨事，仍命府掾長吴舉董治厥役⑥，改新肖像，以儼神儀。逮明年夏五月，復行縣次蒲，吏告訖功。用六月丁亥，躬率僚屬以少牢之奠敬妥神棲⑦，帶河表華，新宫敞然，山煙庭木，奕奕動色，守吏不任之責庶乎其少塞矣。知府楊君寬請書其事于石以詔來者⑧。

噫！二賢，聖之清者也。其出處大節，求仁本心，興懦厲貪之操，息邪懼亂之功，孔孟稱之詳矣。揭若日月，亘終古而不熄，小子其敢擬諸⑨？然讀黄太史所述⑩，去國諫伐，蓋宗國有不説，好事者爲之説耳，竊有所疑焉。若曰非讓而逃，國人惡而逐之，烏在其爲賢也？且以避紂，不有其位，孔子何爲稱「求仁得仁」？子貢何以審「夫子不爲衛君」乎⑪？至於義抗白旄⑫，耻食周粟，亦謂事不經見，臧哀伯何獨稱武王克商義士？猶或非之？不然，二賢者北自海濱，聞善養來歸，當周命惟新、明義崇德之世，不知俯仰，何所愧怍僵踣於兹山之下乎？故特表而出之，必有能辨之者。仍爲蒲人作《迎享神辭》，俾歲時歌以祀焉⑬。辭曰⑭：

瓊靡潔兮蘭馨⑮，錯薇蔬兮薦神。庭條之山兮河之水迴，風瀟瀟兮波瀰瀰。神之遠遊兮邇何歸？南叫虞舜兮帝禹與追。以暴易暴兮吾知其非，國極所欽兮祀典載熙。粲非周粒兮桂酒芬菲，民之戴神兮清風庶幾。偃迴旆兮入室，陳鐘鼓兮載考載擊。千秋兮萬歲，於焉兮永息。

【校】

①「建」，元刊明補本、弘治本、《中州名賢文表》作「見」，據薈要本、四庫本改。

②「黓」，元刊明補本、弘治本、《中州名賢文表》作「䵣」，訛字；薈要本、四庫本作「默」，形似而誤；徑改。

③「翳」，弘治本、《中州名賢文表》同元刊明補本；薈要本、四庫本作「繄」，形似而誤。

④「黯」，元刊明補本、弘治本作「黓」，據薈要本、四庫本、《中州名賢文表》改。

⑤「祇」，薈要本、四庫本、《中州名賢文表》同元刊明補本；弘治本作「梱」，非。

⑥「掾」，弘治本、四庫本、《中州名賢文表》同元刊明補本；薈要本作「撮」，非。

⑦「妥」，弘治本、四庫本、《中州名賢文表》同元刊明補本；薈要本作「安」，形似而誤。

⑧「君」，元刊明補本、弘治本、《中州名賢文表》作「居」，據薈要本、四庫本改。

⑨「儗」，薈要本、四庫本、《中州名賢文表》同元刊明補本；弘治本作「凝」，形似而誤。

⑩「黄」，弘治本、四庫本、《中州名賢文表》同元刊明補本；薈要本作「董」，非。

⑪「不」，元刊明補本作「下」，形似而誤；據弘治本、薈要本、四庫本、《中州名賢文表》改。

⑫「白旄」，弘治本、薈要本、四庫本同元刊明補本；《中州名賢文表》作「自終」，非。

⑬「歌」，薈要本、四庫本、《中州名賢文表》同元刊明補本；弘治本作「欹」，形似而誤。

⑭「辭曰」，弘治本、《中州名賢文表》同元刊明補本；薈要本、四庫本脱。

⑮「靡」，弘治本、四庫本、《中州名賢文表》同元刊明補本；薈要本作「糜」。

故普濟大師劉公道行碑銘 有序

晉州景行里有觀曰玄應，其徒謝志堅、梁志端介寓館主謝純踵門來謁而告予曰：「先師純熙子化形已久，今雖像而事之，其平昔道術及於人者班班可紀，然非文諸貞珉，無以示來者而傳不朽。明府嘗列官太史，六家之旨，所宜論述也，敢百拜以請。」謹按所持狀：

師諱志真①，字子常，族劉氏，陝之三堂人。幼沉潛不好弄，及長，趨尚沖曠，嗜黄老書，遂棄家入道。既而尋師來晉，止烏玄都宫，與方士韓仙翁遇，傳寶珠照法，覺靈府懽悦，日有啓悟。歲己亥，披雲宋公首暢宗風②，力紹絶學，起《道藏》，書於河汾間。師幡然喜曰：「此人天師也，吾歸依有所③。」即執弟子禮事之，受紫虚籙訣，香火修持，晨夜不少懈。宋偉其志，後以上清三洞五雷籙法畀焉。師操履益精勵，神經怪牒，大賾冥奥，氣志既凝，洞知來物，簪裾所加，法力所至，疾痛呻吟隨失所在，中外喧播，以靈異稱。今聖上邸潛時聞其名，遣使召至④，試以籙法，叅驗諸事⑤，遠邇幽深，靈應昭著。時既雨且風,勢幾恒若,命師以誠祈止,少頃,豐靈回馭⑥,蜚廉爲不飈矣。上異之,賜御醪仙氅,加號普濟大師,特光寵焉。留館堂下,以需時召。自是道價隆隆,風動一時矣。中統庚申冬,詔就長春宮設羅天清醮⑦,師攝行大禮凡七旦夜,神人和暢,且有天光現朗之異。上聞之,喜甚。咸謂師精誠所致。明年秋,奉旨馳乘,祝香岳瀆。事已,還過故隱,語志堅曰:「吾雅性僻逸,恬於世味,偶以兼術供奉闕庭⑧,恩遇優渥,已踰素分⑨。物微近盛,吾道家所忌。」遂謝使者而輟裝焉。後復來徵,竟辭疾不起。以至元某年夏五月終所居丈室⑩,壽六十有六。

師丰儀秀整,面如滿月⑪,紫髯垂脰,翛然有獨立出塵之趣。接物不以貴賤易其禮度,人之有疾,若己受之,推誠濟物⑫,唯恐不力⑬,時人以此多之。予嘗以道家者流以清寂爲宗,一死生,外形骸,自放於萬物之表,是不以一毫世故攖拂其心。至於挾方術,出秘藝,捄時行道者,世有其人。如砭劑膏肓⑭,笞逐鬼物,驅役社翁,安人區而遠不祥,往往驗於事者,蓋世所不廢也。普濟師,其斯人之徒歟? 較夫遺世絶俗,歸潔一身,自放於萬物之表,誠法教中有裨於世者耳。且以費長房着訓子事,猶傳於東京方伎之列⑮,況師之行業出處⑯,又足嘉尚,吾烏得而辭哉? 仍繫之銘詩⑰,庶幾門人歸來望思之意。其辭曰:

大河湯湯，南紀蒼蒼。兩戒勢分，爰自陜疆。蓄潤蟠精，萃於三堂。篤生異人，孕氣之良。截然入道，濟物爲方。山立髯張，劍佩煒煌。霆轟暗室，星壇夜光。玉鈐金紐，呵斥不祥。隱若勍敵，陰魔遁降。四十年間，玄門之綱。鶴馭仙去，白雲帝鄉。何謝世兮已遠，顧其道而彌光？嗚呼！劉根術驗而不及物，長房及物而鬼所殃。我銘勒石，孰爲短長？庶千年而語華表，見門人之涕滂。

【校】

①「真」，弘治本同元刊明補本；薈要本、四庫本作「貞」，形似而誤。
②「宗」，元刊明補本、弘治本作「真」，據薈要本、四庫本改。
③「歸」，弘治本同元刊明補本；薈要本、四庫本作「皈」，亦可通。
④「使」，薈要本、四庫本同元刊明補本；弘治本作「便」，形似而誤。
⑤「叁」，弘治本同元刊明補本；薈要本、四庫本作「三」，俗用。
⑥「馭」，弘治本同元刊明補本；薈要本、四庫本作「御」，亦可通。
⑦「醮」，元刊明補本、弘治本作「蘸」，據薈要本、四庫本改。
⑧「兼」，元刊明補本、弘治本作「蕪」，據薈要本、四庫本改。

⑨「踰」，弘治本同元刊明補本；薈要本、四庫本作「渝」，聲近而誤。

⑩「某」，元刊明補本、弘治本、薈要本闕；據四庫本補。

⑪「如」，元刊明補本、弘治本脱，據薈要本、四庫本補。

⑫「濟」，弘治本、薈要本同元刊明補本；四庫本作「齊」，俗用。

⑬「唯」，薈要本、四庫本同元刊明補本；弘治本作「雄」，形似而誤。

⑭「肓」，四庫本同元刊明補本；弘治本作「育」，形似而誤；薈要本作「盲」，形似而誤。

⑮「着」，弘治本同元刊明補本；薈要本、四庫本脱。

⑯「況」，弘治本同元刊明補本；薈要本、四庫本作「者」，非。

⑰「仍」，弘治本同元刊明補本；薈要本、四庫本作「乃」，亦可通。

王惲全集彙校卷第五十四

碑

大都復虞帝廟碑

幽陵之祠虞帝，所從來緜邈。廟據金故苑西北，維兵後廢不治，獨唐貞元間復廟碑宛在。顔真卿子頵書。人屢欲易去，礱焉以它用主者①，心爣怳若有儆動迺已。厥後，道士陳志玄直廟西百舉武②，起真陽觀爲長春别院，復購焉，約不犯元刻，用石背勒營建本始。備力來徙，碑與趺坼身挺植③，重不克舉，仆。道士愓息磬折，向碑祝曰：「今神顯思若是，願置安處，且遠荒穢，尚敢他用以黷聖靈？神惟降監④，庶畢兹志。」安載而去。吁，亦異哉！

初，樞密趙公良弼嘗建學宫於鄉縣，求志玄爲工師⑤。既迄功⑥，以徙碑事蹟來告，公曰：「嗚呼噫嘻！皇乎休哉！惟帝明德，萬古是式。況冀土茫茫，析而爲幽州者，帝之所經畫。宜乎燕人祠饗⑦，不忘廟屢廢而旋復也。又遺碑巋然⑧，自唐歷五代、遼、金，當大元戊寅，凡五百有餘歲，神物護持，俾勿壞。汝歸，興復之責，不在師乎？」志玄曰：「唯。」即以道宫丕搆，作新廟而奉黼扆焉。既而趙公將志玄之懇，以《復廟記》見屬。

某拜手稽首而颺言曰：「日月星辰，帝文明也；君臣父子，帝彝倫也；山川風土，帝疆域也。是則聲教所暨，巍巍乎與天地同休，孰能名而能報哉？今志玄黄冠師因趙公一言而復數百年之舊，俾來者瞻天就日，知慕帝德，如蟻之赴羶。可謂推原道本，敬其所當敬。乃知天理之在人心者，曾一息而間斷邪？至於稽古樂善⑨，因機就功，毗贊皇猷，思成比封之美。又以見趙公事君治民，孳孳焉以堯舜之道存其心者也。誠宜特書以詔來哲。」仍繫樂章，使都人歲時祀饗，登以歌焉。其詞曰：

帝降諸馮，東方人兮。幽幽深山，鹿豕羣兮。耕稼陶漁，至爲帝兮。風動八區，烝一乂兮⑩。矧惟析津⑪，帝經制兮。物不苦窳，化土泥兮。聖靈在天，濡鴻私兮。阜財解慍，南薰時兮。鳶飛魚躍，日用而不知兮。風移俗變，天理存厥彝兮。燕人懷思，歆明德而祠兮⑫。八音庭陳，鳳來儀兮。九疑雲深，望何依兮？我賡九歌，言匪空兮。皇天降衷，克綏惟帝聰兮。恫彼下民，中庸其鮮充兮⑬。嗚呼！胡能一天下之慮，允執其中兮？

【校】

①「主」，弘治本、四庫本、《中州名賢文表》同元刊明補本；薈要本作「立」，非。

②「舉」，弘治本、薈要本、《中州名賢文表》同元刊明補本；四庫本作「餘」，涉上而誤。

③「碑與趺」，弘治本、四庫本、《中州名賢文表》同元刊明補本；薈要本作「碑趺已」，非。

④「惟降監」，弘治本、薈要本、《中州名賢文表》同元刊明補本；薈要本作「惟降鑑」，亦可通；四庫本作「維降監」，亦可通。

⑤「求」，弘治本、四庫本、《中州名賢文表》同元刊明補本；薈要本作「永」，形似而誤。

⑥「迄」，抄本、四庫本、《中州名賢文表》同元刊明補本；薈要本作「起」，聲近而誤。

⑦「祠饗」，抄本、四庫本、《中州名賢文表》同元刊明補本；薈要本作「享祀」。

⑧「遺」，抄本、四庫本、《中州名賢文表》同元刊明補本；薈要本作「道」，形似而誤。

⑨「善」，薈要本、四庫本、《中州名賢文表》同元刊明補本；弘治本作「喜」，形似而誤。

⑩「一乂」，弘治本、《中州名賢文表》同元刊明補本；薈要本、四庫本作「乂一」。

⑪「析」，弘治本、四庫本、《中州名賢文表》同元刊明補本；薈要本作「祈」，形似而誤。

⑫「祠」，弘治本、《中州名賢文表》同元刊明補本；薈要本、四庫本作「祀」，亦可通。

⑬「其」，弘治本、四庫本、《中州名賢文表》同元刊明補本；薈要本作「具」，形似而誤。

大元故中奉大夫浙東道宣慰使陳公神道碑銘 并序

士有奮身韋布，作時藎臣，志足以有爲，材足以應變，氣足以充守，學足以明義，毅然以致君澤民爲己任，雖罔獲克畢厥志，不幸而罹患難，猶能挺樹名節，勵薄俗於當年①，激清風於來代，古難其人，今於宣慰陳公見之矣。

公諱祐②，字慶甫，世家趙之寧晉。爲人固窮尚志，好讀書，恥陸出馬援書③。混泥塗間。癸丑歲，以藝能應穆王府辟，一見而列侍從官。公勤勞所事，進盡忠言，王嘉其大有裨益，遂賜號尚書，俾顯異於衆。及分土陝、雒④，其監與守承制封拜⑤，以公充本道軍民總管⑥。□洛邑關河衝會⑦，政荒民耗，困於兵賦轉輸，不大更張之，將無以爲治。即咨其利病之要者，得廿四事，率如請。又奏免征西屯田軍士數百家歲負糧料及椒竹等課甚衆。自是殿夷屎息，日就安集之樂。八年間規爲保障，率以身爲律度，至今人賴其惠。

至元二年，調官制行，授奉政大夫、南京路治中。徐、宿大蝗，移公督捕，役農民數萬。度其勢猝不能殲，秋稼垂成，即散遣，收穫自捄，不然秉遺無餘。或以不可諫，曰：「救菑獲罪，迺所甘心。」朝廷以從權韙之。尋授嘉議大夫、衛輝路總管。其治比洛愈精勵有方，正官紀，革吏習，杜私交，審聽斷，務以至誠感發，期於實惠及民。每庸調之下，必經畫寬便，使民有餘力。部内屯戍習豪横，眂民司蔑如[8]，莫敢誰何。公因事致詰，落其機牙。衆譁噪，擁其長以來，意在棖觸，公坐廳事上，折之以理，厲聲色，略不相假貸，爲氣褫而退。自是闔境肅然，奉教條惟謹。復比干祀，大起孔子廟，暇則集諸生，肄經史，以敦教本，至風化大行，吏民稱美，刻石以頌之。時憲臺初立，首以材擢授山東東西道提刑按察使。公憙其責與志合，踔厲英發，擊豪右，擿姦伏，逆見隨決，所至以神明稱，貪墨者往往投劾而去，褰帷具瞻，有「風動百城」之目[9]。平時底蘊雖略張設，而惓惓朝廷之心不食寢忘。嘗以三本陳事，忠嘉剴切，反覆論列，至累數千言[10]，大率「太子，國本，建立之際宜早[11]；中書，政本，責成之任宜顓；人材，治本，選舉之方宜審」，又「羣小流言干撓庶政，恐習以成風，私門萬啓於下[12]，公道孤立於上，臣知承平吉祥之言必不出於若輩之口」。事雖不報，士論偉焉。時機務多出尚書，權臣意欲獨顓柄用，乃以併中書，設三公爲言。事下，大臣勑公預其議，有説公宜審所向，可致大用。公不顧，乃直言可否，曰：「中書，政本所係，併尚書爲一省便。右丞相安童位尊望重[13]，宜端揆如故。

三公虛位，不須設置。」衆因以聞，事遂寢。斯皆國家大計，人所持難，公慨然吐論⑭，曾不少顧⑮。自是忠直之名聞於蓋代，然不説者衆矣。俄遣簽書中興行省事⑯。

十三年，改授南京路總管，兼開封府尹。屬吏憚公方嚴，有不安者，仍諭之曰：「汝昔爲顔，今跖，吾以法繩之；昔爲跖，今顔，吾以禮遇之。善惡自取，吾何心其間？」衆悦，弭耳趨事⑰。許、蔡郊有劇盜，號賊李三，黨結甚衆⑱，軒頊囂嘯，公然剽劫，兇焰動兩河間⑲，及公來，逸去。以計捕獲，即撾殺之，萬口稱快。

明年春，進拜中奉大夫、浙東道宣慰使。時江左初下，人情䑾脆，例賂遺相尚。公表以廉正，濟以恩威，遠懷邇乂，浙人忘亡。其不貪毋擾之戒，兹有驗矣。福建平，大軍俘温、台新附萬餘人而西，公力爲申援，還民伍者什七八。越校廩繼⑳，米幾萬斛，掩爲兵食，驗籍復于舊。行省下令，筭商酤頗亟，公建言：「兵後瘡痍未復，宜停徵以示優卹。」遂檄公覆明台。營田歸，頓新昌，值玉山寇出剽。報至，衆謂可去，曰：「吾守土臣，義不當避。去之，民曷依？」俄兇黨突入，衆寡不敵，遂遇害，實至元丁丑歲九月七日也，得年五十有六。靈輀抵越，人士素服哭祭，皆失聲，願留葬起祠以奉。嗚呼！非守義不回，推忠及物㉑，安能感人心如是？子夔請兵討復，得首惡七人，僇越州市。次子皋扶其喪歸，殯洛陽縣之北邙原。

公剛明廉介，博學，有經濟材，信道篤，立志堅，從政果，於應變爲尤長，氣之所充，雖百折不撓。故處大事，臨大節，審量合義，挺然力行㉒，要欲表表有所見於世，而勢利可得奪耶㉓？其愛君憂國之忠出天性固然。與人交，有終始，不可干以私。官二千石三十年，自奉猶寒士，不知富貴爲何物，可謂甘貧苦節、不愧神明者也。以用罔能盡，死非其所。訃聞，識與不識舉爲愴惜之。生平喜作詩，辭必己出，能道所欲言。節齋，其別號云。

曾祖懷，妣范氏。祖忠，妣張氏。世在野。父諱子安，性慈祥，美丰儀，易農而醫。壬辰際，以其術多所全活，陳氏之興，豈其是邪？用公貴，封資德大夫，妣張氏順德夫人，賜錦衣各一襲。公夫人翟氏，以貞静，能安公貧。子三人：長曰夔，武略將軍㉔，佩金虎符，充某路行軍總管；次曰皋，讀書克家，矯矯偕有父風；次庶，未名。女三，俱適士族。孫八，男女各四人。

卒事之明年，孤子夔等喪服纍然，百拜涕泗，以墓碑爲請。因念公與不肖交素厚，死生之際，三入予夢，皆有明徵，豈非精爽交感，動於彼而應於此然耶㉕？雖既挽而復誄，其感於予心者㉖，固有所未盡。今屬筆來圖不朽，以義以分，其敢以不敏辭？謹按母弟知府天祥善狀，勉爲論次之。銘曰：

維天降材，畀我共治。其道伊何，曰忠與義。安而行之，匪功匪利。致君堯虞，否乃予愧。不曰藎臣，其將孰謂？堂堂陳公，元精貫中。貞亮之義，謇諤之忠。以剛而順，以介而通。養我浩氣，塞乎昊穹。一朝遭際，奮從雲龍。即事進諫，礪夫深衷。列二千石，敏焉赴功。以德以讓，凛兩漢風。擢登使車，攬轡而東。三年齊魯，一鶚横空。治安陳書，衮職是縫。明我國本，如棟之隆。充庭預議，孰知雷同。屹然有立，砥柱河衝。望公廟朝，帝載奮庸。持節江海，卒與禍逢㉗。命也何言，其來則豐。哀哀嗣侯，子職大供。臨江一慟，揃夷姦兇㉘。憤雪九泉，與没其躬。瘦陶之墟，汶川溶溶㉙。顧瞻佳城，祖禰是從。魂兮歸來，安此新宫。忠傳孝繼，有泱其渢。是維慶父之表，過者敬恭。

【校】

①「薄」，弘治本、薈要本、四庫本同元刊明補本；《中州名賢文表》作「渾」，形似而誤。

②「祐」，弘治本、薈要本、《中州名賢文表》同元刊明補本；四庫本作「佑」，形似而誤。

③「出馬援書」，弘治本、薈要本、四庫本同元刊明補本；《中州名賢文表》脱。

④「陜雒」，元刊明補本作「□雒」；弘治本闕；薈要本作「東洛」；《中州名賢文表》作「陜雄」，形似而誤；據抄本、四庫本補。

⑤「守」，弘治本、《中州名賢文表》同元刊明補本；薈要本、四庫本作「守丞」。

⑥「公」，弘治本、四庫本、《中州名賢文表》同元刊明補本；薈要本作「王」，非。

⑦「□」，弘治本同元刊明補本；薈要本、四庫本作「治」；《中州名賢文表》作「且」，非。

⑧「眂」，弘治本、薈要本、《中州名賢文表》同元刊明補本；四庫本作「眡」，亦可通。

⑨「風」，弘治本、《中州名賢文表》同元刊明補本；薈要本、四庫本作「民」，非。

⑩「累」，弘治本、《中州名賢文表》同元刊明補本；薈要本、四庫本作「屢」，非。

⑪「際」，弘治本、《中州名賢文表》同元刊明補本；薈要本作「事」，非；四庫本作「除」，形似而誤。

⑫「萬」，弘治本、四庫本、《中州名賢文表》同元刊明補本；薈要本作「大」。

⑬「安童」，弘治本、《中州名賢文表》同元刊明補本；薈要本作「安僮」；四庫本作「安圖」。

⑭「慨」，弘治本、四庫本、《中州名賢文表》同元刊明補本；薈要本作「嘅」，涉下而聲誤。

⑮「少」，弘治本、四庫本、《中州名賢文表》同元刊明補本；薈要本作「瞻」，涉下字而誤。

⑯「俄」，四庫本、《中州名賢文表》同元刊明補本；弘治本闕；薈要本脱。

⑰「弭耳」，弘治本、四庫本、《中州名賢文表》同元刊明補本；薈要本作「之益以」。

⑱「甚」，弘治本、《中州名賢文表》同元刊明補本；薈要本、四庫本作「其」，形似而誤。

⑲「焰」，元刊明補本、弘治本、《中州名賢文表》作「爁」，據薈要本、四庫本改。

⑳「校」，弘治本同《中州名賢文表》元刊明補本；薈要本作「技」；四庫本作「支」。
㉑「推」，弘治本、四庫本、《中州名賢文表》同元刊明補本；薈要本作「惟」，形似而誤。
㉒「挺」，弘治本、四庫本、《中州名賢文表》同元刊明補本；薈要本作「毅」，涉下字而誤。
㉓「可得奪耶」，弘治本、四庫本、《中州名賢文表》同元刊明補本；薈要本作「不得奪也」。
㉔「略」，弘治本、四庫本、《中州名賢文表》同元刊明補本；薈要本作「路」，形似而誤。
㉕「於」，弘治本、《中州名賢文表》同元刊明補本；薈要本、四庫本作「乎」，亦通。
㉖「感」，元刊明補本、弘治本、薈要本、《中州名賢文表》作「慼」，據四庫本改。
㉗「禍」，元刊明補本、弘治本、《中州名賢文表》作「裀」，據薈要本、四庫本改。
㉘「夷」，弘治本、四庫本、《中州名賢文表》同元刊明補本；薈要本作「除」，亦可通。
㉙「洨」，弘治本、《中州名賢文表》同元刊明補本；薈要本、四庫本作「交」，俗用。

大元故真定路兵馬都總管史公神道碑銘　并序

雲雷合奮，屯難伊始，君子以經綸爲囏；攙搶廓清，恢我文治，世臣以守成爲重。維史氏倡大義，起營朔，爰自都帥公仗鉞分閫①，來殿鎮方，擴武略以濟屯，角羣雄而宣力，取威定霸，於是乎在。繼以太尉留後，二公篤忠貞，昭嗣服，治具粲張②，民物趨阜。至於知垂創之惟難，審守持之匪易，躬念成規，洞焉恐墜，卒之承先志而推方岳之賢，著治效而冠羣辟之列者，總尹史公其選哉！

公諱楫，字大濟，世爲大興永清縣農里大家。曰成珪者，公之曾大父，行北京六部尚書。曰秉直者，公之大父，金紫光禄大夫、河北西路兵馬都元帥。曰天倪者，公皇考也。初，乙酉歲，父金紫公遭罹仙難，時侯齒雖稚，資稟剛毅沉塞，已能從叔父忠武公破走仙，復真定，衆謂「臧孫達，其有後於魯矣」。及長，不妄言笑，善騎射，博戲、音樂略無所憙。開府公奇其好尚不凡，令給事左右，俾習知政務。

己亥歲，奏授公知中山府事。惟定武衝會務殷，使軺營帳，中外騷屑。公措畫有方，數年間民賴以安。尋充征南行軍萬户，翼經略公徇地蘄黄間。當戰，攻殊力；值阻乏，則頓舍樵爨經營百至，甘苦與衆共之。及還，一卒無飢疫失所者③。丞相以公材果，從政、治兵皆所於可。壬寅春，引覲太宗皇帝，奏曰：「臣先兄天倪死事際，緣姪楫孺，攝行其職。今業克負荷，請解所佩金虎符畀之。臣天澤備列戎行，俾兄不失舊物④，臣之願也。」上大加稱賞，即授公真定路兵馬都總管。涖政之初⑤，顧惟鎮府表山帶河，連屬三十餘城，生殺進退咸倚顓決⑥。一旦惴惴繼述，有夙興夜寐，謹身帥先，明政化，信賞罰，任良能，汰貪墨，劭厲農工⑦，惠鮮鰥寡，庶藹絲輕而保障之功可立。

辛亥歲，朝廷肇議賦額，户率徵白金一鍰，名曰「包垜銀」。諸路審其重，莫敢倡言。公毅然上請曰⑧：「兵後生意未蘇，民恐不堪。如銀與物折，各減二數，庶民力少寬，且無逋負。」允其請，詔爲定制，迄今天下賴焉。各道發楮幣貿遷，例不越境，所司較固取息⑨，二三歲一更易，致虚耗元胎，商旅不通。公騰奏皇太后⑩，立銀鈔相權法，度低昂而爲重輕，變澁滯而爲通便。時又有言食肴之醬，請按籍計口，椿散者業以從之。公詣行臺，論其不可曰：「鹽鐵本貿易物，難同差税一例配着⑪。今民資單弱，是愈抵於困，不若依舊便。」議遂寢。嘗有寇行劫保之南鄙，捕罔獲。時檄所在，如盜數償主，公與保將賈會境上，議强歸于我，公弗辨，徐曰：「盡付之。第切發地約，弊邑耕斸，去其囊槖⑫，以絶後患，何如？」賈悟⑬，遂詘我，免輸償錢數千緡。元氏，郭其姓者，愬府僚屬於達官按脱⑭，既而質無實，達官怒，欲抵郭死，公力請釋之，曰：「此人以重辟謀陷汝等，何援爲？」公曰：「殄之以懲後，未若宥之死，愧其心也。況人命至重，豈以妄言某等卒窮極戮哉？」竟杖而遣之。辛亥，斷事官也里干脱火思來按本部⑮，性苛察憙事，凡被劾者，淩轢羅織，莫有脱其轂者。公能隱忍將順，使虐焰斂熇，不致濫及非辜、害吾事而已。其已籍没者十數家，公奏明其冤，竟皆復業。公之捄時濟物，民得受一分賜，其不自顧藉類多此。

中統建元，首授公真定路總管，同判本道宣撫司事。遂舉明州縣文學屬吏三十餘人，後皆致通顯云。

三年，齊叛平，忠武公首奏「兵民之職不可併居一門⑯，行之請自臣家始」。公即日解紱⑰，以職讓其弟江漢大都督權，角巾私弟，裕如也。遂選勝西郊，築治亭圃，日以植花木、玩泉石爲佚老之計，澤車款段，徜徉游詠，人不知爲故侯大將也⑱。以至元九年二月遘疾，越廿日，薨於正寢，春秋五十有九。某月日，葬獲鹿縣明丘鄉安社里之西原。

公之純正莅官，嚴恪親戚，左右罔敢一語私於其間。至若民情鬱而未宣，時政舛而未便，寢食爲不安⑲，思有更張而後已。終其身，無聲色逸靡之娱。其奉上接物，刻己自厲，不一毫及民，前後積負至四百餘定，弃官日，方議易田宅以償。朝廷憫其廉，爲代輸焉。故在官三十年間，時和歲豐，政平訟理，鎮之士民輕裘緩帶，鳴絲跕躧，嬉遊宴衎，樂史氏之無事。内則連甍接棟，井肆夥繁，河朔兵餘，獨稱萬家之盛；外則阡陌從横，耕桑彌望，熙熙然爲樂郊之民。及期而報政，崇獎聲實，俾爲諸道法，宜矣！

夫人三：完顔氏，北京路左副元帥某之女；散竹氏⑳，金紫光禄大夫、北京七路兵馬都元帥烏野兒長女㉑；蒲散氏㉒。子男廿一人㉓：曰炫，武德將軍、常德府管軍總管；曰蝌㉔，蚤世；曰煇，奉訓大夫、孟州知州；曰燧，朝列大夫、東昌府同知；曰熒；曰燁，卒；曰炷、煇㉕；曰煊，潼關提舉；曰燭、燃、炎；曰煬，承直郎，簽嶺南廣西道按察司事；曰爀；曰燉㉖，行省宣使；曰煐、烘、炬、炘、烜、烔㉗。女子一十三人，俱適華族。孫男廿三人：長塔列赤㉘，武德將軍、鄂州管軍千户；餘並幼。女孫一十七人。若子與孫，服庭訓，迪撿押，略無紈綺驕豪之習，彯纓若綬，爛焉盈門。《詩》云：「靖共爾位，好是正直。神之聽之，介爾景福。」公誠有焉。

公薨之十年㉙，嗣子煇、熒介公第征東經略使、樞密御史中丞彬以神門之表來禱㉚。某惟曩列省郎㉛，公以民事上計，意有未安者，憂形於色，固已切歎其有志於民。及按部燕南，延見故老歌頌遺愛，有不能忘者。又知夫流風善政，感人之深也。如是，輒弟其門士李豹善狀而系之以銘㉜。其辭曰：

緊農之務世服勤，正以篤實天爲親。史維累葉耕而耘，一氣厚積生元臣。惟元再傳彪其文，弱冠崛起乘風雲。中天草昧殊未分，亦能當闒收元勳。豈其垂裕彌後昆？大忠遽掩豺豕羣，是爲明府皇考君。公今嗣封昔孤童，已能馳射精絶倫，利器小試無輪囷。堂堂大府恒山軍，一日作牧兩漢循。於鑠叔武經且綸，大綱一舉萬目振。如何畫法參能遵，保民無踰家富殷。弊去泰甚輕絲銀㉝，權臣按事何斤斤。斂回熇焰燋吾身㉞，拔擢良善脱已焚㉟。載其清静民謐寧，丹砂成金頑化仁。潭園水滿花氣薰，高牙大纛馳朱輪。崇高有餘足具陳，公曾目覩耳弗聞。公堂糲食坐日曛，念念民事憂絲棼。絃歌萬家和氣氳㊱，農夫不識城四闉。桑麻蔽日原隰昀，熙熙鎮土三十春。歲時報政帝乃訢，褒顯班上諸侯裀。白頭一德酬國恩，用昭先功畫麒麟。惟冥報果忠與純，慶流又見螽斯孫。功成身退素所云，笑解留務遠世紛。郊園花木清而芬㊲，拂衣去作封山神。空餘遺愛霑邦氓，甘棠懷思墮淚存。零落何必西州門？嗣侯追報圖不泯。哀號罔極悲秋旻，我銘騰兮舌可捫。擬配大茂增雄尊，孝思永言世所敦。

【校】

①「爰」，弘治本、四庫本同元刊明補本；薈要本作「粵」，非。

②「粲」，弘治本、四庫本同元刊明補本；薈要本作「燦」，亦可通。

③「疫」，弘治本同元刊明補本；薈要本、四庫本作「疫疾」，衍。

④「物」，弘治本、四庫本同元刊明補本；薈要本脱。

⑤「涖」，弘治本同元刊明補本；薈要本、四庫本作「莅」，亦可通。

⑥「倚」，弘治本、四庫本同元刊明補本；薈要本作「荷」，形似而誤。

⑦「厲」，弘治本同元刊明補本；薈要本、四庫本作「勵」，亦可通。「工」，弘治本同元刊明補本；薈要本、四庫本作「士」，形似而誤。

⑧「上請」，弘治本、薈要本同元刊明補本；四庫本作「請於上」。

⑨「較」，弘治本、薈要本同元刊明補本；四庫本作「膠」，非。

⑩「騰」，弘治本、四庫本同元刊明補本；薈要本脱。

⑪「着」，弘治本、薈要本同元刊明補本；四庫本作「著」。

⑫「其」，弘治本、四庫本同元刊明補本；薈要本脱。

⑬「悟」，弘治本、四庫本同元刊明補本；薈要本作「語」，形似而誤。

⑭「脱」，弘治本、薈要本同元刊明補本；四庫本作「問」。

⑮「也里干脱火思」，弘治本同元刊明補本；薈要本作「伊埒肯托郭斯」；四庫本作「伊爾根特古斯」。

⑯「職」，元刊明補本作「我」，據弘治本、薈要本、四庫本改。

⑰「紱」，弘治本、四庫本同元刊明補本；薈要本作「官」，亦可通。

⑱「大」，元刊明補本、弘治本作「失」，據薈要本、四庫本改。

⑲「食」，元刊明補本、弘治本、薈要本作「餗」，據四庫本改。

⑳「散竹」，弘治本同元刊明補本；薈要本作「薩勒珠特」；四庫本作「沙卜珠」。

㉑「兵馬」，弘治本、四庫本同元刊明補本；薈要本作「兵馬司」，衍。「烏野兒」，弘治本同元刊明補本；薈要本作「烏葉爾」，四庫本作「烏頁爾」。

㉒「蒲散」，弘治本同元刊明補本；薈要本、四庫本作「布薩」。

㉓「子男廿一人」，弘治本、四庫本同元刊明補本；薈要本作「子男共廿人」。

㉔「蛚」，弘治本同元刊明補本；薈要本、四庫本作「烈」。

㉕「煇」，諸本皆作「煇」，非。按：作「煇」者，或錯簡而衍；或形誤，本當作何不可考。

㉖「燉」，元刊明補本闕；弘治本作「墩」，非；據薈要本、四庫本補改。

㉗「炯」，弘治本同元刊明補本；薈要本脱；四庫本作「炯」。

㉘「塔列赤」，弘治本同元刊明補本；薈要本作「塔喇齊」；四庫本作「達喇齊」。

㉙「之」，弘治本、薈要本同元刊明補本；四庫本脱。

㉚「第」，弘治本同元刊明補本；薈要本、四庫本作「弟」，亦可通。「密」，元刊明補本、弘治本脱，據薈要本、四庫本補。「禱」，弘治本同元刊明補本；薈要本、四庫本作「請」，亦可通。

㉛「曩列」，弘治本同元刊明補本；薈要本作「曩昔」，既衍且脱；四庫本作「曩昔爲」，既衍且脱而又妄加。

㉜「弟」，弘治本、薈要本、四庫本作「第」，亦可通。

㉝「泰」，弘治本同元刊明補本；薈要本、四庫本作「太」，亦可通。

㉞「焰」，元刊明補本、弘治本、四庫本作「豔」，據薈要本改。
㉟「擢」，元刊明補本、弘治本、薈要本作「濯」，據四庫本改。
㊱「氳」，弘治本同元刊明補本；薈要本作「温」，非；四庫本作「緼」，亦可通。
㊲「園」，弘治本、薈要本同元刊明補本；四庫本作「原」，聲近而誤。

淇州創建故江淮都轉運使周府君祠堂碑銘

郡邑之設，因形勝而稱望雄，由變遷而有併置。至於廢起千載之餘，功垂百世之後，俾存殁懷思，感人心而不忘者，非豪傑經濟之士未易致也。朝歌，殷故墟①，兩漢縣焉。魏齊來，移理衞縣②。河朔經途，東出鉅橋之陌③，而朝歌遂墟。天兵南下，鉅橋正途亦廢。自太行東接浚郊，莽爲林灌④，行者並山取捷，躡迹於兔蹊鹿町之間。又分當相、魏、汲三會之郊，盜賊囊橐其間，日禦人爲尋常，邦君邑長顧目前不遑，奚暇遠圖哉？故羣行恣睢，莫敢誰何者有年於兹⑤。

壬子秋，國家經略江淮，擢行臺聽事官周侯充諸道轉運軍儲使，仍置司于胙。侯道出朝歌，登鹿臺遺址，顧瞻河山，愛其沃壤，且嘆夫梗阻若爾，慨然懷闢易興除之舉⑥。

乙卯歲⑦，公以事北覲，圖利害，上之朝廷，爲開可⑧。詔以彰德、大名、衛輝漏版户五千實焉，復其徵三年，因易號曰「淇州」，縣曰「臨淇」，特勑公領辦其事。於是推賢擇能，申令講治，設官府，建倉廩，立市廛；外則表疆理，布丘聚，開阡陌，梁津夷嶮，以便行路。下置淇奥、思德、南陽、薛村等鎮以間迥曠⑨，耕牛田器及飢貧不自存者，一仰給於官。下至取材于山，陶甓于野，率躬親規畫，略無倦色。西山鐵官甍竈公出本資，悉發其伏利。自是四方流徙、願受廛胥宇者日接踵而至，商通工易，貨委闤闠，餘糧畝棲，煙火連甍，鳴雞吠犬相聞，和樂之氣達乎四境⑩。侯復以既庶且逸，無教可乎？遂建孔廟，立學師，敦化基而厚薄俗。不五載，内外修治，井井可觀。邑居過客相與咨嗟嘆息曰⑪：「曩以荒煙廢堞之墟，化爲樂郊樂國；向也流逋傭耕之民，今爲恒産完美之室。雖天休涵濡，非我公建白興造之力，疇克臻此？」既而，公薨于位，子鍇襲職，繼述先志，有光於前者。

至元癸亥，轉官制行，州隸于衛。耆舊馬良等謀于衆曰：「公去世逾遠，吾輩生理日完，嗣侯又歷官它郡。其開建本末、卵翼深恩，匪立祠樹碑、奉祀光揚，何以報盛德而圖不朽？」乃相率度治城乾方爽塏地，廟而貌之。十三年秋，適嗣侯自魏府别駕代歸，良等邀過妹邦，大合樂以落之，相與請予文以紀其實。

走早辱公知，敢以不敏辭？念古之君子興事造功，率忠愛持心，無一毫功利自私，克成碩大光明之業。故民戴之如父母，仰之如神明，宜矣！如公初以轉致之便，興廢棄於荒殘，因丘聚之成，養流播於完實⑫，又未嘗占據膏腴，營治己私爲務，誠可謂持心忠愛、豪傑經濟者矣。致感人心，存歿罔間，耿耿不忘者如是。據禮當祀，在法宜銘。

公諱某，字德甫，晉之隰人。孝悌忠信，慷慨尚氣義，蚤以材術振耀一時，仕至江淮都轉運使。其豐功碩德具載墓碑，兹不復云。今嗣侯自武德將軍陞嘉議大夫⑬，佩金虎符，淮東高郵軍總管。銘曰：

河山兩戒殷故墟⑭，自昔土壤稱膏腴。千年廢治灌莽區，殆似淵藪藏逃逋。政以規畫無良圖，堂堂周侯烈丈夫。一朝王門曳華裾⑮，利焉思興害思除。南來主漕過此都⑯，顧嗟形勝資貙貙。血人于牙其忍歟⑰，龍庭入奏爲允俞。一語能霈天恩濡，郊圻申畫開井廬⑱。連甍表植左右閭，日中市集百貨俱。荒榛一旦爲亨衢，流民賴之彫瘵蘇。儫倈又復三年租⑲，夫耕婦織圃有蔬。桑無附枝麥兩塗，芃芃翠浪西山隅。昔焉餬口今贏餘，我衣我食公所予。欲報之德父母且，胡不均弘秉事樞⑳？天奪之速爲世吁，公去雖遠愛豈殊？身後報謝當何如，閟宫盤盤列綺疏。繪肖公像儼以居，歲時豆籩民駿趨㉑。曝牲在几酒在壺㉒，坎坎鼓擊吹笙竽㉓。睇公風馬乘雲車，神兮歸來意恒愉。風時雨若蛇蟲菹，甌窶滿篝厲鬼驅㉔。我詩劖石誠匪諛㉕，採之民謡與同符㉖。大書特書不一書，太行礪兮河帶紆。黄童白叟相攜扶，猶有墮淚沾龜趺。

【校】

①「墟」，元刊明補本、弘治本闕；四庫本作「都」，亦可通；據薈要本補。

②「縣」，弘治本、四庫本同元刊明補本；薈要本脱。

③「之陌」，元刊明補本、弘治本作「□陌」；據薈要本補；四庫本作「之西」。

④「爲」，弘治本、薈要本同元刊明補本；四庫本作「爲爲」，衍。

⑤「年」，元刊明補本、弘治本作「季」，據薈要本、四庫本改。

⑥「闢」，弘治本同元刊明補本；薈要本、四庫本作「辟」，亦可通。

⑦「乙」，元刊明補本、弘治本、薈要本作「乙」，四庫本誤作「已」。

⑧「開」，弘治本、薈要本同元刊明補本；四庫本作「報」，亦可通。

⑨「奥」，弘治本同元刊明補本；薈要本、四庫本作「澳」，亦可通。按：語本《詩·衛風·淇奥》：「瞻彼淇奥，緑竹猗猗。」作「澳」者，偏旁類化。

⑩「乎」，弘治本同元刊明補本；薈要本、四庫本作「於」，亦可通。

⑪「歎」，弘治本、四庫本同元刊明補本；薈要本作「太」，亦可通。

⑫「播」，弘治本同元刊明補本；薈要本、四庫本作「布」，亦可通。

⑬「陞」，弘治本、四庫本同元刊明補本；薈要本作「升」，俗用。

⑭「戒」，弘治本、四庫本同元刊明補本；薈要本作「界」，亦可通。

⑮「曳」，弘治本、薈要本同元刊明補本；四庫本作「牽」，亦可通。

⑯「主」，元刊明補本作「王」，據弘治本、薈要本、四庫本改。

⑰「血人于牙其忍歟」，元刊明補本作「血人于牙□忍□」；弘治本「□□□□□忍□」；薈要本、四庫本作「何忍蒼赤爲肉魚」；據抄本補。

⑱「申」，弘治本、薈要本同元刊明補本；四庫本作「中」，形似而誤。

⑲「傍倈」，弘治本同元刊明補本；薈要本、四庫本作「勞來」，亦可通。按：傍、勞，古今字；倈、來，古今字。

⑳「均」，弘治本、薈要本同元刊明補本；四庫本作「鈞」，亦可通。

㉑「豆籩」，弘治本、四庫本同元刊明補本；薈要本作「籩豆」。

㉒「腯」，元刊明補本、弘治本、薈要本作「曝」，據四庫本改。

㉓「鼓擊」，弘治本、四庫本同元刊明補本；薈要本作「擊鼓」，倒。

㉔「簍」，元刊明補本、弘治本作「婁」，俗用；四庫本作「窶」，非；據薈要本改。

㉕「匪」，弘治本、薈要本同元刊明補本；四庫本作「無」。

㉖「採」，弘治本、四庫本同元刊明補本；薈要本作「授」。

資德大夫中書右丞益津郝氏世德碑銘 有序

至元十七年，中奉大夫、參知政事禎①，進拜資德大夫、中書左丞，被二品命服，中外具瞻，越郝氏惟煒。公乃顧宗屬言曰：「自惟疏薄，烏能致此？茲蓋我祖考勤勞貲積②，篤祜餘澤集于後人③，乃克有濟。今新壟幸建，麗牲有石，惟是大書顯刻，表飭神道，庶幾報明靈、昭裔昧而傳永世。然非賴篤古達辭者，其將伊託？」遂以銘章見屬。某以寮雅故，義不當辭，謹條其族系世德。祖禰之所以劬躬熹後④，資德之所以起宗顯親者，乃綴之以銘詩⑤。

維郝氏，其先霸州益津縣人。資德之曾諱贇，少擢律科第，授憲部撿法。爲人文無害，以讞疑平允稱。正隆末，遷司理參軍，佐進發部，歿兵間。曾妣，鄉進士王公之女，德柔嘉，有母儀。祖諱誠，長身秀髯，丰儀甚都，早以義勇聞。大定初，獎死事，子孫得敍用材武，授衞軍鈐轄。盧溝當國都西門，水潦時至，艱於航杠。承安中，大起石梁，府君首膺選，督役酬辦⑥，最功，陞昭信校尉。貞祐初，燕不能都，扈德陵南遷，得疾，卒官下，享年六十有七。祖妣，同閈大家，亦王氏，姿淑貞，事舅姑孝謹。生二子，曰瑨，曰珂。壽七十有八，終。

珂早世藁場府君瑨即資德之顯考也⑦，天性孝悌。初，鈐轄府君既南徙⑧，靡所依藉，奉母夫人走汴，中途困乏，置母便所，與珂索食隖間。游兵遇，偕驅之去，敦武君泣請曰：「弟幼不任事，又母所鍾愛，幸免以視。」義縱珂還。行，復念珂終不能違將其母，因跽而訴曰：「將軍以母故釋弟，然母老，須瑨可生。且爲人子，不竭力於其親，將安用爲，敢以死請。」遂伏馬首不動。兵怒，以佩刀刺之，即仆地作死狀，兵委去，因護母與父會⑨。後用恩例，調京城草場副使官，至敦武校尉。至元乙丑，某同資德在東平史侯幕，獲升堂謁拜，時敦武府君壽期頤，氣貌魁偉。其齊家勤儉有法，若一官府然。資德年向五十，佐封君列卿士長⑩，已貴，朝夕温清，門內事必咨而後行。府君晚樂道家言，遵其禁忌，以静默自處，其修嚴如此。明年春二月遘疾，考卒齊氏寓館，春秋八十有四。資德扶柩歸葬真定縣西三里安上原之新仟，夫人馬氏祔焉。

夫人出棗强腴族，性貞烈，主内務殊健，生平樂於爲善，至絶葷酒不御。每晨興，炷香禱曰：「願聖人壽，天下安，妾家亦沾餘佑。」又月具饌⑪，食囚繫爲常。初，資德爲郡決曹⑫。歲壬寅，有盜劫臨城石帥家⑬，以疑得兔劉等十餘人繫之，皆誣服，上官趣論報。

夫人訪得里閭有稱其冤者[14]，歸語資德曰：「棰楚下何求而不得？汝當盡心詳審，恐及無辜。」資德亦方以贓驗未白致詰，及承教，仍移文緩其事[15]，尋果獲真盜。自是資德於獄情愈恤慎，後復全活張紇挑等十餘輩。由是而觀，昔雋京兆母聞不疑於囚徒多所平反，即言笑異常；不然，慘而不食。以夫人教戒方之，賢於人遠甚。又近舍有賣餅翁媪，併亡，喪不克舉，夫人鬻粧匳中物，掩瘞迄成禮。非出天性，能然邪？中統甲子歲正月十二日，以疾化於私居之正寢，享年七十有四。子男一，即資德公。女一，適尚書許公。孫五人：曰思仁，謹愿克家；次思義，資温雅，有幹局材，官嘉議大夫、諸路人匠府總管；次思忠，性果達，少中大夫，同知真定路總管府事；次思禮、思敬。重孫二，女孫二。

竊嘗論古之人因陰積而獲顯報，由仕宦而位公卿者多矣，然非濟以材德，則卿相之任有不克負荷者。今郝氏連世孝友純善，罔侈厥報，委積流衍，介祉於資德公，公乃傳德襲訓，自微而著，莫不材稱。故能依光藉潤，遂貳台輔，是皆祖宗載基載播于前，而公以材德肯搆肯穫充大光揚于後故也。今復援賜鼎歌鐘之例，載德象容，刻銘樂石，垂示無忘，可謂遹追先業、濟其世美者矣[16]。其詩曰：

商啓期封，肇迹太原。因鄉定氏，郝姓乃蕃。晏相夔將，寔爲裔孫。逮晉中圯，族系枝分。散處朔南，異宗同源。處俊相唐，立朝直聞。義形于主，忠烈名存。維德繼顯，乃理之循。暨暨司法，奮迹益津。平讞庶獄，廷無冤民。毅然就列，儐彼祇勤⑰。於赫鈐轄，職司徼巡。駕梁桑乾，萬石鱗鱗。神工雲孱，增秩酬勳。敦武趨父，奉母南奔。中涂阸阻，孝義兩伸。施於閨壼，德馨帨帉。三世一致，封培善根。宜達而窒，歸成後人。篤生賢孝，敻出人羣。持衡機務，叶贊經綸。華軒駟馬，乃大于門。不有其美，推功本元。爰求我銘⑱，載苾其芬⑲。我觀資德，才全德洵。仁以濟物，謙以持身。須彼陰積，蔚爲名臣。隆隆新丘，萬象傍鄰。表列華柱，石臥蒼麟。神維顯思，孰知蒿莙。匪義奚立，非孝無親。移忠于上，垂裕後昆。恒岳之陽，滹沱奫淪⑳。淵峙無極，永昭刻文。

【校】

①「禎」，弘治本同元刊明補本；薈要本、四庫本脱。

②「貲」，元刊明補本、弘治本、薈要本作「紫」，據四庫本改。

③「祜」，弘治本同元刊明補本；薈要本、四庫本作「祐」，亦可通。

④「壽」，弘治本、四庫本同元刊明補本；薈要本作「壽」，俗用。

⑤「綴」，弘治本、薈要本同元刊明補本；四庫本作「後」，非。

⑥「督役酬辦」，弘治本、四庫本同元刊明補本；薈要本作「督役爲籌辦」。

⑦「藁」，弘治本、薈要本同元刊明補本；四庫本作「草」。

⑧「既南徙」，元刊明補本、弘治本、薈要本作「既南從」，形似而誤；四庫本作「南徙」，脱；徑改。

⑨「因」，元刊明補本、弘治本闕；據薈要本、四庫本補。

⑩「佐」，弘治本、薈要本、四庫本作「佑」，形似而誤。

⑪「具」，元刊明補本、弘治本作「其」，據薈要本、四庫本改。

⑫「郡」，弘治本、四庫本同元刊明補本；薈要本作「郡曹」，涉下而衍。

⑬「劫」，弘治本、四庫本同元刊明補本；薈要本作「行劫」，衍。

⑭「得」，元刊明補本、弘治本、薈要本作「聞」，據四庫本改。

⑮「移文」，元刊明補本、弘治本、四庫本作「文移」，據薈要本改。

⑯「業」，弘治本、四庫本同元刊明補本；薈要本脱。

⑰「僨」，弘治本、薈要本同元刊明補本；四庫本作「奮」，亦可通。

⑱「我」，弘治本、四庫本同元刊明補本；薈要本作「戎」，形似而誤。

⑲「苾」，元刊明補本、弘治本、四庫本作「苾」，薈要本作「佖」。

⑳「沱」，元刊明補本、弘治本、薈要本作「池」，據四庫本改。

王惲全集彙校卷第五十五

碑

大元國趙州創建故開府儀同三司中書右丞相贈太尉忠武史公祠堂碑銘 并序①

自昔以功德而獲大任，既没而饗常祀者鮮矣，况得匹夫匹婦之心者哉②？如武侯卒而蜀人祭於陌③，梁公去則魏土廟而食④，寥寥千載，幾何人斯？若太原郡趙相⑤，師表百辟，名節獨著，薨謝之日，葬加賻⑥，碑賦銘文無異議⑦。民有報祀而得衆心之同然者，今於忠武史公見之。

公肇自太宗朝，襲世爵，付以全趙四十餘城，俾撫而寧之。既而公宿兵陽夏⑧，歲例歸視師。每過趙，遲遲而去，蓋以郡甫離兵燼⑨，經涂南北，環視千里間，野枯民曠，略無生意[10]。公憫其如是[11]，必爲察民情之疾苦，吏治之得失，賦役偏而不均[12]，獄訟冤而且滯，此則便於民也，知而即以爲有害於政也[13]，立與之革。至營帳之驛騷[14]，使軺之求索[15]，自貶威重，告語約束，未嘗以侯伯自居，其興除寬假之力[16]，又有大過人者。壬辰後，有人以白衣經會[17]，煽七縣間不逞之輩千人，誅結已定，鴟蹲蝟聚[18]，伺昧嘯兇，約屠城藉資據以叛[19]，內外交鬨，指期竊發[20]。適公歸至郡，有以變告者，公沉思意以「有亂之萌[21]，無亂之形，處之爲最艱，緩之則失事機，急之則趣其變[22]」。公外示閑暇，覘黨魁所在，率部曲千餘騎，出不意掩捕[23]，獲焉。訊之，具服，示所犯肆諸市以徇，隨移告屬邑曰[24]：「渠率已殲，餘不一究，以安反側[25]。」趙人遂妥。迨壬寅歲，詔作丘甲，時歲荒民移，排抽户椎[26]，事竟，椎不滿者三十數，有司以狀白，公曰：「業無所於取，缺之以需可也。」守吏以軍興嚴，惴惴不敢諾，公曰：「以民困，故非敢私。脱有誤，責我任，不汝及也。」殆紀後乃如約。不數年，保障休息，恒襄間熙熙然一樂國也。

公薨後十五年，前蘭溪簿[27]、郡人李瑛憙義重報，貞而有幹爲，一日，謂趙之父老曰：「吾儕小人，樂有家室，得至今日者，可不知其所自？斯皆忠武公恩造，骨而肉之之德也。終無以圖報，將死有餘負，惟是起祠奉祀，庶酬萬一。」衆曰：「諾。」遂相與協力，作新廟於郡城西里。迄三載，廟成，神棲像設，翼翼有儼，凡用鏹三千七伯餘緡。已而州貳政蒞人賈英嘗屬橐鞬左右[28]，公覩其若爾，感念疇昔，曰：「丕厥搆則罔及。」迺以樹碑頌德爲己任。以某知公平生頗詳，不千里遠請書其事於石。某以下吏，故有不敢多讓者，因勉爲次系之。

公諱某，燕之永清人。資忠亮謹畏，以度量雄天下。歷事四朝，入則坐廟堂，出則分閫寄者五十年。當其臨大事，決大議，夷大難，不動聲色，卒之收尊主庇民之功[29]，此天下所共知，兹不復云。顧惟治趙之績，在公雖一事，惟其恩造之功至，故能感民心也深。化强梗而爲善良，易慷慨而爲忠厚，以致其生也如父母戴之，其没則以神明事焉。嗚呼，休哉！人稱：「至人不死，以氣之精；大賢不亡，得氣之英。」公英爽在上，其眷戀於趙人也審矣！仍作歌詩遺之，俾歲時虔饗，以侑肴蕙椒漿之薦[30]。其辭曰：

常山鬱兮蒼蒼，陣堂堂兮公則亡。趙之封兮四開，風雲慘兮漢故臺。望公不來兮莫知我哀，公精英兮弗昧。山川開闔兮不隨以晦，公不忘兮德在民[31]。思之在心兮其存則目，存之目兮思則固。廟而貌之兮其以故，招公來格兮歆嚴禋。颯泠飆兮雲旂紛，憺光靈兮愈於生。存福我兮孔那，驅癘疫兮辟妖訛。風時雨若兮歲時和，民報祀兮心乎靡佗。坎坎擊鼓兮舞傞傞，饗有肴烝兮登有歌，麗碑峨嵯兮永言不磨[32]。

【校】

①「碑」，元刊明補本模糊不清；據抄本、薈要本、四庫本補。

②「得」，元刊明補本、弘治本、薈要本闕；據抄本、四庫本補。

③「陌」，元刊明補本、弘治本、薈要本闕；據抄本、四庫本補。

④「公」，元刊明補本、弘治本、薈要本闕；據抄本、四庫本補。

⑤「原」，元刊明補本、弘治本、抄本作「元」，據薈要本、四庫本改。

⑥「賻」，元刊明補本、弘治本闕；薈要本、四庫本作「殊禮」；據抄本補。

⑦「碑賦銘文」，弘治本同元刊明補本作「賜銘士」；薈要本、四庫本作「錫美謚」；據抄本改。

⑧「餘城，俾撫而寧之。既」，元刊明補本、弘治本闕；據薈要本、四庫本作「郡，命其經理整戢之」；據抄本補。

⑨「去，蓋以」，元刊明補本、弘治本闕；薈要本、四庫本作「行，念此」；據抄本補。

⑩「野枯民曠，略無」，元刊明補本、弘治本闕；抄本作「環視蕭條，殆無」；據薈要本、四庫本補。

⑪「憫」，弘治本同元刊明補本；薈要本、四庫本作「閔」，亦可通。

⑫「疾苦，吏治之得失」，元刊明補本、弘治本闕；據薈要本、四庫本作「所苦留情體訪凡」；據抄本補。

⑬「此則便於民也知而」，元刊明補本、弘治本闕；薈要本作「者無問鉅細一有之」，亦通；四庫本作「者無問巨細一有之」；據抄本補。「以爲」，弘治本、抄本同元刊明補本作「爲彼」；據薈要本、四庫本改。

⑭「革。至營帳之驛騷」，元刊明補本、弘治本闕；薈要本、四庫本作「均調而疏濬之□□」；據抄本補。
⑮「使軺之求索」，弘治本同元刊明補本作「□軺之求索」；薈要本、四庫本作「與民間無所求索」；據抄本補。
⑯「未嘗以侯伯自居，其」，元刊明補本、弘治本闕；薈要本、四庫本作「必親詣閭閻其一切」；據抄本補。
⑰「壬辰後有人以」，元刊明補本、弘治本闕；薈要本、四庫本作「會趙郡莠民共倡爲」；據抄本補。
⑱「輩千人，誅結已定，鴟蹲」，元刊明補本、弘治本闕；薈要本、四庫本作「之徒因端竊發以至蟻動」；據抄本補。
⑲「邑藉梟雄以」藉資據以叛，元刊明補本、弘治本闕；薈要本、四庫本作「邑藉梟雄以」；據抄本補。
⑳「内外交鬨，指」，元刊明補本、弘治本闕；薈要本、四庫本作「爲依庇欲乘」；據抄本補。
㉑「變告者，公沉思意以有亂」，元刊明補本、弘治本闕；薈要本、四庫本作「叛告者公曰若此者有亂」；據抄本補。
㉒「艱，緩之則失事機，急之則趣」，元刊明補本、弘治本闕；薈要本、四庫本作「易易耳但須以計戢之無趣」；據抄本補。
㉓「率部曲千餘騎，出」，元刊明補本、弘治本闕；薈要本、四庫本作「爲伺其巢穴密羅之盡出其」；據抄本補。
㉔「犯肆諸市，以徇隨移」，元刊明補本、弘治本闕；薈要本、四庫本作「懲責餘悉貸之且以」；據抄本補。
㉕「安」，弘治本、四庫本同元刊明補本；薈要本作「妥」，亦可通。按：作「妥」者，涉下「趙人遂妥」而爲「安」之形誤。
㉖「椎」，弘治本同元刊明補本；薈要本、四庫本作「推」，形似而誤。後依此不悉出校記。

㉗「簿」，元刊明補本、弘治本、薈要本作「薄」，據四庫本改。

㉘「蓨」，弘治本、四庫本同元刊明補本；薈要本作「修」，非。

㉙「卒之」，弘治本、薈要本同元刊明補本；四庫本作「卒」，脱。

㉚「蕙」，元刊明補本作「蒠」，訛字；弘治本作「意」，形似而誤；薈要本作「歡」，妄改而形誤；四庫本作「歎」，妄改，徑改。

㉛「忘」，弘治本、四庫本同元刊明補本；薈要本作「亡」，亦可通。

㉜「峨嵯」，弘治本、薈要本同元刊明補本；四庫本作「嵯峨」。

大元故懷遠大將軍萬户唐公死事碑銘 并序

天下有酣戰之士，拳勇絶人，捐軀徇國，雖一時之短，其義烈言言，超千人而挺生，奮百世而獨存者。誰乎？南陽唐公其人也。

公諱琮，世居内鄉縣淅川之白亭①。伯祖諱皋，金季以鄉豪署峽口鎮將。父諱慶，仕亡宋，用邊功起身，自保義郎、京西副將累遷至左領軍上將軍、諸軍统制。歸附皇元後，終江淮軍民安撫使。唯襄、鄧自昔爲用武地，唐氏世鍾材武，繼領韜鈐，剛毅奮發，馳聲疆場，稱山南名將家。

公軀幹魁傑而善於騎射②，黝色鷹視，氣吐鍾鈜，然擐帶橫槊③，出入行陣間④，人愕而聳之。至元十三年，襲父爵，授武略將軍、管軍總把⑤。明年丁丑，轉武德，復安撫使，仍佩金符。十六年，以勞績進階宣武⑥，授金虎符，管軍總管。十八年，陞懷遠大將軍、萬夫長。二十年，改授唐州軍府萬户。二十五年，移鎮泉道，屯駐舂陵。時安南保蕞爾域，負固不庭⑦，聖上赫怒⑧，詔諸道兵以討之。公到鎮甫二旬而檄至，即閲數軍實，申嚴節制。明日，大讌郡僚叙别⑨，或以期遠緩發爲言，公曰：「不可。征討，國家重事；忠勤，臣子大節。況吾家三世迭將，迨不肖之身，分符顓閫，備具爪牙，恩寵深厚，思畢力邊陲，以暢天子威命，則死之日，猶生之年也，尚敢以顧忌爲計哉⑩？」詰旦啓行，旗旆精明，鼓角清亮，識者壯之。遂會諸將，屯靖海境。谿嶺湍嶮，艱於馳逐，北兵不習地里⑪，與鱗介争利於舟楫叢薄間，已非所長，加以瘴癘流毒，海飆騰炎，吏士觸冒疾疫者過半。躬自撫視，左饘右劑，恩義備至，若父兄之於子弟，致人人感激思奮。島夷幸我師不利，乘便突出，逞獰肆凶。次年己丑三月，大戰于鹽場之三江口，公率衆先入，所嚮披靡。賊兵衆，開而復合者數四，致麾下散失。公力戰，手剸數十人以没，得年四十有九。訃聞，部曲至刲股肉致祭，朝廷爲嗟惜之。

公天資雄峻沉鷙，有將略，號令精明，拊循有素，期於恩威兼濟。當戰陣際，奮勇愾敵，不自顧藉，有古烈士風概。故所向克捷，自筮仕，不十年，正位帥閫。平居與人交，氣怡辭温，謙恭惟謹，未嘗以色待物⑫，人視之，儒素也。其死生義利，胸中權衡素定，決非奮不慮死，徼取美名者。嗚呼！忠義，天下之大閑。志士仁人終始一致，雖頽嵩岱，不吾壓也，豈以暫不幸而墮吾名節哉？王者推而褒之，所以砥礪多士，窒不軌也，故周崇死政，漢寵死事。然皆有等級次序，俱未若皇元，即以父祖之爵禄畀其子孫，有崇無降。其報卹激勸之典，視前代爲重。公可謂得死所矣。

夫人李氏，亦内鄉大家，資度純懿，克媲公德，孝以奉舅姑，慈以鞠幼稚。生三子一女，孟曰世忠，仲曰世英，季曰和尚。孫二：長靈童，次保保，世忠子也。世忠嗣奉世爵⑬，往奠舊服，追忠思孝，罔替箕裘，奉公衣冠葬襄陽穀城縣鳳谿鄉丙山先塋之次。起祠墓前，歲時享獻，庸展哀慰，復念非假辭紀績，曷以垂鴻無窮？儻得書太史氏，則先業爲不朽矣。遂介祕書監丞申敬載拜來請。某以忠君孝親係風化所在⑭，有不獲辭者，輒論列而係之以銘⑮。其辭曰：

武當西來萬馬驤，漢水東注爲滄浪。鳳谿之里穀伯邦⑯，盤盤沃野開荆襄。丙山衣冠唐所藏，維兹唐侯百夫防。佩服義烈南方强，三世崛起參戎行。幢牙茸纛金節煌，王常鐵石我所將。維南有交伐用張，一軍來戍心靡遑⑰。萬甲夜卷趨敵場，桓桓不憚天戈攘。誓此一去批其亢，春陵宴訣何琅琅。山谿失勢臣分當⑱，鮫鱷肆毒紛蜂螳。落落銅柱鷹孤揚⑲，海霧黐瘴霾三江。奄奄戰鼓聲則鏜，一僨不捄千夫僵。蛟匣零亂劍有光，臣維有賈甘自戕。一日之短百世長，恨以鱗介易我裳。義存義亡臣節昌，勝負況復兵家常。卹典昭報恩澤滂⑳，嗣侯孝思示不忘。葬而從祖饗有堂，巫陽下招爲悲傷。羈棲胡爲滯此荒？魂兮歸來安故鄉。牲牷肥腯羅酒漿，部曲儼侍備兩廂㉑。鼖鼓鐃鐸聲鏗鏘，子孫歲時供蒸嘗㉒。銀鉤翠琰勒我章，忠傳孝繼渢大泱。陵遷谷變事叵量㉓，英聲載世永不亡㉔。

【校】

①「居」，弘治本、薈要本、《中州名賢文表》同元刊明補本；四庫本脱。「淅」，弘治本、四庫本、《中州名賢文表》同元刊明補本；薈要本作「浙」，形似而誤。

②「幹」，弘治本、薈要本、《中州名賢文表》同元刊明補本；四庫本作「榦」，亦可通。後依此不悉出校記。

③「帶」，元刊明補本、弘治本作「帶」，薈要本、四庫本、《中州名賢文表》作「甲」。

④「間」，弘治本、《中州名賢文表》同元刊明補本；薈要本、四庫本脱。

⑤「總」，元刊明補本、弘治本、抄本闕；據薈要本、四庫本、《中州名賢文表》補。
⑥「以」，元刊明補本、弘治本、抄本闕；據薈要本、四庫本、《中州名賢文表》補。
⑦「庭」，弘治本、薈要本、四庫本同元刊明補本；《中州名賢文表》作「服」，妄改。
⑧「赫」，弘治本、薈要本、《中州名賢文表》同元刊明補本；四庫本作「震」，亦可通。
⑨「讌」，弘治本、《中州名賢文表》同元刊明補本；薈要本、四庫本作「燕」，亦可通。後依此不悉出校記。
⑩「討」，弘治本、薈要本、四庫本同元刊明補本；《中州名賢文表》作「討」，形似而誤。
⑪「里」，弘治本、四庫本、《中州名賢文表》同元刊明補本；薈要本作「理」，亦可通。
⑫「以」，弘治本、四庫本、《中州名賢文表》同元刊明補本；薈要本作「遽」。
⑬「奉」，弘治本、薈要本、《中州名賢文表》同元刊明補本；四庫本作「承」。
⑭「某」，弘治本、薈要本、四庫本同元刊明補本；《中州名賢文表》作「予」，妄改。「所在」，弘治本、薈要本、《中州名賢文表》同元刊明補本；四庫本作「之所在」，衍。
⑮「係」，弘治本、四庫本、《中州名賢文表》同元刊明補本；薈要本作「繫」，亦可通。
⑯「穀」，元刊明補本、弘治本、四庫本、《中州名賢文表》作「穀」，據薈要本改。
⑰「維南有交伐用張一軍來戍心靡遑」，弘治本、薈要本、《中州名賢文表》同元刊明補本；四庫本脱。
⑱「山」，弘治本、薈要本、四庫本同元刊明補本；《中州名賢文表》作「回」，非。

⑲「落落」，弘治本、薈要本、四庫本同元刊明補本；《中州名賢文表》作「氣濍」。「柱」，元刊明補本作「在」，據弘治本、薈要本、四庫本、《中州名賢文表》改。

⑳「霶」，弘治本、《中州名賢文表》同元刊明補本；薈要本、四庫本作「滂」，俗用。

㉑「廂」，弘治本、《中州名賢文表》同元刊明補本；薈要本、四庫本作「廊」。

㉒「蒸」，弘治本、《中州名賢文表》同元刊明補本；薈要本、四庫本作「烝」，亦可通。

㉓「亘」，弘治本、薈要本、四庫本同元刊明補本；《中州名賢文表》作「巨」，形似而誤。

㉔「亡」，弘治本、《中州名賢文表》同元刊明補本；薈要本、四庫本作「忘」，亦可通。

順德路同知寶坻董氏先德碑銘 有序

至元十七年，奉議大夫、盧越鹽使司提舉董侯孝良以規辦功最①，陞授朝列大夫，同知順德路總管府事。自惟材疏能謭，何以臻此？兹蓋祖禰積德纍行，涵濡慶澤，所從徠遠矣②。惟是斲銘樂石③，光賁松梓，庶克俯信邇追④，仰報罔極，迺介府幕陳從慶贄禮幣百拜，以先塋碑爲請⑤。某承乏燕南，以明新是任，惟孝與義爲世大經⑥，今猥來屬筆，有不當辭者，謹按所具事狀：

董氏世居燕之武清縣南仁佛里，金大定十二年，改新倉鎮作縣，故今爲寶坻人。曾祖以農爲業，代遠，偶逸名諱，生三子：曰永進，曰仲仁，曰蕊。昆仲既蕃，孝愛日篤，以貲雄一鄉⑦。

永進娶彭氏女，實生寶溢府君。諱柔，蓋侯之皇考也。府君行孝廉，善居室，一介不妄取與諸人，里中以善人稱之。二親嘗臥疾，治療罔效，府君曰：「嘗聞人之肌肉可愈困瘵。」於是默刲股肉，雜它膳進之⑧，服之，果良愈。既而父目病，幾於凝盲，府君又以舌日舐其睛⑨，無幾，頓還舊觀，邑里稱嘆，以爲孝感所致云。嘗以事之保，暮行通衢間，蹴得白金一巨餅，楮幣百餘緡⑩。詰旦，持坐獲所，候求訪者，失主至，物色爲不妄⑪，即付之。至於牟子錢，貧不克償者，率折其券以貸⑫。自是孝廉之名軒著燕保間。當途者聞之，以謂不苟於得，可以臨財厲俗，用薦檄充保定務商榷，次遷寶溢堝鹽支納⑬。益用心稱物，極平施之方，公私俱有賴焉⑭。至元十三年，以疾考終牖下，享年七十有八。董氏其三代皆窆寶坻故塋，至公始徙家武清之大直沽⑮，遂改卜聚落之南原⑯，是爲武清新阡。孺人蘇氏，信都大家，事舅姑，主内務，以孝婉聞。生子男三人：孝義、孝温、孝良。太君資藉訓迪，納規矩中者居多，故母儀婦道，宗族取法焉。今年九十有四，起居飲啖，精健如五六十人。

孝義有融德，不樂仕宦。二子：長曰順，管勾鹽場事；次愛孫，孝溫醇謹[17]，有幹局，充鹽使司判官，三子：和、張驢、昌孫。和任監當官，和之子八十買住[18]。

孝良孝友純至，幼習司空城旦書。及長，兼通國朝語，嘗給事貴近，以材果，管勾三汊沽鹽官事。至元十年秋，大霖，三汊被浸，亭户例狼藉阻饑，侯致卹申明，上官發廪米四千餘石，侯乃計口均給，民免菜色。水退，侯諮度原隰，終復爲患，議户抽一推，起土障場[19]，請於上，允焉。明年水果至，無所虞矣。以能陞本場鹽司大使，仍佩金符，以寵異之。先是歷年牢盆錢不計成鹽多寡，即驗丁全給，致本耗而課不充，後復給與不時，課不辦而卒日困，侯白所司，革焉。遂驗亭户煎數，在官仍半給之，復需其畢運，爲足其所當付，至曩之倚而未頒者[20]，仍皆爲畀之。至今遵行，官卒兩稱其便。十三年，亭户乏哺[21]，無可於糴，侯以鬻造孔棘，恐軼歲辦，出私廪二百餘石稟食之[22]，未嘗更其費。十四年，用薦欽授宣命官、奉訓大夫，尋陞奉議，兼提舉蘆越鹽司事。十七年，以均幹有方[23]，程辦饒羨，積前後勞，遷授今職[24]。侯以民社重寄，非財賦可擬，宣力有加焉。子三人：長曰革，中書省宣使[25]；次安住[26]；次海山鐵哥[27]。初，寶溢府君刲股肉以致親和，厥後，府君洎太夫人蘇氏在疚，子孝溫及侯與室劉氏亦踵而行之。由是鄉里論篤孝者以董氏爲稱首。

嗚呼！孝者，人子至行，揚名顯親之大致也。然代以孝名者非一，若休徵之剖冰求鯉，孟宗之泣林取筍㉘，李建進藥而病即瘳，盛彦慟哭而明復故，今董氏之刲肌而愈親疾㉙，可謂情迫孝至，殊途而同歸者也。《詩》曰：「孝子不匱，永錫爾類。」其是之謂歟㉚？至慶流胤裔，移理於官，宜矣！後之來者復能致竭兩間㉛，以極忠厚孝廉之美，將見董氏福禄淵流而未央也。是宜銘，銘曰：

暨暨董氏，起家幽墟。繄曾祖君，是生三珠。孝廉温潔，玉瑩不俞㉜。我屋豐潤，爾焉德劬。維寶溢君，乃皇厥圖。一廉厲俗，致身仕途。我幹我均，我摧我酟㉝。人勉不足，我恢有餘。夫孝何居？曰父母且。病則致憂，己何暇虞。越惟親安，其樂愉愉。要以情至，同歸殊途㉞。錫我胤類，德宜不孤。篤生賢孝，高大門閭。連城具瞻，有儼倅車。顯親揚名，實由懿模。遹追圖報，於焉是需。岌峙豐碑，螭首龜趺。丐我銘章，大書特書。幽陵蒼蒼，渾流徐徐。照映鄉梓，永示德隅。

【校】

①「盧」，弘治本、薈要本同元刊明補本；四庫本作「蘆」，非。「鹽」，弘治本、四庫本同元刊明補本；薈要本作「監」，非。後依此不悉出校記。

②「徠」，弘治本同元刊明補本；薈要本、四庫本作「來」，亦通。按：徠、來，古今字。底本作「徠」者，蓋從上字而偏旁類化。後依此不悉出校記。

③「銘」，弘治本、薈要本同元刊明補本；四庫本作「碑」，妄改。

④「俯」，元刊明補本、弘治本闕；薈要本、四庫本作「自」；據抄本補。

⑤「以」，元刊明補本、弘治本闕；據抄本、薈要本、四庫本補。

⑥「爲」，元刊明補本、弘治本闕；據抄本、薈要本、四庫本補。

⑦「貲」，弘治本同元刊明補本；薈要本、四庫本作「資」，亦可通。按：貲、資，多可通。後依此不悉出校記。

⑧「膳」，元刊明補本模糊不清；弘治本闕；薈要本、四庫本作「物」；據抄本補。

⑨「睛」，弘治本同元刊明補本；薈要本、四庫本作「目」。

⑩「楮」，元刊明補本、弘治本闕；薈要本、四庫本作「值」；據抄本補。

⑪「爲」，元刊明補本、弘治本闕；薈要本、四庫本作「詢」；據抄本補。

⑫「以」，元刊明補本、弘治本闕；據抄本、薈要本、四庫本補。

⑬「遷」，元刊明補本、弘治本闕；薈要本、四庫本作「任」；據抄本補。

⑭「俱」，弘治本、薈要本同元刊明補本；四庫本作「皆」。

⑮「直」，元刊明補本、弘治本闕；薈要本、四庫本作「定」；據抄本補。

⑯「南原」，弘治本同元刊明補本；薈要本、四庫本作「南京原」，衍。
⑰「醇」，弘治本同元刊明補本；薈要本、四庫本作「純」，亦可通。
⑱「八十買住」，弘治本同元刊明補本；薈要本作「巴克什邁珠」；四庫本作「巴克實邁珠」。
⑲「障」，元刊明補本、弘治本作「瘴」，據薈要本、四庫本改。
⑳「倚」，弘治本同元刊明補本；薈要本作「停」；四庫本作「滯」。
㉑「乏」，弘治本同元刊明補本；薈要本、四庫本作「之」，形似而誤。
㉒「百」，弘治本、薈要本同元刊明補本；四庫本作「千」。
㉓「榦」，元刊明補本、弘治本作「斡」，據薈要本、四庫本改。
㉔「職」，元刊明補本模糊不清；據弘治本、抄本、薈要本、四庫本補。
㉕「使」，弘治本同元刊明補本；薈要本、四庫本作「事」，聲近而誤。
㉖「安住」，弘治本同元刊明補本；薈要本作「安珠」；四庫本作「阿珠」。
㉗「海山鐵哥」，弘治本同元刊明補本；薈要本作「海桑托噶」；四庫本作「哈尚特格」。
㉘「泣林取筍」，弘治本、薈要本同元刊明補本；四庫本作「泣竹生筍」。按：典出《楚國先賢傳》，見《三國志·吴志》卷三《孫皓傳》「司空孟仁卒」之裴注。
㉙「刲」，元刊明補本、弘治本、薈要本作「刻」，據四庫本改。

㉚「歟」，弘治本、薈要本同元刊明補本；四庫本作「乎」，亦通。
㉛「竭」，弘治本同元刊明補本；薈要本、四庫本作「揭」。
㉜「俞」，弘治本同元刊明補本；薈要本、四庫本作「瑜」。
㉝「推」，弘治本、薈要本作「摧」，形似而誤；四庫本作「榷」，亦可通。
㉞「殊途」，元刊明補本、弘治本作「途殊」，據薈要本、四庫本改。

故提刑按察簽事劉公墓碑銘 并序

奉議大夫、提刑按察簽事劉公既窆之明歲，其子珪慼然以追遠之志來諗曰①：「孤不天②，先君勤黽王事，不期顯歷③，半道傾摧，俾任重致遠之舉罔克攸盡。在珪④，慕終養之榮曾弗少及，不孝之大，無足言者。維是刻銘麗石，表見墓道，庶不朽而爲新壟光，幸憲使憫焉。」某惟曩嘗與公翺翔中書，有聯事之雅，以分以義，有不敢爲亡友靳者⑤，謹按事狀：

公諱濟，字巨川⑥，其先真定行唐人，世在野。大父某，倜儻尚氣，爲鄉曲所重。考信，方直有父風，以植産致富，心存樂施。貞祐兵，避地陳、潁間，散財濟衆，人多傾赴。

正大末，所在遊騎充兵⑦，令民團結相保，衆推公充鄉義兵都統，已而歿于事。

公，信之冢嗣也。自總角，姿嚴恪，不知爲兒嬉。及長，明吏事。時趙人董珍者來領魏郡，材公爲即署府從事⑧，民政軍務多所裨益。中統建號，□省府立⑨，擢賢舉能，以恢廓宏綱爲亟⑩，路辟公應選，遂補省左曹掾。四年間，精覈吏務，氣明而事辦，然所期攸邈，有不屑爲者，尋除貳上都糧料使。會當估平⑪，致太庾京積。已而，充中書磨勘官。真定郭文進者摭白、肖二人毒殺其父，歲久莫決，府以疑獄聞，命公往讞。既至，按覆簿牘，推察物情，不終日而虛實兩判，鎮人稱其明，朝官嘉之。至元七年，勑授承直郎、太原路總管府判官⑫。公不卑小官，思以行志、惠吾民爲念。府東有山曰罕山，每溝澮秋泛，害及闤坊，公迺度原隰，相水衡，以事宜從上官議，可焉。衆欣就役，自山南抵汾壖，鑿渠涂十里以釃水勢⑬。自是漂没患絶，且溉傍田數百頃，其興利除害類如是。明年夏六月大旱，步禱列石龍祠⑭，應焉，秋賴以熟。九年，陞授奉訓大夫、知獻州事。既下車，因繫填狴犴間，公歎曰：「盡心之戒，當於焉是圖。」遂裁遣剖析⑮，凡五日，牢户爲一空。然後束吏以法，拊民以寬。慮科調之不均也，爲等第之；恐田疇之未治也，爲勸劭之。新州治以具視瞻，崇儒學以敦教本，内外釐補，井井有條，其孝悌任卹之化，風偃海濱矣，迄今民思不忘。秩滿，憲司廉其能，遷奉議大夫，簽書燕南河北道提刑按察司事。十六年四月，竟以勤事致疾，既乃終于位，享年六十有四。

夫人程氏，魏大家，配公德良稱，前四年卒。即其歲九月廿九日，祔藏大名縣賢桐鄉由盆里繁水之陰宅新兆也⑯。二子，珪、玘。今珪亦官奉直郎、大名路總管府判官⑰，性純孝，從政幹果。玘，歷管庫，甚愿。女三人：伯適趙郡武氏，仲從鄒氏，季徐氏。

公資明辨辯，遇事風生，不肯陸陸一事落人後，故所至卒有聲。其孝義出天性固然。初，調并、梁兵西援，朐䏰事集⑱，悵望南雲，泫焉興感，曰：「母氏殯陳四十年，不即卒大事，儻溘先朝露，目其能瞑耶⑲？」乃於介使告其所以然，諾焉。馳至陳，求訪叢垠間，罔知誰何。因籲天行泣，俄得劉叟者，示其處，下插驗所誌物，是夕寤寐中又有以呵之者⑳，曰：「汝母何疑！當收之速去。」即是年冬十月，歸葬行唐縣甘泉鄉七里烽之先塋㉑，禮也。《傳》稱：「古人行役，云遠必思念其親，以篤孝養。」若公斯舉，何思遑將其母哉？又鄉豪董君死葬瓔陶，碑石臥荒壟間，身後貧，不克劓樹。公按部過趙，爲求銘表墓，以報知己，其風義肖上世又如此。是宜銘，銘曰：

古評吏治，匪循即能。循傳而列，能或概稱。時有緩急，事方責成。珮玉長裾，艱於奉承。維材應變，其任乃勝。用或異宜，跌焉不興。曁曁劉公，才長氣弘。小試游刃，鋭於發硎㉒。擢列郎曹，風生臺閣。若不屑爲，翩翩荷橐。一麾出守，殆古能吏。錯節蟠根㉓，別夫利器。苟利吾氓，身弗遑晛。于今兩州，懷思無斁。維孝與義，爲世儀軌。子箕而裘，已濟厥美。歸息泉扃，神亦寧止。五鹿之野，由盆之里。沙麓茫茫，繁流瀰瀰。谷變陵遷，墓碑有嵬。

【校】

①「珪」，元刊明補本、弘治本闕；據抄本、薈要本、四庫本補。

②「天」，薈要本、四庫本同元刊明補本；弘治本作「失」，形似而誤。

③「黽」，弘治本同元刊明補本；薈要本、四庫本作「勉」，亦可通。「不」，元刊明補本、弘治本闕；薈要本作「以」；據抄本、四庫本補。

④「珪」，元刊明補本、弘治本闕；據抄本、薈要本、四庫本補。

⑤「爲」，弘治本、薈要本同元刊明補本；四庫本脱。

⑥「巨」，元刊明補本作「日」，據弘治本、薈要本、四庫本改。

⑦「兵」，弘治本、薈要本同元刊明補本；四庫本作「斥」，涉上字而誤。

⑧「即」，元刊明補本作「即」，弘治本、薈要本、四庫本作「郎」。

⑨「□」，弘治本、薈要本同元刊明補本；四庫本脱。

⑩「綱」，弘治本、薈要本同元刊明補本；四庫本作「績」，非。

⑪「估」，弘治本同元刊明補本；薈要本、四庫本作「佑」，形似而誤。

⑫「劾」，弘治本同元刊明補本；薈要本、四庫本作「初」，形似而誤。

⑬「涂」，元刊明補本、弘治本作「余」，俗用；四庫本作「塗」，亦通；據薈要本改。

⑭「列」，弘治本同元刊明補本；薈要本、四庫本作「烈」。

⑮「析」，元刊明補本、弘治本作「折」，據薈要本、四庫本改。

⑯「祔藏大名縣賢桐鄉」，元刊明補本作「祔藏大名□賢□□」；弘治本、四庫本作「祔大名□賢□□□」；薈要本作「祔大名□□□□□」；據抄本補。

⑰「奉」，元刊明補本、弘治本闕；據薈要本、四庫本補。「名」，弘治本、薈要本同元刊明補本；四庫本作「明」，聲近而誤。「官」，元刊明補本作「言」，據弘治本、薈要本、四庫本改。

⑱「腦腮」，弘治本、薈要本、四庫本作「胸腮」。

⑲「耶」，弘治本同元刊明補本；薈要本、四庫本作「乎」。

⑳「又」，元刊明補本、弘治本闕；薈要本作「似」；四庫本作「嘗」；據抄本補。

㉑「鄉」，弘治本、薈要本同元刊明補本；四庫本脱。「烽」，弘治本、薈要本同元刊明補本；四庫本作「峯」，妄改。

㉒「於發」，弘治本、薈要本同元刊明補本；四庫本作「發於」，倒。

㉓「蟠」，弘治本同元刊明補本；薈要本、四庫本作「盤」，亦可通。

大都通州郭氏遷塋碑銘 并序

孝子之愛其親也，心無乎不至。其始也，盡懽心以致其樂，僭高爵以顯其宗，又以安富尊榮①，歆其親以愜其志望②；及其終也，擇善地，敞真宅，樹豐碑，彰遺爋，别爲再祖，俾饗大宗不遷之祀。越是心以爲校者，於尚書郭君見其純且至焉。

郭氏世爲通州潞縣人。曾祖府君諱伯昌，尚義，有應劇才，金季以勞授州之判官。方四郊多壘，仍歲饑荒，賴公力全活者衆。民刻惠里廟碑③，至今其石宛在。金制，官分嚴，不敢絲髪侵，上承下辦，惠鮮保障能爾，其爲人可知已。

大父諱和，字和之，資持重，擇交而游，經紀遠識，殊與父肖。貞祐初，燕不能國，遂避地徙河南。公奉從母楊挈弟姪至復還鄉梓④，往返數千里間，冒涉艱梗，舉宗全慶，竟不失舊物，是亦人所難能。郭氏之有今日，其祥實開於此。公少樂讀書，長以吏業著稱。且燕之與潞⑤，在昔爲轉漕淵會，見聞習熟，故公於綱計爲詳。壬辰歲，詔立漕司於燕。明年癸巳，中書粘合公辟公爲經歷官⑥，舊條新制，兼舉而行。居無幾何，民力大紓而廩儲崇積，會計出納允當詳明，官無私焉。至今論漕運者，皆以公爲稱首。國朝丁未，公春秋五十有九，卒官下。祖妣孫氏，出庶之清門⑦，内助成家，與公合德。後公廿一年⑧，乙亥歲壽八十終。生二子：長諱天珪，字君寶；次天瑞，晦德不仕。棣華輝映，樂怡怡也，鄉里以善人歸之。

長即尚書君考，秉德清慎，直諒多聞，以世美繼爲漕幕從事。爲人樂易，輕財好施，雖指困解驂，未嘗見難色。樂從賢士夫游延，致禮待惟恐不盡。又通五行書，叩之者推明倚伏，率以戒辭爲言，斯亦知命君子者歟？惜乎年不滿德，仕未盡用，至元改號夏四月廿四日⑨，以疾卒，壽止四十有七。子秀，生纔十四歲矣⑩。夫人張氏，燕之名家女⑪。性貞静，壼彝有光⑫。漕司府君既殁，夫人持内事甚嚴，家道昌宜，内外宗屬入門升堂，不覺其母子之互爲資也。享年七十有四，終所居正寢，實至元廿九年壬辰秋八月八日也。

秀，字秀實，姿善淑，少以孝聞，交於友以誠，移於官則理。儀觀魁偉，臨事明敏，有藴藉⑬。甫冠，由總制院都事遷經歷官，繼改都省左司員外郎，尋就陞郎中，已而授少中大夫、禮部尚書，今簽宣政院事。君自惟起身刀筆，不十年致位通顯，德薄才菲，將何以臻此？兹非先世積善累慶，光潛不耀，一旦叢於不肖身者如此？是用祇懼，昊蒼罔極，報德何從？顧惟長城先壟歷年藐⑭，斧封馬鬣，傍無所取穴，故祖、考、叔父而下，三柩皆未克大葬，言念爽傷⑮，芒刺負背，乃改卜宛平縣張華里之北原。墨食吉用，三十年春二月壬寅，以三品儀物封而樹之，庶幾無乎不在之心少有遂焉。既襄事，百拜以墓碑來請，幸内翰惠顧，三讓，求益懇。予以孝子順孫顯揚慎追之義關人倫風教者爲最，謹按善狀，諾而銘諸。銘曰：

慶由善先，順爲福原。惟積也厚，其流則淵。譬彼播植，用其道而分所宜，其根苗華實有不期然而然猗歟？郭氏宗族嬋嫣，緊長城之故壟，不知其幾世幾年。堂封纍纍，拱木蒼蒼⑯。偪道涂而且隘，無可穴而理必遷。張華西里⑰，其平宛宛。風水攸寧，鬱焉新仟。哀哀送終，棺衾華鮮。祭以大夫，有加鼎籩。祔安神靈，既厚且堅。庶窀穸之下，慰將寸心之少安。孰無子孫？焜燿聯翩，念得之而能竭力讓春官之孝賢。刻吾銘而表神道，永以爲郭氏無窮之傳。

【校】

①「富」，弘治本、四庫本同元刊明補本；薈要本脱。

②「愜」，弘治本、四庫本同元刊明補本；薈要本作「愜適」。

③「廟碑」，元刊明補本、弘治本作「廟」，脱；薈要本作「碑」，脱；據四庫本補。

④「還」，弘治本同元刊明補本；薈要本、四庫本作「州」，非。

⑤「燕」，元刊明補本、弘治本、薈要本作「玄」，據四庫本改。

⑥「粘合」，弘治本同元刊明補本；薈要本作「鈕祜禄」；四庫本作「鈕赫」。

⑦「出庶」，弘治本、四庫本同元刊明補本；薈要本作「庶出」，倒。

⑧「廿」，弘治本、薈要本同元刊明補本；四庫本作「世」，形似而誤。

⑨「廿四」，弘治本同元刊明補本；薈要本、四庫本作「廿九」。

⑩「矣」，弘治本同元刊明補本；薈要本、四庫本脱。

⑪「女」，元刊明補本、弘治本脱，據薈要本、四庫本補。

⑫「彝」，元刊明補本、弘治本、四庫本作「儀」，聲近而誤；薈要本作「範」，亦可通；徑改。

⑬「藴」，元刊明補本、弘治本作「昐」、四庫本作「盼」，非；據薈要本改。

⑭「藐」，弘治本同元刊明補本；薈要本作「邈」；四庫本作「已邈」。

⑮「爽」，弘治本、薈要本同元刊明補本；四庫本作「矗」，亦可通。

⑯「蒼」，元刊明補本、弘治本、四庫本作「煙」，據薈要本改。

⑰「西里」，弘治本同元刊明補本；薈要本、四庫本作「里西」。

大元故中順大夫徽州路總管兼管內勸農事王公神道碑銘 并序

上登極之二載，詔以前泉州路總管、中順王公作尹於徽，制下而公已卒。士論慨嘆，惜其備具文武才，未究於用也。明年春正月，嗣子謙持太史屬王德淵所撰善狀百拜來請銘。自惟識公，始用情交，終以義合。至元庚寅歲，邂逅於歐閩①。後二年，予入翰林，公亦終更來燕。玉堂多暇，日夕從游，詡詡相得，校夫三十年間，會晤雖數，在京師爲最洽。公今已矣，銘其墓宜莫予若。

公諱道，字之問，姓王氏，其先爲京兆終南縣人，世將家。公姿魁偉，勇而多力，幼讀儒書，長憙武事，飛牋走檄，尤翩翩也。公既負器局，挾藝能，不肯碌碌居人後，間出大言，捭闔時事。及作爲歌詩，藻思甚壯，激昂頓挫，以驚動一世，謂將相無種，功名可戾契致也②。然于時貴近，終無所合。至元更化，以剔民蠹、清吏弊爲亟，公曰：「茲吾之時也。」迺走燕上書，請置執法官，如是則吏畏政肅，澤被於下，政化可得而成。六年，憲臺肇建，遂辟掾史③，公志在澄清，一旦抱牘，齷齪鳧進，論得失於簿領間，恥於屑爲，纔數月，即拂衣而去。適朝家遴選文學士充東宮講書官，用昭文竇公薦，得入侍經筵。進讀際，辭理敷暢，間以時務，意在互有發明。由是稔知爲奇士，進見顧眄，與餘人異，欲大用而有需也。

十三年，江左平，福建内附，蠻夷悍輕，易怨以變，蛇豕婪婪，血人于牙，何所靳顧？非大行臺填之，不足以制内而撫外也。故郎署官重其人，方裕宗皇帝參聽朝政④，迺選公充福建行省左右司郎中。時柄用者專尚威猛，不能導揚恩信，慰安遠人。凡事之悖理，政之害民及私意之所宿者，公皆執而不行，至面折力諍，必理得事正而後已。如宦族趙知府元輩六十三家閑居室潤，誣與山賊通，擬梃殺之，意在籍没，掩利餘貲。公抗言：「宋故官累詔恩卹，今以昧曖，一概奴戮⑤，有傷朝廷好生之德。」止杖八人，餘悉縱遣。降將弔眼陳據漳州叛，賊勢張甚，招討潘力不支，踰城走泉，行省以失守罪縛出，將戮焉，公曰：「招討秩三品，有罪當稟於朝，不可擅殺。」上官怒遣督將二人率甲士環公曰：「字不同署⑥，罪當相及。」公乃具朝服，望闕再拜曰：「省官不有朝廷，脅我以兵，欲將何爲？吾寧與潘同死，字不可得也。」彼莫能屈，潘竟减死論。其守正不屈類如此。由是强横氣褫，善良攸賴，閭閻間至畫公像事之。

廿四年，授中順大夫、泉州路總管兼府尹。泉據南海津會，豪儈吏商假權貴聲勢，日凌轢請索，紊大府紀綱，牟取衆利。公折以理，拒以威，輒落其機牙，束手噤語而去，公堂爲肅然。先時，晉江之安溪土賊張大老、方德龍嘯聚畲洞無賴二萬餘人，時出搶略⑦，爲一方大患者幾三十年，聞公至，私相約束曰：「王老子來，當謹避之，勿輕出。」公爲布耳目，設方略，不月踰⑧，生擒賊酋廿三人，悉榜殺泉市⑨，餘衆駭散⑩。百姓爲之歌曰：「藥不瞑眩而疾祛，非良醫而誰乎？兵不血刃而賊除，非智士而誰乎？」其爲輿情感悦可知矣。在任凡四載，代歸鄉里，以營治先塋、樹植碑表爲務。屢供具，召親友燕衎爲樂，若日不足者，家人亦訝其遽如許也。元貞二年春二月十有二日，以疾終私居正寢，享年七十，葬維州北海縣樂泉里金山原。

公强矯有守，臨事敢言，膽氣噴薄，無所回撓⑪，志在開布公誠，砥礪名節，表表有見於世，孰謂勢利可得而奪邪？至於擿奸發伏⑫，不避持難，又似夫漢王尊之在東郡、虞詡之治朝歌也。奮身布衣，起家至二千石，剛直之氣至老不衰，其功業止斯而已，此士論所痛惜也。遠祖金初以武功賜完顔氏，世襲千户，官至金吾衛上將軍。曾祖諱虞卿。大父諱從正⑬，歷隰州太守。父諱成皆，嗣承世爵，金亡，復故姓，仕國朝，任樂安縣令，因家焉，今爲廣固人。

公先娶孫氏，生子謙，夫人年廿八卒。繼室羅氏，亦先公卒，生二子，曰諒、曰惠。謙幼侍東宮，才敏，有時譽，能政克家，蔚有父風，今官奉訓大夫、大司農少卿。男孫四人：

謙之子三，曰元孫、仲孫、季孫；諒之子一，曰彦孫。公平生著述號《雲門老人集》，殆千餘篇，傳于家。銘曰：

繄王使君起海堧⑭，妙齡飛英振孤騫⑮。陳琳書檄何翩翩，一箭擬下聊城堅。心惟嫉惡民瘼蠲，驅逐鳥雀同鷹鸇。一行作吏非所便，褰帷有志澄八埏⑯。封書直上沃帝淵，太微執法光炯然。春宫嚮學開經筵，一日登對席爲前。顧公可試宜擢遷，利器當遇蟠根宣。歐閩行臺兩廣連，陽舒陰慘持化權。幕非其人奚望旃，六十三家宋故官。執之犴死何繁冤，公爲辨析皆平反。潘惟不支心則丹，以死信理人所難。維閩之南大府泉⑰，畀公撫循面則顓。鋤薙强梗安惸鰥，風颿踔敕教反海魚龍飜⑱。萬貨山積來諸番，晉江控扼實要關。勢取豪索非一端，不動聲氣爲周旋。安溪有盜勢結盤，撞搪呼號動百千。公然剽竊三十年，爲一郡患何迍邅。公來約束毋妄干，老熊當道百獸跧。一旦解刀耕壟間，溪山淡淡風日閒。帥得其人人自安，如君兩除稱衡銓⑲。幕府坐嘯鳴化絃⑳，簡節疏目政猛寬。四載終更公孰賢？王尊虞詡相後先。千年神劍埋山原，鬱鬱夜氣生紫煙，何以驗之石有鐫。

【校】

①「歐」，弘治本、薈要本、《中州名賢文表》同元刊明補本；四庫本作「甌」，亦可通。後依此不悉出校記。

②「戾」，弘治本、《中州名賢文表》同元刊明補本；薈要本、四庫本作「握」，非。

③「掾史」，元刊明補本、弘治本作「椽史」，形似而誤；四庫本作「掾吏」；據薈要本、《中州名賢文表》改。

④「方」，弘治本、薈要本、《中州名賢文表》同元刊明補本；四庫本脱。

⑤「奴」，弘治本、薈要本、《中州名賢文表》同元刊明補本；四庫本作「孥」，亦可通。

⑥「字」，弘治本、四庫本、《中州名賢文表》同元刊明補本；薈要本脱。

⑦「略」，弘治本、《中州名賢文表》同元刊明補本；薈要本、四庫本作「掠」，亦可通。

⑧「月踰」，弘治本、《中州名賢文表》同元刊明補本；薈要本、四庫本作「踰月」，倒。

⑨「榜」，弘治本、《中州名賢文表》同元刊明補本；薈要本作「搒」，亦可通；四庫本作「綁」。

⑩「駴」，弘治本、《中州名賢文表》同元刊明補本；薈要本、四庫本作「駭」。

⑪「撓」，弘治本、《中州名賢文表》同元刊明補本；薈要本、四庫本作「挽」，非。

⑫「擿」，弘治本、《中州名賢文表》同元刊明補本；薈要本、四庫本作「摘」，亦可通。

⑬「正」，弘治本、《中州名賢文表》同元刊明補本；薈要本、四庫本作「政」，蓋涉上字而誤。

⑭「堧」，弘治本、四庫本、《中州名賢文表》同元刊明補本；薈要本作「壖」，亦可通。

⑮「騫」，弘治本、薈要本、《中州名賢文表》同元刊明補本；四庫本作「騫」，亦可通。
⑯「澄」，弘治本、《中州名賢文表》同元刊明補本；薈要本、四庫本作「登」，俗用。
⑰「大」，薈要本、四庫本、《中州名賢文表》同元刊明補本；弘治本作「天」，非。
⑱「颿」，弘治本、薈要本、《中州名賢文表》同元刊明補本；四庫本作「帆」，亦可通。
⑲「如」，弘治本、四庫本、《中州名賢文表》同元刊明補本；薈要本作「知」，形似而誤。
⑳「鳴」，弘治本、四庫本、《中州名賢文表》同元刊明補本；薈要本作「鳥」，俗用。

王惲全集彙校卷第五十六

碑

大元朝列大夫秘書監丞汴梁申氏先德碑銘 并序

大德改號歲之六月越二日癸巳，秘書監丞申君敬先詣太史王某，再拜而請曰：「惟申氏遠有世緒，逮我先人，學紹醫傳，心存道濟，惠及一方。雖遭罹世故，譜牒墜逸，然自高曾而下班班可考，而墓隧無銘，神道闕表。予小子大懼先德日遠，恐泯昧將無以見於後，今粗有纂述，俾昭示子孫以傳不朽者，敢囑筆於下執事①。」某以不敏辭者再②，請益堅，乃爲論次之。謹按：

申氏世居汴梁。曾祖諱天禄，宋徽宗朝以嬰兒科供奉内庭，門以金斗爲識，當時稱揚翳藝精全者，有「金斗申氏」之目。宣和末③，避地家秦州社樹坪。祖諱良輔，早以方伎知名西土。祖妣馮，俱壽終，葬天水郡。

顯考府君諱仲康，字西叔，資秉寬裕④，有長者風。弱冠，值金季，流寓陜、虢間⑤。天兵下河南，愛申、裕間風土衍沃，定謀卜築，以甲寅歲東徙，今遂爲南陽人。府君世其業，禁方秘訣，夙承指授，復爲該洽。軒岐以來⑥，其書奥妙，悉精究其理，學既博，伎益工，在醜不矜其能，活人不期其報。過客病困逆旅及貧無資者，家置病寮，躬進湯劑糜粥⑦，既平復，量給路費以遺之，遠邇注瞻，以材德兼稱。如南陽富民孟氏夫婦，府君以伎能起其死，約兼金乘爲謝⑧，后恬然不爲禮。或者不平，對府君詬之，曰：「醫以濟物爲任，若貪圖貨利爲心⑨，豈天生俞跗，保全夭閼，安羸劣之意哉？子無復言。」客嘆服而退。初，府君東徙，聞盧氏守將堯里公賢而下士，往依焉，草昧際，舉族賴保翼。一夕，宋寇掩至⑩，執堯里而去，以不屈遇害熊耳嶺。府君聞之，糾合義勇者數十輩匍匐奔赴，求得其屍，葬祭迄成禮。兵後，内外宗姻散失者衆，求訪不少置，得姨之夫樵翁於申，女叔於穰下，既孤且窶，收養終其身。平生行義，類此甚夥，今特書其顯著者。識者謂：「府君爲善不近於名，尚義不謀其利，躬弗受祉，後世其興乎？」以至元己巳歲季夏十有八日考終牖下，享年六十有七。

配宋氏，系出京兆大家，資端重，未嘗露嘻笑⑪。年既笄，歸于我，侍舅姑以孝敬聞，鞠育諸子極於勤苦。後八年以疾棄養，壽七十一，祔葬南陽縣東泓河之右薛家里。子男六人：曰政，嘗監郡酒税；曰整，河渠使；曰敬，即敬先；曰教，早世；曰敏，江陵路醫籍提舉。

敬先性資醇裕，醫學明敏，切脈審，用藥精。至元六年，選充太醫。世祖皇帝巡幸兩都，北狩東征，典司藥石皆侍其行。嘗於御前修製湯劑，品藻藥性，敷奏有條理，上顧而喜曰：「汝身雖小，口甚辨博。」又敕治元妃，疾獲良愈，蒙賜玉鞶帶、白金有差。至元廿七年，由御藥院使陞受朝列大夫，選丞秘省，旌宿勞而從公論也。自昔銓衡經制，以方伎進者雖有殊勤，不轉文武正班，敬先讀書勵行，有士君子之操，故膺是除。由是知揚歷清要，光顯於親者，越兹伊肇。敢以府君之積善起宗⑫，敬先之肯搆克荷者而銘之。銘曰：

醫師之良，本天恒德。挾藝時行⑬，心貴專一。其視患者，罔有莫適⑭。一盡我誠，庸表怵惕。顯允申公，秉兹良直。四世三朝，職司疢疾。神砭易形，靈丸起廢。藥惠一方，心深道劑。羸劣獲安，炯我風義。活人活國，是乃仁術。陰積孔多，陽報斯必。篤生六子，季實良器。大我醫門，學稱善繼。藥籠流光，馨融帝室。六脈和平，聖躬福謐。三十年間，祗勤厥職。維皇念功，寵數優特。篋名仙瀛，圖書東壁。紆紫腰金，揚休山立。

匪汝是私，良用勸激。蒼煙故里，光賁丘石。刻我銘章，有煌中國⑮。獨山鬱茂，白波蕩潏。山川鴻濛，慶鍾來息。子孫振振，垂裕罔極。

【校】

①「囑」，弘治本同元刊明補本；薈要本、四庫本作「請」。

②「某」，弘治本、四庫本同元刊明補本；薈要本作「予」。

③「未」，元刊明補本作「末」，形似而誤；據弘治本、薈要本、四庫本改。

④「秉」，弘治本同元刊明補本；薈要本、四庫本作「稟」，亦可通。

⑤「寓」，弘治本同元刊明補本；薈要本、四庫本作「居」。

⑥「岐」，元刊明補本、弘治本作「歧」，據薈要本、四庫本改。

⑦「湯」，元刊明補本殘；據弘治本、薈要本、四庫本補。

⑧「爲」，元刊明補本、弘治本、薈要本作「爲」，四庫本作「馬」。

⑨「利」，弘治本、薈要本同元刊明補本；四庫本作「物」，涉上字而誤。

⑩「掩」，弘治本同元刊明補本；薈要本、四庫本作「奄」，亦可通。

⑪「嘻」，弘治本、薈要本同元刊明補本；四庫本作「嬉」，聲近而誤。

⑫「善」，元刊明補本、弘治本闕；四庫本作「德」；據薈要本補。
⑬「挾藝時行」，元刊明補本闕；據弘治本、薈要本、四庫本補。
⑭「罔有莫適」，元刊明補本闕；據弘治本、薈要本、四庫本補。
⑮「申」，弘治本、薈要本同元刊明補本；四庫本作「中」。

大元故奉議大夫中書兵部郎中韓君墓碑銘 并序

亡友奉議韓君之子冲既禫來謁，心焉愴慕，有慘而未安者，乃出所狀父行曰①：「孤不天，先人蚤世，平時所期者遠大，挾其所有以前，而車傾半道。念所銜恤祛②，惟是發越潛德，使表見於後，庶存歿少有攸慰。公與家府交敬③，而知爲詳，敢百拜以墓碑爲請。」予以義以分，有不能辭者，遂追叙而併銘之。

君諱天麟，字伯昌，姓韓氏，世爲漁陽上谷人。父琇，爲人長厚，儀觀秀偉，少應武舉，金季嘗以勞任慶陽府司録判官。母王氏，誕昆季四人，以次，君爲第三，母以克肖，故尤所鍾愛。長業法家學，即能豁然見頭角於輩行間，師以能稱之。及爲郡法曹，獄無大小，悉心極慮④，必盡彼辭情而後已⑤。時有楊參軍者，詐冒兵儲，公易市户，事覺，朝遣官來鞫，逮捕者數百家，弊積有年，不易措手。知君幹蠱，摘之倚辨。楊既窘蹙，無可得，主者悉取償糴家，價從時重。君曰：「不可。盜糧者已有主名，百姓初不預知。今從坐配償已是虚負，取價合准出倉時估。不然，將有破産不勝其弊者。」上官從之，衆得以輕脱。

至元二年，辟充懷孟路從事。四年，勾補中書左三部令史。八年，由考工轉御史臺⑥。有訴民自關陝來，未經有司者，議不受，君執之曰：「民豈不知？此顧臺憲爲重⑦，因而拒之，將無所控告。罪彼越藳，理其寃抑可也。」事多解釋，以能遷吏、禮部員外郎。遂建言：「隨朝掾史已有出職定例，外路吏資亦當與議，使至公均。」被准其事，行焉。未幾，遷奉訓大夫，出爲瑞州路别駕，俄超授奉議大夫、常德路宣課都提舉。先是，亡宋税場濫收奇零等課，名類甚多，君稔其擾，曰：「生財有源，初不在此。使到官者確之有法⑧，所獲多矣。」於是六色正額外一切蠲去，常人稱悦。及比附上額，羨果倍蓰。時方夏⑨，官徵民負租，追呼鞭扑，急於星火，君就府僚與議，曰：「今新陳未接，人餬口不給，兼積久數多，非一朝可辦，急則必倍息取貸，或易及男女。若爾，是富益巨室，怨歸公家，非特於征商有所誤也⑩。稍俟秋成，徵之未晚⑪。」用是以停征。八番大軍道鼎，民被騷甚，且沮恢辦，有司噤不敢誰何。君詣行闔陳説，主將喜爲約束之，市肆賴以帖。其乘機應變、輸誠濟物多類此。政籍甚而課最，省臺交章薦入，授奉議大夫、中書、兵部郎中。尋被檄檢覈河漕，回次濬之劉家渡，以暴疾卒，實二十二年乙酉歲八月七日也，享年五十有九。以是年十一月壬午，葬郡西南親仁鄉康公里家塋慶陽府君墓右，從溝合也⑫。

君氣志明辯，有幹局，善當官，好持論，往往出人意表。其起身立事，不資藉昆弟，恥踵迹人後，氣之所充，力取必至⑬，卓然自見於用者，蓋天性然。初，韓氏北故後居衛，生事微，父俾之經商，辭焉，曰：「從政固所願也。」及顯達，分所有資⑭，悉推讓，不一毫取，鄉黨義之。又排難解紛⑮，樂與人爲善。教子讀書，惟恐其不至。配孺人梁氏⑯，元帥瑀之長女。生子二人：曰沖，從事郎、太平路經歷⑰；曰中，御史臺令史，繼志治家，大克播搆。曰燕，曰梅童⑱，皆庶出。四女，已適名族者二，二未笄。銘曰：

維天生材，畀世作程。吏以事主，尤資者能。理具氣先，浩氣乃形⑲。倬彼韓卿，氣志蜂閎⑳。揚歷臺閣，外彪中弸。初轉柏府㉑，樂夫有行。庶單厥心㉒，豈惟祥刑。彼良而俘，是大僇辱。千里求哀，情其可恤㉓。人以法辭，我爲理出。不以其嫌，竟直彼屈㉔。天秩有庸，曾間内外。由我一言，至公均被㉕。財生多源，取自有體。算及屨簑，徒擾而已。以正以公，所獲多矣。猗嗟韓卿，用固强矯。年不志充，宜若可悼。我思古人，云誰盡了？圖維不朽，君亦少慰。子孝而賢，仕途方軌。振厲光揚，儘濟厥美㉖。尚餘幽光，樹石表隧。揭我銘詩㉗，永勖來裔。

【校】

①「狀」，薈要本、四庫本同元刊明補本；弘治本作「壯」，形似而誤。

②「念所銜曷祛」，抄本、四庫本同元刊明補本；薈要本作「今其遂已矣」。

③「家府」，抄本、薈要本同元刊明補本；四庫本作「家府君」，衍。

④「悉心」，抄本同元刊明補本；薈要本作「皆心」；四庫本作「皆悉心」。

⑤「辭情」，抄本、薈要本同元刊明補本；四庫本作「情辭」，倒。

⑥「工」，抄本、四庫本同元刊明補本；薈要本作「功」，亦可通。

⑦「臺憲」，弘治本同元刊明補本；薈要本、四庫本作「憲臺」，妄改。

⑧「確」，弘治本作「碓」，形似而誤；薈要本、四庫本作「榷」，亦可通。

⑨「夏」，弘治本、四庫本同元刊明補本；薈要本作「憂」，形似而誤。

⑩「誤」，弘治本、四庫本同元刊明補本；薈要本作「惜」。

⑪「徵」，弘治本、四庫本同元刊明補本；薈要本作「征」，亦可通。

⑫「合」，元刊明補本模糊不清；弘治本、薈要本闕；據四庫本補。
⑬「取」，弘治本、薈要本同元刊明補本；四庫本作「所」，當以此爲是。
⑭「所有」，弘治本同元刊明補本；薈要本、四庫本作「有所」，倒。
⑮「排」，元刊明補本、弘治本作「患」，涉下字而誤；據薈要本、四庫本改。
⑯「人」，元刊明補本模糊不清；據弘治本、抄本、薈要本、四庫本補。
⑰「路」，元刊明補本模糊不清；弘治本闕；據抄本、薈要本、四庫本補。
⑱「曰」，元刊明補本模糊不清；弘治本闕；據抄本、薈要本、四庫本補。
⑲「浩」，元刊明補本、弘治本、抄本闕；據薈要本、四庫本補。
⑳「閎」，薈要本、四庫本同元刊明補本；弘治本作「閑」，形似而誤。
㉑「柏」，抄本同元刊明補本；薈要本、四庫本作「相」，形似而誤。
㉒「單」，抄本、四庫本同元刊明補本；薈要本作「覃」。
㉓「恤」，抄本、四庫本同元刊明補本；薈要本作「惜」，聲近而誤。
㉔「直」，抄本、薈要本同元刊明補本；四庫本作「置」，聲近而誤。
㉕「均被」，抄本、四庫本同元刊明補本；薈要本作「被均」，倒。
㉖「濟」，抄本、四庫本同元刊明補本；薈要本作「齊」，俗用。

㉗「揭」，元刊明補本、抄本、薈要本作「揭」，四庫本作「謁」。

平陽程氏先塋碑銘

南陽府倅程君瑞，不肖里閈都司趙公倩也，故與定交最早，知行已頗詳。爲人忼朗誠直，勁挺尚義，而遇事開談洞見肺腑，伸吾志而已，而利而害，初不計卹。由是棖觸物論，與時齟齬，然識者以跅弛不羈許之。與君契闊者餘二十載。

大德改號之春，自武定終更來京師，僕方忝長翰林，樽酒叙舊，英邁之氣猶夙昔也。既而來請曰：「瑞始以孤童子入侍，隸昔剌謀太子帳下①。逮事定宗、憲宗，時朝廷遠駐朔漠，屢奉命使襄漢間，爲互市官。歲己未，扈世祖皇帝飛渡鄂渚，戮力與宋兵戰，有功，蒙賜銀幣有差。及上登極，選備膳夫，車駕巡幸兩都，征伐宴犒，割烹供辦，蓋三十年于兹。中間以軍國係重，越分肆直，忤犯權倖，致之縲絏②，瀕於不測者屢矣。以辭氣侃侃，事竟，實無佗，幸不死。朝貴多其挺志弗撓，奏受忠顯校尉、尚食局使。又七易寒暑，積前後勞，官武略將軍、出知奉聖州，今調同知南陽府事。自惟愚忠朴直，餘將無有供奉闕庭，寵膺民社，秩中通貴③，竭誠圖報之念日深一日。奈桑榆景迫，年與時馳，而追遠返本之懷朝夕是切。相嘗僑居，即是將起新阡，奉安考妣神靈。又諗登仕版家先世塋域例有碑誌④，况以東西南北之人⑤，表識之建尤爲切務。俾子孫繼嗣拜掃，考其世系鄉里，適追來孝，免夫有旌紀寂寥之嘆。尚吾友惠顧，賜之銘，則程氏爲不朽矣。」某以契舊，且素賞其方概，迺爲書：

程氏之先代世爲平陽洪洞縣李村農家⑥，曾祖、大父俱逸名諱，所可知者，曾祖生子四人，祖弟三子也⑦。金末以勞效，嘗攝行本縣令，有子玉，房行第八，暨弟九郎。其胤裔尚守遺業，玉即瑞之父也。府君慷慨重然諾，風義矯矯，有無與衆共之。貞祐兵亂，以武幹保完墟落。國朝壬午歲，迎降太祖皇帝，從攻鳳翔，用愾敵功，總西京工匠，年三十有九以疾終⑧。夫人曹氏，出扶風宦族，生子五人：曰實；曰瑞，即武略君；曰西京，曰當僧，曰午兒。實之子懷驢⑨，職庖人氏；次曰伴驢⑩。武略之子曰靈童。新阡之兆建於彰德府湯陰縣之北蘭里，實大德戊戌歲某月日也。仍爲發先世之潛德懿行，與武略之挺志顯親者爲之銘，俾光賁新壟，昭示來者云。其辭曰：

維農秉志⑪，篤於儉勤。服田力穡，鍾氣之醇。積厚種邁，嘉祥自甄。何以爲驗？慶流子孫。猗歟程氏，植本浚源。藹藹風義，超越同倫。由農而士，奮起艱屯。克昌再世，攀附鳳鱗。愚忠朴直，祇奉嚴宸。典司玉食，三十餘春。名喧禁籞⑫，僉曰藎臣。付之民社，賞其勞勳。貳車五馬，皁蓋朱輪。大侈寵數，顯揚其親。有鬱者阡，羑里北原⑬。光融松檟，銘勒貞珉。何以訓之？孝義忠純。昭示不忘，垂裕後昆。

【校】

①「昔剌謀」，抄本同元刊明補本；薈要本作「實爾寧」；四庫本作「實喇謀」。

②「之」，抄本同元刊明補本；薈要本、四庫本脱。

③「貴」，弘治本同元刊明補本；薈要本、四庫本作「忠」，涉上字「中」誤。

④「諗」，弘治本、四庫本同元刊明補本；薈要本作「念」，俗用。

⑤「以」，元刊明補本模糊不清；弘治本、四庫本闕；據薈要本補。

⑥「程氏」，元刊明補本、弘治本作「程」，脱；據薈要本、四庫本補。「平陽」，弘治本、薈要本同元刊明補本；四庫本作「平陽府」，衍。

⑦「弟」，弘治本同元刊明補本；薈要本、四庫本作「第」，亦可通。按：弟、第，古今字。後依此不悉出校記。

⑧「終」，弘治本同元刊明補本；薈要本、四庫本作「卒」，亦通。

⑨「懷驢」，弘治本、四庫本同元刊明補本；薈要本作「和羅」。

⑩「伴驢」，弘治本、四庫本同元刊明補本；薈要本作「巴魯」。

⑪「農」，元刊明補本模糊不清；據弘治本、薈要本、四庫本補。

⑫「籙」，元刊明補本作「[illegible]」，據弘治本、薈要本、四庫本改。

⑬「羑」，弘治本同元刊明補本；薈要本、四庫本作「羡」，形似而誤。

大元故清和妙道廣化真人玄門掌教大宗師尹公道行碑銘 并序

道之大原出於自然，而隆而汙，繫夫世運，顧人力有不能致者。如甘河之異見於西秦，崑崙之氣表於東海①，自非素鍾仙分，價重一時，疇克輔承者哉？金貞元、正隆間，重陽王尊師始倡全真教法，逮長春丘公應期濟度，道乃大行，風聲洋溢，丕冒海隅。至於靜涵道幾，動周妙用，驂鶴馭之孤標，謁龍庭於萬里，絶塵而下，稱繼述之善者，我清和尹公其人也。

師諱志平，字太和，系横海華胄。大父而上，世以儒業擢進士第，歷郡守者凡七人，因宦遊東萊，遂占籍焉。祖公直，父行誼②，皆融德不耀，樂施與，鄉黨以善人稱。師生金大定己丑，初，母氏夢羽儀擁導，若仙官迎謁者，寤而誕師③，有瑞光盈庭之異。既長，資穎悟不凡，杳然泰定，了知生前事，讀書日記千言。及冠，行遇道士自關右來，約師同詣文登醮祭，欻失所在，但見羽流乘白黿化現空際，師懭恍感遇，信道愈篤。既而潛訪長生師於洛京，父母數追止之，至鎖閉静室④。無幾，遁去，寓昌邑之西菴。道家者流以禁睡眠，謂之消陰魔，嘗坐樹蔭下，一夕假寐間，見長生師厲聲曰：「嚮祖師來化汝，尚未悟邪？」遂揮刃斷其首，剖其腹，滌易鄙俗，去其自滿。由是胷臆洞然，靡有所惑。二親知志叵奪，始聽入道。

明昌辛亥，參長春公於棲霞，遂執弟子禮。久之，偉其有受道資，盡以玄妙付之，曰：「吾性靈明，如鑑不受垢，常切瑩拭，以湛吾天。」自是日有所得。又問《易》原於太古，傳籙法於玉陽，鍊習内精⑤，聲光外白，遠近尊禮，户外之屨滿矣。濰陽州將完顔龍虎素慕真風，奉亭圃爲菴，尋賜額曰「玉清觀」。師佩上清大洞符籙，主盟齊東者廿寒暑。長春聞之，喜曰：「吾宗教托付，今見人矣。」大元己卯歲，太祖聖武皇帝遣便宜劉仲禄起長春於寧海之崑嵛山，聞師爲其上足，假道於濰以見之，遂同宣詔旨。先是，金、宋交聘，公堅卧不起。至是，師請曰⑥：「道其將行，開化度人，今其時矣。」長春爲肯首，決意北覲，選道行純備者十有八人從行，師爲之冠。致睿眷隆渥⑦，玄風遠倡，師羽翼弼成之功爲多。歲癸未，長春還燕，主太極宫。師雅志閑適，退居縉雲秋陽觀，俄徙德興之龍陽。長春仙去，命公嗣主玄教，即建處順堂於白雲觀，奉藏丘公仙蜕。

壬申四月，太宗鑾輅南還，師迎謁於保，賜坐論道，慰諭者久之。翼日，后妃臨幸，祝香琳宇，錫《道經》一藏。自是四方學者輻湊堂下，歸依參叩，于于而來，唯恐其後。師摘要訣誨之曰：「修行之害，食、睡、色三欲爲重。多食即多睡，睡多情欲所由生，人莫不知，少能行之者。必欲制之，先減睡欲，日就月將，則清明在躬，昏濁之氣自將不生。向上達者，率自此出。人徒知從心爲快，不悟制得此心有無窮真樂也。」癸巳冬十月，講《道經》上下篇於義州通仙觀，微辭奥義，大有發明，及演七真造道根源，殊灑然也，聞者爲洗心。醫巫閭爲燕遼鎮山，深秀雄鬱，必有弘演博大，真人往來其間。甲午春，師往遊焉。先是，瑞氣葱鬱，封鎖不散者浹旬，至是開霽，衆以爲山靈開先之兆，師謝曰：「吾何德以當之？」終南祖師煉化地號「活死人墓」者，蕪没日久，仙柩浮殯，朝夕念兹，若煢煢在疚。乙未春⑧，關輔略定，師西遊，併圖營建，又興復佑德、雲臺二觀⑨，太平、宗聖、太一、華清四宫以翼祖觀。初，道出汾晉，沁長杜德康請設醮，緑章方啓⑩，玄鶴翔空，仙侣散壇，時雨濟旱。

丙申秋，奉旨試經雲中，度千人爲道士，俾祈天永命，禔福元元。師德望既隆，所至風動雲委，吏民瞻拜，至兇悍無賴輩皆感化弭服⑪。戊戌，師壽七秩，以教門事付真常李公。庚子秋，葬祖師於白雲堂，會送者數萬人。時久旱，雨雪盈尺，咸謂孝誠所致。繼董祖菴僝功，尋敕額曰「十方大重陽萬壽宫」。初，大定七年，祖師火其菴東游，或惜之，曰：「修人在後，吾何亟焉？」至是，殿閣廊廡覆壓千柱，終始六甲脗合祖意，誠有數存乎？秋九月，歸五華舊隱⑫。己酉，賜號「清和演道至德真人」，金冠錦帔付焉。辛亥春二月十有一日，沐浴，易衣冠，書頌曰：「觀化八十三歲，澹薄全真活計⑬。臨行踏破虚空，開放光明無際。」落筆而逝，馨芬滿室，三日不散。臨死生際，其明了如是。師既逝化⑭，以皓駒輿櫬，寧神五華。其日，終南祖觀有一道士乘白馬來告清和去世，竟不知所之。後訃音至，考驗月日，知爲神遊化現。吁，亦異哉！

師儀觀秀偉，風度凝重，如瑞人神士，不可梯接。然即之，春風和氣，津津溢眉宇間，樂傾所得，誨誘不倦，志顓利物，感應無方，如在濰陽，松柏不種自生。其寓仙谷叢竹一符卦數，學徒徧四方，觀宇滿天下，德博道尊，過化存神之妙不能具載，皆出於至誠感發，無一毫作爲之私⑮。宜乎傳嗣道統，配列師真，上繼長春，下授真常，前後無媿，可謂「清而不耀，和而不流，克肖克荷，玄之又玄」者矣！師平昔所在，求詩頌教戒者無虚日，肆筆應答，辭理可觀，有《葆光集》、《北遊録》傳于世。中統建元，誠明張公表師行業於朝，追謚清和妙道廣化真人，制辭有「性天開朗，心地坦夷，接重陽道統之傳，爲長春門人之冠，宜錫褒章，永光仙籍」之旨，始終昭顯矣。

法孫陳德定出延安士族，師事真人門弟子重陽知宫仇志隆，以修進餘力，祭醮符籙皆通習之。居終南四十餘年，潔以脩己，耕而後食，處巖穴間，妖魔屢梗，德定以正法神力悉驅除之，由是名著秦雍。至元廿七年，耀州少尹姚某以聞，蒙世祖文武皇帝召至闕下⑯，試驗有徵，寵膺玉鼒、貂衣之賚。元貞二年，賜號「棲玄致道通真法師」。三年，宣授秦蜀道教提點，踵門來請曰：「德定自惟托迹草茅，何以致此？蓋遠藉先廕，思效光揚師祖清和公之返真，侍郎趙楠已表松臺。祖菴之復，實所權輿，今紀行之碑未克昭建，是殆闕如。提點温某等五人已礲樂石，幸翰長先生惠之銘，是亦不一書而止之意也。」予曰：「有是哉！探源報本，乃吾儒美事。道雖不同，其理弗異。」乃次其所具而重之以銘⑰。其辭曰：

天之蒼蒼一氣清，其視下也猶杳冥。真元有道本强名，俾而全之須人弘。甘河感遇世已驚，風聲波動東海溟。七葉泛灩金蓮英，至人挺出開世程。崑崙山高古蓬瀛，長春再傳何德馨。鶴馭九萬摶雲鵬，雷雨之動方滿盈。爲民請命以道寧，維持綱紀誰使令？十八大弟光啓行，丘仙一笑溘上征。清和進脩純粹精，傳授道統力主盟。潔己應物謙而誠，拱璧駟馬非夸矜。事惟無心物取衡，尹家樓觀青雲城⑱。開天演化玄元經，全之爲教乃大明⑲。縱説豎説鍊此形，方寸莫遣三害攖。陰魔大嚼風掩燈，嗜慾一肆甚五兵。

顛木之枿不少萌，昏濁之氣何由生。志惟不分神乃凝，大賢大哲皆此成。用之國治如鮮烹，重陽祖菴功勃興。終南太華高稜層，玄風浩浩海宇傾。竹宮醮祀儲祥禎⑳，雨暘下遂萬物情。錫民五福世道平，穰穰復正德性甯㉑。一朝猗蘭升紫庭㉒，仙階霞帔光晶晶。物緣太盛神或憎，進退合正聖所稱。谷神不死存至靈，未妨委蛻仙山坰。瓊樓石室户不扃，神遊八表風泠泠。道傳千古垂日星，門人攀慕涕泗零。令威留語會有徵，兹惟華表歸來銘。

【校】

①「嵛」，弘治本同元刊明補本；薈要本、四庫本作「崙」，形似而誤。後依此不悉出校記。

②「行」，元刊明補本模糊不清；弘治本、抄本闕；據薈要本、四庫本補。

③「誕」，元刊明補本模糊不清；弘治本闕；薈要本、四庫本作「生」；據抄本補。

④「閉」，元刊明補本作「閑」，形似而誤；據弘治本、薈要本、四庫本改。

⑤「精」，弘治本、四庫本同元刊明補本；薈要本作「鎖」，非。

⑥「曰」，薈要本、四庫本同元刊明補本；弘治本作「由」，形似而誤。

⑦「睿眷」，弘治本同元刊明補本；薈要本、四庫本作「帝眷日」。

⑧「乙未」，弘治本、薈要本同元刊明補本；四庫本作「己未」。

⑨「二」，元刊明補本作「工」，形似而誤；據弘治本、薈要本、四庫本改。

⑩「緑章方啓」，弘治本同元刊明補本；薈要本、四庫本作「籙方章啓」。

⑪「兇」，弘治本、薈要本同元刊明補本；四庫本作「凶」，亦可通。「服」，弘治本、四庫本同元刊明補本；薈要本作「伏」，亦通。

⑫「華」，弘治本、四庫本同元刊明補本；薈要本作「岳」，妄改。

⑬「薄」，弘治本、四庫本同元刊明補本；薈要本作「泊」，亦可通。

⑭「逝」，元刊明補本、弘治本作「示」，據薈要本、四庫本改。

⑮「作爲」，弘治本同元刊明補本；薈要本、四庫本作「詐僞」，亦通。按：「作爲」，亦可作「作僞」，偏旁類化；「詐」，俗作「詐」，與「作」形似。

⑯「祖」，弘治本同元刊明補本；薈要本、四庫本作「宗」，非。

⑰「乃」，弘治本同元刊明補本；薈要本脱；四庫本作「因」，亦通。

⑱「城」，弘治本同元刊明補本；薈要本、四庫本作「程」。

⑲「大」，弘治本、四庫本同元刊明補本；薈要本作「天」，非。

⑳「祀」，弘治本同元刊明補本；薈要本、四庫本作「記」，形似而誤。

㉑「性」，元刊明補本、弘治本作「往」，據薈要本、四庫本改。

㉒「猗」，弘治本、四庫本同元刊明補本；薈要本作「倚」，亦可通。

衛州創建紫極宫碑銘

維衛紫極道宫，全真師沖虚子房公所創建也。初，公既參丘尊師於海上，長春目其氣志非凡，殊稱異之。居無幾何，命公主馬坊之清真觀。迨國朝壬寅歲，聊攝趙侯請師住持郡之玄都宫，於是鶴馭東遊，道出弊邑。汲長趙實扈林聞師道價重一時，以治城崇道里隙地，廣六十舉武，縱則倍之，奉師爲玄覽别館，訢然許焉①。輟其徒張志洞等結茆以居。嘗闢地得石，上刻宋太宰張邦昌詩什，知爲吴越錢氏子孫棣華庵故基也②。師留博僅紀而西還淇上，方履滿户外③，每以居逸教無爲慮，因集其徒而告曰④：「吾大方家雖清虚自然爲宗，要以應時衍化爲重，詎容山林長往，歸潔一己乎？且吾行天下多矣，未若衛之土中而處會、俗美而易化，不於焉闡吾教，尚何往？然祝延寶供、香火焚修之所，非大壯麗不足以張皇教基，竦道俗瞻敬之心也。」乃命門徒孟志玄、趙志朴率衆下商洛之材，跋涉艱阻，以歲月得木萬計，遂建宫殿七鉅楹⑤。内設三清大像，示至道之原也；中起通明觀，以奉玉皇黼扆，欽天帝之尊也；後復作七真殿五筵，敍列仙品，見玄教之傳也；下至壇墠神闥、齋室庖湢、廄庫蔬圃，莫不畢舉。師素負巧思，志堅而氣充，規撫位置，意匠中定，不待畫宮于堵而爲執用者之法，要使堅完鞏固，爲數百年物。尋師委蜕仙去，遺命志朴等曰：「今大功將集，無以吾存歿而作有間，勉强前修，以卒吾志。」故志朴等三十年間焦心勞思，攻苦食淡，繼述師訓，猶一日然。今則繪彩供帳，截然一新，金光五雲，絢爛溢目，宏麗靖深⑥，爲一方偉觀。其工費之廣，自力其力，初不外假，而衆忘勞焉。實經始於壬子之春，迨至元甲申秋，工告迄功。志朴乃件右師之行業與夫興造本末，踵門磬折，謁予文者再。余以鄉梓盛蹟，且與師有玄談之雅，勉爲敍次之：

師諱志起，濰州昌邑人。幼業儒，既而以異夢有覺⑦，遂入道。爲人氣貌魁奇，操行清峻，通古今，善篆籀，樂與名士夫遊。至於醮祭之獲福，雲鶴之顯異，所在驚動世之耳目者爲多。遺山謂師「外朴而内敏，質直而尚義，似夫墨名而儒實者」，蓋確論云。宜其事業成就如此。至元戊寅，志朴以師德請于朝，蒙敕定仙號曰「弘直體静真人」。若志朴者，於師弟子之禮始終盡矣，尚猶以師不覩道緣大成爲歈，予慰之曰：「不然。昔真人舍清真而遊博，去博而終税駕于衛，今雖神遊無方，其眷戀於此也必矣！况共、衛間名山勝境固爲小有洞天，如玄元化現於仙山，公和舒嘯於蘇門，海蟾留題於白鶴，仙蹤靈貺，前後接踵，見于方志，雜出于傳記之説者，昭昭矣。異時馭風騎氣，追陪真仙，安知不過故山而留語，俯華表而增懷，而爲孫劉絶塵之舉也邪？」仍作歌詩，詳見師志，俾刻諸樂石，雖綿亘千祀，庶幾來者有所考焉。其辭曰：

道家者流本静清，杳冥而無迹與形。崇慈尚儉貴不争，兹乃黄老之常經。有時土苴爲世程，祈禳醮祭由是生。像緣教設雖强名，雄樓傑觀争峥嶸。猗嗟先生起營陵，魁偉德業玄門英。至人未免安傃行，河山兩戒礲金庭。方花古礎排巨楹，紫雲爲蓋青雲城。羣仙媲統須皇靈，紫垣落落羅天星。先生演化意有徵，後孰倦焉先此營⑧？庶用張本道可興⑨，陰助政治歌清寧。大緣未竟欻上昇⑩，門人攀慕涕雨零。歲累月積大有成，惜不久視爲宗盟⑪。仙宫洞房本不扃，神遊八表風泠泠。來過故國宜少停，紫極夜氣開蓬瀛。追攀逸駕非吾能，尚想爲國儲休禎⑫。風時雨若穀不螟，下洗澆俗還淳誠。我詩刻石何千齡，要作華表歸來銘。

【校】

①「訢」，元刊明補本、弘治本作「訴」，據薈要本、四庫本、《中州名賢文表》改。

②「棣」，弘治本、薈要本、四庫本同元刊明補本；《中州名賢文表》作「隸」，形似而誤。

③「履」，弘治本、薈要本、《中州名賢文表》同元刊明補本；四庫本作「屨」，亦通。

④「告」，弘治本、《中州名賢文表》同元刊明補本；薈要本、四庫本作「告之」，衍。

⑤「宫」，元刊明補本、弘治本作「吴」；《中州名賢文表》作「正」；據薈要本、四庫本改。

⑥「靖」，弘治本、薈要本、《中州名賢文表》同元刊明補本；四庫本作「倩」，非。

⑦「以」，弘治本、四庫本、《中州名賢文表》同元刊明補本；薈要本作「有」，涉下而誤。

⑧「後孰」，弘治本、薈要本、《中州名賢文表》同元刊明補本；四庫本作「孰後」。

⑨「用」，弘治本、四庫本、《中州名賢文表》同元刊明補本；薈要本作「幾」。

⑩「欻」，弘治本、薈要本、《中州名賢文表》同元刊明補本；四庫本作「倏」。

⑪「惜」，弘治本、四庫本、《中州名賢文表》同元刊明補本；薈要本作「昔」，俗用。

⑫「禎」，弘治本、四庫本、《中州名賢文表》同元刊明補本；薈要本作「徵」，妄改。

王惲全集彙校卷第五十七

碑

輝州重修玉虚觀碑

嘉平道士介綀師范君贄禮幣來謁，拜而請曰：「弊觀在蘇門，顧惟狹陋，然歷年久，實爲自昔名額，敢託斯文，俾見興造本末暨師真住持所自，用傳不朽。乃宿昔所願言①，幸憲使惠顧，越爲光有赫。」按所具事狀：

州西郭曰草市，城北走出廣薪門百舉武②，有觀曰玉虚，攷其肇基，蓋始於前宋政和間所建。大定初，仍賜今額，爲正殿一，旁小殿二，中設三清、四聖、元辰等像，函丈後列，神閟前敞，下至真官齋壇、賓客庖庫之位③，咸敍而即宜。承平久，法供大行，鍾磬齋魚之音隱然聞山水間，蔚爲共前儲祥勝地。壬癸兵餘，日就荒落。厥後清虚弘道真人來主治之，月殿星壇，稍復於舊。尋冷公西歸，屬之通妙嚴君顯奉，師訓惟恪，乃創水磑、稻田、諸莊等業，雖罄刮衣盂，資贍徒侶，大有方便。丙申冬，嚴既示化，真人志慮弘深，召上足通真師梁志一謂曰：「玉虛道場藐爾于共，今繕修頗完，資用苟有，第道匪人弘，何以行遠？矧共山羣彦所集，半爲方外眷屬。微汝，曷克洞玉清之虛静，承文獻之顧接哉？」於是唯而來嗣。飭治焚修，其用尤儼④，已有者守之日固，方來者增而歲新。復於百泉西涯買田數畝，築致爽亭，貯經史，植松竹，號嘉惠别館。娱言一室⑤，罔間儒墨。暇則鼓琴詠歌，將以挹蟾房之景氣，接鸞鳳之遺音，豈惟與泉石而爲伍也？雪齋姚公愛其幽勝，亦嘗徜徉其間，與師爲蒼煙寂寞之友。《傳》曰：「尚友知人。」梁之爲道概可見矣。既而師倦勤，盡以後事付高弟道燦。燦爲人姿疏秀⑥，氣爽而象恭，志繼而本立，守護傳業⑦，惟恐墜越，其徒稱之曰能。燦姓張氏，自童行入道，今三十六年矣。嘗觀道家説，有玉清、玉虛等號，亦猶天有九霄，神霄爲最高。然沖而用之，於道體何在？是固老子法虛心實腹，守爲清修要者，蓋心不虛則道無以入，物無以容，教無以受，而腹無以充矣。坐進之功苟疏，凝存之理或熄⑧。若道燦者，法壽方爾，主治院門甚力，至於接外務，崇本宗，誠能中虛而應物，以道腴而充腹者焉⑨！正自師祖、師梁，庸玉汝於成之旨也。若然，則其爲後來紀綱是者矜而式之，繼爲不朽無窮之傳也必矣。仍爲門人作詩，俾歸來望思，以極道真之本。其辭曰：

蒼蒼共巖，桂連蹇兮。杳焉予懷，仙遊遠兮。山空日寒，悵疊巘兮。宮居粒食，思展轉兮。遐想仙標，玉雪質兮。彤車載花，紅一色兮。醉鞭星馭，金虬蜿兮。粃糠塵世，宅閬苑兮。嗟嗟堪輿，一烘爐兮。往古來今，爍無餘兮。世外無物，須人徒兮。刳滌玄覽，歸靜虛兮。服餌節飲，差少瘉兮。弱志强骨，壽吾軀兮。庶幾真筌，師同符兮。噫⑩！

【校】

①「言」，弘治本同元刊明補本；薈要本、四庫本作「見」，非。

②「薪」，弘治本同元刊明補本；薈要本、四庫本作「新」。

③「位」，弘治本、薈要本同元刊明補本；四庫本作「仁」，形似而誤。

④「尤」，弘治本、薈要本、四庫本作「充」。

⑤「娛」，弘治本、薈要本同元刊明補本；四庫本作「晤」。

⑥「姿」，弘治本同元刊明補本；薈要本、四庫本作「丰姿」，妄加。

⑦「業」，弘治本闕；薈要本、四庫本作「繼」，涉上而誤。

⑧「凝」，四庫本同元刊明補本；弘治本、薈要本作「疑」，俗用。

⑨「腴」，元刊明補本、弘治本作「瘦」，據薈要本、四庫本改。「焉」，弘治本同元刊明補本；薈要本、四庫本作「哉」。

⑩「噫」，弘治本同元刊明補本；薈要本、四庫本脱。

大元國大都創建天慶寺碑銘 并序

大雄氏之爲教，如慈雲慧日，覆燾無際，惟得其人①，道乃大行，宫居像設，亦從而熾盛之。我國家鼎定全燕，教隆内典，故精藍勝刹，莊嚴寶界②，金碧相望，有佛國大乘氣象。維永泰寺肇基自遼，彌陁者③，泰之别院也④。大安兵燼⑤，廢撤不存，鞠爲茂草者五十餘年⑥。

大元至元壬申，有僧雪堂者始來結菴而主之⑦。先是，師業嗣法，猶窟潛天德，以經戒嚴、機鋒峻，越在雲朔，名動京師。嘗假息間，有以「天慶」名所棲而告之者，初不諭其故。既而駙馬高唐郡王聞師名德⑧，喜之，既覯止，即依慈蔭，扣真詮，師順事隨方⑨，日有所覺。以至承嗔獲譴、非罪而罹苦毒者，因師一言⑩，多所縱釋。其後，王請師住豐之法藏院，仍贈貝錦法衣，用著顯異。尋以道行上聞，有詔所在護持。及觀光大都，郡王乃出重幣易是院，爲師待問駐錫之所，與其徒奉香火、修潔精進而已。至於建大道場，擴充無量功德，蓋遵養而有俟也。逮甲申冬，皇孫紺蔴剌以師持誦保釐⑪，故欲辟静室處之，宫府辭不可。翼日，出貨泉二千五百緡洎名驃二，仍諭留守段禎、詹事丞張九思，即所居庀徒蒇事，起三大士正殿，丈室七巨楹，下至門閭庖湢、賓客之所，略皆完美。始於乙酉之春，成於丙戌秋仲。役初作，斸地得廢鍾，所刻天慶二字，考之，蓋有遼建號也。事夢既協，即爲新寺名額。於是倚晬像於金光⑫，沸潮音於空際，有來諸天，普臨雙樹顧諟，永泰廢餘，復爲清涼法觀矣。

後三歲，奉皇孫匳香禮江浙名刹⑬，起造藏經，師冒涉江湖，往返萬里，存神過化⑭，高風所及，奔走供養，且有金仙通靈、伽藍主護之應⑮。吁，亦異哉！凡得經四藏，計二萬八千餘卷，分貯大都之開泰、天慶，汴洛之惠安、法祥及永豐法藏院，仍以法物付之。使人無南北，通暢玄風，壽聖皇，贊寳緒，天花雨紛，梵唱雷動，日開八方之供者，此師之所圖惟也。宜其經來神衛，號應基先，雖老柏重榮，神松回指，有不是過者。遂不千里遠，持待制王之綱事狀，以寺碑來請曰：「山僧空疏，無足比數。以義以契，尚憲使與顧，以銘章貺之，始終之願畢矣。」

予以師意儒學，有器識，所交皆藩維大臣、文武豪士⑯，緩急於士大夫，周旋不榮悴間，解紛振乏，要有實效然。去來其間，殆雲凝而風休也。嘗即寺雅集，自鹿菴、左山二大老已下⑰，至野齊、東林，凡一十九人，作爲文字，道其不凡。時方之廬阜蓮社云，是亦將因儒釋僧之特達者也。宜其行業成就如此，固可以著金石而垂不朽矣。

師諱普仁，字仲山，姓張氏，雪堂其道號也，世爲許昌人。父世榮⑱，官至豐州司録參軍。母夾谷氏。師生有禎祥，甫毀齔，不葷酒嚌⑲。初祝髪於壽峯湛老，再具戒于竹林雲和尚，及參永泰贇公，一見器異，即蒙印可，至有「機鋒灑落，瑩徹冰輪，頭角峥嶸，光騰星緯」之諭⑳。贇派出臨濟，第而上之，師乃慧照十九代孫也㉑。過鎮陽，樹碑表行，濬源接派，以昭其本於尊祖，追遠光又赫焉。余嘗論天下之事，雖小大有殊，酬酢注措皆有本末。就釋氏教論之，佛法者，本也；塔廟者，末也。崇其末而遺其本㉒，求進於道，亦以難矣。若師也，可謂持用有方，審所先後者哉！乃隨喜讚嘆而作偈曰㉓：

道之大原出於天，物生而静乃本然。扶持有術繫後傳，惟聖日遠湮其言。奪攘矯虔紛目前，佛乘自西來竺乾，慈愍濟度心爲先。衆生迷惑不知覺，沉溺苦海甘流連。人人安得以手濟㉔，以法爲楫經爲船。奉持頂戴破黑業，火宅變幻生青蓮。龍宮紺殿儘瞻禮，具香須滿黄金田。阿師振錫下南海，豈爲頭角争昂軒㉕。向來四萬八千偈，重與震旦開經筵。燕豐汴洛還舊貫，佛界珠網摇秋煙。羣昏再曉棲至善㉖，如夢日月金沙淵。漢人得經纔四十，未若此舉思無邊。功圓行滿師不有，歸之帝孫祈永年。八方奠枕磐石靖，天子萬壽南山堅。聖孫神子麗不億，惟城惟藩復惟宣。歸來丈室炷香坐，但覺鍾鼓清而圓。從此婆欏雙樹底㉗，知師澄定草鞋禪。

【校】

①「人」，薈要本、四庫本、《中州名賢文表》同元刊明補本；弘治本作「乂」，形似而誤。

②「莊」，元刊明補本、弘治本、《中州名賢文表》作「粧」，據薈要本、四庫本改。

③「陁」，弘治本、《中州名賢文表》同元刊明補本；薈要本、四庫本作「陀」，亦通。

④「院」，弘治本、《中州名賢文表》同元刊明補本；薈要本、四庫本作「號」，形似而誤。

⑤「大」，元刊明補本作「太」；據弘治本、薈要本、四庫本、《中州名賢文表》改。

⑥「餘年」，四庫本、《中州名賢文表》同元刊明補本；弘治本闕；薈要本作「年矣」。

⑦「雪堂者」，《中州名賢文表》同元刊明補本；弘治本作「雪□」；薈要本、四庫本作「雪堂」，脱。

⑧「駙馬」，弘治本、《中州名賢文表》同元刊明補本；薈要本、四庫本作「有駙馬」，妄加。「王」，薈要本、四庫本、《中州名賢文表》同元刊明補本；弘治本作「主」，形似而誤。

⑨「隨」，元刊明補本、弘治本、薈要本闕；四庫本作「指」，非；據《中州名賢文表》補。

⑩「師」，弘治本、薈要本、四庫本同元刊明補本；《中州名賢文表》作「聞」，妄改。

⑪「紺蘇剌」，弘治本、《中州名賢文表》同元刊明補本；薈要本作「噶瑪拉」；四庫本作「紺蘇剌」，形似而誤。
⑫「晬」，弘治本、四庫本、《中州名賢文表》同元刊明補本；薈要本作「佛」。
⑬「名」，弘治本、四庫本、《中州名賢文表》同元刊明補本；薈要本作「各」，形似而誤。
⑭「神」，弘治本、四庫本、《中州名賢文表》同元刊明補本；薈要本作「仁」，非，
⑮「伽」，元刊明補本、弘治本、《中州名賢文表》作「茄」，偏旁類化；據薈要本、四庫本改。
⑯「維」，弘治本、《中州名賢文表》同元刊明補本；薈要本、四庫本作「籬」，涉上字而妄改。
⑰「二」，薈要本、四庫本、《中州名賢文表》同元刊明補本；弘治本作「一」，非。
⑱「世」，弘治本、四庫本、《中州名賢文表》同元刊明補本；薈要本作「母」，涉上字而誤。
⑲「不葷酒嚌」，弘治本、《中州名賢文表》同元刊明補本；薈要本作「不近葷酒」，亦通；四庫本作「不葷酒齊」，俗用。
⑳「諭」，弘治本、《中州名賢文表》同元刊明補本；薈要本、四庫本作「喻」，亦可通。
㉑「照」，弘治本、四庫本、《中州名賢文表》同元刊明補本；薈要本作「昭」，俗用。
㉒「本」，弘治本、四庫本、《中州名賢文表》同元刊明補本；薈要本作「末」，涉上而誤。
㉓「讚」，弘治本、《中州名賢文表》同元刊明補本；薈要本、四庫本作「贊」，亦可通。
㉔「人人」，《中州名賢文表》同元刊明補本；弘治本、薈要本、四庫本作「人乂」，未審文義而妄改。

㉕「軒」，弘治本、四庫本、《中州名賢文表》同元刊明補本；薈要本作「昂」，涉上字而誤。
㉖「棲」，弘治本、《中州名賢文表》同元刊明補本；薈要本、四庫本作「歸」。
㉗「婆」，弘治本、薈要本、《中州名賢文表》同元刊明補本；四庫本作「桫」，亦可通。

大都路漷州隆禧觀碑銘

漷州距今新都東南百里而近，本漢泉州地，遼爲鎮，而亡金縣焉。兵後井邑蕭索，僅存縣治，原隰平衍，渾流芳淀，映帶左右。建元已來，春水澄融之際，上每事羽獵①，歲嘗駐蹕，民庶覩羽旄之光臨，樂遊豫之有賴，故生聚市闐旋踵成趣。至元十有三年②，遂陞縣爲州，從吏民之請也。爰有道館，據城之西北維③，亦由是而修崇焉。

住持圓素大師劉志實者，許之長葛人，夙秉淑質④，自童行入道，師希真劉志永。永即長春丘公高弟清虚韓志谷一再傳也。初，師永誅茆於都之東郊，刳心坐忘，凝塵空竃者十年。盤山王棲雲道價高一時，歆其精修，枉道造謁。自號麻衣老，壽八十有四，怡然而逝。師之在弟子列也，侍晨昏，服勤勞，人所不堪，己自若也，積寒暑三紀，猶一日然。麻衣見其持守不易，皮毛盡而真實在，可與有立，於是以通真觀屬院曰玉晨菴者令主張。

是戊午間，誠明真人愛其地佳而氣腴，囑之增建，以應有開之先。始焉荒壥二十餘畝，敝屋數間，蔽風雨而已。師乃以和光同塵、朴實感物爲方，至一鄉欽嚮，願言信施，有不期然而然者。助益既多，功用漸集，遂起三清殿，繪玄聖於堵，所謂上九位者居其中。又畫日月星官、歲德、師聖、岳瀆等神列侍兩傍，雲舒霞蔚，澋彩絢目⑤。殆玄象肇分⑥，端倪呈露，下至嚴禋有壇，静棲有室，凡所需皆具，以屋而計者三十楹。歲時清供，真仙來臨，鍾磬之音隱然空際，誠迎祥之别館，一方之榮觀也。既落成，洞明宗師以今名榜之。

及玄逸真人張公嗣教，嘉師之勤，命書石以昭厥後，遂介鍊師劉文甫來請銘。予以謂肯心而構，易固而新⑦，豈惟瞻者增敬，其因衆成功，同延慶壽，荅鴻休而畢師志，使來者祝嚴罔逸，而隆福降簡穰之本是固。所當書者，仍以黄庭七言體歌以繫焉。其辭曰：

道家者流玄默稱，抱持其雌無所矜。屋居火食相奉承⑧，鳶飛戾天魚在泓。疇不若爾休其生，爰因像設心自兢。仍用善俗滋良萌，瀰州維南泉故城。玉晨有庵無所營，敝廬數間僅幪帡。一旦締結三十楹，煙光粼粼萬瓦青。正自肯搆今有成，要擴師授昭予誠。爲國迎祥禱上清，鑾輿歲幸實省耕。延芳春水紛霓旌，遊豫何翅歌三登。千秋萬歲樂事并，道人百拜乞此銘⑨。隆禧因之播永馨，雲間歎賞聞愾聲⑩，安知不有成公興！

【校】

①「澄融之際，上每事」，元刊明補本、弘治本脱；據薈要本、四庫本補。

②「元」，弘治本、四庫本同元刊明補本；薈要本脱。

③「之」，弘治本同元刊明補本；薈要本、四庫本脱。

④「秉」，弘治本、四庫本同元刊明補本；薈要本作「乘」，形似而誤。

⑤「⿰氵影」，弘治本、四庫本作「灝」；薈要本作「光」。

⑥「象」，弘治本同元刊明補本；薈要本、四庫本作「像」，聲近而誤。

⑦「固」，弘治本同元刊明補本；薈要本、四庫本作「故」，亦通。

⑧「屋居」，弘治本同元刊明補本；薈要本作「居室」；四庫本作「居屋」。

⑨「百」，弘治本、四庫本同元刊明補本；薈要本作「北」，非。

⑩「歎」，弘治本、薈要本同元刊明補本；四庫本作「難」，形似而誤。「愾」，弘治本、四庫本同元刊明補本；薈要本作「嘅」，亦可通。「聲」，元刊明補本、弘治本作「⿰口声」，據薈要本、四庫本改。按：「聲」，俗作「声」；作「⿰口声」者，蓋涉上字偏旁類化而訛。

大元故關西軍儲大使吕公神道碑銘

盡瘁以事上，忠也；守志以完節，貞也；忠貞之澤流潤後人，俾功名奕葉，富貴一時，而親弗逮者，天也。故聖人垂光揚之典，可以貫幽明而慰存没，斯亦孝之至、義之盡也。若夫負卓越之奇材，抱騫騰之逸志①，起家侍從，收功轉漕，臺閣藉風雲之舊，門庭昡組綬之榮②，始以故家遺俗，終以令聞令望，振門閥而紹先猷者，吾於遂城吕氏見之矣。

吕氏世爲燕陲鉅族，值金季搶攘，譜諜墜逸③，高、曾而下漫不可昭穆。公諱嗣慶，字昌齡。考諱祐，仕皇元，由行尚書省掾充諸路人匠府總管。妣李氏。公幼喜讀書，不從羣兒嬉。既冠，氣貌魁傑，學通經史，善騎射，長於辭令，思以奇節偉論表見於世，恥齪齪出人後。時朝廷遠控北庭④，詔龍門劉公、元帥黄公行臺于燕⑤，柄用頗顓決，公策時務所急及便益民編者十數事以撼⑥，二公果奇其材識，以國士許焉。既而挈之北覲，引見太宗皇帝⑦，薦其材應時需，堪備供奉，上偉其儀觀，收隸御帳下。碌碌初無所知名，居無幾何，譯語、國體嫺習通曉⑧，如素宦於朝者，由是稍得近侍上前。公資聰悟⑨，應對周旋動協睿意⑩，自爾顧遇頗異。出入殿庭，寒暑夙暮十載間，謹畏小心，未嘗易常度，上審其可用，命提點尚食局事。國朝大事，曰征伐、曰蒐狩、曰宴饗三者而已，雖矢廟謨，定國論，亦在於樽俎饜飫之際，故典司玉食、供億燕犒，職掌視前世爲重。凡羣臣預御衎者⑪，冠珮服色例一體，不混殽⑫，號曰只孫⑬，必經賜玆服者，方獲預斯宴，于以別臣庶踈近之殊，若古命服之制。公前後被賜只孫錦服十餘襲，寵數之隆于斯可見。歲己未，憲宗下詔伐宋，車駕由隴山道漢蜀，趣合州之釣魚山。大兵既興，糧餫爲大計，庭議推公宜膺將漕，乃降璽書金符，充關西興利軍儲大使。公轉致有方，給授均一，士無飢餒之色，民寬飛輓之勞，竟用勤劬致疾，以庚申年正月廿四日卒於京兆府官舍，得年四十有三，歸葬隧武之西原，從祖窆也。

公資倜儻，有大志，奉上忠，事親孝，交友誠，進不隱謀，退無私議。古今成敗，胷中皎然，吻縱波濤，屢中倫慮，材優器幹，事無盤錯。膂力方剛，經營伊始，謂利澤施於人，功名昭於時，可力致也。一旦濟浩浩之長川，中流栴折⑭；涉漫漫之遠路，半道車傾。士論于焉爲之歎惜。

夫人王氏，系保定大家，姿温恭静淑⑮。公没之歲纔廿有八，舅總匠府君尚在堂，二子方髫齔⑯，挺志自誓，仰事俯鞠⑰，亢起夫宗爲任⑱，遂嚴奉舅嫜壽終八秩⑲，教育二子至於成人。爲長子澍娶金名臣追謚通憲先生梁公孫女，今以才華英邁，練達政務，任樞幕經歷；爲次子淵娶漕僚清苑王君仲女，資秉幹敏，棣蕚輝映，任承事郎、管勾中書承發司[20]。昆季簉名朝籍，校世宦故家不失舊物，皆由夫人節義有方，以之扶持者也。姻戚鄉閭，至援稱行美[21]，取爲訓範。女一人，適大都郝氏。孫五人：澍之子道安，女惠鸞；淵之子定安、季安、賜安。壽五十一，終於大都私居之正寢。越三日，祔安玄堂，實至元八年十一月十六日也[22]。

澍既長樞幕，秩中通貴，一日與弟淵謀曰：「今粗有所立，猥荷析薪，可不知其所自邪？惟我先人大志不遂，齎恨下泉。妣貞幹内事，克隆遺緒。潛德遺淑，大懼墜佚，有求銘太史，揭石神道，賁松檟而垂示不朽，融管彤而發越幽光，罔極之恩，庶幾昭報。」乃以不腆之文來請。某自惟昔任裏行，與澍婦翁孝可定交，時澍方聯姻婭，自是友義日篤[23]。于今三紀，以契以舊，有不得辭者，謹掇其義烈言言[24]，振衰風而厲薄俗者銘之。其辭曰：

維趙北際，保爲名城。風聲氣習，而燕與并。越此兩間，古多豪英。游談尚氣，芥拾功名。矯矯吕侯，資秉忠貞。濟以學問，又多藝能。文武備具，富之邦經。囊錐脱穎，已爲世驚。一朝麟趾，來儀紫庭。入侍帷幄，即允帝情。錦衣分賚，寵數光榮。佐商有道，奚翅割烹？大駕南征，如雷如霆。食惟兵本，以先啓行。曰轉曰漕，職焉汝勝。民安飛輓，師樂均平。心計鞭筭，以經以營。鵬圖海運，九萬初程。一僨不起，其孰使令？秦川慘澹，有來英靈。不隨朝露，溘焉涕零㉕。化之閨壼㉖，義烈烝烝。二子承慶，若綬彯纓。婉婉幕畫，執樞之衡。顯揚有例，聖經義明。郎峯西峙，雞距東傾。武隧西原，風水攸寧。葬復從祖，多祉是膺。元身不歿，永振家聲㉗。古所謂不於其身而在於子孫者，其言有徵。何以驗之？視我刻銘。

【校】

①「騰」，弘治本、四庫本同元刊明補本；薈要本作「勝」，形似而誤。

②「眩」，弘治本、薈要本同元刊明補本；四庫本作「絢」，聲近而誤。

③「諜」，弘治本同元刊明補本；薈要本、四庫本作「牒」，亦可通。

④「庭」，元刊明補本、弘治本、薈要本作「樓」，聲近而誤；據四庫本改。

⑤「行臺」，弘治本同元刊明補本；薈要本作「攝行臺」；四庫本作「建行臺」。

⑥「編」，弘治本、四庫本同元刊明補本；薈要本作「生」，涉上而誤。

⑦「見」，元刊明補本、弘治本作「現」，據薈要本、四庫本改。

⑧「嫺」，元刊明補本、弘治本、薈要本作「閒」，半脱；據四庫本改。

⑨「聰」，弘治本同元刊明補本；薈要本、四庫本作「穎」。

⑩「意」，弘治本同元刊明補本；薈要本、四庫本作「思」，形似而誤。

⑪「御」，弘治本同元刊明補本；薈要本、四庫本作「燕」。

⑫「殽」，弘治本同元刊明補本；薈要本、四庫本作「肴」，亦可通。

⑬「只孫」，弘治本、四庫本同元刊明補本；薈要本作「濟遜」。

⑭「桅」，弘治本、四庫本同元刊明補本；薈要本作「柁」，亦可通。

⑮「静」，弘治本同元刊明補本；薈要本、四庫本作「靖」，聲近而誤。

⑯「齔」，弘治本、四庫本同元刊明補本；薈要本作「齡」，亦通。

⑰「鞠」，弘治本同元刊明補本；薈要本、四庫本作「育」，亦可通。

⑱「夫」，元刊明補本、弘治本作「夫」，薈要本、四庫本作「大」。

⑲「嫜」，元刊明補本、弘治本作「璋」，據薈要本、四庫本改。「秩」，弘治本、薈要本同元刊明補本；四庫本作「秋」，形似而誤。

⑳「事」，弘治本同元刊明補本；薈要本、四庫本作「仕」，聲近而誤。

㉑「援」，弘治本同元刊明補本；薈要本、四庫本作「爰」，亦可通。

㉒此處時間有出入，按上文，吕嗣齡歿時爲庚申年一二六〇，王氏二十八歲，則生於一二三三年。然亡於至元八年一二七一年，年五十一則又當生於一二二一年，生年相差十二歲。

㉓「友」，弘治本同元刊明補本；薈要本、四庫本作「交」，形似而誤。

㉔「言」，元刊明補本、弘治本作「言」，薈要本、四庫本作「之」。

㉕「涕」，元刊明補本、弘治本作「替」，聲近而誤；據薈要本、四庫本改。

㉖「之」，弘治本、四庫本同元刊明補本；薈要本作「及」。

㉗「家」，元刊明補本、弘治本作「嘉」，據薈要本、四庫本改。

大元故昭勇大將軍北京路總管兼本路諸軍奥魯總管王公神道碑銘 并序①

國家當肇造際②，所在豪傑應期效順，畀世侯疊將鎮據一方，父死子繼，兄没弟及，蹈故步而執成規，固自若也。逮夫守成尚文，登庸賢俊，通遷調而革舊襲③，明治道而考殊功，所謂閥閲子弟持崇高之體，不學無術，噤不能有所施爲，備員而尸禄者多矣。論其籍父祖之緒餘，卓爾以才傑著聞；膺朝廷之選遴，藹然稱爲良牧伯者誰乎？予於孤竹王公見之矣。

公諱遵，字成之，世家平州之遷安縣。祖諱誥，亡金貞祐初，任興平軍節度幕官，攝府事。方大元經略中夏，皇太弟國王奉命率兵出榆關④，循盧龍塞而南⑤，雷砰電激，所向無前。府君審天命之眷臨，憫生民之塗炭，遂挈二州五縣版圖投獻轅門⑥，王嘉其忠赤，首倡大義，即聞於太祖聖武皇帝，蒙授榮禄大夫、興平路兵馬都總管，知興平府事，尋錫金虎符，加左副元帥兼安撫使。父諱德明，字才卿，早嗣世爵屬，遼右初定，撫養遺黎，職修藩翰，光奕先業焉。

公幼穎悟，好讀書，年未弱冠，入侍藩邸，即能練習國體，通曉譯語。及長，資沉毅，負高氣，所交皆一時豪傑，立志宏達，恥碌碌隨人後。歲戊申，襲父職，仍佩金虎符。公自祗承先政，夙夜惴惴，惟恐失墜，視民事爲難，不敢忽易。遇政令之不便、時俗之未安，思而不置，憂形於色，必咨訪更張，俾理順事得而後已。未嘗恣情眈於游宴⑦，二十年間猶一日然，咸謂：「臧孫有後於魯，榮禄之澤未艾也。」辛亥歲，入覲憲宗，授本路總管兼萬户，俾專兵民之政，殊光寵也。世祖皇帝踐祚，分朔南爲十路，肇建總管府，以公奕世材賢，授平灤路總管，换佩金虎符，且有「奉公忘私⑧，當副所委」之諭。至元乙丑，轉官制行，授懷遠大將軍，知中山府事。三年，陞昭勇大將軍、彰德路總管。六年，改懷遠大將軍，總尹順德路。九年，復昭勇大將軍，升授太原路總管兼府尹、本路諸軍奥魯總管。十四年，遷北京路總管兼大定府尹，以疾不赴。廿一年，上章致仕，日與故交雅士用琴書棋槊相娱樂，序宿好，暢幽情，裕如也。不幸於至元廿五年正月廿有七日薨於私第之正寢，享年六十有四。越七日，葬於遷安縣東石橋西原祖塋之次。

夫人安氏，山東東西等路宣撫使安公之女⑨，和柔貞順，光備婦道，今壽登期頤。夫人高氏，出盧龍處士家，資賢明，勤於内助，主持家務，營辦公喪，預有力焉。子男五人：曰國彦，蔚州採木提舉；曰國傑。俱先公没。曰國英，不仕；曰國士，早世；曰居仁，高所出，忠翊校尉，湯陰縣尹。子女三人：長適宋氏，次畢氏、嚴氏。男孫三人：不花、永興、□□⑩。

公資雅重，智慮周密，奉上忠，接下有禮，善養名馬，識别鷹隼，衣冠修潔，車從閑雅，有承平豪貴風度。人徒知氣習體貌，頤養如是而已⑪，不知其當官莅政，持法謹嚴，聽斷明察，以公正自處，凛然有不可犯之色，務要紀綱立、號令行。其治相尹并皆監司理所工匠羣不逞之所集⑫，公與辨曲直、折姦横，不絲髮貸，同僚以相假藉、示并容爲言，曰：「爲之在我者，當如是。因公道而致私憾，吾不恤也。」雖時不相能，後竟以事直而心服焉。所至興修廟學⑬，尊禮師儒，崇禮讓而抑豪强，致差賦辦集，民安俗阜。然悃愊無諱⑭，不示表襮⑮，持守剛果，終始如一，故治績混然不可指摘，有古良吏風。當中統、至元間，聖天子厲精政事，以成效責中書，一時宰輔皆極老成選，咸謂素無選舉篤責之漸。惟師帥得人，上澤可下宣，下情可上達，庶幾德化之成，太平有象矣。故各路總尹慎擇其人，至有虛曠歲月，不肯輕以畀受者。公之擢拜，適丁兹時，故四歷名郡，兩增崇資，皆出公論之所在，卒以稱職聞已⑯。足以伸眉高談⑰，有光故家，含笑瞑目，無愧先世矣。

公既葬之十載，嗣子居仁念潛德遺懿恐遂湮没，聞不肖久忝太史，屢銘當代名公貴人，乃件右事狀，請碑其神道。向公移鎮洹上，不肖適退居淇右，相、衛之交，相去不百里。逮尹晉陽，亦判平水幕，汾、晉兩府南北相望，故稔知其政績。後以迎迓事南來，會遇於張少尹昊公館，張與公爲風雲故契，談其家世行己爲詳。是則今日論述已有開先之兆矣。敢勉爲次第，而重之以辭。銘曰：

遼西惟漢右北平，自昔用武地必争。榆關北控盧龍横，夾右碣石山海扃。沉雄氣鬱貫斗精，王公孕秀時之英。天兵南下轟雷霆，羣情恟恟孰敢嬰？惟先奮效忠與貞，玄黄于篚王師迎。兩州千里不震驚，寒谷陡覺春陽生。風雲儷景同飆騰，載世柄總民與兵。一朝繩武光嗣承，鵾鵬變化天東溟。六合澄清朝日升，修文偃武論治經。唐虞黜陟公幽明，罷侯置守除因仍⑱。德讓凛凛望久凝，漢二千石任可勝。政刑相時量重輕，剸裁錯節需鋒稜。善良與護姦惡懲，大綱既振道自弘。興庠育材昭世程，吏畏民愛風化行。歷典四郡稱循能，趙張才氣恥近名。白頭一節匪變更，庶幾無忝先業榮。世期福壽方川增，勤勞致疾孰使令？生存華屋丘山零，嗣惟克肖孚孝誠。銀鉤翠琰勒我銘，蔽芾用播甘棠聲。遺黎伏讀爲愴情，墮淚當與征南并。

【校】

①「并序」，弘治本同元刊明補本；薈要本、四庫本脱。

②「際」，弘治本同元刊明補本；薈要本、四庫本作「之際」，衍。

③「襲」，弘治本同元刊明補本；薈要本、四庫本作「習」，亦可通。

④「率」，弘治本、四庫本同元刊明補本；薈要本作「出」，涉下而誤。

⑤「盧龍」，元刊明補本、弘治本作「龍盧」，據薈要本、四庫本改。

⑥「版」，元刊明補本、弘治本作「板」，據薈要本、四庫本改。

⑦「眈」，抄本同元刊明補本；薈要本、四庫本作「躭」，亦可通。

⑧「忘私」，抄本、四庫本同元刊明補本；薈要本作「恪志」。

⑨「宣」，抄本同元刊明補本；薈要本、四庫本作「軍」，形似而誤。

⑩「不花」，抄本、四庫本同元刊明補本；薈要本作「布哈」。
⑪「頤」，元刊明補本、抄本作「移」，據薈要本、四庫本改。
⑫「逞」，弘治本、四庫本同元刊明補本；薈要本作「稱」。
⑬「廟」，元刊明補本、弘治本作「廣」，據薈要本、四庫本改。按：「廟」，俗作「庿」，與「廣」形似而誤。
⑭「愊」，元刊明補本作「幅」，形似而誤；據弘治本、薈要本、四庫本改。
⑮「表」，元刊明補本、弘治本作「裱」，偏旁類化；據薈要本、四庫本改。
⑯「稱職」，弘治本同元刊明補本；薈要本、四庫本作「職稱」，倒。
⑰「已」，弘治本同元刊明補本；薈要本作「此」；四庫本作「亦」。
⑱「因」，弘治本、四庫本同元刊明補本；薈要本作「内」，形似而誤。

王惲全集彙校卷第五十八

碑

渾源劉氏世德碑銘 并序

金源氏倔起海東，當天會間，方域甫定，即設科取士，急於得賢，故文風振而人材輩出，治具張而紀綱不紊，有國雖餘百年，典章文物至比隆唐宋之盛。若夫篤志力學，挾藝應選①，首破天荒，魁冠多士，父子昆季相繼擢第，爲名士夫，作良牧守，文行端雅，門第清峻，爲金朝第一流者，其惟渾源劉氏乎？

劉氏出彭城望族，五季板蕩，播遷朔土。遼末，遠祖諱用者，居弘州順聖縣之耀武關，世業耕稼。生子翰，贈承德郎，配張氏，追封彭城郡太君。生撝，字仲謙，即今監察御史鄰之高祖也，始釋耒耜，習進士業，當遼金革命擾攘際，學未嘗一日廢。天會二年，肇闢科場，公以詞賦第一人中選。惟遼以科舉爲儒學極致，文體厖雜萎薾②，視晚唐、五代尤爲卑下。公勵精種學，文辭卓然天成，妙絶當世，一掃假貸剽切、牽合補綴之弊。其後學者，如孟宗獻、趙樞、張景仁、鄭子聃皆取法焉。金國一代，詞學精切，得人爲盛，由公有以振而起之也。釋褐右拾遺，轉知天城、陽曲、懷仁三縣③，擢大理正，遷平陽府判官、安東節度副使，兩貳大理寺，出刺石州，累官中大夫。年六十三卒於位，翰林學士張景仁碑其神道。

公性淳厚，見義固執④，待物誠好，誘掖後進。三爲理官，議獄主恕，不屈於權貴，故多平反。尤長於治民，興利除害，若嗜慾然。施設有條理，簡便可持久，所去見思，圖形奉事。素愛渾源山水幽勝，買田家焉，晚號南山翁。夫人渾源雷氏，北京轉運使思之女，封彭城郡君。生四子：曰汲；曰渭；曰滂，早世；曰濬。

汲，字伯深，穎悟絶人，早傳家學。與弟渭同擢天德三年進士，屢爲州縣，有聲，累官朝散大夫、應奉翰林文字、西京路轉運司都句判官⑤。平生寡合不羈，慕郭林宗、黄叔度之爲人，晚節倦於游宦，放浪山水間，以遺興讀書爲樂。稱西巖子⑥，述《壽藏記》，敍其行己甚悉。卒年五十八，鄆王府文學陳訥銘其墓。有《西巖集》行於世，屏山李之純引其端。娶曹氏，追封彭城縣君。一子偘，字稚川，大定十年進士第，積資奉直大夫、豐王府文學兼記室參軍。孫一：從夔⑦，字和卿，奉職出身，善作詩。曾孫文祖。

渭，字仲清，少好學，克紹箕裘。既登第，授承德郎，知秦州隴城寨事，調隰州軍事判官，終朝列大夫、嵒嵐州刺史，號朴軒老人⑧。一子价，河水泊酒監。

曰濬，乃鄰之曾祖。博學强記，少有聲場屋間。既而用廕入仕，至安遠大將軍、饒陽令。配張氏，封彭城縣君⑨。生四子：佖、似、儼、俁⑩。

佖，字稚行，宣武將軍、真定府軍資庫使。三子：從善，字澤卿，彰德府酒監；從皋，字平卿；從契，字禮卿，武義將軍、克勝軍副都統。孫五人：曰郊，武義將軍；曰郅等，俱早世。

似，字稚章，孝敬友愛，出於天性，力學能文，稱其家聲。四試于庭，不偶，用恩賜第，授承仕郎、華州教授，再仕承直郎，主沂水縣簿。娶王氏，封彭城郡太君。壽五十五，終於家。遺文雄深簡古，有乃祖風，嘗訓子孫曰：「爲士當先行檢，如絲之潔，將立其身，慎無點汙。汝佩吾言，則無忝矣。」故屏山李純甫表其竁曰善人劉公之墓，其爲士夫之紀，蓋可見矣。一子從益，字雲卿，自髫齔時已有成人度。擢大安元年進士乙科，調鄗陽丞、長葛簿、陳州防禦判官，皆有治績。投機應變，措畫出衆意表，進提舉南京路榷貨事⑪。丁沂水君憂，起復拜監察御史。君負材尚氣，資之以學，欲使事業表表大見於世⑫，一旦職與志合，所言朝廷紀綱、時政利病，竟與宰臣辨論得失，不屈去職。閑居淮陽，與諸生講明伊洛學。久之，選令葉縣，至則鋤强剔蠹，豪族惡黨禁不敢少肆[13]，請免逋租三萬石，致流民自歸者口數千。大起孔子廟，既樹教本，集諸生肄習其中，風化大行。考課爲河南最。未幾，召入翰林爲應奉，不踰月而卒，得年四十又四。雷御史淵誌其墓，趙翰林秉文勒銘神道，皆稱其「器識明敏，剛直敢言，學可以輔政教，材足以濟時艱[14]」，賫志以歿，士論惜焉，葉民至廟而祀之。孔子稱「遺直遺愛」者，豈近是邪？蓬門，其自號也，蓋取南山翁《誡子詩》「元自蓬蒿出門户，莫交門户卻蒿蓬」之句。有文集十卷，粹而贍[15]，通而不流，類其爲人。内子[16]，嚴氏封彭城縣君，子二：祁、郁。

祁，字京叔[17]，少穎異，爲學能自刻勵，有奇童目。弱冠舉進士，庭試失意，即閉户讀書，務窮遠大，涵滀鍛淬，一放意於古文間，出古賦雜説數篇。李屏山、趙閑閑、楊吏部、雷御史、王滹南諸公見之曰：「異才也！」皆倒屣出迎，交口騰譽之。及與御史公退居於陳，相與講明六經，直探聖賢心學，推於躬行踐履[18]。自是振落英華，收其真實，文章議論粹然[19]，一出於正，士論咸謂得斯文命脈之傳。壬辰，北還鄉里，躬耕自給，築室，牓曰歸潛。歲戊戌，詔試儒人，先生就試，魁西京，選充山西東路攷試官[20]。後征南行臺拈合公聞其名[21]，邀至相下，待以賓友，凡七年而没[22]，享年四十有八，翰林承旨王磐誌其墓[23]。娶史氏，洛陽名族。一女，適前監察田芝子文冕。一男：景山，終國史院編修官。孫一：興同。有《神川遯士集》二十二卷、《處言》四十三篇、《歸潛志》三卷行於世。

郁，字文季，亦名士。中統元年，肇建中省，辟左右司都事[24]，出尹新河，召拜監察御史。能文辭，工書翰[25]，別號歸愚，卒年六十一。娶趙氏，前禮部尚書璜之女。一子景巖鄴，字伯震；一子景巒儼[26]，字稚昂，鄴之祖也。登承安二年進士第，累官至中奉大夫、秘書少監。壬辰北渡，痛宗國云亡，蹈河而死。配李氏，封彭城郡夫人。三子。從禹，字虞卿，登正大七年辭賦第[27]，官至朝散大夫、同州録判，一子曰都。從愷，字舜卿。自幼卓犖不羣，稍長，入鄉校，擅能賦聲，再舉不契[28]，就廕補官，授武義將軍、登封主簿，已能綜覈縣務[29]，束濕吏曹[30]，人不敢以少年書生易之。國初，生聚稍集，遴選廉能[31]，急於撫字[32]，辟府君攝領韶州事，繼真授宜陽令。縣當兵後，庶事草創，高下于之手。吏既下車[33]，廉知其利病，休戚斟酌而更易之，凡科取差徭必驗其等第，俾均輸焉。暇則集俊秀於縣庠，講明禮義，美善風俗。爲政才期月，而頌聲四達。終更授河南府路經歷。素精吏事，規婉恢恢[34]，刃游餘地，致六房無滯務。公餘，與紫陽楊丈西庵、楊公九山、李子微、薛庸齋微之觴詠於泉石間[35]。中統四年正月廿八日，以疾卒於私居之正寢，壽五十有五。娶張氏，宣德望族，貞靖柔懿，自在父母家已稱純孝，及歸于我，事舅姑恭順，飲食服御非經其手不進也。終於至元廿三年十月廿日，享年七十有五，葬合祔。子男三人：鄘，字君美，平江路匠人提舉，至元三十一年十一月以疾歿，得年五十有五。配段氏，享年四十有九。鄗，袁部場管句。鄰，才識警敏，練達時務，由省掾授承務郎、工部主事，次陞承直郎、順德路總管府判官，選充監察御史。女二：長適渾源州王氏，次適應州元帥韓公之孫。孫五：紹祖，江浙省宣使；慶祖，瀫山巡檢；繼祖；勝童㊱；乞童㊲。從稷，字賢卿，終濟南路儒學教授。三子：曰郇，曰彬，曰郛。

俁㊳，承奉班祗侯、遂州酒監。一子從周，字文卿。

劉氏先壟始葬順聖之耀武關㊴，南山翁徙祖塋於渾源縣東北黄嵬鄉㊵。御史君以世故流離，起先塋於宛丘神川旅殯洹水，歸愚定窆燕山，令鄰奉大父中奉公衣冠及考妣柩安厝於河南北邙之原，是爲渾源劉氏洛陽新仟。

鄰復欲彰先懿，昭孝思，圖不朽，諗不肖嘗問學於神川先生，知其家世頗詳，持張、陳、李、趙、雷、王諸公銘誌求述世德碑。以猥列後進，年迫衰謝，不能發越先賢事業，且何敢秉筆於諸名勝之後？堅辭者久之。鄰復曰㊶：「金亡，士之北渡者百不一二三，今消磨已盡，求接見先輩、老於文辭而最知名者，莫公若也。今弗惠顧，則先世之事將何於託㊷？」不獲已，乃採掇諸公緒餘及己之聞見而知者㊸，會歸其極而繫之銘。銘曰：

漢庭射策，貢士遺風。排黜百氏㊹，仲舒是崇。唐文三變，敗北無從。振起衰薾，尊昌黎公。兩公傑出，莫之比隆。考其胤裔，孰繼芳蹤？大名難再，氣數奇窮。金源立國，網羅才雄。首魁多士，惟南山翁。程文妙絶，一世師宗。當時景仰，韓董攸同。子孫克肖，家學是攻。巍科七決，聲華摩空。故家文獻，泱泱大渢。蓬門卓爾，世業克充。言直行果，節效匪躬。支撑傾頽，致時之雍。賫志雖没，留名則鴻。中奉矯矯，職貳大蓬。存亡惟義，表我孤忠。子孫昌熾，爲報則豐。神川力學，洞聖心胷。明理貫道㊺，匪文奚工。玉佩瓊琚，大振辭鋒。導家學之淵流㊻，會百川而朝東。章甫適越，惜不時逢。陰相同氣，先志恢洪。朱衣白簡，乘御史驄。何劉氏之多賢，試紬繹其始終。種德植善，無踰於農。立志務學，禄在其中。忠義仁恕，傳嗣彌縫。維人事之克盡，見天理之昭融。宜澤流渾水之源，青蔚南山之峯。北邙之原，巋然新宫。世故牽率，匪忘祖封㊼。是惟金百年文宗之裔，過者敬恭。

【校】

①「挾」，弘治本、《中州名賢文表》同元刊明補本；薈要本、四庫本作「扶」，形似而誤。

②「薾」，弘治本、薈要本、《中州名賢文表》同元刊明補本；四庫本作「苶」，俗用。

③「天」，弘治本、《中州名賢文表》同元刊明補本；薈要本、四庫本作「大」，形似而誤。
④「見義固執」，弘治本、四庫本、《中州名賢文表》同元刊明補本；薈要本作「毋我毋固」。
⑤「句」，弘治本、薈要本、四庫本同元刊明補本；《中州名賢文表》作「勾」，亦可通。
⑥「西」，元刊明補本作「四」，形似而誤；據弘治本、薈要本、四庫本、《中州名賢文表》改。
⑦「從夔」，弘治本、四庫本、《中州名賢文表》同元刊明補本；薈要本作「提夔」。
⑧「朴軒」，元刊明補本、弘治本、四庫本、《中州名賢文表》闕；據薈要本補。
⑨「縣」，弘治本、四庫本、《中州名賢文表》同元刊明補本；薈要本作「院」，非。
⑩「俣」，四庫本、《中州名賢文表》同元刊明補本；弘治本、薈要本作「俁」。
⑪「推」，弘治本、薈要本、《中州名賢文表》同元刊明補本；四庫本作「権」，亦可通。
⑫「世」，弘治本、四庫本、《中州名賢文表》同元刊明補本；薈要本作「此」，非。
⑬「禁」，弘治本、薈要本、《中州名賢文表》同元刊明補本；四庫本作「噤」，亦可通。
⑭「艱」，弘治本、薈要本、《中州名賢文表》同元刊明補本；四庫本作「難」，亦通。
⑮「贍」，薈要本、四庫本、《中州名賢文表》同元刊明補本；弘治本作「瞻」，亦可通。後依此不悉出校記。
⑯「内」，元刊明補本、四庫本、《中州名賢文表》作「内」，弘治本、薈要本作「丙」。
⑰「叔」，弘治本、四庫本、《中州名賢文表》同元刊明補本；薈要本作「敍」。

⑱「推」，弘治本、四庫本、《中州名賢文表》同元刊明補本；薈要本作「惟」，形似而誤。
⑲「議」，弘治本、四庫本、《中州名賢文表》同元刊明補本；薈要本作「義」，俗用。
⑳「充」，弘治本、《中州名賢文表》同元刊明補本；薈要本、四庫本脱。
㉑「拈合」，弘治本、四庫本、《中州名賢文表》同元刊明補本；薈要本作「鈕祐禄」。
㉒「凡」，弘治本、《中州名賢文表》同元刊明補本；薈要本、四庫本脱。
㉓「承旨」，弘治本、《中州名賢文表》同元刊明補本；薈要本、四庫本作「學士」。
㉔「左」，元刊明補本作「在」，形似而誤；據弘治本、薈要本、四庫本、《中州名賢文表》改。
㉕「書」，弘治本、《中州名賢文表》同元刊明補本；薈要本、四庫本作「詩」。
㉖「儼」，弘治本、四庫本、《中州名賢文表》同元刊明補本；薈要本作「儷」，非。
㉗「正大」，弘治本、《中州名賢文表》同元刊明補本；薈要本、四庫本作「至大」，非。
㉘「契」，弘治本、四庫本、《中州名賢文表》同元刊明補本；薈要本作「屑」。
㉙「能」，弘治本、《中州名賢文表》同元刊明補本；薈要本、四庫本作「而」。
㉚「曹」，弘治本、四庫本、《中州名賢文表》同元刊明補本；薈要本作「漕」，聲近而誤。
㉛「廉」，弘治本、《中州名賢文表》同元刊明補本；薈要本、四庫本作「賢」。
㉜「急」，弘治本、《中州名賢文表》同元刊明補本；薈要本、四庫本作「亟」。

㉝「高下于之手。吏既」，元刊明補本作「高下□□□」；弘治本、四庫本作「高下□□」；薈要本作「高下隨心」；《中州名賢文表》脱；據抄本補。

㉞「婉」，弘治本、《中州名賢文表》同元刊明補本，薈要本、四庫本作「娩」。

㉟「丈」，薈要本、《中州名賢文表》同元刊明補本；弘治本作「文」；四庫本作「大」。「微」，弘治本、《中州名賢文表》同元刊明補本；薈要本、四庫本作「徵」。

㊱「勝童」，弘治本、四庫本、《中州名賢文表》同元刊明補本；薈要本作「星通」。

㊲「乞童」，弘治本、四庫本、《中州名賢文表》同元刊明補本；薈要本作「欽通」。

㊳「俣」，弘治本、四庫本、《中州名賢文表》同元刊明補本；薈要本作「彬」。

㊴「劉」，弘治本、四庫本、《中州名賢文表》同元刊明補本；薈要本作「尢」。

㊵「塋」，元刊明補本、弘治本、《中州名賢文表》作「營」；據薈要本、四庫本改。

㊶「復」，弘治本、四庫本、《中州名賢文表》同元刊明補本；薈要本作「後」，形似而誤。

㊷「何於」，弘治本、《中州名賢文表》同元刊明補本；薈要本、四庫本作「於何」。

㊸「聞見」，弘治本、《中州名賢文表》同元刊明補本；薈要本、四庫本作「見聞」。

㊹「黜」，弘治本、《中州名賢文表》同元刊明補本；薈要本、四庫本作「斥」。

㊺「道」，弘治本、四庫本、《中州名賢文表》同元刊明補本；薈要本作「遒」，形似而誤。

㊻「導」，弘治本、《中州名賢文表》同元刊明補本；薈要本、四庫本作「道」，亦可通。

㊼「忘」，弘治本、四庫本、《中州名賢文表》同元刊明補本；薈要本作「志」。

大元故廣威將軍屯田萬户聶公神道碑銘①

皇元以神武戡定區宇，剪金取宋，保塞一軍號稱雄勝。帥閫堂堂，節制於上，亦由部曲宣力，得其人故也。况聶氏與蔡國張公奮迹布衣，義同里閈，依乘風雲，奕世竭節者哉？

公諱禎，字正卿，世爲定興沈陶井里人，曾祖洎大父皆在野不仕。父福堅，資豪偉，善騎射。國初，張公團結鄉義，柵西山之東流堝，選推爲百夫長，從定河朔，取汴、蔡，有殊績，終襄縣屯田總管。母夫人段氏，同里大家，生四子，公其長也。幼沉鷙，寡笑言，不作羣兒嬉②。及長，聰敏好學，有謀略，慷慨尚氣節，年十七，嗣襲父職。張公察其才武，試以攻守之方爲問，條對洒洒有成筭，公愕然不復以嚮之吴下阿蒙爲睞。歲丁未，率本部分功，立杞城亳③，阨宋人出没，以絶侵軼之患，繼攻泗州，前後以功受賞有差。己未，扈世祖皇帝渡江④，攻鄂渚，拔蝥弧先登，陷東南城堞，帝督戰親覩⑤，壯其勇，酌酒飲賚以紀其功。其年冬，命領千兵迎援大帥兀良合歹於長沙⑥，水陸轉戰，備嘗艱苦，竟達漢陽。由是陞總轄，仍佩銀符。

中統三年，賊璮叛，公攝千夫長⑦，分圍歷城接戰，嘗先諸道兵，蒙賜鏐馬，俾激士氣。璮平，遂南城荆山。至元六年，真授千户，易以金符。是年，朝廷進軍襄樊，公屯守鹿門甚力。至元七年，行臺命公將番漢馬步三千人取新興寨，公曰：「彼衆而恃險，我客而力不一，惟當神速，掩其不備，可成功爾。」遂一戰而克，斬馘不勝計，生擒者七十人。賞楮幣四千緡。

至元十二年，分隸元帥孛魯歡⑧，收連海、淮安等州，宋守將許安撫者陳艨艟五百艘以俟。公帥麾下直擣之，許少卻，水陸乘之，彼軍大壞，殺死、溺水者十七八，盡獲其戰艦器仗，帥府上功，奉旨陞武節將軍⑨。繼攻下招信、泗州⑩，陞進宣武。時孽宋已亡，江西、湖廣皆内附⑪，獨静江恃其險遠，旅拒不下⑫，上以亳軍素精鋭，戰必勝，攻必取，命摘全軍進繫。至則賊勢披猖，公率猛士深入，殊死鬥，首奪西南城堞，衆隨之以進。城陷捷聞，加授顯武將軍、行軍總管。桂境雖平，大兵後，所在草寇切發，充斥山谷間，爲良民梗，衡山茶陵尤稱搶攘⑬。帥府稔公威名烜赫⑭，摘諸翼兵千人往平之⑮。公窮竟窟穴，夷抉根株，其脅從汙染者諭歸田畝，井邑按堵，軍無私焉，所在老幼擁馬首泣拜曰：「非公活我，吾四縣遺民二十餘萬無噍類矣。」其戢禍亂威愛兼濟，有古良將風。既而蒙古漢軍都帥張侯以公部曲故家，屢立駿功，請於朝，復備將佐。

十七年，從張侯入覲，進拜明威將軍、亳軍副萬户，仍賜錦袍一襲，旌宿勞也，俾鎮建康，尋移維揚。十九年，選充江淮都漕運使⑯。二十五年，改任廣威將軍、大都屯田萬户。一載間，區畫營屯，耕稼有法，比前政收穫爲倍蓰。二十六年，更授右翼萬户。田旌閃閃，有萬屯曉唱之樂。至元廿六年三月十六日，以疾卒於官，享年六十有二，葬祖塋。

公資外嚴毅，内廓如也，孝於事親，忠於爲國，出天秉固然。治軍旅號令嚴明，部伍整肅。臨陣抗敵，挺身決戰，略無顧惜。故每戰有功，聲名烜赫。暇則讀書不輟，《左氏傳》、《通鑑》、《戰國策》皆通大義，古人良法美意、奇計偉畫涉獵融會，多見諸行事。方經略南服，母夫人陳氏尚在堂，公乃心王事不遑暇，然遺親之念未嘗置頃刻也。一旦，心神内動，泚流被面，曰：「豈吾親有故，動於彼而應於此邪？」即請歸覲。比至，太夫人喪尚未斂，公攀號屢絶，痛其終之無所存活⑰。克襄大事⑱，鄉里感嘆，爲平昔孝誠所致。

夫人郭氏，同縣南王里人，温純恭謹，奉事老姑怡順，進退不敢自專。年踰四十，夫貴子長，應對門内事，尚以名稱。姑病，早暮侍養，不少懈倦，湯劑必嘗而後進。及亡，朝夕廬祭者三週歲，宗黨號曰孝婦。待妾媵有恩禮，略無嫉妬。子一十一人：長曰惟義，承父爵，右翼屯田萬户；次曰惟謙，峽州夷陵尹；曰惟明，閤門宣贊舍人；曰惟孝、惟爵，未仕。皆郭出也，余幼未名。女四人，俱適望族。

元貞建號之二載冬十一月，惟義踵門來請曰：「自惟無所肖似，尚賴先世遺澤，嗣守緒業，朝夕惴惴，愧無光揚，惟是鑽石紀銘，表諸神門，圖報萬一。稔聞翰學先生學古詞達，當代將相家皆有煩於下執事，倘得銘，則爲不朽矣。」中統建元[19]，余應召中省，獲識蔡國父子。及提憲河朔，郎山、雞水之間亦嘗巡歷。載惟疇昔，輒次其件右而繫之以辭[20]。銘曰：

丈夫挺志[21]，無先外事。況乎戰陳，聖所慎毖。不有諸内，孰形於外？擴我秉彝，克作其氣。惟燕南陲，聶宗所系。奮從雲雷，以功名憙。侯不封萬，志焉罔遂。報之後人，福禄何既。桓桓廣威，克昌再世。曉暢戎機，蔡國首器。發蹤指獸[22]，俾展其翼。横戈長江，斬鯨蒼海[23]。萬竈同心，雅歌奏凱。長驅静江，指顧摧敗。草切蟲如[24]，肆爲民害。玉石既分，善良攸賴。笳鼓歸來，旌旆揚彩。酬功進爵，大蒙天賚。高大門閎，鄉閭歎慨。不知其中，大本有在。子曾有言，質而弗礙。篤孝惟移，化而忠義。公於臣子，存没無愧。巨川騰波，郎峯聳翠。片石干霄，千古光配。

【校】

①「聶公」，弘治本、四庫本同元刊明補本；薈要本作「聶公字正卿」，非。按：「聶公」下當先衍夾注文字「字正卿」，繼而又誤入正文。

②「嬉」，弘治本同元刊明補本；薈要本、四庫本作「戲」，亦可通。

③「亳」，弘治本、四庫本同元刊明補本；薈要本作「毫」，形似而誤。

④「世祖」，弘治本同元刊明補本；薈要本、四庫本作「世宗」，非。按：薈要本、四庫本《秋澗集》多處改「世祖」作「世宗」，不知何本。

⑤「帝」，弘治本、薈要本同元刊明補本作「都」；據四庫本改。

⑥「兀良合歹」，弘治本同元刊明補本；薈要本作「烏梁海岱」；四庫本作「烏蘭哈達」。

⑦「千」，弘治本、四庫本同元刊明補本；薈要本作「二一」，形似而誤。

⑧「孛魯歡」，弘治本同元刊明補本；薈要本作「孛羅和」；四庫本作「博囉歡」。

⑨「奉」，弘治本同元刊明補本；薈要本、四庫本脱。

⑩「招信」，弘治本同元刊明補本；薈要本、四庫本作「昭信」，聲近而誤。

⑪「廣」，元刊明補本、弘治本作「南」，據薈要本、四庫本改。

⑫「不下」，四庫本同元刊明補本；弘治本闕；薈要本脱。

⑬「搶攘」，弘治本、四庫本同元刊明補本；薈要本作「攘搶」，倒。

⑭「府」，弘治本同元刊明補本；薈要本、四庫本脱。

⑮「兵」，弘治本、四庫本同元刊明補本；薈要本作「親兵」。

⑯「漕」，弘治本同元刊明補本；薈要本、四庫本作「轉」。

⑰「無所存活」，弘治本、四庫本同元刊明補本；薈要本作「不獲一見」。

⑱「克」，弘治本、四庫本同元刊明補本；薈要本作「勉」，非。

⑲「統」，弘治本同元刊明補本；薈要本、四庫本脱。

⑳「輒」，弘治本同元刊明補本；薈要本、四庫本作「雜」。

㉑「丈」，元刊明補本、弘治本、薈要本作「大」，形似而誤；據四庫本改。

㉒「蹤」，弘治本同元刊明補本；薈要本、四庫本作「縱」，亦可通。

㉓「鯨」，弘治本同元刊明補本；薈要本、四庫本作「鱷」。

㉔「切」，弘治本同元刊明補本；薈要本、四庫本作「砌」。

大元奉聖州新建永昌觀碑銘 并序

奉聖，本秦上谷郡地，唐始立新州，石晉割賂於遼，更今名。亡金陞武定軍節度，今雖爲州，當兩都往來之衝，其地望尤重於昔。雲山環抱，川流交貫，樹藝茂盛，有中土清淑之美。風俗雄碩①，樂施而好善，蓋燕雲習尚氣義而然也。

據治城東南里許，有道觀曰永昌，其初祖寂然子張志玄隱微世居河東之孟門縣。越自髫齔，歆挹真風，從平水景鍊師爲全真學。既長，正一法籙亦稱精究。貞祐南遷，所在俶擾，聞長春丘公應聘龍庭，師喟然嘆曰：「天道在北，吾將遠游雲朔，庶有遇合，聿隆道紀。」至永興之清樂鄉，愛其山水幽勝，遂結茆而居，凝神坐忘，志趣叵測，謁漿之家咸異之曰：「彼其中必有所得，豈徒然哉？」由是風動一方，日奉香火，羅拜菴前，間有請②，必恍然開悟。乃相與選勝，得獨山中水頭地，起建琳宇，處師爲上賓，榜曰迎仙，尊顯之也。師佩上清三洞靈章，主盟武定者幾廿載，前後化度門人甚衆，惟吴、張、盧三法師得其要妙，而吴在伯仲爲最。寂然謝世，藏觀南化臺。

吴號通玄子，氣貌魁偉，志行誠篤，體含妙用，動達玄機。寂然師知爲受道器，常勉之曰：「汝舉止異常，言論卓犖，通文辭，知醫藥，恐鸞翔鶴翥，終非草野間物。」寂然既終，行緣城市，人或參扣，誦答如流，有「一鉢千家飯，渾身百衲衣。心如江月朗，情似野雲飛」之句，其胸懷洞徹如此。加以符水療疾，隱痛隨愈，衆驚異，以「有道」目之。達官豪右共來敬禮，至有得望其風采而爲幸者③。闔境尊信，法緣契合，遂易亡金劉太監別墅爲棲真所。中有亭，崇臺層檐，爲一境偉觀，即改亭爲殿，奉三清睟容，下逮齋廚庫廩，以次修舉，署曰永昌，與迎仙爲上下院。自是，徒衆雲集，檀越之家設醮筵而徼冥福，求符藥而濟災屯者憧憧而來④，曾無虚日。鍾磬之聲隱然聞市肆間⑤，永昌琳觀爲一方名勝⑥，道俗歸依之所矣。

通玄仙去，寧神於永昌之南，以後事付上足弟子虞法師。師行業修潔，和光同塵，心存濟度。多蒙藥惠，補治遺缺，而觀之規爲始克完具。以推擇充玄門道録⑦。虞寂，陪葬師側。其徒崔志善踵而增飾之。崔没，盧法師以道籙來住持焉，傳之門人李道素。道素姿朴實，惟恐遏逸前光，内則起廢寮舍，外則增置田圃。朝夕齋戒，載勤頌禱，望高羽流，擢判管内道門事，乃惴惴不遑曰：「向上師真刳心勞神，披荆榛，掇瓦礫，鋪敦教基，吾輩何有坐享其安？惟是刻石紀行，俾見興建本末，庶垂不朽。」來丐銘。予以道不同，不相爲謀，牢讓者再。請益堅。乃酌取大方家見於吾儒之紀載者論次而銘之。

後世所謂道家者流，蓋古隱逸清潔之士矣。巖居而澗飲，草衣而木食，節欲以清心，修己而應物，不爲軒裳所羈，不爲榮利所怵，自放於方之外，其高情遠韻凌煙霞而薄雲月，誠有不可企及者。自漢以降，處士素隱，方士誕誇，飛昇煉化之術，祭醮禳禁之科，皆屬之道家，稽之於古，事亦多矣。徇末以遺其本，凌遲至於宣和極矣。弊極則變，於是全真之教興焉。淵静以自治，簡便而易行⑧，翕然從之，寔繁有徒。其特達者各開户牖⑨，以日名其家⑩，若寂然師弟弘衍博濟，教行山此是也⑪。耕田鑿井，自食其力，垂慈接物，以期善俗，不知誕幻之説爲何事，敦純樸素，有古逸民之遺風焉。而又畀授得人⑫，顯揚斯在，是可書。定安之白雲觀，盧法師建。永興之觀，張法師建，與永昌同一法眷也。銘曰：

道之大原⑬，玄文五千。慈儉不争，清静自然。辭固奮激，至理無邊。修道謂教，由是之焉。全真爲學，本乎善淵。返純還樸，復太古前⑭。究其源委，豈忘蹄筌？寂然出世，私淑其傳。雲朔俗勁，聞善易遷。坐忘感化，孰分後先？傾心信嚮，克興大緣。絶塵而下，復得通玄。化行城府，重闡法筵。一時景仰，道價翩翩⑮。香火奔走，先業昭宣。燕處有室，耕鑿有田。遺我後人，基緒綿綿。門人繼承，持守拳拳。光揚有例，刻銘瑶鐫。流光遺照，何千百年⑯。

【校】

①「磧」，弘治本、四庫本同元刊明補本；薈要本作「邁」。

②「間」，弘治本同元刊明補本；薈要本、四庫本作「聞」，形似而誤。

③「風」，弘治本同元刊明補本；薈要本、四庫本作「丰」，亦可通。

④「屯」，弘治本同元刊明補本；薈要本、四庫本作「疢」，亦通。

⑤「聞」，弘治本同元刊明補本；薈要本、四庫本作「聞於」。

⑥「觀」，元刊明補本、弘治本作「館」，據薈要本、四庫本改。按：琳觀，亦可作琳館。據下「觀之規爲始克完具」之言，知此作「館」蓋「觀」之聲誤。

⑦「録」，弘治本同元刊明補本；薈要本、四庫本作「籙」，亦通。

⑧「淵静以自治，簡便而易行」，弘治本同元刊明補本作「淵静以□□，□□而□行」；薈要本作「淵静以簡寂，釋心而儒行」；四庫本作「淵静以修己，和易而道行」；據抄本補。

⑨「開户」，弘治本同元刊明補本作「□□」；薈要本作「相迪」；四庫本作「相啓」；據抄本補。

⑩「日」，弘治本同元刊明補本；薈要本、四庫本作「自」。

⑪「山此是也」，弘治本同元刊明補本；薈要本作「山北是□也」；四庫本作「北山是也」。按：底本作「此」，當爲「北」之形誤。

⑫「又」，弘治本同元刊明補本；薈要本、四庫本作「復」。

⑬「原」，弘治本、四庫本同元刊明補本；薈要本作「源」，亦可通。

⑭「前」，弘治本同元刊明補本；薈要本、四庫本作「天」。

⑮「價」，弘治本同元刊明補本；薈要本、四庫本作「履」。

⑯「流光遺照，何千百年」，弘治本同元刊明補本；薈要本作「流光遺烈，斯萬斯年」；四庫本作「流光遺烈，億萬斯年」。

大元故正議大夫浙西道宣慰使行工部尚書孫公神道碑銘 并序

雲西風土雄碩，龍山峻極，爲之奠焉；渾流交貫，神川清淑，資其潤焉。故士生其間，有瑰奇宏傑之稱，而劉、雷爲之冠焉。然山川炳靈，奚間今昔？況河洛爲帝王之里，并汾多攀附之臣，儷景風雲，依光日月者哉？若乃始以材技有光世緒，終則挺輸忠藎，作時名卿，安榮福壽，慶流後裔者誰乎？故宣慰使、工部尚書孫公其人也。

公諱公亮，字繼明，世家渾源横山里①。曾祖諱伯，大父諱慶文，咸勤力務本，不耀其光。顯禰諱威，爲人跅弛不羈②，早以功名自憙。少有巧思，肄函人氏業③，繕治堅密，出新意於法度之中。方太祖聖武皇帝經略中夏④，總攬豪傑，貯儲戎具爲亟⑤，乃挾所業投獻，上賞其能應時需，賜名「也可烏闌⑥」，錫佩金符，充諸路甲匠總管。太宗朝，從征秦晉，惻民被屠戮，屢以蒐簡工匠爲言，賴全活者衆。顯妣杜氏，主内務有綱紀，嘗辨雪工徒質逆之誣⑦，因之脱死。

公生漠北，年十許歲，總匠君挈之入覲，太宗異其風骨，曰：「此兒他日必大享用。」蒙賜御饌，自是得出入禁闥矣。及長，資英明，多藝能，慷慨有大志。練習國典，通曉譯語，所交皆一時豪儁⑧，衆亦以通材許之。庚子歲，襲父職，佩銀符。定宗朝換金符，歲進課精，例賜錦幣。憲宗特賚貂裘，仍勑繼稱父賜名。世祖皇帝在潛邸，上命歲輸百鎧，有中七矢而不貫者，其堅完如此。及南征，果獲用。中統建元，授都總管。上北征，駐昔没敦⑨，公出私財製甲冑六十襲⑩，以獻⑪，天顔喜甚，錫銀笏與甲數同，自是忠結主知矣⑫。繼命領諸路雜色工伎。奏出繡女四十，妻工之鰥者⑬，歲支衣糧，贍濟不給，諸局廩給自此始。又考制度，定程式，作諸路恒法。公自承嗣選材訓下，招亡恤弱，出私財以代公費。良藏獲而佐軍興，至蒙賞進秩，可謂盡心所事，克荷析薪。然以人材抱負論之，于將補履⑭，竇鼎枝車，未膺所用，有悒鬱不能自已者⑮。

至元改號⑯，朝廷清明，治具畢張，公上章抗言⑰，宜設御史臺肅正紀綱，雖不遑有符[18]，士論偉之。五年，憲府肇建，特拜監察御史，官忠翊校尉。上諭大夫塔察公曰[19]：「他人則未之識，如也可兀闌，朕熟其忠廉，宜與汝共事。」時官僚極一時之選，較夫多識朝廷故事，洞達諸色情狀，材氣足以投赴事機，威望可以懾服豪猾，在公無以踰者[20]。一旦職與志愜[21]，思明目張膽，鯁言無忌，仰答恩遇。自是風生白筆[22]，氣凌霜簡，論列無虛日。時宿衛鷹房憑恃城社[23]，頗縱恣，在他人弗措手者，公優爲之。如上都濟時門强奪民物[24]，東安州縱馬馳，嚙食桑棗，甚至斬伐爲薪[25]，公痛，繩之以法，至知所畏避[26]，上聞而以「硬」目之[27]。八年考滿[28]，憲長奏公「自供職無點水私，至絕親戚宴飲，風稜銛利，刺督切中，裏行無出其右」。上曰：「朕時選擢正爲此爾[29]，可再任，俾矜式新進者。」既而，察行爲外事追還西川行者，冒支楮幣二萬餘定。覈按興之師臣略民爲奴，役兵士治第採薪，至被虎啀餐，追葬給喪，出奴爲良，□□五十[30]，仍奏治其罪。

十年夏，宣授金符，武德將軍，僉山東東西道提刑按察司事。至則務實用顯效，張皇憲度。故材廉者必薦，姦貪者必置於法，州郡惴惴，奉約束惟謹。褰帷具瞻，有風動百城之目。東平路監尹出貴戚，簡重自居，監司官至郡，未嘗相覿。聞公來按部，迎謁境上，糾治豪縱不法者十數輩，曾無一語護援。及去，復伸餞禮，博德、高唐耆老貯香于頂來迓[31]，曰：「自立憲司，未覩稱職如公者。我輩獲安田里，受賜多矣。」其威望顯著、吏民畏服可知已。

十二年，陞山北遼東道提刑按察副使。遼東境土曠遠，諸王營帳洎諸部種人雜處其間，恃勢相凌。爲申嚴法禁，革去宿弊，豪强斂迹，小民氣得少伸。分司遼陽親王近侍五人劫居民資用且毆繫之㉜，有司不敢究，民來訴，即械五人，徇通衢，王諭「釋其罪」，竟杖決之。灤水闊而雜沙石㉝，自昔無津梁，命造荆絡，貯碎石爲柱以成橋，倣此建者百所。自爾遼右免病涉之苦㉞。

十三年，進階朝列㉟。十四年春，陞授中順大夫、彰德路總管，分佩金虎符。惟相當南北衝會，民物繁夥，自昔爲河朔名郡，然政務煩重，視鄰路爲倍蓰㊱。公諳練政體，材地有餘，當王事坌集，訟牒交至，泛應曲當，不失時措之宜。平生遇事有爲，一旦重膺民社，乃究竟利病，俾實惠及民。以三事躬請於朝：其一，比歲霖潦傷稼，民多闕食，准免逋税九千七百石；其二，諸郡輸遞取道本路㊲，徵發車牛，越廣平，抵順德，往還餘五百里，非惟偏倍，恐民力不堪，蒙以廣平之磁州代焉；其三，本路税粟歲輸大名秦家渡，由唐宋渡河，東南行百五十里，歲晏寒沍，車人告病，聽於唐宋倉輸納。前政貸民資五百餘定起新附軍營舍，至是亦給公帑。邢民李閏六嘗殺人，累問弗伏，干證餘百人。移公推密，廉其實，遂伏辜，餘得釋，時以神明稱。終更，相人懷思，至琢石頌焉。江浙平，上諭中書省：「造作事重，當選能者主之。」十六年冬，授正議大夫、浙西道宣慰使兼行工部事，籍人匠四十二萬，立局院七十餘所，每歲定造幣縞、弓矢、甲冑等物。十八年，上命左丞相阿剌罕等征日本㊳，給辦艨衝戰具㊴，繕製堅完，都將以聞，上曰：「也可兀闌豈有誤邪？」

二十年十月來朝，大爲上所奬諭，賜宴於便殿。二十二年，授江西等處行工部尚書。上章致仕，閑居清苑，每風憲洎臨民官來質疑，必告以益國便民之方。二十四年九月，覲上於朝殿。上念世臣之舊，問年今幾何、居某處、子孫幾人，奏對畢，賜食，俾坐於御榻之西。上遣太府卿納里忽問曰：「飲飫飽未？」㊵復賜鹿羹白酒，沾醉而出。大德元年，子拱總尹大同，奉公與夫人張氏還鄉里。時公及夫人壽俱高，日與親友相飲宴，鄉人榮之，改渾源西北山曰「晝錦」，有司亦用名鄉。四年正月廿九日，以疾薨于私居之正寢，享年七十有九㊶，遺訓子孫勉力忠孝，少不及私。二月十四日，歸葬于渾源州西劉村先塋之次。送葬者數千人，哭聲聞數里外，蓋平生感懷於人者如此。

夫人張氏、梁氏，皆出名家。張氏終於四年秋，壽八十有四。梁氏先公没。子三人：拱，資誠實材果，純孝力學，由工部侍郎陞受少中大夫、大同路總管兼府尹、本路諸軍奥魯總管，管内勸農事；撒，武略將軍、武備寺丞；振，忠翊校尉、定海縣尹。女三：

長適安平縣尹趙襄，次適李氏、劉氏。孫男四：謙，襲世職，從仕郎、保定等路軍器人匠提舉；次早世；諧，承直郎、利器庫提點[42]；誼，進義副尉、保定等路軍器人匠提舉。孫女三：適趙氏、王氏，次幼。曾孫男一：獷頭[43]。曾孫女三：長適李氏，餘幼。

公儀觀魁偉，氣量豐閎[44]，美鬚髯，容色莊厲，嫻習時體[45]，譯語闌翻[46]，雜以談謔，顧國種貴卿，無以易其論列。公朝集議僚屬，處正奉公，詞情剴切，毫髮不假借。善爲鉤距，能得小人根株窟穴，似夫古之能吏才大夫。至於奉上忠，事親孝，交友誠，雖位望顯赫，循循謙讓，退然如無能爲者。齊家教子，敦篤義方，循尚禮法，又似夫齊魯覓行之士[47]。生平疾惡，由義激中[48]，其心休休，樂善成美，出於天稟粹厚。放良臧獲百餘人，貸貧民子錢七萬緡。宜其三任風憲，位正總尹，丕張世守，官篚六卿，剛直有守，允協士論，忠勤無間，簡在帝心，福壽綿延，子孫衆多，家門隆盛。雖曰依乘，亦由平昔操履感召，有以致然也。可謂材德具備，勳名兩全，哀榮終始者矣。

嗣子拱以墓碑來請，因憶至元戊辰憲臺初立，公與不肖同擢御史，引見世祖皇帝於廣寒殿[49]。自爾議事松廳，聯鑣驄馬[50]，義氣交孚，相得爲甚歡，後偕官於相。迨歲壬辰[51]，應聘北上，復私覿保塞，追敍契闊[52]。當時並峨豸冠，今所存者獨吾二人，公又奪去，僕雖耄，忍無一言邪？既敍梗概，仍繫之銘。銘曰：

雲龍奮飛西北天，神武載造坤與乾。有來羣后捷戎軒[53]，所在戈甲相周旋。孫侯挾技善達權，賜名訓徒畀任顓。函惟扞格貴弗穿[54]，函雖多樣公發源。犀兕七屬光生煙，上爲嗟惜賞世延。風雲儷景同翩翩[55]，執藝諫請多活全[56]。臧孫有後理固然，公其挺生鍾世賢。嗣興遺緒心彌丹，鯤化躍出天池淵。豸冠執法班朝端[57]，憲綱未舉爲進言。太微一夕光星躔，朱衣白簡相後先。忠臣憤激同鷹鸇，秋風搏擊無空拳[58]。上目剛直由孤騫，青齊遼碣海岱連。地廣物衆牙孽間[59]，繡衣風彩何翩翩。積弊一剷摧邪姦[60]，耻令趙張出吾前[61]。煌煌金節臨漳洹，霜空霽嚴政春妍[62]。侯伯正位務固繁，剸裁錯節驚龍泉。吏惟寬慢猛則殘，要本實惠蘇民編。三事上請民力殫[63]，轉輸省便逋賦蠲。橫斂追給公府錢，去思有頌德化宣。江浙平一俗巧儇，訓授程課需世官。共工汝賢常伯聯，工局染院勞次銓。歲時供億物利堅，聖皇眷顧稱忠惓。一朝上章遽引年，功成身退名節完。嗣侯亞卿請外遷，作牧鄉郡意所便。錦衣榮養白晝鮮，世期福壽方綿綿。丘山零落館舍捐，停雲苒苒橫之巔。時有白鹿馴其仟，神遊淒斷招來篇[64]。自昔豪傑誇雲燕，乘時樹立孰敢肩。千年酆劍埋神川，鬱鬱紫氣衝斗邊。何以驗之瑤有鐫，英聲並與斯銘傳。

【校】

①「横」，薈要本、四庫本同元刊明補本；弘治本作「撗」，形似而誤。

②「弛」，弘治本、四庫本同元刊明補本；薈要本作「𧿶」，偏旁類化。

③「氏」，元刊明補本作「氏」，薈要本、四庫本脱；弘治本作「民」。

④「聖武皇帝」，弘治本同元刊明補本；薈要本、四庫本作「皇帝聖武」，倒。

⑤「儲」，元刊明補本、弘治本、薈要本作「除」，聲近而誤；據四庫本改。

⑥「也可烏蘭」，弘治本同元刊明補本；薈要本、四庫本作「伊克烏蘭」。

⑦「質」，弘治本同元刊明補本；薈要本、四庫本作「貿」，形似而誤。

⑧「雋」，弘治本同元刊明補本；薈要本作「傑」，亦通；四庫本作「俊」，亦可通。按：豪雋，亦作豪俊，猶豪傑。

⑨「昔没敦」，元刊明補本、弘治本作「昔没敦」，薈要本作「庫摩端」，亦可通；四庫本作「苦没敦」。

⑩「製」，弘治本同元刊明補本；薈要本、四庫本作「置」。

⑪「獻」，元刊明補本、弘治本闕；據薈要本、四庫本補。

⑫「與甲數同，自是忠結主知矣」，弘治本同元刊明補本作「□□□□□□忠結□□□」；薈要本闕；四庫本作「□□□□□□忠甲□□□」；據抄本補。

⑬「奏」，四庫本同元刊明補本；薈要本闕。「繼」、「工伎」、「出繡女」，元刊明補本、薈要本、四庫本闕，據抄本補。

⑭「訓」、「良藏」、「佐」、「至」、「荷析薪然」，元刊明補本、薈要本、四庫本俱闕，據抄本補。「于將補履」，元刊明補本作「于將補□」，薈要本作「於將補□」，四庫本作「干將補衲」。

⑮「悒」，元刊明補本闕；薈要本、四庫本作「鬱」，據抄本補。

⑯「號」，元刊明補本闕；薈要本、四庫本作「元」，據抄本補。

⑰「章」，元刊明補本闕；薈要本、四庫本作「疏」，據抄本補。

⑱「遑」，抄本同元刊明補本；薈要本、四庫本作「能」。

⑲「塔察」，抄本、薈要本同元刊明補本；四庫本作「塔齊爾」。

⑳「者」，元刊明補本闕；薈要本、四庫本作「此」，據抄本補。

㉑「旦」，抄本同元刊明補本；薈要本、四庫本作「日」，形似而誤。

㉒「自」，元刊明補本、薈要本闕；四庫本作「由」，據抄本補。

㉓「憑恃」，薈要本同元刊明補本作「□待」；據抄本、四庫本改。

㉔「都濟」，元刊明補本、薈要本闕；據抄本、四庫本補。

㉕「甚」，抄本、四庫本同元刊明補本；薈要本作「昔」，形似而誤。「斬」，元刊明補本闕；薈要本、四庫本作「砍」；據抄本補。

㉖「知所」，元刊明補本闕；薈要本作「□强」；四庫本作「豪强」，據抄本補。

㉗「硬」，元刊明補本、薈要本闕；四庫本作「能」；據抄本補。

㉘「八」，元刊明補本、薈要本闕；四庫本作「三」；據抄本補。

㉙「上曰朕」，元刊明補本作「□□□□□」；薈要本、四庫本作「□□□□□」；據抄本補。

㉚「兵」，抄本、四庫本同元刊明補本；薈要本闕。「咥餐，追葬給喪，出奴爲良，□□」，薈要本同元刊明補本作「□□□□□□□□□□□□□□」；四庫本作「□□□□□□□□□□□□□□」；據抄本補。

㉛「貯」，抄本同元刊明補本；薈要本、四庫本作「炷」。

㉜「歐」，抄本同元刊明補本；薈要本、四庫本作「毆」，亦通。

㉝「沙」，抄本同元刊明補本；薈要本、四庫本作「砂」，偏旁類化。

㉞「之」，抄本同元刊明補本；薈要本、四庫本脱。

㉟「列」，抄本、四庫本同元刊明補本；薈要本作「例」，非。

㊱「倍」，元刊明補本、抄本作「蓓」，偏旁類化；據薈要本、四庫本改。

㊲「輪」，元刊明補本、抄本作「輸」，據薈要本、四庫本改。

㊳「阿剌罕」，弘治本同元刊明補本；薈要本作「阿老罕」；四庫本作「阿嘍罕」。

㊴「衝」，弘治本同元刊明補本；薈要本、四庫本作「艟」，亦通。

㊵「太」，弘治本、薈要本、四庫本作「大」，亦可通。「納里忽」，弘治本、四庫本同元刊明補本；薈要本作「鼐喇固」。

㊶「七」，弘治本同元刊明補本；薈要本、四庫本作「九」，非。按：由「公生漠北，年十許歲」時生活在太宗（一二二九——一二四一）時期，即便「入覲」時在太宗初繼大統之時，其生年也只當在一二二〇年前後，大德四年即一三〇〇年，與底本作「七十九」恰相吻合。

㊷「諧」，弘治本、四庫本同元刊明補本；薈要本作「諸」，形似而誤。「直」，薈要本、四庫本同元刊明補本；弘治本作「真」，非。

㊸「獶頭」，弘治本、四庫本同元刊明補本；薈要本作「努克特」。

㊹「豐」，元刊明補本、弘治本作「蜂」，據薈要本、四庫本改。

㊺「嫺」，元刊明補本、弘治本作「閑」，半脱；據薈要本、四庫本改。

㊻「譯語闌翻」，弘治本、四庫本同元刊明補本；薈要本作「譁語瀾翻」。

㊼「覓」，弘治本同元刊明補本；薈要本作「敦」；四庫本作「質」。

㊽「中」，弘治本同元刊明補本；薈要本、四庫本作「忠」，亦可通。

㊾「於」，弘治本同元刊明補本；薈要本、四庫本作「在」，亦通。

㊿「鏕」，元刊明補本、弘治本作「鏕」，據薈要本、四庫本改。

51「迨」，弘治本、四庫本同元刊明補本；薈要本作「迫」，形似而誤。

52「闊」，元刊明補本、弘治本作「舊」，據薈要本、四庫本改。

⑬「捷」，弘治本同元刊明補本；薈要本、四庫本作「旋」。

⑭「扞」，弘治本同元刊明補本；薈要本、四庫本作「杅」，形似而誤。

⑮「翾」，元刊明補本作「翻」，據弘治本、薈要本、四庫本改。

⑯「諫」，元刊明補本、弘治本作「諌」，俗字；據薈要本、四庫本改。

⑰「豸」，弘治本、四庫本同元刊明補本；薈要本作「豹」。

⑱「搏」，弘治本、薈要本同元刊明補本；四庫本作「博」，形似而誤。

⑲「牙孽」，弘治本、薈要本同元刊明補本；四庫本作「芽櫱」，亦可通。

⑳「剷」，弘治本同元刊明補本；薈要本、四庫本作「鏟」，亦通。

㉑「趙張」，弘治本同元刊明補本；薈要本、四庫本作「張趙」。

㉒「政」，弘治本同元刊明補本；薈要本、四庫本作「正」，亦可通。

㉓「三事上請」，弘治本同元刊明補本；薈要本、四庫本作「上請三事」。

㉔「凄」，弘治本同元刊明補本；薈要本、四庫本作「悽」，亦通。後依此不悉出校記。

王惲全集彙校卷第五十九

碑

大元國衛輝路創建三皇廟碑銘 有序①

衛之廟祀三皇，權輿於國初，醫家者流因城隍祠右故壇屋而像之，庸申歲時瞻仰之懇。然位置迫隘，規制卑陋，不足以妥靈揭虔②，爲神明觀。府監尹荅失帖木兒顧其如是③，蹶然于中，私自念言，當尊而侈大之，心有所在而時則未遑也。

伏承登極詔條，聖帝明王，守吏致祭，廟宇傾圮，官爲修葺。至大德庚子歲夏仲，祠部頒降三皇禮秩，以春秋二時饗獻，蓋宗本醫學、拯恤元元也。而昔構不稱，安能儼肅禮容、光昭祀典哉？侯乃咨謀於僚屬曰：「明詔所當僉奉，民力不可妨奪，工匠不可徒役，公帑不敢擅發也。當首出俸稍，以爲倡率。」少尹八思麻因、判寮高興仁、推官馮琚相與贊襄④，下逮屬吏、醫師、筮士，從風皆靡，聿來胥宇。於是相治城北郭汲署故址，爽朗方衍⑤，奠敞神居。經始於是歲冬孟，斷手於明年季夏，爲禮殿三巨筵⑥，松桷旅楹，奕奕挺舄，望雲就日，儼若帝者之所。其臺門洎醫學講堂、齋室，以次修舉。其秋因常禋禮，奉安神棲，儀物肅備，薦獻通暢，士民來觀，懽忻贊嘆。謀斲石紀績⑦，傳示方來，持學正祁伯易事狀，以修建碑銘爲請。不肖念鄉榆盛事，其敢以衰耄辭？

夫德高太上者，宜垂不朽之名；澤及萬世者，當享天下之祀。鴻荒肇判，爲生民害者多矣。三聖繼作，觀象化民，創物垂範，如畫八卦以通天地之情，造書契而代結繩之政⑧，耒耜以資耕耨，舟楫而濟不通，衣裳宮室既厚其生，棺槨斂葬復恤其死⑨，交貿貨而易有無⑩，剡弧矢以威强暴⑪。然後民得安居而粒食，優游以卒歲。孔子繫《易》，叙太皞、神農、軒轅氏功德如此⑫。其見於醫家説者，謂神農氏一日嚼嚙物毒七十餘種，軒、岐論難，本乎大道而究乎死生之奥，故近代猥爲主祀。若以三聖人開天建極，利生民而仁後世者論之，特一事爾。在泝流求源，雖出於人心之至情，而報本反始，乃有國之令典。按歷代祀秩，曰皇曰帝，惟唐嘗置廟京師，餘雖多文⑬，定於故都三年一祭而已。我國家掃攙搶以清華夏，斷鼇足以立四極，還純反朴⑭，崇德尚功，三年故都之祀亦嘗舉行。迨聖天子當寧，道媲生成，仁含動植，秖嚴祡祠，克作神主，開建醫學，德洽好生。故有司推廣睿意，俾同通祀，致祠廟徧于天下⑮，其敬恭之典越至矣乎！伊守土臣，奉承唯謹，規爲有方，不傷財，不役民，未及閱歲而起百年偉觀，事神治人，可謂能也已。是宜銘⑯，銘曰：

林林總總，厥初民生。理具畫一，七鑿方萌。乾端坤倪，軒豁露呈。孰措其宜⑰，底於和平。聰明惟亶，體用斯弘⑱。三聖繼作，見天地情。裁成輔相⑲，以逸以寧。躋民仁壽，萬世作程⑳。德至孰邁，道大難名。功同元化，罔知申行㉑。推原報本，在理攸應㉒。大德之政，思治幽明。在在通祀，尊隆莫京。惟守土吏，恪於奉承。載敞新廟，閟安聖靈㉓。聖靈在天，與時降升。雲行雨施，品物咸亨。云何事神，而瘠於氓㉔。翼翼禮殿，有儼神庭。民初不預，吏亟經營。維皇降止，庶監嚴誠。風雨時若，歲事屢登。民浸福澤，豈曰吏能？謹夫歲月，爰勒斯銘。事神治人，績用昭稱。煌煌麗石，永垂頌聲。

【校】

①「有序」，弘治本同元刊明補本；薈要本、四庫本作「伏羲神農黄帝舊爲醫家所奉」。

②「揭」，元刊明補本、弘治本、四庫本作「揭」，薈要本作「竭」。

③「荅失帖木兒」，弘治本同元刊明補本；薈要本、四庫本作「達實特穆爾」。

④「八思麻因」，弘治本同元刊明補本；薈要本作「博索瑪因」；四庫本作「帕克斯巴因」。

⑤「衍」，弘治本同元刊明補本；薈要本作「桁」；四庫本作「正」。

⑥「筵」，弘治本同元刊明補本；薈要本、四庫本作「楝」。

⑦「績」，弘治本同元刊明補本；薈要本、四庫本作「蹟」，亦通。

⑧「而」，弘治本同元刊明補本；薈要本、四庫本作「以」，亦可通。後依此不悉出校記。

⑨「榔」，元刊明補本、弘治本作「槨」，形似而誤；據薈要本、四庫本改。

⑩「賄貨」，弘治本同元刊明補本；薈要本、四庫本作「貨賄」，倒。

⑪「剡」，弘治本同元刊明補本；薈要本作「刳」，非；四庫本作「制」。

⑫「叙」，弘治本、四庫本同元刊明補本；薈要本作「聚」。

⑬「多文」，弘治本同元刊明補本；薈要本、四庫本作「舉祭」。

⑭「純反朴」，弘治本同元刊明補本；薈要本、四庫本作「淳返樸」，亦通。

⑮「偏」，元刊明補本作「編」，形似而誤；據弘治本、薈要本、四庫本改。

⑯「是」，元刊明補本、弘治本闕；據薈要本、四庫本補。

⑰「宜」，弘治本、薈要本、四庫本作「一」。

⑱「斯」，元刊明補本闕；薈要本、四庫本作「含」；據抄本補。

⑲「輔相」，元刊明補本闕；薈要本、四庫本「功化」；據抄本補。
⑳「作程」，元刊明補本闕；薈要本、四庫本作「稱仁」；據抄本補。
㉑「申」，抄本同元刊明補本；薈要本、四庫本作「中」，形似而誤。
㉒「在」，抄本同元刊明補本；薈要本、四庫本作「任」，形似而誤。
㉓「聖」，抄本同元刊明補本；薈要本、四庫本作「神」，妄改。
㉔「於氓」，元刊明補本、抄本作「於泯」，形似而誤；薈要本、四庫本作「于氓」，亦通；徑改。

表碣

文通先生墓表①

先生諱天鐸，字振之，姓王氏，世爲衛之汲縣。曾祖諱仲英，祖諱經。顯考諱宇，妣孟氏。由農而士，汔於先君蓋四世矣！其本支德澤與夫出處之大致，已鑱諸埋石，兹不復云。惟其心之與學，達於政而明夫用之所當然者，敢發越以昭于外。

初，先君既冠，以家學魁多士，已而嘆曰：「君子不可以虛拘，是足以盡吾學乎？且天之所畀於我者，何如我能克而復之，以塞夫所以畀②。」

六，考終于家，遠近訃聞來會，哭者踰月。如知己丁郎中居實③、石處士德玉、徒單侍講公履、烏宣慰貞等，垂涕而言曰：「天不少假公年，俾爲我輩蓍龜，今而後過將孰寡矣！」仍以文誄之，至有「識敏學精，是既錫之以重，彼胡奪之以輕；遡長川而中流梔絶，涉遠路而半道車傾」。其爲時賢敬惜如此。明年戊子春三月，改葬于康公里清水原猊渦之洄曲。奉常宋衜、教授趙澄、郝榦進士、太原劉冲、邑大夫李瑞僉曰：「先生卷德丘園，學貫三極，其行與業爲國人所矜式，可謂敏學先物，達夫世用者也。」遂相與據法而謚，表其封曰「文通先生之墓」。

夫人永和靳氏，進士子玄之孫、安陽丞顯思之女，生子二人，先卒。家府没，小子惲、忱等服膺嚴訓，獲登仕版，粗有立于世，識者謂先生之志之學蓋有驗於後矣。是用昭揭神道，永示來裔。銘曰：

政爲事樞，用乃道輿。學焉而兩不克，是爲虛拘，融體用於一源，宜大行而窮居其命矣。夫若或訓斯世而迪後，壽高名而不渝，固云先生之知命，胡其衒之不抒？

【校】

①「文通先生墓表」，抄本同元刊明補本；薈要本、四庫本是文脱。

②「以塞夫所以畀」下，元刊明補本、抄本闕文一葉。

碑陰先友記

曹居一，字通甫，北燕人。有文章，善談詣①，以謨畫佐征南幕府，官員外郎卒。

劉祁，字京叔，渾源人。資純粹，早以文章擅名，有《神川遯士集》行于世。弟郁，以篆、隸、真、行名家，終監察御史。

牛天祥，字國瑞，上黨人。深天文、武經學，歷恒山公府講議官。應東諸侯聘，客死聊城。

孟道，字伯達，瑯邪人。性沉毅，有機果，威儀抑抑，以吏業顯東海②。

趙澄，字公靖，共城人。性純古，有儒行，終衛州教授。

司之才，字進道，淇門人。業詞科，有聲場屋間，性峭直有口③。

盧武賢，字叔賢，燕人。資雄峻④，憙談兵，以客卿游諸侯間。

王之綱，字德柔，湯陰人。通世務，以儒術緣吏事，有《鹽鐵諸論》傳相下⑤。

邢敏，字公達，秦人。性公直，明法令，以廉自持，用薦授左司員外郎，終大名府判官。

李禎⑥，字彦祥，黎陽人。先考同年吏員，轉尚書户部掾，性温粹，以善淑稱。

釋朗秀，廪延人。行精嚴，内典、外五經、子、史無不究覽，逮耄期不倦，示滅衛之仁化寺。

楊果，字正卿，蒲陰人。詞賦第，歷劇縣，皆有能聲⑦，文彩風流，照映一世。拜參知政事，終懷孟路總管。

董瀛，字巨源，廉臺人。精力有幹局，常從王滹南問學，今爲淮東按察使。

董民譽，字端卿，陽夏人。詞賦第，爲人渾厚，無圭角，與時浮沉，常參預江漢都督府事。

劉方，字元卿，陵川人。性清古，善歌詩，終衛輝路提學。

辛沂，字魯伯，洛陽人。才長氣豪⑧，抱負奇節。嘗與中書楊維説降西山主帥⑨，時人壯之，後爲王府徵士。

張豸，字義夫，相人。性僻直，數從事郡府，少不合輒望望棄去。

趙鵬，字搏霄，蒲陰人。純粹有耆舊風，金詞賦進士，用辟舉令泌陽，以廉能稱。

石盞德玉⑩，字君實，蓋州人。性至孝，與人交愷悌篤信義⑪，嘗與友共事，惡其不直，遂絶而不較。

勾龍瀛，字英孺，河南人。性方直，在河南有詩聲，述《姓譜》行於世。

烏古論貞⑫，字正卿，遼東人。沉毅果敢，用廕任内侍官，得幸。北渡後歷顯仕⑬，於去就不屑。

周惠，字德甫，隰州人。性慷慨，有大志，早貴幸，樂與賢士夫遊，終江淮都轉運使。

王昌齡，字顯之，滄州人。藴藉有經濟才，由參議史忠武府知衛州，有惠政在民⑭。

李瑞，字天祥，汲人。性強果，重義急難，凛古人風。達吏務，有調議⑮，於先考執弟子禮終身焉。仕至潞州判官。

王贊，字子襄，登封人。性直諒，生平游元、劉間，好詩學。

劉冲，字進之，太原人。性剛克，敦友義，嗜學安貧，樂道人善。事與心會，激節感慨，有幽并豪傑氣，尤長於《左氏春秋》。

馬寅，字致遠，許州人。性雅重，嗜古學，恬於仕進。

丁居實，字仲華，錦州人。用廕以吏起身，有廉德。北渡後以前代掌故授禮部郎中，致仕。

馬佐，字佐之，滄州人。金明昌太學生，有賦聲。

完顔孟陽，字和之，遼東人。用門資起身，爲部掾。北渡後不仕，好古書，家藏至千餘卷。

沈侃，字和卿，魏人。資端方，精律學，嚴而嫉惡⑯。由憲臺司法調陵州倅，致仕。

張善淵，字機道，譙人。少爲黄冠師，性機警，有幹局，表表爲玄門綱。

王磐，字文炳，永年人。經義第，人品高邁，儀範一世，文章精極理要，臨大節，不可奪。今爲翰林學士承旨。

徒單公履⑰，字雲甫，遼海人。經義第，學問該貫，善持論，世以通儒歸之，性純孝，樂誨人。官至侍講學士。

陶諒，字信之，獲吕人。有吏幹，歷邑長，著能稱。

程和，字仲美，武陟人⑱。長管庫材，以聚書教子爲志，竟莫遂而没，哀哉！

胡璉，字國瑞，武安人。詞賦第，爲人慈祥樂易，風流偉德度。子祇遹，有俊材，光大其先業。

朱萬齡，字壽之，雲夢人。生平以道學自負，星曆占筮乃其所長。

楊弘道，字叔能，淄川人。氣高古，不事舉業，磊落有大志，文章極自得趣⑲，有《小亨集》行于世。

王信，字信之，南燕人。少爲律吏，美丰儀，嗜酒，有氣義。

李班，字晉伯，北燕人。性介特，以品官子補部掾。

趙非熊，字周卿，安陽人。貞祐間嘗以材武選爲春官衛率，爲人姿嚴厚，可任以重事。

【校】

①「詣」，弘治本同元刊明補本；薈要本、四庫本作「議」。

②「吏」，元刊明補本、弘治本闕；薈要本、四庫本作「學」；據抄本補。

③「峭」，元刊明補本、弘治本作「悄」，據薈要本、四庫本改。

④「峻」，弘治本同元刊明補本；薈要本、四庫本作「俊」，亦可通。

⑤「傳」，弘治本同元刊明補本；薈要本、四庫本作「傳于」，衍。

⑥「禎」，弘治本同元刊明補本；薈要本、四庫本作「貞」。

⑦「皆」，弘治本、四庫本同元刊明補本；薈要本作「俱」，亦可通。

⑧「長」，薈要本、四庫本同元刊明補本；弘治本作「表」，形似而誤。
⑨「西山」，弘治本、四庫本同元刊明補本；薈要本作「山西」，倒。
⑩「石盞德玉」，弘治本、薈要本同元刊明補本；四庫本作「持嘉德玉」。
⑪「愷」，弘治本同元刊明補本；薈要本、四庫本作「剴」，聲近而誤。
⑫「烏古論貞」，弘治本同元刊明補本；薈要本作「烏方論貞」；四庫本作「烏庫哩貞」。
⑬「歷」，弘治本同元刊明補本；薈要本脱；四庫本作「薄」，非。
⑭「在民」，弘治本同元刊明補本；薈要本、四庫本脱。
⑮「調」，弘治本、四庫本同元刊明補本；薈要本作「讜」，當以此爲是。
⑯「嫉」，弘治本同元刊明補本；薈要本、四庫本作「疾」，亦可通。
⑰「徒單」，弘治本同元刊明補本；薈要本作「徒克坦」；四庫本作「圖克坦」。
⑱「陟」，弘治本同元刊明補本；薈要本、四庫本作「涉」，非。
⑲「趣」，弘治本同元刊明補本；薈要本、四庫本作「之趣」，衍。

長樂仟表①

汲郡王氏，其先河南陽武縣圈亭人。避靖康之亂②，北渡河至汲，樂其風土衍沃，遂占籍爲長樂鄉西晉里人。今墟落南原纍纍而阜者，蓋自肇遷以來丘壟也。族衍代深，法不可溝合，率藁殯兆外。

時我曾祖府君以大宗子覩其然而歎曰：「禮當改卜新仟，爲王氏第二塋。明靈其舍諸？況責寔在我乎？」於是擇葬，而東得地於第四疃清溝之北。自禰而上三世，合羣從，凡厝者廿餘竁，其紹已絕而力弗逮者，率棺衾畢具。遠近聚觀，莫不欽其孝之至、仁之厚也。及夫歲時墓祭，先西後東，傳于今而不墜。百年來墓柏蔚茂，蒼煙梨雪，光動林陌，識者謂「君子之澤，淵流而未央也」。時則泰和之末，大安初年也。

迨我有元至元十五年戊寅，不肖孫惲由翰林待制授朝列大夫，充河北河南道提刑按察副使。明年春三月，按部而南，過家上塚。首從二墳，以封以饗，其東仟則繚以短垣，周若干步武。復欲發達幽光，慨焉莫究，訪耆舊則高年俱盡③，考世德則旌紀寂寥，因念天下之物未有無本而立、捨祖而豐昵者也。然遠則疏，疏則不親，不親則涂人，此世俗之常情也。今王氏二百載間，丘墓移置者三：始焉西晉里，再卜白楊疃，分白楊而祖西河鄉，勢固有當然者。彼子孫浸遠，吾豈敢必其不源委泮涣、枝葉扶疏者哉？惟其泝流尋源，推末求本，明夫當然之理，固不得親其親而豐于昵者矣④。後之來者能以吾言世守而不易，雖百世可親也。而我祖建遷之義，是不可不表見于後。曾祖諱經，字伯常，讀書不仕，以仁厚比一鄉⑤，衛人至今以長者稱云⑥。銘曰：

族萃蕃，理則遷。尊而祖，獲所安。論本根，不易存。祭先河，祖所遵。致時祀，首遠墳。取此法，裕後昆。緊我曾，寔古人。仁之厚，孝之純。西晉里，長樂原。憶墓柏，鎖蒼煙。鬱相望，見嬋嫣。孰不曰，王氏仟。銘貞石，表先德。陵谷遷，庶可識。

【校】

①「長樂仟表」，弘治本同元刊明補本；薈要本、四庫本作「長樂阡表并序」。

②「亂」，弘治本、四庫本同元刊明補本；薈要本作「難」，亦通。

③「高」，弘治本同元刊明補本；薈要本、四庫本作「商」，形似而誤。

④「固不得」，弘治本同元刊明補本；薈要本「因得不」，既訛且倒；四庫本作「因不得」，形似而誤。

⑤「比」，弘治本同元刊明補本；薈要本、四庫本作「庇」，聲近而誤。

⑥「云」，弘治本同元刊明補本；薈要本、四庫本脱。

管勾推公墓碣銘①

公諱德，字濟之，姓推氏。其先相州隆慮人，宋季有起身刀筆，至州録事參軍者，以政尚嚴明、不畏强禦名。大父暨兄金初避仇，徙家衛之共城，伯祖以材補縣吏②，不幸偕蚤世。考復，字永亨，時在襁褓，母李氏貧不能家，提之再醮邑醫杜氏。

及長，就傳其術，遂以良醫稱。公少穎異，能紹其家學，軒、岐、雷、扁已來，書浩博不易究，悉研窮機要，所得爲甚多。正大丁亥，以方瘍兩科中選，由醫工補省司管句。公有藴藉，以德將藝③，爲上官推重。生平志存濟物，故其診治疾證④，未嘗以貧富易心，理或未安，歸若芒刺在背，隱不敢着席⑤。初，貞祐大兵後⑥，比屋疫作，與考謀曰：「今困厄如是⑦，我寔司命，可坐視不捄？」遂大措湯劑，歷飲閭里間，其乏粥滫者，復以米遺之，全活甚衆。天興初，盜起西山，約衆東走汴，中涂遇劫賊，熟眡爲公⑧，遽放仗前謝曰：「推君父子嚮以藥惠脱我輩命，忍以非義加諸？」餘亦獲免。壬辰秋，歸隱蘇嶺，老者尊其德，病者賴以安，而少者訪其學。然神膏傅瘍，靈丸起癈，醫家者流正有定法，而僻隱贅異等疾，在方伎所無者，公率能望知意料而決⑨，翕忽死生之變。如程氏子得腹痛疾，以食毒治而苦愈亟，謁公狀聞，曰：「此臟疽也，已無及矣。」程不應⑩，公曰：「後三日當有腐血下而絕。」及期，果然。晚節耽翫史籍，酣適醪醴，浮沉得喪一寓情杯杓間⑪。或勸焉⑫，「吾方陶然遊太和之鄉，君可去，毋吺。」竟以飲致疾，終，享年七十有二。

配桑氏，鄉進士彥周之女，壼儀母道，有承平故家風範。生女子三人：長適司候張顯，仲女鉅家李氏，季歸王某。後公五年卒，壽八秩，聓顯等合葬古郭里柏門山南原殿士桑君塋西南隅，實至元二年二月四日也。

後十五年春，惲按部南下，躬奠墓次，泫然興感。縱羊曇之淚下霑襟，時思罔替；終伯道之自遺伊慼，爲恨何如？惟是鑽石紀銘，昭告下泉，庶幾少有慰焉。推爲氏，歷考姓書不見，惟《潛夫論》載餘推氏出楚之芉姓，公豈其苗裔乎？銘曰：

軒岐有書⑬，是爲《内經》。洞達病機，惟明克能。於惟我公，天稟粹靈。靈丸起癈，神膏續肱。不主故常，以意智行。推本所自，其源淵渟。藝精多挾，度貨可居。高下其手，類夫吏胥。繄公處心，德度愉愉。拯溺捄焚，已焉是圖。相彼陽施，宜嗣厥後。本支顛兀，理莫可究。纍纍堂封，柏山南原。刻銘表公，以慰下泉。雖高深兮易位，尚知爲鄉先生推氏之仟。

【校】

①「管勾推公墓碣銘」，弘治本、薈要本同元刊明補本，四庫本作「管勾推公墓碣銘并序」，

②「材」，弘治本、薈要本同元刊明補本；四庫本作「掾」，非。

③「將」，弘治本同元刊明補本；薈要本、四庫本脱。

④「診治疾證」，弘治本同元刊明補本；薈要本作「詮次疾症」；四庫本作「詮治疾症」。

⑤「隱」，元刊明補本作「憶」，形似而誤；據弘治本、薈要本、四庫本改。

⑥「祐」，弘治本、薈要本同元刊明補本；四庫本作「佑」，形似而誤。

⑦「困」，弘治本同元刊明補本；薈要本、四庫本作「用」，形似而誤。

⑧「眂」，弘治本同元刊明補本；薈要本、四庫本作「視」，亦可通。

⑨「望知」，弘治本同元刊明補本；薈要本、四庫本作「一望而知」。

⑩「不應」，弘治本、四庫本同元刊明補本；薈要本脱。

⑪「杓」，元刊明補本、弘治本作「杓」，薈要本、四庫本作「酌」。

⑫「焉」，弘治本同元刊明補本；薈要本、四庫本作「焉曰」，衍。

⑬「歧」，元刊明補本、弘治本作「岐」，據薈要本、四庫本改。

故將仕郎潞州襄垣縣尹李公墓碣銘①

世有風誼之士，粹出天稟，不俟激卬②，藹鄉曲之譽，稱於士大夫間者，李公其人也。公諱瑞，字天祥，其先潞州上黨人，系出唐昭武公抱玉之裔。五代季，遠祖以官家衛。公爲人慷慨，有機警，長身鋭目，髯模糊蝟磔，酒酣吐氣，抵掌談話，而英姿颯爽之餘，猶隱然溢眉睫間。少爲縣吏，録録無所見。正大間，恒山公仙提孤軍宿汲，連九公聲援。君時給事莫府，參軍李仲愛其武幹③，委以赤白囊事，公感其知遇，晝則荷戈捍侮于外，夕則抱牘上軍務于府，殊赳赳然。及宜津撤守，跳大梁，既而京城疫作，縱飢民出。公倡率流播，救死扶羸，歸那延撒吉似④，悉編爲氓者千七百餘口。逮乙未春，家府一見，喜曰：「此跅弛士也，教之當有用。」遂礲夫糲厲⑤，日致其詳謹焉。州召爲吏主掾，數不屑去。壬子秋，詔以衛六縣爲丞相忠武公采地，參卿王公來主州治，舉能理劇⑥，署之典簿領，聽其指縱，躍如也。巨細之務，釐補肅敍，效其用居多。俄薦授録事參軍兼汲邑長，將順拊循，至有惠愛。至元三年，總尹陳公以材辟府從事。六年，積前後勞，赤牒授潞州判官。棲遲下位，德及民爲艱，故寬簡持大體，謙讓睦僚友，聽共佐理，中多裨益，了不露己出，至上敬下安，惟恐秩竟而去之遽也。九年夏，予調官晉府，過家上冢，胙飲水濱，話平生甚悉。翼日雞一鳴，送予遠郊外，泣且言曰：「吾老矣，不能爲升斗禄走形勢途，弟相見期邈，未知復無恙否？」遂哽噎訣去。予亦歔欷久之⑦，且訝其遽如許也。其秋，以訃來告。嗚呼哀哉！公事家府，執弟子禮三十年，始終如一日。一别終天，葬弗逮送，弔不及哀，銘誄未彰，有恨何如？嗣子震既礲石墓道，百拜來請銘，曰：「無庸，固所願也。」

公姿孝悌，憙賓客，振窮繼乏⑧，雖脱驂指囷略無難色⑨。至於排難解紛，不自顧藉⑩，猶焚溺之在己⑪。復能通下情，知疾苦，姁姁款款，老安少懷。與人接，無貴賤禮夷，故牛童馬走，盡得其懽心。晚節備嘗世故⑫，小心儉畏，以省事爲樂，有訟來質成，公温言理喻曰：「緩急，人時有也，其忍以小忿興怨？可退思自省。」既而偕謝曰：「公長者，過不敢復聞。」又善營搆事，不爲巧飾，要以敦犖延百載上⑬，如衛之泮宮、潞之儲廪是也。初，農民發野塚市甓，下令禁焉，暴委之患遂絶。士人牛國瑞聞公義，託妻子東遊，客死聊城，爲經紀其家。又石其氏者坐事累，猝不易辨明，索之急⑭，投公，匿焉，竟賴以脱。里有喪，率匍匐救視，孔懷之情踰於兄弟。至貧不能舉者，棺衾、坎壙、楄柎之物必具葬乃已。其周急趨難，甚於己私類若此，終飲德不伐。閑居灌蟹樹藝，麤衣糲食，與老農老圃爲伍，殆將終身焉。噫！衰俗頹波中矯矯然有古義士風，出則智效於官，處則行比一鄉⑮，可謂不凡者矣。士方以壽祉期公，一旦暴僨，不及中壽爲惑，豈氣盛亟衰、物剛易折？推原本自，理或亶然。然觀義之所在，有不亡者存焉。異時有帶劒喬林、讀予文而興起者，未必不拜酹公墳，俾配食於縣社也。公仕至將仕郎、潞州襄垣縣尹，命已下，卒。春秋六十有四，實九年壬申七月十九日也。

配張氏，先卒。女二人：長曰阿醜，女甥魏珍；次未笄⑯。皆繼公没。嗣子震實主其喪⑰，葬汲縣唐津里清水之南源⑱。銘曰：

太史著書，游俠與侔。不軌正理，匪暴豪邪。行而宜之，義莫有加。李公之先，奮迹將家。餘烈有光，流而義華。故俠焉負巨先之氣，行焉佩仲由之猳。家府與訓，化而柔嘉。據理施惠，如有等差。趨人之難，甚於己私。孤不自存，我衣食之。貧不喪舉⑲，我棺窆之。野塚纍纍，公助半之。夷考其行，匪義則那？以之莅官，敏而外和。絲棼我理，瘠疲我摩⑳。方百里之命下，俄春者之不歌㉑。心則罔單，其如命何？念公平生，涕泗滂沱。番番良聲，公榮寔多。泉流西東，太行峨嵯。我銘刻石，等與不磨㉒。

【校】

①「墓碣銘」，弘治本、薈要本同元刊明補本；四庫本作「墓碣銘并序」。

②「卬」，弘治本同元刊明補本；薈要本、四庫本作「昂」，亦可通。

③「李仲」，弘治本同元刊明補本；薈要本、四庫本作「季公」。

④「那延撒吉似」，弘治本同元刊明補本，薈要本作「郡延薩奇蘇」；四庫本作「郡延撒吉似」，

⑤「遂礲夫糲厲」，弘治本同元刊明補本；薈要本作「遂礲磨礪厲」；四庫本作「遂礲磨砥厲」。

⑥「能」，元刊明補本、弘治本、四庫本作「能」，薈要本作「其」。

⑦「歔欷」，弘治本同元刊明補本；薈要本、四庫本作「欷歔」，亦可通。

⑧「窮」，弘治本同元刊明補本；薈要本、四庫本作「貧」，亦可通。

⑨「困」，元刊明補本作「困」，形似而誤；據弘治本、薈要本、四庫本改。

⑩「藉」，弘治本、四庫本同元刊明補本；薈要本作「惜」，亦可通。

⑪「猶」，弘治本、四庫本同元刊明補本；薈要本脱，

⑫「晚節」，弘治本同元刊明補本；薈要本作「又」；四庫本作「生平」。

⑬「上」，弘治本、四庫本同元刊明補本；薈要本作「下」，非。

⑭「急」，弘治本、四庫本同元刊明補本；薈要本作「甚急」。

⑮「比」，弘治本、四庫本同元刊明補本；薈要本作「化」，形似而誤。
⑯「笄」，薈要本、四庫本同元刊明補本；弘治本作「竿」，形似而誤。
⑰「主」，元刊明補本作「正」，據弘治本、薈要本、四庫本改。
⑱「汲縣」，弘治本同元刊明補本；薈要本、四庫本作「汲縣南」。
⑲「喪舉」，弘治本、四庫本同元刊明補本；薈要本作「舉喪」，倒。
⑳「疲」，弘治本同元刊明補本；薈要本、四庫本作「痍」。
㉑「春」，元刊明補本、弘治本作「舂」，據薈要本、四庫本改。
㉒「與」，弘治本同元刊明補本；薈要本、四庫本作「於」，聲近而誤。

王惲全集彙校卷第六十

碣銘①

【校】

①「碣銘」，元刊明補本、弘治本、薈要本脱作「碣」，據四庫本補。

大元國故尚書省左右司員外郎韓公神道碣銘 并序①

夫朝廷山林之士，有往而不返，入而不能出者，惟其勇於静退，貞不絶俗，是則爲丈夫之事，吾於鄉先生韓公得之矣。

公諱仁，字義和。父顯，有融德，不耀。公甫冠而孤，事母以至孝稱，好學强識②，聞一善事，樂爲而不饜③。正大間，舉孝廉，辟爲州孔目，以能充元帥府令史，方羽書交馳際④，公勵精所事，爲上官推重⑤，翻譯史安天合爲相友善。壬辰北渡，隱居鄉間，澹嘿無所營⑥。庚子歲，詔行臺於燕，開莫府，選參佐，得良能爲亟，用安侯薦，首聘公充尚書省都事。癸卯春，以國計北覲，上詢以「金粟川流，蘿圖鞏固，將何策可濟？」對者以十數，獨公敷陳詳明，簡而得要，有「鑑古訓，用賢材」之説，上喜甚。仍奏天下困窮者寔繁其徒⑦，方發政施仁之秋，宜予惠⑧，俾霑大賚，允焉。迄今貧子月給廩料，蓋自公伊始。是年秋，丁母梁氏憂。尋奪哀，起授左右司員外郎。公早夜在公，以吏務自任，郎中李獻卿才望重兩朝，亦許公和光解紛，能就吾事。又明年冬，以祔母夫人得告南歸。既襄事，偕内子張氏棄俗入道，自號「逍遥子」⑨，遂西遊太華、終南諸山，黄冠野服，偃然閲世，如老松卧雲壑者，逾三紀焉。

公資明淑，生平與物無忤。其薦賢周急，有大過人者，宗族藉之通達者甚衆。嘗買僮，即約之曰：「汝等以世故不幸及此，義則黽勉相從，否則任渠所往。」晚節專以方書濟人爲事，聞一秘方奇訣，求訪百至，易千金不恡。歲久得益多，如《煙霞》、《醫林》等集，悉鋟梓流布，猶虞所傳未暢，擇標治者遍書里巷壁間⑩。京師物繁，歲多奇疾，賴公起死者不勝紀。例來謝，辭不見，曰：「吾庶幾道念，濟苛苦而已，餘何冀⑪？」當時少傅竇公亦以醫方談客，多獵《神農經》所載爲用，公則博採經驗，所謂「海上方」者録之無遺。二公雖趣向不同，於博施則一也，故竇、韓之名並傳于世。

先是，道人謝志賢等欵公進退有道，心存濟物，殆非尋常所可及，遂請主神賓、修真二觀餘三十年，奉公猶一日。公有二姪，長曰天祐，泰鹽提舉；次德旻，由後衛從事充樞密院令史。德旻以公耄期，迎置家庭⑫，與妻苑氏侍養送終，禮無少憾，士論賢之。公以至元十九年十月望日考終牖下，享年八十有四。某月日將歸窆汲縣耿岡之新壟，墓須銘，以鄉耆故來屬筆，其敢以蕪斐辭⑬？銘曰：

顯允韓公⑭，生有淑質⑮。陳力周行，孝廉應辟。移而爲忠，載揚厥職。濟物之心，一何云亟。漢署千官，含香入侍。經國之對，允合睿思⑯。片言回春，仁者之賜。脱屣榮貴，神武掛冠。退身急流，尤人所難⑰。全真爲教，樂在一簞。青囊集驗，捄夫世瘝。旁搜博施⑱，一壺市閒。保合太和，浩浩其天。我鍊我形，我駐我顔。較彼獨善，九鵬一鷃。棲遲有窠，逍遥有篇。青山白雲，玄門老仙。黄岡北原，睠焉故山。惟耿新壟，繄公改遷。魂兮來歸，諒先生之所安。

【校】

①「神」，弘治本、四庫本同元刊明補本，薈要本脱。

②「識」，弘治本、四庫本同元刊明補本；薈要本作「識，孜孜不倦」。

③「饜」，弘治本同元刊明補本；薈要本、四庫本作「厭」，亦可通。
④「際」，弘治本、四庫本同元刊明補本；薈要本作「諸務倥偬際」。
⑤「爲上官」，弘治本、四庫本同元刊明補本；薈要本作「極爲上官所」。
⑥「嘿」，弘治本、薈要本同元刊明補本；四庫本作「默」，亦可通。
⑦「其」，弘治本、薈要本同元刊明補本；四庫本作「有」，非。
⑧「予」，元刊明補本、薈要本、四庫本作「子」，據弘治本改。
⑨「自」，弘治本同元刊明補本；薈要本、四庫本脱。
⑩「治」，元刊明補本作「冶」，形似而誤；據弘治本、薈要本、四庫本改。「里」，弘治本同元刊明補本；薈要本、四庫本作「閭」。
⑪「冀」，弘治本同元刊明補本；薈要本、四庫本作「計」，亦通。
⑫「置」，弘治本同元刊明補本；薈要本、四庫本作「至」，亦可通。
⑬「蕪」，弘治本、薈要本同元刊明補本；四庫本作「無」。
⑭「顯」，薈要本、四庫本同元刊明補本；弘治本作「頌」，非。
⑮「有」，弘治本、四庫本同元刊明補本；薈要本作「而」，亦通。
⑯「睿」，元刊明補本、弘治本、四庫本作「眷」，據薈要本改。

⑰「尤」，元刊明補本、弘治本、四庫本作「又」，據薈要本改。
⑱「博」，薈要本、四庫本同元刊明補本；弘治本作「轉」，非。

大元故濛溪先生張君墓碣銘 并序

余官晉府者四年，得進修之士一人，曰濛溪張君。每暇，與相往來①，把酒論文。最可尚者，君無求於人，人之有得於君，殊沖然也。私自衷念②，異時禮文興舉，吾儻與當任渠責。及承乏翰林，君墓草已宿。乙未夏③，其子思敬來京師謁余，以墓銘爲請，慰唁餘，爲歔欷者久之。言猶在耳，其忍以不敏辭？

君諱著，字仲明，姓張氏，世爲襄陵縣張相里人。曾祖諱某，雅重然諾，顧義所在，雖死生以之。祖愿，父彬，皆潛德不仕，讀書治田，子孫相傳以爲家法。君少穎悟，不待勉勵，卓然自志於學。國初戊戌歲，設科取士，君以詞賦中選，既而嘆曰：「士當遠大自期，雕蟲篆刻將何爲哉？」適貽溪麻先生洎前進士兑齋曹丈來主經局，君喜且不寐，曰：「今而後，吾學有所正矣。」遂刮去故習，沉潛伊洛諸書，雖飢渴寒暑，貧窮得失，不易其初心。所謂道之體用，文之華實，探涉其源流④，咀嚼其膏味，積而爲文詞，發而爲事業。不盈不矜，介然家居，以樂育諸生爲業。

中統建元，頤齋張公以直道清節宣撫河東⑤，廉君才行，擢主潞城簿，政廉能，以畏愛稱。明年，公見事齟齬不可爲⑥，以親老西歸，有司累辟不就。至元乙酉，用薦者授平陽路儒學教授，於是衆論大厭⑦，士風爲一變。先生年彌高，德彌劭，學益博，文益奇，士友知所依嚮，吏民咸有矜式。秩竟，不聽其去者逾再考。厥後，子思敬自南陽教官來省，聞彼中風土，樂焉，曰：「名山大川，平日所願見。」遂命駕南遊。以至元壬辰夏六月廿六日考終寓舍，享年六十有九。

初娶陶寺里大家趙氏⑧，一子思敬。二女：長嫁同邑王黼，次適洪洞梁龜齡。繼室湍沃靳氏⑨。孫男二：曰世權、世衡⑩。思敬以家學，今充隆福宫宫教。

先生姿明亮，色夷而氣清，爲人誠厚寡慾，不戚戚於貧賤。與人交，始若疏濶，久之愈敬而愛，人百負之終不較，望而知爲雅德君子。其成就後進爲己任，故晉人以文名而達者多出其門。切惟亡金百年來，平陽號稱多士，每歲舉子赴選，大約數倍諸郡，至有白首場屋，庶幾一第，餘有不暇及者。唯君年甫冠即能知所學所從，拔出習俗，潛心古道，踐履外，詩文雜著曰《濛溪集》者五百餘篇，何多矣哉！晉絳諸人，未之有也。況一辭一藻典雅有法，理明辭約，以自得爲主。是可銘，銘曰：

四科稱賢，曰德與藝，其在聖門，用不偏廢。文乃道輿，經天緯地，苟遺其本，剽竊何異。利祿科場，疇非誕誇，聯綴補緝⑪，是足言邪⑫？濛溪爲學，其復不遐，洗心程張，正藝曹麻。閉門窮經，其書滿家。玉珮瓊琚，粲焉辭華。含章時發，其助也多。士之生世，濟時行道。時既我乖，立言明教。生榮歿傳⑬，朝菌夕蓼。達人大觀，彼此奚較⑭。大川河宗，名山華崧。地靈氣異，先生所鍾。一朝長遊⑮，杳焉飛鴻。世皆知仁智之所樂，吾獨爲歸根返壑乃先生之所終。凌倒景而不滅其元精耿耿，固浩乎其所不窮。適來吾時，適去吾從，先生之心，與造物也從容。尖山西東，相里新宮。我銘斯石，如勒景鐘。雖陵遷兮谷變，尚知爲濛溪先生之封。

【校】

①「與相」，弘治本、四庫本同元刊明補本；薈要本作「相與」，亦可通。

②「衷」，弘治本同元刊明補本；薈要本、四庫本脱。

③「乙未」，弘治本同元刊明補本；薈要本、四庫本作「己未」。

④「探」，弘治本、四庫本同元刊明補本；薈要本作「深」，形似而誤。

⑤「節」，弘治本、薈要本同元刊明補本；四庫本作「操」。

⑥「見」，元刊明補本、弘治本、薈要本作「去」，據四庫本改。
⑦「厭」，弘治本、薈要本同元刊明補本；四庫本作「饜」，亦可通。
⑧「大家」，弘治本、四庫本同元刊明補本；薈要本脱。
⑨「油」，弘治本同元刊明補本；薈要本、四庫本作「曲」，亦可通。
⑩「世權」，弘治本、四庫本同元刊明補本；薈要本作「世植」，非。
⑪「緝」，元刊明補本、弘治本作「絹」，據薈要本、四庫本改。
⑫「足」，弘治本作「是」；薈要本、四庫本作「何」。
⑬「榮」，弘治本、四庫本同元刊明補本；薈要本作「崇」。
⑭「此」，元刊明補本作「比」，形似而誤；據弘治本、薈要本、四庫本改。
⑮「遊」，弘治本同元刊明補本；薈要本、四庫本作「逝」，亦可通。

故趙州寧晉縣善士荆君墓碣銘 并序

元貞元年春，廉訪荆侯改道北燕，過京師來謁，再拜以先表屬筆。因念予與侯初定交於瘿陶，一見如平生，後十年復會于東楚，握手道舊，勉予南行，忠厚之氣藹然萃顔間①，令人有不能忘者。今以是來託，載惟疇昔，其敢以固陋辭？謹按典瑞少監焦養直善狀：

君諱祐，字伯祥，趙之寧晉人。世陶洨濱，遠祖暨禰以改工是圖，曰：「與其供器用於一鄉，曷若以善及人爲愈？」於是板行《五經》等書②。不二十寒暑，荆氏家籍布滿河朔。君甫冠而孤，每以保大家業爲志。貞祐兵，乃取《五經》、《泰和律義篇》、《廣韻》板閟墟埌中③，亂定來視，盜發掘無幾，君悉力補購，隨復爲完部。或者云：「初藏書時善本固多，唯取是三者何哉？」曰：「經者，道之本；法者，治之具；韻者，字之始。文籍所由生，其爲善已多。」聞者爲知本。于時官府生聚雖稍稍有立，詩書法律，晚生後輩不知爲何物，一旦得是，如瞽者復明、迷者之知津也。而又印模精，取直廉，故售者廣，屋日爲之潤。所可重者，積而能散。縣人王壹者坐事累繫，獄吏挾私，欲死之，君力與營救，彼不顧，且諷而徼賄，竟傾貲出之。渠來謝，卻不見曰：「吾區區若然者，憐渠罔陷非辜④，餘何有？」壬子歲，州縣通籍冒占者，有禁里嫗瞽而來依者，惻然以乳姆收恤。轉易書輩往往宿負，審其窶，既折元券，復惠之書。嘗有以女奴來償者，辭不克，娉而良焉⑤。斯皆風義矯矯，人難能者，率樂爲之。故鄉里無親疏，以善人稱君。以丁巳秋遘疾，遺命仲子元綱曰：「伯叔二喪未克葬，汝勉襄大事，以卒吾志。」言終而逝，實是年八月八日也，壽五十有九，藏先塋昭穴。

君資和易，處事明敏，終以失學爲愧恨⑥，及諸子長，皆教之讀書，嘗訓飭曰：「吾已面牆無及，今幸嗣先業，庭户間書帙紛繙，豈有資人進修，暨不自力，將何以免君子之譏？且先世易治而裘，所期正爾，汝曹其勉旃！」

君初娶劉氏，繼室蘇氏，生四子。長國器，中戊戌詞科。次國用，善屬文。皆前卒。次元綱，自幼有成人風，君嘗語所親：「異時保家子也。」竟如言。季幼紀，爲人雅重，信道篤，少從敬齋李先生學，所得爲多。由典瑞貳卿擢任風憲，今爲山北遼東道廉訪使。女一，適進士張景賢孫懷寶。男孫九人：曰諶，曰詢，曰誠，曰謙，曰謐，曰誼，曰諒，曰詡，曰諏⑦。女孫五人，一在室，餘皆適士族。曾孫九，女孫如之。於戲盛哉⑧！予然後知善惡之報，至子孫而後定者審矣。銘曰：

繄士居業，擇術是先。有篤者志，善乎變遷。捨鈞治書，理幾於研⑨。顯允荆君，思深業專。誓教子而亢宗，見藏書之有權。要本孝義，奉而周旋。萃英敷華，煥乎簡編。迪我後人，學者賴焉。磊落載腹，宛從蹄筌。積厚能散，憫窮拔寃。不有其祉⑩，委順百年。慶流後裔，子孫蟬嫣⑪。人定彼勝，其然亶然。二子翩翩，遺珠在淵。仲克世何⑫，愿而稱賢。季由近侍，三使輶軒。較夫善利，孰大斯傳。固惟自稽古之力，實資藉之所緣。欲報之德，有昊者天。刻我銘章，于晉之阡。遹追來孝，以慰下泉。異時推耆德而配鄉社⑬，尚有攷於瑶鐫。

【校】

①「靄」，弘治本、薈要本同元刊明補本；四庫本作「藹」，亦可通。

②「書」，弘治本、四庫本同元刊明補本；薈要本脱。

③「乃」，弘治本同元刊明補本；薈要本、四庫本作「起」，非。「埌」，元刊明補本作「垠」，形似而誤；薈要本、四庫本作「壙」，亦可通；據弘治本改。

④「渠罔」，弘治本同元刊明補本；薈要本作「爾罔」；四庫本作「爾妄」。

⑤「娉」，弘治本同元刊明補本；薈要本、四庫本作「聘」，亦可通。「良」，元刊明補本、弘治本闕；四庫本作「遣」；薈要本作「卻」；據抄本補。

⑥「恨」，弘治本同元刊明補本；薈要本、四庫本作「憾」。

⑦「諏」，弘治本、四庫本同元刊明補本；薈要本作「陬」，非。

⑧「於戲」，弘治本同元刊明補本；薈要本、四庫本作「於乎」，亦可通。

⑨「研」，元刊明補本、弘治本作「妍」，據薈要本、四庫本改。

⑩「祉」，弘治本、四庫本同元刊明補本；薈要本作「址」，形似而誤。
⑪「蟬嫣」，弘治本、四庫本同元刊明補本；薈要本作「嬋嫣」，亦可通。
⑫「何」，弘治本、薈要本、四庫本作「荷」，亦通。
⑬「配」，弘治本、薈要本同元刊明補本；四庫本作「祀」。

共喦老人石琖公墓碣銘 并序①

公姓石琖氏，諱德玉，字君寶，遼東蓋州人。疏髯炯目，氣骨臞清，超超然如萬里之鶴。貞祐初，以良家子從軍②，敓夏折橋功得官，積勞至武德將軍。北渡後，歷仕在相、衛間③，母杜氏，唐相如晦後。

公天性能孝，愉色怡聲④，班衣垂白，朝夕孺慕，雖菽水無餘⑤，有《南陔》、《白華》之樂⑥。時杜氏壽登八秩⑦，清修，絶葷茹素⑧。一日，庭户間産白菌百余本⑨，掇去復茁者數月，人以爲孝感所致。故名鄉贈詩⑩，有「似憐甘旨闕，春風玉芝香」之句⑪。生□於□□尤篤，趨人之急⑫，逾於己私。至遇不□□□不□□□竹木花石，時釀名酒，客至輒飲，飲必醉，醉而即歌，歌而後已。眼花耳熱，與之扶策，□□□顧□□□□乞之某處，手植而即蕃者也。此吾□□□□□□□□也，眄柯怡顔，喜津津溢眉睫間，曰：「吾且富有，家不徒四壁矣⑬。」嘗種竹當户，或謂太迫，曰：「待其蓁茂，秋霽月之時⑭，俾清樾透簾，爲此君寫真耳⑮。」故終日翛然對之，瀟灑爲樂⑯，其清澹如此。晚年游心命書，人有問，必以修己安分爲答⑰：「能此，不待孤虚相旺⑱，吾言固有徵矣。」歲丙子⑲，公年八十有五，嘗繪《共山歸隱圖》以自歌其所樂⑳，因號「共嵒老人」。是歲冬，灑然而逝，若委蜕焉。

孺人劉氏，能遂公初心，主治中饋，不知其爲貧家也。生女子二人：長適御史康天英，次適河東道提刑按察使姜彧。

家府與公交款，曲篤世契三十年，一别終天，有恨何如！尋步入街西故里，眄睞竹樹，慨然有聞。篴懷人之愴，老淚濡毫，而有斯作。銘曰：

貧而樂有類乎黔婁，心而隱似慕夫德翁㉑。事親極融融之樂，逢辰出蹇蹇之忠。布衣歸來，默而自容。將裴徊而孰友？侶蓁筠而伍嵒松。生也順事，殁寧吾躬。古之所謂鄉先生死而祭于社者，其處士之堂封乎！

【校】

①「共邑」，元刊明補本、抄本作「共邑」；薈要本作「洪巖」，弘治本、四庫本作「洪邑」。
②「從」，元刊明補本闕；據抄本、薈要本、四庫本補。
③「歷仕」，元刊明補本闕；抄本作「□居」；據薈要本、四庫本補。
④「怡聲」，元刊明補本闕；薈要本、四庫本作「婉容」；據抄本補。
⑤「餘」，元刊明補本闕；據抄本、薈要本、四庫本補。
⑥「陔」，元刊明補本、抄本作「陵」，據薈要本、四庫本改。「樂」，元刊明補本闕；薈要本、四庫本作「志」；據抄本補。
⑦「杜氏壽」，元刊明補本、抄本作「杜壽」，脱；薈要本作「杜氏年」，亦可通；據四庫本補。
⑧「素」，元刊明補本闕；抄本作「一」。
⑨「户間産」，元刊明補本闕作「間」，薈要本、四庫本作「除間生」；據抄本補。
⑩「故名鄉」，元刊明補本闕，薈要本、四庫本作「時名公」；據抄本補。
⑪「玉芝香」，弘治本同元刊明補本；薈要本、四庫本作「茁玉芝」。
⑫「生□於□□尤篤」，元刊明補本作「□□□□□□篤」；薈要本闕；四庫本脱；據抄本補。
⑬「飲，飲必醉，醉而即歌，歌」、「顧」、「乞」、「吾」、「也」，元刊明補本、薈要本、四庫本俱闕，據抄本補。「富有家不徒

四」，四庫本同元刊明補本作「□有□□□□」；薈要本作「□有□□」，脱；據抄本補。

⑭「月」，弘治本、薈要本同元刊明補本；四庫本作「月明」。

⑮「真」，弘治本、四庫本同元刊明補本；薈要本作「生」。

⑯「瀟」，元刊明補本模糊不清；弘治本闕；據抄本、薈要本補；四庫本作「揮」。

⑰「修」，元刊明補本模糊不清；弘治本闕；據抄本、薈要本、四庫本補。

⑱「相旺」，弘治本同元刊明補本；薈要本、四庫本作「旺相」，倒。

⑲「歲」，元刊明補本模糊不清；弘治本闕；據抄本、薈要本、四庫本補。

⑳「所」，元刊明補本模糊不清；弘治本闕；據抄本、薈要本、四庫本補。

㉑「心」，弘治本、薈要本同元刊明補本；四庫本作「安」。「夫」，弘治本、四庫本同元刊明補本；薈要本作「乎」，涉上而誤。「翁」，弘治本、薈要本同元刊明補本；四庫本作「公」，俗用。

大元故廣威將軍寧晉縣令李公墓碣銘①

公諱讓，姓李氏，其先易水黄山人也。父海，資善良，世樹藝爲業。公既孤，母張氏以健持家，就熟南遷，至寧晉唐城鄉，愛其風土，遂占籍爲縣人。

公初生，顱骨有異狀。及冠，美鬚髯，聲音如鍾。爲人善騎射，勇於赴義，爲一方推服。貞祐初，河朔失守，所在寇盜充斥，日相吞噬，公慨然輟耕壟上，團結鄉豪，游獵陸澤荊藺間，以保庇井邑爲事。蓋有所需，以明歸附之志。歲己卯，天兵南下，公與兄直首率里人迎拜女兒那顔於軍門②，嘉其效順，授直行寧晉縣事，公管軍總校，仍聽元帥蔡國公節制。時歲荒民飢，道殣相望，縣東有水栅曰瀝城③，大澤瀰漫，周浸百餘里，菱芡魚鳧資生之物甚富，民往依，大獲厥所。庚辰秋，金冀州將柴茂以兵來取，兄與公力戰而前，直死焉。公憤大兄歿歿，衆又失所庇，以圖報復，瀝血爲誓④，雖食頃不忘也。繼從縣長王帥復奪其栅，居無幾⑤，茂復合大勢來争，前次滿氏□⑥。公聞之，盡匿精鋭於瀝傍二十里叢葦間，以弱誘茂，令之曰：「伺彼過，聽金聲而作。」親驅數百人前逆，鋒纔交，即陽北⑦，逗茂逾紀氏塢⑧，金鳴伏發，茂腹背受兵，大挫其鋭，公回戈追奔，五戰皆捷。自是冀人聲熸，不敢復窺濤垠矣，瀝城用以全安⑨。帥閫酬勞，授主本縣簿。

乙酉冬，武仙以真定叛，麾下劇節副鄭進等乘勢剽掠⑩，趙癭陶迤東悉爲丘墟⑪。公度力不可支，收合餘衆，乃與鼓藁二主帥合勢⑫，併破劇、鄭諸砦，馘數百級而還，所失保聚生齒皆得復故。丙戌冬，仙復令劇鎮戍趙州。明年春，從大兵規取，克焉。時太師木花里以奏，得顓封拜⑬，録公前後功，授公行鼓城帥府右監軍，並授銀符⑭，使顯異焉。既而陞充本縣令，以寧昌爲世封。於是招流亡，布恩惠，畫井閈，起市集，鄽居有貿易之利[15]，田里無追呼之擾，四民樂業，外户爲不扃矣。又爲勸田務[16]，抑游墮，扶寡弱，法姦蠹[17]，是又公之所必行而求自慊[18]。民有衣食不自給者，公發私藏以贍之富足[19]，帥府聞之，爲復其三年。公雖貴，必耕而食，蠶而後衣[20]，居嘗以榜揭門扉：「私囑干謁，請毋相覶。」其廉守如此。

癸丑春，以老致仕，令男天澤嗣職[21]，優游里社，日課子孫，耕鑿爲務。嘗斧桑田間，或勸之，公曰：「官時來耳[22]，爲農，吾家素業，我若爾，兒輩尚墮而自安？」或者謝而去。古人稱「貴而能賤，丈夫之事」，公其有焉！以至元十一年十月廿二日考終牖下，享年八十有七。越四日[23]，葬縣西北下王里之新塋，禮也。祖送者幾萬人。

夫人祕氏[24]，趙氏，張氏。子男六人：長曰天澤，歷寧晉、元氏兩縣簿；次天禄，本縣奥魯千户；次天祐，監寧晉酒；次天祚，不仕；次天祥；次天祐[25]，某鎮巡檢。女四人：長與次俱適趙氏，次適牛氏，次適郝氏。男孫一十九人，女孫一十三人，重孫男一十八人，重孫女一十三人。

初，公畜家僮數百指，悉縱遺爲良，曾無鬻身分役之責，人又欽其德厚云[26]。天禄性孝義，仡仡有父風，以北孟舊塋屢爲滹浸所嚙[27]，遂改卜於此。既襄事，贄禮幣百拜來請銘。予方問俗汶濱，見其遺黎故老脱離兵革六十餘載，猶爲懷思王李諸人，眷眷不忘，有配社尸祝之報。嗚呼！貞祐之亂，可謂離且瘼矣！元元之民莫適所歸，不爲人所魚肉，必轉死溝壑㉘。如王李諸公，雖奮棘矜，起壟畝，至於父子昆弟出死力，角羣豪，經營捍蔽，使一方奠安。又識夫天運所在，挈民去危邦而就興國，誠亦出人意表，一時賢豪者也。甫定後，復能俾官府生聚日就完好，今歷官鄉曲，歲時拜墓，于于而來者，皆曩時不能自存之嗣續也。其德民之厚，感民之深，又何止童不雉捕長江之虎渡者哉！宜其子孫繩繩蟄蟄㉙，皆有所立。然後知德施於民，功被一時者，天之垂報㉚，何其豐且阜哉！銘曰㉛：

瘦陶北郊，里號下王，顧瞻佳城，蔚乎蒼蒼。是爲晉長，李公之藏。惟是李公，千夫之防，果毅之勇，木訥之剛，奮身隴畝，舉圖義匡。貞祐南播，雲擾之俶，割據侵凌㉜，互相魚肉，民匪殲夷，轉死溝谷。宛彼瀝城，居水之腹，菱芡魚鳧，大益不足。聞公來依，襁負相續，如鹿走音，如鳥棲木，四境騷然，獨爲樂國。耿氏昆仍，旌旗部曲，既復兄讎，又知所屬。草昧初分，官府始置，戢我武幹，明夫吏治。内守以廉，外方以義，撫循有方，興滯補弊，扶弱抑强，繩姦束吏㉝，百戰遺黎，竟保終惠。民之戴公，頌聲𡃤𡃤。尸而祝之，懷思罔替㉞。勒銘豐碑，尚克永世。

【校】

①「墓碣銘」，弘治本同元刊明補本；薈要本、四庫本作「墓碣銘并序」。

②「女兒那顔」，弘治本同元刊明補本；薈要本作「努爾諾延」；四庫本作「耨埒諾延」。

③「縣」，弘治本同元刊明補本；薈要本、四庫本作「田」，非。「瀝」，弘治本同元刊明補本；薈要本、四庫本作「歷」，俗用。後依此不悉出校記。

④「血」，元刊明補本、弘治本脱；據薈要本、四庫本補。

⑤「幾」，弘治本、四庫本同元刊明補本；薈要本作「何」，非。

⑥「□」，元刊明補本模糊不清；弘治本闕；薈要本、四庫本脱。

⑦「陽」，弘治本同元刊明補本；薈要本、四庫本作「佯」，亦可通。

⑧「逗」，弘治本、四庫本同元刊明補本；薈要本作「還」。

⑨「全安」，弘治本、四庫本同元刊明補本；薈要本作「安全」。

⑩「剽」，弘治本、四庫本同元刊明補本；薈要本作「摽」，亦可通。

⑪「丘墟」，弘治本、四庫本同元刊明補本；薈要本作「墟丘」，倒。

⑫「衆乃」，元刊明補本模糊不清；弘治本闕；據薈要本、四庫本補。「主」，元刊明補本、弘治本作「王」，據薈要本、四庫本改。

⑬「奏得」，元刊明補本模糊不清；弘治本闕；據薈要本、四庫本補。

⑭「並授」，元刊明補本模糊不清；弘治本闕；據薈要本、四庫本補。

⑮「鄽」，弘治本同元刊明補本；薈要本、四庫本作「廛」，亦可通。

⑯「又爲勸」，元刊明補本模糊不清；弘治本闕；據薈要本、四庫本補。

⑰「法」，弘治本同元刊明補本；薈要本、四庫本作「治」。

⑱「而求自」，元刊明補本模糊不清；弘治本闕；據薈要本、四庫本補。

⑲「瞻」，弘治本同元刊明補本；薈要本、四庫本作「贍」，亦可通。

⑳「公雖貴必」，弘治本同元刊明補本；薈要本、四庫本作「貴矣公」，非。

㉑「天澤」，弘治本、四庫本同元刊明補本；薈要本作「天秋」，非。

㉒「耳」，元刊明補本模糊不清；弘治本闕；據薈要本、四庫本補。

㉓「日」，弘治本作「目」，形似而誤；薈要本、四庫本作「月」，非。

㉔「祕」，弘治本同元刊明補本；薈要本作「秘」；四庫本作「宓」。

㉕「天祐」，弘治本同元刊明補本；薈要本、四庫本作「天祜」，形似而誤。

㉖「又」，弘治本、四庫本同元刊明補本；薈要本作「人」。

㉗「北」，弘治本、薈要本同元刊明補本；四庫本脱。

㉘「必」，弘治本、四庫本同元刊明補本；薈要本作「即」。

㉙「宜其」，抄本同元刊明補本；薈要本、四庫本作「其宜」，倒。

㉚「天」，元刊明補本作「大」，據抄本、薈要本、四庫本改。

㉛「銘曰」，元刊明補本、抄本脱；據薈要本、四庫本補。

㉜「淩」，抄本同元刊明補本；薈要本、四庫本作「陵」，亦可通。

㉝「朿」，四庫本同元刊明補本；抄本、薈要本作「束」，形似而誤。

㉞「思」，抄本同元刊明補本；薈要本、四庫本作「恩」，形似而誤。

大元國故河中府南北道船橋總管謝公墓碣銘①

君諱企②，字仲進。其先燕之香河人。父某，國初拜金吾衛上將軍③，河東路總帥。謝公其仲子也④。

爲人性行淑均，沉實有顧慮。既冠，嘗從父西破川蜀，每領牙隊居前，當破竹際，掩目隱心⑤，未嘗以嗜殺爲快，雖執訊獲醜，力爲全活者甚衆。用勞充秦鞏路軍儲大使，辦集有方，餉道爲不乏。丁巳夏，先帥薨，君實主其喪，縗杖瘠立，躬起塋壟，棺衾儀物，既易可觀，會者大説。復樹豐碑，昭德神道，其例新仟有光焉[6]。大兄維石，襲父職，歿軍中[7]，行臺檄君以例繼，執不可，曰：「兄念天顯，極友愛，顧某不啻若手足然，家事一聽予處，鞠立之責正在今日。」竟以其嗣往代[8]。其遹追永言之思，友于卹孤之義，蓋終身焉。其爾過於人遠甚者類多此[9]。晚節以故侯失將駕下澤，乘款段，遊居中條田間，耕牧卒歲，裕如也。至元乙亥冬十二月廿有六日[10]，以疾終平陽府崇道里私第之正寢，得年五十有五，官至河中府船橋總管。越三日，厝於府東神泉鄉之南里原，從遷壟也。萬口稱惜，咸以善人歸焉。

夫人劉氏，晉之平陽人，德柔嘉，主内事殊嚴，生三子：長曰純，克家有立志；次曰繹，謹愿嚮子道[11]；季夭。女一，適裴氏子。孫男一人，未名。

既卒哭，嗣子純來求表其墓道，予私念其故，昔孔子遇舊館人喪[12]，脱驂馬以賻，曰：「吾惡夫涕之無從也。」君與予[13]，西道之主人也，從游讌語，姁姁然蓋三年于兹，殆非過客之有頃，其可辭不敏？」君生長秦晉，□革裘馬間[14]，而禮度雍雅[15]，不知爲將家子。與人交信厚麟如，終始無間言[16]。其在諸弟間[17]，棣華輝映[18]，惟恐弗及[19]，又出天稟粹然也。嗚呼！以君之德之壽較之，有不相稱及者。仍哀之以辭。銘曰：

蒼茫兩間，生也倐寓，一氣之來，命有定數。彼修短與奪[20]，理則有之，若不繫夫善惡積習之故[21]。嗚呼！謝君一僨而去，孝友淑善，曾不終始渝素[22]。天之報施如此，豈定者不可奪、來者固所與也？將子孫延昌，以永其終譽邪？吁！

【校】

①「國」、「序」，弘治本同元刊明補本；薈要本、四庫本脱。

②「君諱企」，元刊明補本、弘治本闕；薈要本、四庫本作「公諱某」；據抄本補。

③「父某，國初拜金吾」，元刊明補本、弘治本闕；薈要本作「世守儒業父□金吾」，亦通；四庫本作「世守儒業父某金吾」；據抄本補。

④「謝公」，元刊明補本、弘治本闕；薈要本、四庫本作「公」；據抄本補。

⑤「隱」，元刊明補本、弘治本作「憶」，據薈要本、四庫本改。

⑥「其例」，弘治本同元刊明補本；薈要本作「其於」；四庫本作「具表」。

⑦「殁」，四庫本同元刊明補本；弘治本作「役」，形似而誤；薈要本作「没」，亦可通。

⑧「往」，弘治本、四庫本同元刊明補本；薈要本作「住」，形似而誤。

⑨「其爾」，弘治本同元刊明補本；薈要本作「凡其」；四庫本作「然其」。「類多」，弘治本同元刊明補本；薈要本、四庫本作「多類」。

⑩「乙亥」，元刊明補本、弘治本作「乙亥」，薈要本、四庫本作「己亥」。

⑪「嚮」，弘治本同元刊明補本；薈要本、四庫本作「盡」。

⑫「喪」，弘治本同元刊明補本；薈要本、四庫本作「之喪」，衍。

⑬「與」，元刊明補本、弘治本、四庫本作「於」，據薈要本改。

⑭「□革裘馬」，元刊明補本模糊不清；弘治本闕；薈要本、四庫本作「出身軍旅」；據抄本補。

⑮「雅」，弘治本同元刊明補本；薈要本、四庫本作「雍」，亦可通。

⑯「厚麟如終」，元刊明補本、弘治本闕；薈要本、四庫本作「而誠人無」；據抄本補。

⑰「其在」，弘治本、四庫本同元刊明補本；薈要本作「在其」。

⑱「映」，元刊明補本、弘治本、薈要本作「蔭」，聲近而誤；據四庫本改。

⑲「及」，元刊明補本模糊不清；弘治本闕；據抄本、薈要本、四庫本補。

⑳「與」，弘治本同元刊明補本；薈要本、四庫本作「予」，亦可通。

㉑「善惡積習」，弘治本同元刊明補本；薈要本、四庫本作「積習善惡」，倒。

㉒「不」，元刊明補本、弘治本、薈要本脱；據四庫本補。

故將仕郎汲縣尹韓府君墓表①

府君姓韓氏，諱澍，字巨川。其先陳留酸棗人，世以儒業顯，遠祖有方，官至大司空。六代祖璹，累階銀青榮禄大夫，五季間北渡河，遂占籍爲衛人。榮禄生朝奉大夫祗德。朝奉生八十一秀才奕山。山生渤，亦舉進士。渤生柜，善居室，遂用富饒，於君爲曾祖。祖悦，有淳德不耀。父仲，字仲寬，所居以善行稱。

君自稚齒，性沉潛，寡言笑，羣兒劇里中，過不少晲，宗黨異焉。稍長②，以刀筆起家，用言者爲安陽吏主掾，以能入爲府屬吏。丙辰歲，朝廷以相之五縣封太弟爲采邑③，繼郡帥例肆覲，君毅然以民計從行。及敷對稱旨④，擢爲本府户曹孔目官⑤。明年春，降璽書，起聘君。太原高公鳴爲彰德路總管⑥，遂汰冗員，擢羣能，新舊圖，至設府史不數人，君首以才選。無幾，轉按牘提控官。夙夜在公，勵精所事，閲六歲，克勤猶一日，大爲總尹所知⑦，授録事參軍⑧。至元二年，轉官制行，積前後勞，授以縣尹。下車首以美俗劭農爲務，顧謂僚屬曰：「富足者，禮義之資；耕桑者，風化之本。至于飾亭傳，謹迎候，奉上官，徼自前譽⑨，非吾所知也。」於是下教條，課户丁，斸蓁薄，植桑果，以敦大本，非農隙不許入城市，暇則行縣檢視勤墮而賞罰焉。自是邃隰眗眗⑩，榛惡爲有間⑪。鄉鄰有以忿鬩訟於庭者，君曰：「孝悌力田，親仁善鄰，古之善道。初無大故，何乃至爾？」諭而遣之。至頑不率教⑫，則曰：「聽兩造，明曲直，是不難，恐一置于罰，終身玷辱，爲鄉黨指誚⑬，吾惜汝者此也。儻不吾念，論如法。」比秩滿，五事備舉，所獲來暮之歌，厥聲載路矣。五年，用新銓法，勑授將仕郎，主高唐縣簿，凡九月，輿疾歸。明年卒於絃歌里舍，得年四十有八，實至元庚午春二月一日也。越十有九日，從葬安陽縣西陵鄉武官原之新塋。母李氏，時年八十，拊柩而哭之，慟曰：「天乎！遽奪我純孝至此酷邪⑭！」聞者憫其賢孝。

縣君，金相人進士秦公之孫，配君德良稱，生子男三：長曰從益，自憲臺六察史⑮，今爲燕南河北道提刑按察司書史；次從愿、從革。女明童，適王氏子。男孫四人。後九年，歲戊寅冬十一月七日終⑯，祔安玄堂之左，禮也。

初，縣境夏大旱，比致禱，私念事之壅底，獄之鬱滯，亦沴氣所致⑰，乃裁決牢繫爲一空。及禱蒼山祠，雩舞未收，雲幢幢起中谿⑱，翼日雨盈尺。繼謝祠下，車還，衆曰：「尹精誠若是，當有回馬雨表公虔。」至半途，果然。尋鄰道以蝗災告備，已而竟不入境，縣狀其異以聞，是秋爲有年。君温雅有沉量，慮事遠，善措畫，臨政暇裕⑲，略不動聲色，亦未嘗矜喜以己長格物⑳。其孝愛友悌出天秉粹然，不忍一朝違母氏側。嘗行役踰時㉑，眷焉陟岵，寢餗爲不安，於承顔孺慕若此其至。初，見第季既多㉒，枝葉蕃衍，門户事繁重㉓，故挺身吏業㉔，盡心所事，匪厥躬是私，期於庇本根、寬父母抱者幾三十年。若府君者，可謂克孝克恭，念顯養志者矣。某祖妣韓，是爲君女叔。曰女叔者，稱父之妹也。出《六帖》。

君之嗣從益，廁某行爲外弟㉕，一日跽而請曰㉖：「先人棄養，奄踰八年，坎不及誌，有銜未祛，唯是表於墓左者又闕，罪惡之大無可言，若銘則尚於兄焉有託。」某追惟祖妣平生之言，得君抱爲最詳㉗，因繫之以銘。銘曰：

於鑠韓氏，世爲儒之宗兮。彯纓若綬，揚歷位乎公兮。猗嗟裔孫，掾習匪其躬兮。黽勉從事，養夫親之志兮。庇我本根，殆葛藟之義兮。聖哲所稱，吾今見其人兮。於穆府君，諒彼古之倫兮。兩漢循吏，鑄頑以成仁兮。嗚呼！令尹誠亦吏之循兮。予銘摭實，其敢過爲文兮。魂而有靈，尚慨嘆之一伸兮㉘。

【校】

①「墓表」，弘治本、薈要本同元刊明補本；四庫本作「墓銘并序」。

②「稍」，弘治本同元刊明補本；薈要本、四庫本作「少」，亦可通。

③「采」，元刊明補本、弘治本作「米」，據薈要本、四庫本改。
④「旨」，元刊明補本、弘治本闕，據薈要本、四庫本補。
⑤「擢爲本府」，元刊明補本、弘治本、薈要本闕，據四庫本補。
⑥「鳴」，弘治本、四庫本同元刊明補本，薈要本脱。
⑦「所」，元刊明補本、弘治本闕，據薈要本、四庫本補。
⑧「授」，元刊明補本、弘治本作「守」，聲近而誤，四庫本作「轉」，據薈要本改。
⑨「徼自前譽」，弘治本作「徼目前譽」，薈要本、四庫本作「徼目前之譽」。
⑩「邃」，弘治本同元刊明補本，薈要本、四庫本作「原」，亦可通。
⑪「有間」，弘治本同元刊明補本，薈要本、四庫本作「之開」。
⑫「頑」，元刊明補本模糊不清，據弘治本、薈要本、四庫本補。
⑬「黨」，弘治本、四庫本同元刊明補本，薈要本作「里」，亦可通。
⑭「邪」，弘治本同元刊明補本，薈要本、四庫本作「乎」。
⑮「自」，薈要本、四庫本同元刊明補本，弘治本作「目」。
⑯「歲」，弘治本、四庫本同元刊明補本，薈要本脱。
⑰「所」，元刊明補本、弘治本、四庫本作「是」，據薈要本改。

⑱「谿」，弘治本同元刊明補本；薈要本、四庫本作「豁」，非。
⑲「政」，弘治本、四庫本同元刊明補本；薈要本作「岐」。
⑳「格」，弘治本同元刊明補本；薈要本作「傲」；四庫本作「掩」。
㉑「踰」，弘治本同元刊明補本；薈要本、四庫本作「逾」，亦通。
㉒「第」，弘治本同元刊明補本；薈要本、四庫本作「弟」，亦可通。
㉓「繁」，元刊明補本、弘治本作「緐」，據薈要本、四庫本改。
㉔「業」，弘治本同元刊明補本；薈要本、四庫本作「案」，非。
㉕「廁」，弘治本同元刊明補本；薈要本、四庫本作「次」。
㉖「跽」，弘治本同元刊明補本；薈要本、四庫本作「跪」，非。
㉗「抱」，弘治本同元刊明補本；薈要本、四庫本作「行」。
㉘「伸」，弘治本同元刊明補本；薈要本、四庫本作「呻」。

王惲全集彙校卷第六十一

碣銘①

【校】

①「碣銘」，弘治本、四庫本同元刊明補本；薈要本作「碣」，脱。

故善士張君墓碣銘 并序①

善士張君，諱從禮，字仲和，順州龍山人。大父德仁，有耆行，鄉人尊敬之。禰義，嘗任燕工技府總管，既老，君當襲職，請於府曰：「親老需侍②，余志已定。弟從順賢而克荷，願畀之。」竟以從順嗣。

仲和姿清介，不隨俗上下，嘗從澹游先生學詩③，甚自憙也。事母教弟，以孝友聞。承顏讀書，外室屢空，宴如也④。君既不樂仕進，嘗曰：「菽水盡歡，不害養志；三釜五鼎，非所願也。」至傭筆以供朝夕，平生友非逾己而不交⑤，曰：「吾將安倣？」施非當受而不取⑥，曰：「惠將曷勝⑦？」弟從順洎婦併殁，孤姪敏方三歲，爲鞠育成人，過於己出。至贅子智於友生羊舌氏家，仍爲敏納室，是亦人難能也。詹事張侯高其孝義，憐其窮，獨出楮幣數千緡付之，約得子錢，悉助親養。君以義重德薄⑧，謝弗敢當，郡國知其賢，以孝廉累辟，亦不就。臺憲廉得其實，旌焉，復之終身。君悚然嘆曰：「人子奉親，理固當然，因而有加⑨，邦之教也。顧從禮，何足以爲勸⑩？」其敬上明分有如是者⑪。所居曲水里，有亭沼⑫，植蒼柏環列，挺挺若儼侍温凊⑬，暇日哦其間⑭，有問者，對曰：「余方有所事，子姑去。」自號「柏溪主人」，左山商公、韋軒李丈皆有文序贊之。予入京師之明年，君來謁□，亦以溪辭見徵，婉容愉色，津見眉間，今雖已矣，尚能髣像平時，蓋物勵□□□以孝止善者也⑮。至元癸巳春⑯，母氏弃養，以哀毁致疾。是年冬十月三日考終牖下，得年五十有六。

配劉氏，亦能安君貧窶，早世。生子智及二女，適裴氏、王氏。再娶董，亦前君殁，生子曾。葬檀州密雲鄉之王冢原。友人劉某重契義，介嗣子智請表其墓⑰。以君篤行有類古人者，爲之銘。銘曰：

堪輿兩間，子職不易，孝爲化源，融而友悌。君於二者，行不少匱，濟以廉貞，大錫厥類。目爲善士，吾言匪比。其善伊何？可欲之謂。況乎質美而學，行方而義。緊匹夫而化鄉人，曾克施之弗異。五十六年，爲樂也洩洩！去水來山，密雲之隰，隱然斧封，山塚屹立。是惟吾曾張仲之室，過者必式。後漢張霸性孝讓，舉動合禮⑱，鄉人號「張曾子」。

【校】

①「張君墓碣銘」，弘治本、四庫本同元刊明補本；薈要本作「龍山張君從禮字仲和先生之墓碣銘」。

②「侍」，弘治本同元刊明補本；薈要本、四庫本作「倚」，亦通。

③「游」，弘治本同元刊明補本；薈要本、四庫本作「泊」，涉上字而誤。

④「宴」，弘治本、四庫本同元刊明補本；薈要本作「晏」，亦可通。

⑤「已」，弘治本、四庫本同元刊明補本；薈要本作「已者」，衍。

⑥「而不」，元刊明補本、弘治本、四庫本作「而」，脱；薈要本作「不」，脱；徑改。

⑦「惠」，元刊明補本、弘治本、四庫本作「畏」，據薈要本改。

⑧「親養君」，弘治本、四庫本同元刊明補本；薈要本作「君養親」，倒。

⑨「加」，弘治本、四庫本同元刊明補本；薈要本作「獎」，亦可通。

⑩「勸」，元刊明補本、弘治本闕；據抄本、薈要本、四庫本補。

⑪「其敬上」，元刊明補本、弘治本作「□□上」；薈要本作「其急上」；四庫本作「其自處」；據抄本補。

⑫「亭沼」，弘治本同元刊明補本；薈要本、四庫本作「事告」。

⑬「植蒼」，弘治本同元刊明補本；薈要本作「植花」；四庫本作「值花」。「柏環列挺」，元刊明補本、弘治本、薈要本、四庫本俱闕，據抄本補。「若儼」，弘治本、四庫本同元刊明補本；薈要本作「儼若」。

⑭「暇日哦」，弘治本同元刊明補本；薈要本、四庫本作「假日我」，非。

⑮「能」，元刊明補本闕；據弘治本、抄本、薈要本、四庫本補。「髣像平時，蓋物勵」，「余方有所」、「柏溪主人」、「韋軒李丈皆有文序」、「予入」、「亦以溪辭見微，婉容愉色，津」，元刊明補本、弘治本、薈要本、四庫本俱闕，據抄本補。

⑯「元」，元刊明補本脱，據弘治本、薈要本、四庫本補。

⑰「請」，元刊明補本、弘治本、薈要本作「中」，據四庫本改。

⑱「禮」，弘治本、四庫本同元刊明補本；薈要本作「理」，聲近而誤。

故雲中高君墓碣銘 并序①

君諱祐，字仲和。其先雲中人，高祖已來，遠昭穆無可詳者。伯父與考，金季家撫州，以財雄邊。伯父德真，字伯諒，潛德不仕。考諱德榮，伯寬其字也。姿醇厚，鄉黨以德人稱，嘗以勞榷豐利酒。伯母暨君之妣皆張氏女，以姒娣而列妯娌②。伯生子曰信，字仲禮；曰義，字仲仁。信美丰儀，虎睛豐頤，求珠赴海③，以樂終。

君實仲之嗣，貌敦龐，性孝悌。及長，雖混迹闤闠，衆不敢以尋常期。初，燕雲失守，豐利府君避地④，南遷汴梁⑤。壬辰歲，例北徙以實衛墟，君與兄信素負心計，相與謀曰：「衛居天中，寔通都劇邑，百物夥繁，合散於此，若以什一與時馳逐，可致屋潤。」遂主貨殖爲業。君爲人篤信明敏，不底蘊留。既易彼取此⑥，收息且廉，故聲實四出，商販輿集其門。貲既饒奓⑦，不忍顓利自濡，以裒多益寡爲得⑧。每每貸子錢，有不克償及羣居邸舍積僦直而負者，審其實，悉折券無難色，由是三郎以長者稱於中外。至元十九年五月四日，以疾終于家，壽六十有五。三日，葬汲縣汲城鄉南王里之原，從新阡也⑨。

配張氏，與君德良稱，生四子：長曰明福，以通幹由泰鹽管勾任河南府交鈔庫使；次世英、世顯、世昌。孫二人：曰蔓，曰莘。姪三人：曰夢得，鄉貢儒士，前君卒；曰世傑、世寧。姪孫二：曰革，曰華。重孫一：曰復亨。

明年，明福以墓碣來請銘，余以同里巷者五十年，知高氏爲最詳，即其富潤齒息而論，蓋自高曾而降凡六世，雖荐更世故⑩，以孝義勤儉，同居不析故也。至君承父兄餘業，益光大於後。内則齊理嚴肅，以身率先，族屬、家僮千有餘指，無間言，日趨事惟謹，屋廬被服務從朴素，常以驕靡爲戒；外則持心近厚，與物無滯，敬畏官府，奔走輸辨未嘗少厭，所患謀生之不勤，胡恤王事之時亟也⑪。自壬子通閲後，高氏迄今爲河朔名族之冠⑫，豈偶然哉？故遠服賈者，雖千萬里外，念寛厚饒裕，獨以高氏爲讓。矧高氏以義致利，義重於生；因貲致富，富而不驕。爲子孫又能求銘以昭世德，是又好禮而知本者也，□焉得辭⑬？銘曰：

曰富壽⑭，五福先。匪欲厚，能畀全。惟高氏⑮，起雲燕，凡六世，財雄邊。□重利⑯，始南遷，編衛氓，迹市鄽。居家里，無間言。我屋豐，利匪顓，益寡乏，貰子錢⑰。長者稱，動河堧。供厥賦，日翩翩。曾不憚，生勉旃。業攸久，族嬋嫣。服而食，恥華鮮。孝與義，爲周旋。勤不匱，理固然。繼之者，當鑑焉。行山秀，淇水淵，高氏裔，與並傳。

【校】

①「序」，元刊明補本、弘治本作「敘」，亦可通；據薈要本、四庫本改。

②「娣」，元刊明補本、弘治本作「姊」，據薈要本、四庫本改。

③「求」，元刊明補本、弘治本作「耳」；四庫本作「載」；據薈要本改。

④「避」，弘治本、四庫本同元刊明補本；薈要本作「辟」，亦可通。
⑤「遷」，弘治本同元刊明補本；薈要本、四庫本作「還」，形似而誤。
⑥「此」，元刊明補本、弘治本、薈要本脱；據四庫本補。
⑦「参」，弘治本同元刊明補本；薈要本、四庫本作「足」，亦可通。
⑧「哀多益」，弘治本同元刊明補本；薈要本、四庫本作「東多鹽」，非。
⑨「阡」，元刊明補本作「仟」，形似而誤；薈要本作「遷」，聲近而誤；據弘治本、四庫本改。
⑩「荐」，弘治本、四庫本同元刊明補本；薈要本作「薦」，亦可通。
⑪「胡」，弘治本、四庫本同元刊明補本；薈要本作「何」。
⑫「族」，元刊明補本、弘治本作「數」，據薈要本、四庫本改。
⑬「□」，弘治本同元刊明補本；薈要本闕；四庫本脱。
⑭「曰」，元刊明補本模糊不清；弘治本闕；據薈要本補；四庫本作「惟」。
⑮「惟」，元刊明補本模糊不清；弘治本闕；據薈要本補；四庫本作「有」。
⑯「□重」，弘治本同元刊明補本；薈要本作「自豐」；四庫本作「至豐」。
⑰「貰」，弘治本、薈要本同元刊明補本；四庫本作「貫」，形似而誤。

新鄉縣尹劉君去思碣銘 并序

衛之屬邑曰新鄉者①，其地距太行東麓，桑土衍沃，浸以清泉之潤，民俗殷阜②，自昔號河朔望縣。惟其物廣而訟嚚，路衝而務劇，故治稱爲難。然渴餒而易飲食者，民之心也，得其人，苟有以拊而安之③，將見民戴之如父母，仰之如神明，惟恐來之暮而去之遽也。維至元廿六年④，南宮劉君理由江淮漕莫來主縣治。

君姿幹敏，有機警，相時處宜，果於裁斷。既視事，思有以事集于上，民便於下。於是舉條章，明約束，均賦役，卻造請。凡轡馭之急遽者，馴而致之，不務高遠，率先以身爲度。縣當關陝驛程，使馹轉致⑤，日相望於道，吏民疲於供頓。君量其輕重，處之有方，無名而求索者皆以理謝之，則乘間侵牟之弊日就斂息⑥。廨舍一縣具瞻，陋不克治，事非所以整暇也，計材庀工，易故而新，增葺者十餘楹。復起蕭相祠，俾吏曹不自鄙薄，以信景慕。邵公橋跨清水上，歲久墊齧，兢於履危，乘隙大揵硔臿⑦，斧官柳爲梁，方之舊締，既高而固，役不知勞而民免病涉。至治道塗，取通快，堙汙夷峻，徒行輦致，坦不少阻。歲時劭農，裹糧自隨，周行田里，未嘗追呼，俾妨時作，耕稼蠶績，檢括課視，切於己私。復諭之以勤儉，申之以孝悌，使遷善而遠罪。由是邑里感念，昏於作勞⑧，生理且滋殖矣⑨。下迨鰥寡顛連，亦行得所，流逋聞之，稍稍復業。故賦税輸納，不及期而辦；詞訟繁嚻⑩，不俟約而簡。君以令行民信，教烏可後？乃出己稍崇飾廟學，如蓋瓦級塼之破壞者⑪，丹堊漶漫之不鮮者，一完而奂之。復葺黼座，陶祭器，周缭峹垣，外障儀門，春秋釋菜，禮容爲增肅。暇則禮師儒，率僚吏暨邑之子弟聽其講説，使知所務。故三載間庭無留訟，牢户爲屢空，至鄰有疑讞滯而未決者，上官倚之丕蔽。而縣之治否，爲可知已⑫。君既更，耆舊苗仲、牛世麟⑬，慕賓羅從玉、郭昌祚、席安等懷其夙愛，有思罔置者，來謁文以垂示于後，辭再四，不克，仍覽觀件狀而次第之，且寓夫余之所感焉。

嘗觀兩漢循吏，政顯風化，子視生民，訓牗惠養如恐不及⑭，凛然有三代遺風。惟其浹洽於民者深至，故所居即化，所去見思，有起祠樹碑，以表夫永載遺賢之意⑮，非幸也，宜也。迨叔世，司牧者昧於治體，苟簡貪墨，習爲當然。其可聞者不過曉簿書以爲能⑯，飾矯僞以干譽，其於民之休戚漠然，如秦人視越人之肥瘠。甚者因之以急張，臨之以形勢，剥民之肌以膏其身，傾民之産以肥其室，使民畏之甚豺虎，惡之劇寇讎，告訐謗讟，無所不至。以理勢論之，亦宜也。今劉君以勤强幹敏力矯時弊，致績用章著，吏民稱道，如是可謂能也已！是宜銘。銘曰：

天下之事，孰覈孰綜？政發于上，相臣是控；事終于下，疇致厥用。相須成務，匪令奚共，雖百里間，務實煩閧。有社有民，有賦有貢，兵之貧難，民之疾痛。期會簿書，風俗獄訟，我剖我決，我承我奉。粤惟良能，治之有統，千室鳴弦，五袴流頌。以致朝堂，令無太傯，庶事日康，四方風動。增秩賜金，璽書褒諷，緊爾責望，得人爲重。暨暨劉尹，事功自憙⑰，挺身頹流，卓爾爲治。不務高遠，不涉苛細，相時致宜，因利而利。瘼自我蠲，聲由實致。所以懷思，去而罔替。截鐙願留，非愚敢覬。胡若稱述，垂聲來世。刻石縣門，永照鄘衛。

【校】

①「新鄉者」，元刊明補本、弘治本、薈要本作「新中鄉」，據四庫本改。

②「殷」，弘治本同元刊明補本；薈要本、四庫本作「敷」，非。

③「拊」，弘治本、四庫本同元刊明補本；薈要本作「撫」，亦可通。

④「廿」，弘治本同元刊明補本；薈要本作「凡」，非；四庫本作「之」，非。

⑤「轉」，弘治本、四庫本同元刊明補本；薈要本作「傳」，非。

⑥「則」，弘治本同元刊明補本；薈要本、四庫本作「故」。

⑦「臿」，弘治本同元刊明補本；薈要本、四庫本作「鍤」，亦可通。
⑧「昏於」，弘治本、同元刊明補本；薈要本「昏以」，聲近而誤；四庫本作「勤於」，亦可通。
⑨「理」，薈要本、四庫本同元刊明補本；弘治本作「里」，俗用。
⑩「繁」，弘治本、四庫本同元刊明補本；薈要本作「緊」，形似而誤。
⑪「塼」，弘治本、四庫本同元刊明補本；薈要本作「磚」，亦可通。
⑫「已」，弘治本、四庫本同元刊明補本；薈要本脱。
⑬「世」，弘治本同元刊明補本；薈要本、四庫本作「古」。
⑭「惠」，元刊明補本模糊不清；據弘治本、薈要本、四庫本補。
⑮「永載遺賢」，弘治本同元刊明補本；薈要本作「永載道賢」，形似而誤；四庫本作「永賢載道」，既誤且倒。
⑯「聞」，弘治本同元刊明補本；薈要本、四庫本作「見」。
⑰「憙」，元刊明補本、弘治本作「憙」，亦可通；薈要本作「熹」，形似而誤；據四庫本改。按：「憙」，俗「喜」字。

故太一二代度師先考韓君墓碣銘 并序

君諱矩，字某，其先爲大梁望族。曾祖禱，五季時官司諫，以銀青榮禄大夫致仕，避地北渡，遂占籍爲衛人。祖奕，大觀末舉茂才，數爲縣有聲。父渤，金初登進士第，有文采，終獲嘉令。

君自少以疾不仕，資慈祥，家故饒財，心樂施與，凡親舊貧窶，里喪有不克襄事者，至傾刮囊篋以賙其急①。或者來謝，曰：「非初心也。」鄉黨以長者稱。天眷間，太一始祖真人以神道設教，遠邇嚮風，受籙爲門徒者②，歲無慮千數。君舉族清修，信禮爲尤至，香火之奉雖寒暑風雨不爽厥德。已而君内子閻以嗣事爲禱，真人篆丹符令吞之，且曰：「汝家積善久，當産異人。」既誕師，果有奇表，真人目之曰：「他日輔興吾教者③，此兒也。」甫免抱④，即留養道宫。三歲識字，七歲善書，既長，儀觀秀偉，慧悟絶人，批答辭章，捷若影響。由清虚師主盟法席二十餘年，輔興之言，有充而至於極者。今追定仙號曰「太一二代嗣教重明真人」。由是而觀，韓氏一門之積，其來固遠，以有是子而論之，君之德概可見矣。雖年甫中壽，師易韓爲蕭，至於克荷玄綱，光隆教本，在韓宗亦爲不朽。君既殁，重明躬葬君於四門里祖塋之次，母閻氏祔焉，禮也。

六代度師全祐顧惟傳嗣之重，猥及余末⑤，于何以圖報⑥？維是師真所從出者，其潛德幽光表而銘之，中心庶獲少安，乃以刻文來請。師於某祖妣妙清君列叔父行，義不可辭，遂敘其世次而繫之以銘。銘曰：

作善降祥，長惡得厲。在理必然，隨感而至。赫赫韓宗，德顯河衛。衍慶及君，湁而潏淪。俟著而發，乃生異人。異人伊何？太一次祖。提挈玄綱，鵬騫鳳翥。庇及本宗⑦，光隆丘土。松柏蕭園，連崗接武。神格仙遊，有來容與。風駕雲軒，同飆共馭。純化追遠，歸厚來昆。泝流尋源，以表道根。勒銘墓石，永賁四門。

【校】

①「囊」，弘治本同元刊明補本；薈要本、四庫本作「橐」，形似而誤。

②「徒」，弘治本、四庫本同元刊明補本；薈要本作「人」，亦可通。

③「興」，元刊明補本闕；據弘治本、薈要本、四庫本補。

④「甫」，弘治本、四庫本同元刊明補本；薈要本作「自」。

⑤「余」，弘治本、薈要本同元刊明補本；四庫本作「微」。

⑥「于」，弘治本同元刊明補本；薈要本作「千」形似而誤；四庫本作「將」。

⑦「庇」，弘治本、四庫本同元刊明補本；薈要本作「比」。

太一三代度師先考王君墓表

君姓王氏，諱守謙，字受益，博之堂邑人。世以播種爲業，致資産豐阜，田以井而計者九，桑以株而會者蓋萬數焉，遂爲里中鉅家。然闔門善良，薄於世味，奉道之心亟若饑渴，聞太一教以符籙濟度世厄，所在奔走①，惟恐其後。君乃與其配李氏欽挹真風，不遠千里②，求爲門弟子③，量家歲費外，悉以羸餘爲本宫香火供。有子曰志沖，即今太一三代度師也。

師生而歧嶷④，七歲出就外傅，應對進退皆中禮度，及毁齒，善記誦，喜讀老莊等書。初，君董田務於野，午憩蔭下⑤，寤寐間若聞呵喝聲，見數青衣人導一童子前來，且曰：「天仙過此，可少避。」恍視之，無有。適師持壺漿來饁，君異而不出口⑥，自度是兒恐終非田舍中物也。及長，父兄與議婚，不許，曰：「去家入道，乃所願也。」遂禮二代師爲黄冠，以經明行脩得度入道士列。既嗣法席，遭遇道陵，特賜號「玄通大師」。君聞而喜曰：「天仙之異，誠有驗矣！」且曰：「平生奉道，獲此實報，王氏爲有後矣。」享年七十有六，考終牖下，師以禮葬本縣王莊里祖塋之右，母李氏袝焉。今度師勅定仙號曰「體道虚寂真人」，其師真之德，靈應之蹟，詳見墓碑，兹不復云。

六代度師全祐嗣教之七年，自燕命提點張居祐等以禮幣來謁⑦，且致其意曰：「道家者流雖崇尚玄默，而太一教法專以篤人倫、翊世教爲本。至於聚廬託處，似疏而親，師弟子之兩間⑧，傳度授受，實有父子之義焉。今三代師真，其在宗門表墓有碑，嗣法有傳，可謂光且顯矣。然物之在天壤間，未有無本而出者，今末有餘榮，而本爲寂然，豈厚人倫、輔世教之理哉？敢百拜以表辭爲屬，幸憲使無拒。」予以師之言誠爲知所本矣，遂諾而作之表。

【校】

①「走」，元刊明補本、弘治本作「是」，形似而誤；據薈要本、四庫本、《道家金石略》改。

②「不遠千里」，弘治本、四庫本同元刊明補本；薈要本脱。

③「求」，元刊明補本、弘治本闕；薈要本作「願」；據四庫本、《道家金石略》補。

④「歧」，弘治本同元刊明補本；薈要本、四庫本作「岐」，亦通。

⑤「午」，弘治本、四庫本同元刊明補本；薈要本作「牛」，形似而誤。

⑥「口」，弘治本、四庫本同元刊明補本；薈要本作「曰」，形似而誤。

⑦「張居祐」，弘治本同元刊明補本；薈要本、四庫本作「張居禮」。

⑧「子之」，弘治本同元刊明補本；薈要本、四庫本作「之在」。

故真靖大師衛輝路道教提點張公墓碣銘 并序

道有綱紀①，需人而後弘，如上承師真，下綜法務，以公材吏用而開玄佐之功者，其鍊師張公乎！

公諱善淵，字幾道，趙郡平棘人。生有異相，比長，言灑灑有序。父溥，嘗任衛真縣酒坊使。時太一四代祖中和真人提點亳之太清宫，溥素挹真風，日侍師於几席間，沾沾然而喜曰：「吾兒知所於託②。」遂參禮爲門弟子。中和人品高邁，道價重一世，與游者公卿賢士夫，一動静語默，皆中倫慮。公親炙既久，日有所得，與之俱化，若時雨然。歲壬辰，河南大兵，公與中和隔離者久之，既而聞師北渡，税駕於趙，乃奔奉焉③。師忻甚，曰：「奔奏疏附④，吾宗門有人矣！」即令知太清觀事。丙午夏四月，侍中和赴太后幄殿，及見，亦需寵眷，奏受真定路教門提點，仍賜白錦法服，命代中和頒錦幡、寶香於崧高、太華二祠⑤，以祈福祐。時衛之祖觀兵燼後鞠爲草棘，中和畀公經理⑥，不三數年，神庭燕處，頓還舊觀。壬子夏六月，復從中和北覲嶺邸⑦，加號「真靖大師」，改提點衛輝路道教事⑧。甲寅歲，復奉旨致禮嶽瀆。癸丑冬⑨，詔天下師德赴燕長春宫⑩，修羅天清醮，公奉五代貞常真人如會⑪。其所以致顯宗教，推轂嗣師⑫，高出衆表，俾道流屬自⑬，公力居多。己未春，上南巡，臨幸壽宫，時公以疾不克朝謁，上言念舊德，遣近侍存問⑭，仍賜御藥葡萄酒，服之病良已。故中統二年，换受宣詞有云「操持堅正，祭醮精嚴，隨師遠覲於闕庭，奉命敬祠於嶽瀆，已加玄號，宜煥新章」之旨，道論爲榮焉。

公資清峭貞幹，臨事敏而善斷，馭衆肅而有方。雖一言話，出人意表，不肯碌碌混常流中。生平憙讀書，於《老子》最有得，故行己接物多掇其微妙。至於禱禳醮祭，内嚴外辦，綽有餘裕。兩從中和北上，沉幾先物，往返萬里，無不如志。嘗奉旨給諸道度牒，鶴馭所經，例有賮，公略無私焉，其清介遠大又如此。壽七十，委蜕於太一順事齋室，實至元乙亥正月廿五日也。越三日，陪葬祖塋之次。後八年，六代祖純一真人念公有力宗門，在玄士爲傑出，有不當泯於後者，丐予文以識墓窆⑮。因摭其行實而繫之以辭⑯。銘曰：

真靖受業，始於中和。荆璞雖美，器成琢磨。東瀛北渡，載造玄科。用匪其人，道將若何？公綜玄務，辦於益多。龍庭再召⑰，萬里周旋。竹宫咸秩，羽服雲闐。尊師顯教，我力孔宣。玄綱張弛⑱，用曲而全⑲。道價軒輊，濟之以權。絶塵而下⑳，歎其材賢。仙游有限，道館驚捐。斵石紀行，以大斯傳。雖高深兮易位，尚知爲玄門之玄。

【校】

①「綱紀」，弘治本、四庫本同元刊明補本；薈要本作「紀綱」，倒。

②「吾兒知所於託」，弘治本同元刊明補本；薈要本作「吾兒和聽以説」；四庫本作「吾見師聽以説」。

③「乃」，弘治本同元刊明補本；薈要本、四庫本作「迴」，非。

④「奏」，弘治本同元刊明補本；薈要本、四庫本作「走」，亦可通。

⑤「代」，弘治本同元刊明補本；薈要本作「副」；四庫本作「侍」。「祠」，元刊明補本、弘治本闕；薈要本作「山」；四庫本、《道家金石略》作「嶽」；據抄本補。

⑥「公」，元刊明補本、弘治本闕。據四庫本、《道家金石略》作「之」；據抄本、薈要本補。

⑦「復」，元刊明補本、弘治本闕，薈要本作「公」；據抄本、四庫本、《道家金石略》補。

⑧「路」，弘治本、四庫本同元刊明補本；薈要本脱。

⑨「癸丑」，弘治本、四庫本同元刊明補本；薈要本作「歲癸丑」，衍。

⑩「師德」，元刊明補本、弘治本闕；薈要本、四庫本作「名師」；據抄本補。

⑪「奉」，弘治本同元刊明補本；薈要本、四庫本作「奏」，非。「如」，元刊明補本、弘治本闕；薈要本、四庫本作「與」；據抄本補。
⑫「嗣」，弘治本、四庫本同元刊明補本；薈要本作「儒」，非。
⑬「屬自」，元刊明補本、弘治本闕；薈要本、四庫本作「光闡」；據抄本補。
⑭「德，遺」，元刊明補本、弘治本闕；薈要本、四庫本作「眷命」；據抄本補。
⑮「文」，弘治本同元刊明補本；薈要本、四庫本作「銘之」。
⑯「行實」，弘治本、四庫本同元刊明補本；薈要本作「實行」，倒。
⑰「召」，弘治本、四庫本同元刊明補本；薈要本作「造」。
⑱「弛」，弘治本、四庫本同元刊明補本；薈要本作「施」，非。
⑲「用」，弘治本闕；薈要本、四庫本作「委」。
⑳「絶」，弘治本闕；薈要本、四庫本作「千」。

提點彰德路道教事寂然子霍君道行碣銘 并序

國朝甲辰、乙巳間，鹿庵先生教授共城，不肖亦忝侍几杖。時有爲全真學者重玄李鍊師自相下來①，買田於卓泉，立棲真别館。既而重玄北歸，委紀綱士霍君明道爲之營建。不數年，創堂殿廊廡，焕然一新，際泉兩涘盡植巨竹，陰翳數百畝②，中搆筠溪亭，招致吾徒徜徉笑傲其上。由是卓泉道院聞於遠邇，簉名洞天福地之末③。雖重玄創始之勤④，而霍君明道實有力焉。

師諱志真，號寂然子。明道，其字也，系出安陽縣秋口農里大家。父諱澤，嘗夢一麻衣道士云：「自天壇來求託宿。」許焉，寤而誕師。幼不好弄，寡言笑。既長，性淡泊，不樂榮利，弱冠辭親學道，父憶夙徵，即允其請。迺詣相之天慶宫，禮重玄子爲門人。全真家禁睡眠，謂之「消陰魔」，服勤苦，而曰「打塵勞」，以折其强梗驕吝之氣。師從事於此者閲三十寒暑，略無憚色。重玄諗其爲受道器⑤，命主治玄門事，挺志誠確⑥，措畫井井有法。及卜築蘇門，委之鋪敦教基⑦，弘演宗緒，俾特達而有所樹立焉。師披荆榛，掇瓦礫，攻苦食淡，擴充師志。復闢農畝，創水磑，廣資生理，培植教本，致遠邇尊禮，學者日衆⑧。至於齋廬深静，井竈修潔，遊人過客如歸而仰給焉。道俗推舉，任輝之威儀。師滌除玄覽，痛自澄治，務正己以格物。有辨訟者，率用理遣，不知官府爲何事。羽流敬安，一方凝重，至二十載之久。年踰耳順，相臺吏民宿仰道價⑨，請主天慶宫。既至，受提點彰德路道教事，凡十有三祀。年尊德重，不俟言論而衆自化服。以某年月日，沐浴易衣冠，無疾而逝，壽八十有一，葬安陽縣王裕里重玄仙塚之側。

師丰度清逸，若山澤之曜⑩，外朴而内敏，質直而尚義。簡重自居，處事得時措之宜；和同光塵，接物無徇俗之弊。其訓導徒輩，言約理到，以身爲律度，可謂純乎其純、玄之又玄者也。門人杜志用夙承提誨，圖報無方，琢石紀銘，期傳不朽，乃介太一純一真人李公來屬筆。予既重李請，又與師有夙昔之雅，既叙其行己，而繫之以辭。銘曰：

道之大原，玄文五千，誕誇索隱，匪其正傳。質稟貞素，心地善淵，惟畀也全，内思静專。耕田鑿井，順乎世緣，修己求志，繕吾性天。無欲觀妙，是爲道之自然。尚無往而不可，孰問朝市之與林泉？若人者雖乘化而委蛻，安知其精純之氣不乘泠風而仙耶？門人攀慕，白雲翩躚⑪，勒銘松臺，何千百年。

【校】

①「時」，弘治本、四庫本同元刊明補本；薈要本脱。

②「翳」，弘治本、薈要本同元刊明補本；四庫本作「翳」，亦可通。

③「篙」，元刊明補本作「造」，俗用；據弘治本、薈要本、四庫本改。

④「雖重玄創始」，弘治本同元刊明補本；薈要本、四庫本作「維重玄則始」。

⑤「諗」，弘治本同元刊明補本；薈要本、四庫本作「驗」。

⑥「確」，弘治本同元刊明補本；薈要本、四庫本作「碓」。

⑦「鋪」，弘治本同元刊明補本；薈要本、四庫本作「輔」，聲近而誤。

⑧「學」，弘治本同元刊明補本；薈要本、四庫本作「樂」。

⑨「相臺吏民」，元刊明、弘治本作「相□吏民」，闕；四庫本作「相之民」，脱；薈要本、《道家金石略》作「相之吏民」；據抄本補。

⑩「曜」，弘治本同元刊明補本；薈要本、四庫本作「臛」，形似而誤。

⑪「白」，弘治本同元刊明補本；薈要本、四庫本作「向」，形似而誤。「翩」，弘治本、薈要本同元刊明補本；四庫本作「蹁」，亦通。

凝寂大師衛輝路道教都提點張公墓碣銘 并序

師諱居祐，字天錫，世爲汲郡人。父道用，居樂善東北坊，以茗飲爲業。師早失怙恃，兄居仁訓育有方，甫長，愿立如成人。然向慕玄風，亟若飢渴，思得大宗師依歸以果其腹。

歲壬辰，天兵下河南，時太一四代度師自柘城北渡，應大將撒吉思請①，主新衛昭順聖后祠。居仁舉家崇奉，遂命師爲門弟子。居無幾何②，度師北遷，住趙之太清宮③，以師童侍有年，謹敬不怠，念焉，遂度爲道士。俄命掌觀之廩料，出納詳明，儉而中禮，曾無撮龠之誤，度師稱其能。時衛之祖觀兵後燬廢掃地，度師遣提點張善淵詣衛興復，且請師以佐葺理，允焉。師爲勠力從事，小大之役率以身先之。既而張侍鶴馭北覲，營建事師獨任之。不十稔，壇殿齊室，下暨庖湢庫廄，井井一新。己酉春，中和真人還衛顧視，喜其得人。己酉冬，中和昇寂，師辦易葬事，焦勞爲多。丁巳冬，以事召赴行殿，勞歸，霑衣幣有加。還，貞常真人以師貞幹有節，命知宮事，繼陞充提舉。中統三年，上遣使植碑壽宮，師復趣辦，不踰其素，於國光有華④。至元十九年⑤，六代純一真人嗣主法席，以師道行純粹，勤恪有功⑥，言於朝，宣授凝寂大師、衛輝路道教都提點。七年間，道流推服，教門增重焉。廿六年二月五日，得寒疾，再宿，談笑而逝。及斂，予臨視，面如生。吁，亦異哉！享年七十有二。越七日，提點范全定等葬師於四門里祖塋之側，禮也。

師爲人樂易無機械⑦，苟有過，須問之人，而無憚於改，不然，咽若有物所梗。其歷事三師，前後五十餘載，護道服勤，始卒德不爽。純一真人以予鄉曲故，持狀來謁銘。因憶十九年冬，予寓大都道宮，適師與會，宵永無寐，龕燈爐火，尊俎談舊。嘗及萬靈坑事，悲世故之無常，悼逝者之如是，淒然動華表歸語之感。故師每歲例清明后一日，丐斂酒肴楮幣等物⑧，斗量車載，展祭塚次，以慰鄉梓冥漠之魂，惟恐其心之不盡也⑨！其於存殁兩間，亦追遠歸厚之意也歟⑩！是可銘。銘曰：

太一設教，幽顯兩通。凡曰云爲，須人乃崇。猗歟張公，德度沖融，致身福地，逢教之隆。敦兮若朴，發之天衷，寂不俗絶，勞而有功。師事三葉，罔異初終，一朝委蜕，爲報何豐！祖埌之東，萬柏葱蘢⑪，陪葬其側⑫，若堂有封。鑱銘表石，永示無窮。

【校】

①「撒吉思」，弘治本同元刊明補本；薈要本作「薩奇蘇」；四庫本作「薩濟蘇」。

②「幾」，弘治本、四庫本同元刊明補本；薈要本脱。

③「住」，弘治本、四庫本同元刊明補本；薈要本作「居」。

④「光有華」，弘治本同元刊明補本；薈要本、四庫本作「事有光」，妄改。

⑤「九」，弘治本、四庫本同元刊明補本；薈要本作「八」，非。

⑥「勤」，元刊明補本作「勒」，形似而誤；據弘治本、薈要本、四庫本改。

⑦「機」，薈要本、四庫本同元刊明補本；弘治本闕。

⑧「幣」，弘治本、四庫本同元刊明補本；薈要本作「弊」，形似而誤。
⑨「惟」，元刊明補本、弘治本闕；據薈要本、四庫本補。
⑩「追」，薈要本、四庫本同元刊明補本；弘治本作「迢」，形似而誤。
⑪「籠」，弘治本同元刊明補本；薈要本、四庫本作「蘢」，亦可通。
⑫「側」，弘治本、四庫本同元刊明補本；薈要本作「間」。

故卓行劉先生墓表

先生諱德淵，字道濟，襄國中丘人。性癖直，有操守，好學，能自刻厲。及游滹南王先生門，思索《辨惑》等説，自是饜飫史學，爲專門之業。古心古貌，非禮義不妄言動，一芥不取於人①。朋友死，雖千里遠，徒步必至。覩前賢奇蹟偉行，擊節嘆賞而不能自已，至椎耕牛以饗竇王，殺乘馬而祭昭烈。其或憫時之艱，急人之難，切於己私而不置也。始則人大以爲異，既而疑焉，終迺嘆服，曰：「先生篤行直躬，守死善道者也！」北渡後，赴戊戌試，魁河北西路。逮中統建元，三府辟其行能，授翰林待制。晚節知圓鑿方枘，不能與時阿匼②。乃以所得成就學者，立言傳後，著《三爲書》數萬言，其説爲天地立極，爲生民立本，爲聖賢立法。敷析温公《通鑑》數百條，枝翊章武，俾承正統，及見考亭《綱目》書多所脗合，沾沾而喜，曰：「吾天地間可謂不孤矣！」又通古文奇字，士多傳習之。凡經指授者，雖節目磥砢③，表表有所立。或惜其獨善，不顯諸用，然振衰善俗，激厲後人多矣。太保劉公、左轄張公以鄉曲義來周卹，皆卻之，曰：「吾非踽踽涼涼④，闇然媚於世者也！」至有以禮願交而弗之允者。許魯齋每道邢，必式閭致恭而去。壬子秋，不肖始覲先生於胙，對榻學館，夜參半，欻起撼予曰：「吾於漢丞相亮論議際有所得，惜不並時。嘗有説。」云云。至元壬午，予按部夷儀，謁先生於天貺齋，棲遲蓬蓽，心融一天，自樂其樂，英發之氣至老不衰。「先生近何述？」⑤，曰：「適作《四凶辨》、《天府七星挽章》，于以張皇幽眇，振濯漢靈⑥。」一何壯也！臨訣握予手，曰：「吾耄矣！斯文未喪，子其自將⑦，行有以畀之！」既而聞卧疾，慮乏調養⑧。詢諸友生，始知先生有子樸，早世，女孫一，適康氏子，新婦、女孫皆不聽侍疾。卒年七秩有八，時至元丙戌九月廿二日也，葬蓬山之西丘。

後十五年，晚進王寧合鄉國議來請曰：「先生學貫三才，養素丘園，行媲於古人，望高乎一世，没當易名，用垂光範⑨。」予謂寧曰：「士風之不振也久矣，道義之斲喪也微矣，安得高風苦節如先生者哉！昔孟東野以詩鳴唐，張籍私謚曰『貞曜』；程伯淳以道自任，潞公揭之曰『明道』。今扳二例，如以『卓行』加之，則名與行爲顯允矣。」門生民部尚書戎益將礲石表墓以圖不朽。大德三年龍集己亥仲冬吉日，翰林學士、中奉大夫、知制誥同修國史秋澗王惲爲之表。

【校】

①「芥」，弘治本同元刊明補本；薈要本、四庫本作「介」，亦可通。

②「阿」，元刊明補本、弘治本作「⿷匚阿」，偏旁類化；據薈要本、四庫本改。

③「雖」，弘治本、薈要本同元刊明補本；四庫本作「類」，非。

④「吾」，弘治本、四庫本同元刊明補本；薈要本作「予」。

⑤「先生」，弘治本同元刊明補本；薈要本作「詢先生」；四庫本作「問先生」。

⑥「漢」，弘治本、薈要本同元刊明補本；四庫本作「精」。

⑦「將」，弘治本、薈要本同元刊明補本；四庫本作「勖」。

⑧「乏」，弘治本、四庫本同元刊明補本；薈要本作「夫」，非。

⑨「光」，弘治本、薈要本同元刊明補本；四庫本作「先」，形似而誤。